I0691861

Der zweite Tod

LAWRENCE BLOCK

Aus dem Amerikanischen übersetzt von Sepp Leeb

Das Leben hat es gut gemeint mit Byrne und Susan Hollander. Er ist Anwalt, sie Schriftstellerin; ihr mitten in Manhattan gelegenes Stadthaus ist inzwischen drei Millionen Dollar wert und befindet sich nicht weit vom Lincoln Center, wo sie an diesem Abend ein Wohltätigkeitskonzert besuchen. Nach dem Konzert gehen sie zu Fuß nach Hause. An diesem Punkt nimmt ihr Leben eine dramatische Wende. Bei ihrer Rückkehr überraschen die Hollanders zwei Einbrecher in ihrem Haus und werden von ihnen brutal ermordet. Schon wenige Tage später findet die Polizei die zwei Täter, beide tot, allem Anschein nach ein Mord und ein Selbstmord. Der Fall wird zu den Akten gelegt. Doch Matt Scudder beginnt sich für die Angelegenheit zu interessieren, als ihn die Tochter der Hollanders engagiert, um der Möglichkeit nachzugehen, dass an der Tat ein dritter Mann beteiligt war. Die Hinweise sind vage und beruhen hauptsächlich auf Indizien, doch Scudder vertraut auf seinen in vierzig Jahren Ermittlertätigkeit geschärften Instinkt. Block, der zahlreiche Bestseller geschrieben und die entsprechende Anzahl an Preisen dafür eingeheimst hat, orientiert sich an vielen gängigen Krimimustern, schafft es aber dennoch, dem Genre seltene Tiefe und Eindringlichkeit zu verleihen. Scudder ist als ein dem Alkohol verfallener, sich in Selbstmitleid suhlender Ex-Cop auf der Bildfläche erschienen, hat sich aber inzwischen zu einem im doppelten Sinn des Wortes nüchternen und illusionslosen Gegenwartsbeobachter gemausert. Kenner der Serie wissen, dass der Weg ihres Helden mühsam und oft auch schmerzhaft war. Die Verbrechen in den Scudder-Romanen sind Vehikel, die uns in die finstersten Winkel der menschlichen Existenz befördern. Mit Matt als unserem Führer kehren wir von diesen Ausflügen in die dunklen Bereiche des Daseins etwas banger, aber immer um eine Erfahrung reicher zurück.

Wes Lukowsky in *Booklist*

Das ist der 15. Matthew-Scudder-Roman in 25 Jahren, und die Leser von Blocks Noir-Serie wissen, was sie zu erwarten haben. Auch diesmal fehlt keine der gewohnten Zutaten: die lebensnahe Schilderung der unvergleichlichen Atmosphäre von New York City; Ausflüge zu AA-Treffen in Kirchenkellern; Mick Ballous Bar; und die vertrauten Figuren wie Ballou, der junge TJ und Elaine, Matt Scudders mildernder Einfluss. In diesem Roman besuchen Matt und Elaine ein Wohltätigkeitskonzert, das im Rahmen der Mostly Mozart-Festspiele im Lincoln Center stattfindet. Im selben Konzert ist auch ein Paar, das später in seinem Stadthaus in der Upper West Side ermordet wird. Wenig später werden auch die »Mörder« selbst in Brooklyn tot aufgefunden. Vor allem weil er gerade nichts Besseres zu tun hat, beginnt sich Scudder, ohne von jemand dazu aufgefordert zu werden, mit dem Fall zu beschäftigen und gelangt dabei mehr und mehr zu einem schockierenden Schluss. Die in den Handlungsverlauf eingestreuten Schilderungen aus der Sicht des wahren Mörders verleihen dem Ganzen den Charakter eines perfiden Katz-und-Maus-Spiels. Dennoch werden diejenigen, die hektische Action suchen, hier enttäuscht werden; die Gangart ist gemächlich, und die Charaktere und Milieuschilderungen sind fast genauso wichtig wie der Plot. Rundum empfehlenswert, besonders für Leihbibliotheken, wo die Leser danach fragen werden.

Fred Gervat in *Library Journal*

Das Leben ist ein enges Tal zwischen den kalten und kahlen Gipfeln zweier Ewigkeiten. Wir mühen uns vergeblich, einen Blick über ihre Höhen zu erhaschen. Wir rufen laut, aber die einzige Antwort ist das Echo unseres klagenden Rufs. Kein Wort kommt von den stimmlosen Lippen der stummen Toten. Doch die Hoffnung sieht einen Stern in der Todesnacht, und lauschende Liebe kann den Hauch eines Flügelschlags hören.

Robert Green Ingersoll,
am Grab seines Bruders Ebon Clark Ingersoll,
Juni 1879

Die Hoffnung ist der einzige universelle Lügner, dessen Aufrichtigkeit nie angezweifelt wird.

Robert Green Ingersoll,
in einer Rede im Manhattan Liberal Club,
Februar 1892

Kapitel 1

Es war ein perfekter Sommerabend, der letzte Montag im Juli. Die Hollanders trafen zwischen sechs und halb sieben Uhr abends im Lincoln Center ein. Sie könnten sich an allen möglichen Stellen getroffen haben – zum Beispiel am Brunnen auf der Plaza oder im Foyer – und dann gemeinsam nach oben gegangen sein. Byrne Hollander war Anwalt, Teilhaber einer großen Kanzlei im Empire State Building, und er könnte direkt aus dem Büro gekommen sein. Die meisten Männer trugen Businessanzüge, sodass er sich nicht hätte umziehen müssen.

Er hatte die Kanzlei gegen fünf verlassen, und ihr Haus war in der West Seventy-fourth Street, zwischen Columbus Avenue und Amsterdam. Deshalb hatte er genügend Zeit gehabt, um erst nach Hause zu gehen und seine Frau abzuholen. Sie könnten zu Fuß zum Lincoln Center gegangen sein – es war nur einen knappen Kilometer entfernt, zu Fuß nicht einmal zehn Minuten. So waren jedenfalls Elaine und ich hingekommen. Wir gingen von unserem Apartment an der Ecke Ninth und Fifty-seventh hin. Aber die Hollanders wohnten etwas weiter weg, und vielleicht war ihnen nicht nach einem Spaziergang gewesen. Sie könnten ein Taxi oder den Bus genommen haben.

Aber egal, wie sie ins Lincoln Center gekommen waren, sie trafen rechtzeitig dort ein, um vor dem Essen noch etwas zu trinken. Er war groß gewachsen, fast eins neunzig, und zweiundfünfzig Jahre alt, mit kantigem Kinn und hoher Stirn. In jungen Jahren ein guter Sportler, ging er immer noch regelmäßig in ein Fitnessstudio in Midtown. Um die Mitte hatte er jedoch etwas zugelegt. Als junger Mann hatte er hungrig ausgesehen, aber jetzt sah er arriviert aus. Sein dunkles Haar ergraute an den Schläfen, und seine braunen Augen hätten viele Leute vermutlich als wachsam bezeichnen. Das lag unter Umständen daran, dass er mehr Zeit damit verbrachte zuzuhören als zu reden.

Auch sie war ein stiller Typ, ein hübsches Mädchen, aus dem das Alter eine schöne Frau gemacht hatte. Sie trug ihr schulterlanges Haar, dunkel mit roten Strähnen, aus dem Gesicht frisiert. Sie war sechs Jahre jünger und fünfzehn Zentimeter kleiner als ihr Mann, obwohl ihre High Heels den

Größenunterschied etwas ausglichen. In den gut zwanzig Jahren, die sie inzwischen verheiratet waren, hatte sie ein paar Pfunde zugelegt, aber sie war damals dünn wie ein Model gewesen und sah jetzt absolut okay aus.

Ich kann sie mir gut vorstellen, wie sie mit einem Glas Wein in der Hand in der ersten Etage der Avery Fisher Hall standen und Horsd'oeuvres von einem Tablett pickten. Es ist sogar möglich, dass ich sie gesehen habe, ihm vielleicht zugenickt und zugelächelt, sie vielleicht registriert habe, wie man eine attraktive Frau registriert. Wir waren da und sie ebenfalls, zusammen mit ein paar hundert anderen Leuten. Als ich später ihre Fotos sah, kamen sie mir irgendwie bekannt vor. Aber das heißt nicht, dass ich sie an diesem Abend tatsächlich gesehen habe. Ich könnte einen oder beide von ihnen an einem anderen Abend im Lincoln Center oder in der Carnegie Hall gesehen haben oder einfach irgendwo in unserem Viertel auf der Straße. Wir wohnten schließlich nicht einmal einen Kilometer voneinander entfernt. Ich könnte sie Dutzende Male gesehen haben, ohne wirklich Notiz von ihnen zu nehmen, wie das wahrscheinlich auch an diesem Abend der Fall war.

Ich habe mehrere andere Leute gesehen, die ich kenne. Elaine und ich unterhielten uns kurz mit Ray und Michelle Gruliow. Elaine stellte mich einer Frau vor, die sie von einem Seminar kannte, an dem sie vor mehreren Jahren im Metropolitan teilgenommen hatte, und einem schrecklichen ernsten Paar, das öfter etwas in ihrem Laden gekauft hatte. Ich machte sie mit dem Immobilienmogul Avery Davis bekannt, den ich vom Club der Einunddreißig kenne, und mit einem der Typen, die mit den Horsd'oeuvre-Tabletts herumgingen. Ihn kannte ich von meiner AA-Stammgruppe in St. Paul's. Er hieß Felix, und ich wusste nicht, wie er mit Nachnamen hieß, und wahrscheinlich wusste er auch meinen nicht.

Und wir sahen einige Leute, von denen wir wussten, wer sie waren, ohne sie jedoch persönlich zu kennen, darunter Barbara Walters und Beverly Sills. Der Anlass war die Eröffnung der New Yorker Sommermusikfestspiele Mostly Mozart, und die Cocktails und das Abendessen waren das Dankeschön der Festspiele an seine Förderer, die sich dieses Privileg mit einer Spende von mindestens 2500 Dollar an den Festspielfonds erworben hatten.

Als Elaine noch arbeitete, legte sie immer etwas Geld auf die Seite und investierte es in Mietwohnungen. Inzwischen konnten auf dem New Yorker Immobilienmarkt nicht einmal mehr Leute verlieren, die sonst alles falsch machten, und Elaine machte fast alles richtig und hatte sich inzwischen ein stattliches finanzielles Polster zugelegt. So war es ihr möglich, unsere Wohnung am Parc Vendome zu kaufen, und ihre Mietshäuser in Queen bringen so viel ein, dass nur des Geldes wegen keiner von uns arbeiten müsste. Ich bin natürlich weiterhin als Detektiv tätig, und sie hat in der Ninth Avenue, ein paar Straßen südlich von unserer Wohnung, ihren Laden. Unsere Arbeit macht uns Spaß, und wir finden immer eine Verwendung für das Geld, das sie einbringt. Aber wenn mich niemand mehr engagieren und von ihr niemand mehr Gemälde und Antiquitäten kaufen würde, müssten wir nicht am Hungertuch nagen.

Wir finden es beide gut, einen Teil unserer Einnahmen zu spenden. Vor Jahren hatte ich mal die Angewohnheit, zehn Prozent meiner Einkünfte in die Opferstöcke von Kirchen zu stecken, an denen ich zufällig vorbeikam. Inzwischen bin ich diesbezüglich etwas anspruchsvoller geworden, aber ich finde nach wie vor Möglichkeiten, einen Teil meines Gelds loszuwerden.

Elaine fördert mit Vorliebe die Künste. Sie besucht mehr Opernaufführungen und Vernissagen und Ausstellungen als ich (und dafür weniger Baseballspiele und Boxkämpfe), aber Musik mögen wir beide, Klassik genauso wie Jazz. In den Jazzclubs hauen sie einen nicht um Spenden an, sondern nennen es einfach Eintritt, und damit hat es sich. Aber dem Lincoln Center und der Carnegie Hall stellen wir jedes Jahr ein paar Schecks aus. Dazu werden wir mit allerlei Vergünstigungen ermuntert, von denen eine der heutige Abend war – Drinks, ein Abendessen und kostenlose Karten für das Eröffnungskonzert.

Gegen halb sieben gingen wir zu dem für uns reservierten Tisch, den wir uns mit drei anderen Paaren teilten. Wir machten uns miteinander bekannt und unterhielten uns während des Essens angeregt. Wenn es sein müsste, könnte ich mich wahrscheinlich an die Namen der meisten, wenn auch nicht aller unserer Tischgenossen erinnern, aber wozu der Aufwand? Wir haben sie seitdem nicht mehr gesehen, und sie spielen in dieser Geschichte keine Rolle. Byrne und Susan Hollander waren nicht unter ihnen.

Sie saßen an einem anderen Tisch, der auf der anderen Seite des Saals war, wie ich später erfuhr. Ich könnte sie zwar irgendwann vorher gesehen haben, aber dass ich sie während des Essens bemerkt habe, ist höchst unwahrscheinlich. Im Konzert saßen sie zwei Reihen vor uns, aber ganz rechts im Mittelblock, während unsere Plätze eher links waren. Wenn wir uns also nicht zufällig während der Pause auf dem Weg zur Toilette über den Weg gelaufen sind, haben wir uns vermutlich nicht gesehen.

Das Essen war ziemlich gut, die Tischgesellschaft anregend. Das Konzert war sehr schön und entsprechend dem Festspielmotto hauptsächlich an Mozart angelehnt – unter anderem wurden ein Klavierkonzert und die Prager Symphonie gespielt sowie eine Orchestersuite von Antonin Dvorak, und im Programmheft wurde auf die Zusammenhänge zwischen ihm und Mozart oder vielleicht auch zwischen ihm und Prag hingewiesen, weil Dvorak Tscheche war. Aber egal, ich kümmerte mich nicht groß darum, sondern saß einfach nur da und genoss die Musik, und als sie aus war, gingen wir nach Hause.

Gingen auch die Hollanders zu Fuß nach Hause? Schwer zu sagen. Bei der Polizei meldete sich kein Taxifahrer, der sie gefahren hatte, aber es konnte sich auch niemand erinnern, sie auf der Straße gesehen zu haben. Sie könnten einen Bus genommen haben, aber auch das hatte niemand mitbekommen.

Ich glaube, sie sind wahrscheinlich zu Fuß gegangen. Sie trug hochhackige Schuhe, weswegen sie über den einen Kilometer langen Weg möglicherweise nicht sonderlich begeistert war, aber sie waren beide in guter körperlicher Verfassung, und der Abend, nicht zu warm und nicht zu schwül, bot sich für einen Spaziergang nach Hause geradezu an. Nach einem Konzert gibt es immer jede Menge Taxis, aber es gibt noch mehr Leute, die eines ergattern wollen – selbst wenn das Wetter gut ist. Für die Hollanders wäre es sicher einfacher gewesen, zu Fuß zu gehen, aber wie sie nach Hause kamen, lässt sich nicht sagen.

Als das Konzert aus war, als sich der Dirigent zum letzten Mal verneigte und die Musiker von der Bühne gingen, hatten Byrne und Susan Hollander noch ungefähr eineinhalb Stunden zu leben.

Obwohl ich das, wie gesagt, nicht wissen kann, gehen sie in meiner Vorstellung zu Fuß nach Hause. Sie unterhalten sich ein wenig – über die Musik, die sie gehört haben, über etwas Komisches, was einer ihrer Tischgenossen gesagt hat, über das Vergnügen, in einer Nacht wie dieser in einer Stadt wie der ihren spazieren zu gehen. Aber die meiste Zeit schweigen sie, und wie das bei lang verheirateten Paaren häufig der Fall ist, haben die Phasen des Schweigens etwas Kommunikatives. Sie haben einander so lange nahe gestanden, dass ein geteiltes Schweigen genauso intim ist wie ein geteilter Gedanke.

Als sie die Avenue überqueren, nimmt er sie in dem Moment an der Hand, in dem sie nach seiner greift. Sie halten sich fast den ganzen Heimweg lang die Hände.

Ihr Brownstonehaus ist etwa in der Mitte des Blocks auf der Downtownseite der Seventy-fourth Street. Es gehört ihnen, und sie bewohnen die oberen drei Etagen; Erdgeschoss und Souterrain sind an einen Antiquitätenladen vermietet. Als sie das Haus vor sechsundzwanzig Jahren mit dem Geld von einer Erbschaft gekauft haben, hat es sie etwas mehr als eine Viertelmillion Dollar gekostet, und die Mieteinnahmen für den Antiquitätenladen haben genügt, um die Steuern und die laufenden Kosten zu decken. Inzwischen ist der Wert des Hauses mindestens um das Zehnfache gestiegen, und die Pacht für den Laden beläuft sich aktuell auf 7500 Dollar im Monat und deckt erheblich mehr ab als ihren steuerlichen Aufwand.

Sie erzählen gern, dass sie sich das Haus nicht leisten könnten, wenn es ihnen nicht gehörte. Seine Einkünfte als Anwalt sind beträchtlich – er konnte ihrer Tochter vier Jahre lang das Studium an einem privaten College finanzieren, ohne einen Kredit aufnehmen oder auch nur ihre Rücklagen angreifen zu müssen –, aber ein Haus für drei Millionen Dollar hätte er nicht kaufen können.

Außerdem brauchten sie nicht so viel Platz. Als sie das Haus kauften, war sie schwanger. Sie verlor das Baby zwar im fünften Monat, wurde aber noch im selben Jahr erneut schwanger und brachte eine Tochter, Kristin, zur Welt. Zwei Jahre später wurde ihr Sohn Sean geboren, der mit elf bei einem Little-League-Baseballspiel ums Leben kam, als er versehentlich von einem Schläger am Kopf getroffen wurde. Es war ein sinnloser Tod, der ihnen beiden sehr nahe ging. Er begann im darauffolgenden Jahr immer mehr zu trinken, und sie hatte mit dem Mann einer Freundin eine Affäre, aber im Lauf der Zeit heilte die Wunde, sein Alkoholkonsum normalisierte sich, und sie beendete das Verhältnis. Das war die erste wirkliche Belastungsprobe ihrer Ehe und die letzte.

Sie ist Schriftstellerin und hat zwei Romane und zwei Dutzend Kurzgeschichten veröffentlicht. Sie verdient kaum etwas mit dem Schreiben; sie ist keine Schnellschreiberin, und ihre Geschichten erscheinen in Zeitschriften, die in Prestige und Freiexemplaren zahlen statt in Dollar. Die Verkaufszahlen ihrer anerkennend besprochenen Romane, die inzwischen vergriffen sind, hielten sich in Grenzen. Aber ungeachtet dessen empfindet sie ihre Arbeit als befriedigend, und fünf bis sechs Vormittage die Woche sitzt sie, die Stirn vor Konzentration gerunzelt, an ihrem Schreibtisch und ringt um das richtige Wort.

Sie hat im obersten Geschoss ein Arbeitszimmer, in das sie sich zum Schreiben zurückzieht. Im zweiten Stock sind das Schlafzimmer, Kristins Zimmer und Byrnes Arbeitszimmer. Kristin ist inzwischen dreiundzwanzig und nach dem Abschluss ihres Studiums in Wellesley wieder bei ihnen eingezogen. Nach dem ersten Studienjahr zog sie mit einem Freund zusammen, und als die Beziehung in die Brücke ging, kam sie wieder zurück. Sie kommt nachts oft nicht nach Hause und plant, sich selbst eine Wohnung zu suchen, aber die Mieten sind horrend und passable Wohnungen schwer zu finden, und ihr Zimmer ist gemütlich, praktisch und vertraut. Sie sind froh, sie bei sich zu haben.

Die unterste Etage, die sie bewohnen, der erste Stock des Hauses, ist mit seinen größeren Zimmern und höheren Decken gewissermaßen die Beletage des Brownstonehauses. Dort befinden sich die geräumige Wohnküche und ein repräsentatives Esszimmer, das sie in eine Bibliothek und ein Musik- und Fernsehzimmer umfunktioniert haben. Und dann ist da noch das Wohnzimmer, mit einem großen Orientteppich und Arts-and-Crafts-Möbeln, die bequemer sind, als sie aussehen, und mit einem von deckenhohen Bücherregalen flankierten Kamin. Die Wohnzimmerfenster öffnen sich auf die West Seventy-fourth Street, und die schweren Vorhänge sind zugezogen.

Hinter diesen Vorhängen warten die zwei Männer; einer sitzt in einem massiven Eichensessel mit cognacfarbener Lederpolsterung, der andere geht vor dem Kamin auf und ab.

Die Männer sind schon über eine Stunde im Hause. Sie sind etwa zu dem Zeitpunkt eingebrochen, als Byrne und Susan Hollander nach der Pause ihre Plätze wieder eingenommen haben, und als das Konzert aus war, haben sie bereits das ganze Haus durchsucht. Sie haben nach Sachen gesucht, die sich bequem mitnehmen lassen, und es war ihnen egal, was für ein Chaos sie dabei angerichtet haben. Sie haben den Inhalt von Schubladen auf den Boden geleert, Tische umgekippt, Bücher aus den Regalen gezogen. In einer Kommode und einem Schminktisch haben sie Schmuck gefunden, in einer abgeschlossenen Schreibtischschublade und auf dem Bord eines Kleiderschranks Bargeld, in einem Küchenschrank Silberbesteck und im ganzen Haus Gegenstände von gewissem Wert. Sie haben die Dinge, die sie ausgesucht haben, in zwei Kopfkissenbezüge gestopft, die jetzt im Wohnzimmer liegen. Sie hätten sie sich über die Schultern werfen und verschwinden können, bevor die Hollanders nach Hause kamen, und jetzt, einer sitzt in dem Ledersessel, der andere geht auf und ab, überlegen sie vermutlich, ob sie das nicht besser tun sollten. Sie haben reichlich Beute gemacht. Sie könnten also nach Hause gehen.

Aber nein, dafür ist es jetzt zu spät. Die Hollanders sind zurück, sie kommen die Marmortreppe zu ihrer Haustür herauf. Spüren sie, dass sich Fremde im Haus aufhalten? Es ist durchaus möglich. Susan Hollander ist eine kreative Frau, künstlerisch veranlagt und intuitiv. Ihr Mann ist eher der praktische Typ, der es mehr mit Logik und Fakten hält, auch wenn ihn seine berufliche Erfahrung gelehrt hat, seinem Instinkt zu vertrauen.

Sie ahnt etwas, und sie ergreift seinen Arm. Er wendet sich ihr zu, sieht sie an, kann fast von ihrem Gesicht ablesen, was sie denkt. Doch wir alle haben ständig irgendwelche Vorahnungen oder vage Befürchtungen. Die meisten davon erweisen sich als unbegründet, und wir lernen, sie zu ignorieren und unser Frühwarnsystem auszuschalten. Wie Sie sich vielleicht erinnern, zeigten die Messgeräte in Tschernobyl ein Problem an; die Männer, die sie kontrollierten, entschieden, die Anzeigen seien fehlerhaft, und schenkten ihnen keine Beachtung.

Inzwischen hat Byrne Hollander den Schlüssel herausgeholt und steckt ihn ins Schloss. Die zwei Männer im Wohnzimmer hören das Geräusch. Der sitzende Mann steht auf, der andere, der auf und ab gegangen ist, huscht an die Tür. Hollander schließt die Tür auf, öffnet sie, lässt seiner Frau den Vortritt, folgt ihr nach drinnen.

Dann sehen sie die zwei Männer. Aber jetzt ist es zu spät.

Ich könnte Ihnen erzählen, was sie getan, was sie gesagt haben. Wie die Hollanders bettelten und ihnen einen Deal vorschlugen, und wie die zwei Männer taten, was sie vorher bereits abgesprochen hatten. Wie sie mit einer 22er Automatik mit Schalldämpfer drei Schüsse auf Byrne Hollander abgaben, zwei ins Herz und einen in die Schläfe. Wie einer von ihnen, derjenige, der auf und ab gegangen war, Susan Hollander von vorn und hinten vergewaltigte, in ihren Anus ejakulierte und ihr dann einen Schürhaken in die Vagina rammte, bevor sie der andere Mann, derjenige, der vorher in aller Ruhe dagesessen hatte, aus Mitleid oder um endlich von dort wegzukommen, an ihren langen Haaren packte, ihr mit solcher Gewalt den Kopf zurückriss, dass sich mehrere Haarbüschel aus ihrer Kopfhaut lösten, und ihr mit einem Messer, das er in der Küche gefunden hatte, die Kehle durchschnitt. Seine gezahnte Klinge war aus Karbonstahl, und der Hersteller verbürgte sich dafür, dass es auch Knochen durchtrennte.

Das alles stelle ich mir nur vor, genauso, wie ich mir nur vorgestellt habe, wie sie händchenhaltend die Straße überquert haben, oder wie ich mir vorgestellt habe, wie die zwei Männer auf sie gewartet haben, der eine in dem cognacfarbenen Ledersessel sitzend, der andere vor dem Kamin auf und ab gehend. Ich habe meine Fantasie mit den Fakten arbeiten lassen, ohne ihnen an irgendeinem Punkt zu widersprechen; nein, ich habe nur die Lücken ausgefüllt. Ich weiß zum Beispiel nicht, ob einen oder auch beide Hollanders eine innere Stimme warnte, dass in ihrem Haus Gefahr drohte. Ich weiß auch nicht, ob der Vergewaltiger und der mit dem Messer verschiedene Männer waren. Vielleicht hat sie derselbe Mann erst vergewaltigt und dann getötet. Vielleicht hat er sie umgebracht, als er in ihr war. Vielleicht hat es seine Lust gesteigert. Vielleicht wollte er es auch nur mal ausprobieren, weil er dachte, es könnte ihm zu einem intensiveren Höhepunkt verhelfen. Vielleicht war es so, vielleicht auch nicht.

Wenn Susan Hollander im obersten Stock ihres Brownstonehauses saß, bediente sie sich ihrer Fantasie, um ihre Geschichten zu schreiben. Ich habe einige von ihnen gelesen, und es sind intensive, kompakte Texte, die zum Teil in New York, zum Teil im amerikanischen Westen spielen, und mindestens eine ist in einem nicht näher genannten europäischen Land angesiedelt. Ihre Charaktere sind einerseits in sich gekehrt, andererseits häufig gedankenlos und impulsiv. Meiner Ansicht nach sind sie wenig einnehmende Menschen, aber überzeugend realistisch, und sie sind eindeutig Geschöpfe ihrer Fantasie. Sie hat sie sich vorgestellt und auf dem Papier zum Leben erweckt.

Von Schriftstellern erwartet man ganz automatisch, dass sie sich ihrer Fantasie bedienen, aber genauso gehört diese Begabung, diese mentale Fähigkeit auch zum Rüstzeug eines Polizisten. Auf eine Schusswaffe oder ein Notizbuch könnte ein Cop eher verzichten als auf seine Fantasie. Denn so sehr sich Ermittler, Privatdetektive ebenso wie Police Detectives, auch auf Fakten stützen und verlassen müssen, ist es ihre Fähigkeit, nachzudenken und sich etwas vorzustellen, die sie zu Lösungen führt. Unterhalten sich zwei Polizisten über einen Fall, an dem sie gerade arbeiten, sprechen sie weniger über das, was sie sicher wissen, als über das, was sie sich vorstellen. Sie entwerfen Szenarien, was passiert sein könnte, und dann suchen sie nach Fakten, die ihre Gedankengebäude entweder stützen oder zum Einsturz bringen.

Und nach diesem Prinzip habe ich mir die letzten Momente von Byrne und Susan Hollander vorgestellt. Natürlich bin ich in meiner Fantasie viel weiter gegangen, als ich hier zu schildern für nötig befunden habe. Die Fakten selbst reichen weiter, als ich hier ausgeführt habe – die Blutspritzer, die Spermaspuren, die Sachbeweise, die von der Spurensicherung sorgfältig gesammelt, dokumentiert und analysiert worden sind. Dennoch bleiben Fragen, die von den Beweisen nicht eindeutig beantwortet werden. Zum Beispiel, wer von den Hollanders zuerst gestorben ist. Ich vermute, dass sie erst Byrne erschossen und dann seine Frau vergewaltigt haben, aber es könnte auch anders herum gewesen sein; die Sachbeweise lassen beide Möglichkeiten zu. Vielleicht musste er ihre Vergewaltigung mit ansehen und ihre Schreie anhören, bevor ihn die erste Kugel gnädigerweise blind und taub machte. Vielleicht sah sie, wie ihr Mann erschossen wurde, bevor sie gepackt und entkleidet und vergewaltigt wurde. Ich kann mir beides vorstellen und habe es mir auf jede nur erdenkliche Weise vorgestellt.

Und so stelle ich es mir am ehesten vor: Kaum sind die Hollanders im Haus und haben die Tür hinter sich geschlossen, gibt einer der Männer drei Schüsse auf Byrne Hollander ab, und er ist tot, bevor die dritte Kugel in seinen Körper eindringt und sein Körper auf dem Boden aufschlägt. Allein der dadurch ausgelöste Schock reicht aus, um bei seiner Frau einer außerkörperliche Erfahrung auszulösen, sodass Susan Hollander körperlos irgendwo in Höhe der Zimmerdecke schwebt und emotional und körperlich vollkommen losgelöst beobachtet, wie ihrem Körper unter ihr Gewalt angetan wird. Und dann, wenn sie ihr die Kehle durchschneiden, stirbt dieser Körper, und der Teil von ihr, der alles beobachtet hat, wird durch den langen Tunnel gezogen, der ein Bestandteil fast aller Nahtoderfahrungen zu sein scheint. An seinem Ende ist ein weißes Licht, in das sie hineingezogen wird und wo die Menschen, die sie geliebt haben, auf sie warten: ihre Großeltern natürlich und ihr Vater, der gestorben ist, als sie noch ein Kind war; ihre Mutter, die erst vor zwei Jahren gestorben ist, und natürlich ihr Sohn Sean. Es hat keinen Tag gegeben, an dem sie nicht an Sean gedacht hat, und jetzt ist er da und wartet auf sie.

Und ihr Mann ist auch da. Sie waren ja nur ein paar Minuten getrennt, und jetzt werden sie für immer vereint sein.

So stelle ich es mir jedenfalls am liebsten vor. Aber es ist nur in meiner Fantasie so. Und dort, finde ich, kann ich machen, was ich will.

Kapitel 2

Die Leichen fand ihre Tochter Kristin. Sie war am Abend mit Freunden in Chelsea aus gewesen und hatte in der Wohnung einer Freundin in London Terrace übernachten wollen, aber das hätte bedeutet, dass sie am nächsten Morgen in denselben Kleidern zur Arbeit hätte gehen oder erst noch nach Hause hätte fahren müssen, um sich umzuziehen. Ein Mann, den sie gerade kennengelernt hatte, bot ihr an, sie nach Hause zu fahren, und sie nahm sein Angebot an. Als er in zweiter Reihe vor dem Haus in der West Seventy-fourth anhielt, war es ein paar Minuten nach eins.

Er wollte sie zur Tür begleiten, aber das hielt sie nicht für nötig. Trotzdem wartete er, als sie über den Gehsteig ging und die Treppe hinaufstieg, er wartete, als sie den Schlüssel ins Schloss steckte, und er wartete, bis sie im Haus verschwand. Ahnte er etwas? Eher nicht. Ich würde sagen, er tat es aus Gewohnheit, so war er erzogen worden: Wenn man eine Frau nach Hause bringt, wartet man, bis sie die Tür hinter sich geschlossen hat, bevor man sich auf den Weg macht.

Deshalb war er noch da, wollte aber gerade losfahren, als sie, das Gesicht starr vor Entsetzen, wieder in der Tür erschien. Er schaltete die Zündung aus und stieg aus, um zu sehen, was los war.

Für die Morgenzeitungen war es viel zu spät passiert, weshalb es zuerst in den Lokalnachrichten im Fernsehen kam, wo Elaine und ich es beim Frühstück erfuhren. Die Reporterin von New York One berichtete, dass die Opfer am Abend ein Konzert im Lincoln Center besucht hatten. Deshalb wussten wir, dass wir dieselbe Musik wie sie gehört hatten; nicht wussten wir dagegen, dass sie auch beim Empfang und beim Dinner des Fördervereins gewesen waren. Schon allein der Gedanke, dass wir zusammen mit ein paar tausend anderen Leuten im selben Konzertsaal mit ihnen gewesen waren, hatte etwas Verstörendes. Noch verstörender war, als wir später erfuhren, dass wir alle an einer wesentlich intimeren Veranstaltung teilgenommen hatten.

Der Doppelmord war mehr als eine Meldung für die Titelseite. Aus journalistischer Sicht war er eine Sensationsstory. Die Opfer, ein renommierter

Anwalt und eine Schriftstellerin, also anständige, kultivierte Bürger, waren in ihrem eigenen Haus brutal ermordet worden. Sie war, was für die Leser der Boulevardpresse immer ein besonderer Leckerbissen war, vergewaltigt und dazu noch mit einem Schürhaken malträtiert worden. In weniger hemmungslosen Zeiten als den unseren wäre dieses Detail unerwähnt geblieben. Um falsche Geständnisse leichter aussortieren zu können, hält die Polizei solche Einzelheiten in der Regel zurück, aber in diesem Fall erfuhr die Presse davon. Die *Times* erwähnte es, vielleicht aus Anstand, nicht, und die Fernsehnachrichten deuteten zwar einen weiteren Übergriff an, äußerten sich jedoch nicht weiter darüber. Dagegen legten *News* und *Post* nicht so viel Zurückhaltung an den Tag.

Als die Polizei die Bewohner des Viertels wegen des Vorfalls befragte, sagte eine Frau aus der unmittelbaren Nachbarschaft aus, dass sie in der Zeit zwischen Mitternacht und ein Uhr morgens zwei Männer aus einem Haus, möglicherweise dem der Hollanders, hatte kommen sehen. Sie waren ihr aufgefallen, weil jeder von ihnen einen Wäschesack über der Schulter trug. Das war ihr nicht verdächtig erschienen, und ihr war auch nicht der Gedanke gekommen, sie könnten Einbrecher sein. Stattdessen hatte sie angenommen, sie seien zwei Zimmergenossen auf dem Weg zu dem rund um die Uhr geöffneten Waschsalon gleich um die Ecke in der Amsterdam. Sie erinnerte sich, gedacht zu haben, wie schrecklich es sei, dass junge Menschen heutzutage so viel arbeiten mussten und nur noch spät nachts dazu kamen, ihre Wäsche zu waschen.

Ihre Beschreibung der zwei Männer war vage, und eine Sitzung mit einem Polizeizeichner verlief ergebnislos, da sie nie einen unverstellten Blick auf die Gesichter der beiden gehabt hatte. Sie waren, soweit sie sich erinnerte, weder groß noch klein und weder dick noch dünn gewesen. Einer von ihnen, sagte sie, könnte einen Bart gehabt haben, obwohl sie das auf gar keinen Fall hätte beschwören können.

Nach Ansicht der Spurensicherung könnte sie damit richtig gelegen haben. Sie hatten ein paar Haare entdeckt, die mit an Sicherheit grenzender Wahrscheinlichkeit vom Bart eines Mannes stammten, und um nachzuweisen, dass sie nicht von Byrne Hollander waren, war kein DNA-Vergleich nötig, weil er glattrasiert war.

Laut Aussagen der Zeugin könnte einer der Männer gehinkt haben. Ihr war aufgefallen, dass er sich etwas eigenartig bewegt hatte, was sie jedoch ursprünglich auf das Gewicht des Wäschesacks über seiner Schulter zurückgeführt hatte. Vielleicht hatte es tatsächlich nur daran gelegen, vielleicht hatte er aber auch gehinkt. Mit Sicherheit konnte sie das nicht sagen.

Wenn man das Glück hat, über eine Story zu stolpern, die die Auflage in die Höhe treibt, bringt man sie weiter auf der Titelseite, egal, ob es neue Erkenntnisse gibt oder nicht. Am meisten Einfallsreichtum bewies in dieser Hinsicht die *Post*, die unter der Überschrift HABEN SIE IHN HINKEN GESEHEN? eine Zeichnung des Verdächtigen veröffentlichte. Sie zeigte einen Mann mit einem Mephistophelesbärtchen und dazu passenden dämonischen Gesichtszügen, wie er mit einem Sack über der Schulter verstohlen die Straße hinunterschlich. In Richtung Amsterdam Avenue, nehme ich mal an. Damit sollte natürlich der Anschein erweckt werden, dass es sich dabei um eine Polizeizeichnung handelte, was jedoch nicht der Fall war. Irgendein Zeichner in der Redaktion hatte die Skizze auf Bestellung angefertigt, und da war sie nun, auf der Titelseite der *Post*, zusammen mit der Bitte um Hinweise auf den Träger dieses imaginären Gesichts.

Und wie nicht anders zu erwarten, gingen Dutzende davon auf dem Anschluss ein, den die Polizei zu diesem Zweck eingerichtet hatte und dessen Nummer von der Zeitung freundlicherweise verbreitet worden war. Wenn jemand in einem brisanten Fall einen telefonischen Hinweis gibt, kann man diesen nicht einfach abtun, selbst wenn er nur die Folge eines journalistischen Fantasiegebildes ist. Es besteht immer die Möglichkeit, dass der Tipp sachdienlich ist und der Anrufer die Zeichnung nur als Vorwand nimmt, um die Polizei auf jemand aufmerksam zu machen, den er zu Recht verdächtigt. Jedem Anruf wird nachgegangen, allerdings nicht, weil man sich davon etwas erwartet, sondern weil sie bei der Polizei wissen, wie dumm sie dastehen, wenn sich der Hinweis, dem sie keine Beachtung geschenkt haben, als zutreffend erweist. Sich gegen alle Eventualitäten abzusichern ist das Erste, was man beim NYPD in der Praxis, wenn auch nicht bei der Ausbildung an der Akademie lernt. Und im Dienst bekommt man es weiter eingebläut, immer und immer wieder.

Ein Anrufer sagte, die Polizei sollte ein Auge auf einen gewissen Carl Ivanko werfen, aber nicht, weil er dem Mann auf der Zeichnung ähnlich sah. Sein Gesicht war eher ein bisschen schief und länger und schmaler als das auf dem Phantombild. Ob Ivanko einen Bart hatte, konnte der Anrufer nicht sagen. Was die Gesichtsbehaarung anging, wechselte das bei Ivanko, und zudem war es schon eine Weile her, dass ihn der Anrufer gesehen hatte, wobei er auch nichts dagegen gehabt hätte, wenn es das letzte Mal gewesen wäre.

Jedenfalls war es mehr die Personenbeschreibung gewesen als die Zeichnung, die ihn an Ivanko hatte denken lassen, aber auch das Phantombild hatte ihn zu dem Anruf veranlasst, obwohl es wenig Ähnlichkeit mit Ivanko aufwies. Die Sache war nämlich, dass Ivanko was an der Hüfte hatte und deshalb ab und zu etwas eigenartig ging. Von einem Hinken konnte man eigentlich nicht reden, aber er hatte auf jeden Fall einen komischen Gang.

Andererseits hatten eine Menge Typen Probleme mit der Hüfte oder mit den Knien und hatten mal einen Bart gehabt. Aber was den Ausschlag gegeben hatte, war der Schürhaken, obwohl das nicht mit etwas zusammenhing, was mal passiert war, zumindest nicht, soweit der Anrufer das sagen konnte. Es war vielmehr etwas, was Ivanko mal gesagt hatte, und das sogar bei mehreren Gelegenheiten – in Zusammenhang mit einer Frau, die sein Interesse nicht erwidert hatte, und mit einer anderen, die auf der Straße seine Aufmerksamkeit erregt hatte. Weißt du, was ich gern tun würde, hatte Ivanko gesagt, ich würde gern einen heißen Schürhaken nehmen und ihn ihr in die Möse schieben.

Oder zumindest Worte dieses Inhalts.

Es überraschte niemand groß, dass Carl Ivanko vorbestraft war. An seine Jugendstrafen kam niemand ran, aber als Erwachsener war er zweimal wegen Einbruchs festgenommen worden. Er bekannte sich in beiden Fällen schuldig und kam deshalb das erste Mal mit einer Bewährungsstrafe davon; das zweite Mal bekam er eine dreijährige Haftstrafe aufgebrummt. Einmal war er auch wegen versuchter Vergewaltigung verhaftet worden, aber die Anklage wurde fallen gelassen, als ihn das Opfer bei einer Gegenüberstellung nicht identifizieren konnte.

Sein letzter bekannter Wohnsitz war die Wohnung seiner Mutter in der East Sixth Street. Sie befand sich im vierten Stock, mit einem indischen Restaurant im Erdgeschoss. Das war in dem Block zwischen First und Second Avenue, wo es in fast jedem Haus einen Inder im Erdgeschoss gab. Mrs. Ivanko wohnte dort nicht mehr, und niemand im Haus wusste, wer Carl war, geschweige denn, was aus ihm geworden war.

Wenn man nur wirklich will, gibt es viele Möglichkeiten, jemand zu finden, aber Ivanko tauchte auf, bevor die Polizei dazu kam, ein paar davon auszuprobieren. Brooklyner Streifenpolizisten, die wegen einer Beschwerde über den Gestank, der aus einer abgeschlossenen Erdgeschosswohnung im 1600er Bereich der Coney Island Avenue drang, die Wohnungstür aufbrachen, fanden dort zwei männliche Weiße vor, die offensichtlich schon mehrere Tage lang tot waren. Den Ausweispapieren zufolge, die an den Toten gefunden wurden und sich später infolge von Fingerabdruckvergleichen als gültig erwiesen, handelte es sich bei den beiden Männern um Jason Paul Bierman und Carl Jon Ivanko. In Biermans Brieftasche befand sich ein Führerschein mit der Adresse in der Coney Island Avenue. Ivanko schien keinen Führerschein zu besitzen, aber ein Studentenausweis in seiner Geldbörse enthielt ein paar Informationen. Es war eins dieser Dinger, die man in jedem Andenkenladen kaufen kann. Ivankos College war darauf als »Kleinkriminellen-Universität«, seine Adresse als »Gosse von New York« angegeben. Es gab auch ein Kästchen, in dem man eine Person eintragen konnte, die im Fall eines Unfalls oder einer schweren Erkrankung benachrichtigt werden sollte. Ivanko hatte sich für das »Leichenschauhaus« entschieden.

Beide Männer waren an Schussverletzungen gestorben. Ivanko, der, alle Viere von sich gestreckt, auf dem nackten Fußboden lag, war, ganz ähnlich wie Byrne Hollander, mit zwei Schüssen in die Brust und einem in die Schläfe getötet worden und, wie eine ballistische Analyse später ergab, mit derselben Automatik vom Kaliber 22. Nach der Waffe mussten die Cops nicht lange suchen; sie befand sich noch in Biermans Hand. Er saß in einer Ecke des Zimmers auf dem Boden, den Rücken an die Wand gelehnt, die Pistole in seinem Schoß. Allem Anschein nach hatte er sich den Lauf in den Mund gesteckt, ihn nach oben geneigt und sich durch den Gaumen eine Kugel ins Gehirn gejagt. Profikiller verwenden für Kopfschüsse angeblich mit Vorliebe Pistolen vom Kaliber 22, weil diese Kugeln gern mehrmals zwischen den Schädelwänden hin und her prallen, was mit hoher Wahrscheinlichkeit tödliche Folgen hat. Bei Bierman hatte es funktioniert, aber vermutlich wäre das auch bei jeder beliebigen anderen Pistole so gewesen. Polizisten, ob betrunken oder deprimiert oder beides, machen das mit ihren Dienstpistolen schon seit Jahren so, und wenn die 38er Kugeln vielleicht auch nicht groß von irgendwo zurückprallen, erzielen auch sie die gewünschte Wirkung.

In Biermans Wohnung wurden auch die beiden Kopfkissenbezüge aus dem Schlafzimmer der Hollanders gefunden, einer leer und zerknüllt auf dem Boden, der andere halb voll mit gestohlenen Gegenständen auf dem ungemachten Doppelbett. Die Holzschatulle mit dem Silberbesteck für zwölf Personen lag auf Biermans Kommode. Kristin Hollander konnte sie zusammen mit mehreren Schmuckstücken ihrer Mutter und anderen aus der Wohnung gestohlenen Gegenständen identifizieren.

Eine forensische Untersuchung ergab, dass die am Tatort gefundenen Gesichtshaare von Carl Ivankos Bart stammten, und das in Susan Hollanders Anus gefundene Sperma war ebenfalls seines. Posthume Röntgenaufnahmen Ivankos zeigten Schädigungen der Hüftgelenkspfanne, die das Hinken erklärten, das die Zeugin gemeldet und der Anrufer bestätigt hatten.

Nicht alles davon wusste ich damals schon, obwohl im Fernsehen und in der Presse ausführlichst über den Fall berichtet wurde. Mich beschäftigten damals andere Dinge.

Elaine überweist nicht nur eine Spende für die einen Monat dauernden Mostly-Mozart-Festspiele, sondern bestellt auch Karten für etwa ein Dutzend der zahlreichen Konzerte. In den meisten Fällen begleite ich sie zu diesen Anlässen, und wenn ich aus beruflichen oder anderen Gründen verhindert bin, findet sich immer eine Freundin, die für mich einspringt. Letztes Jahr nahm sie auch TJ mal in ein Konzert mit, zu einem Countertenor, der von einem Kammerorchester auf zeitgenössischen Instrumenten begleitet wurde. Auch ich wäre gern mitgekommen, aber ich hatte wegen eines Falls zu tun. Soviel ich weiß, war es TJs erstes klassisches Konzert, und Elaine meinte, er hätte den Eindruck gemacht, als hätte es ihm gefallen, sowohl die Musik als auch das ganze Drumherum, aber sie rechnete nicht damit, dass er deshalb sofort losziehen und stapelweise Klassik-CDs kaufen würde.

Wir gingen zum Eröffnungskonzert am Montagabend, und die nächsten Karten hatten wir für Donnerstag, einen mittlerweile ausverkauften Klavierabend mit Alicia de Larrocha. Inzwischen hatten wir erfahren, dass die Hollanders am Montag nicht nur im Konzert, sondern auch beim Abendessen für die Förderer gewesen waren. Die Mörder waren noch nicht gefunden worden, und in der Avery Fisher Hall wurde über nichts anderes gesprochen. Soweit ich das beurteilen konnte, war es das einzige Gesprächsthema.

In der Pause ging ich wie immer in den Salon des Fördervereins, allerdings mehr um der Unterhaltung willen als wegen des Kaffees und der Toblerones, die man dort gratis bekommt. Ein Paar, das wir dort schon so oft gesehen haben, dass wir uns zur Begrüßung zunicken, kam auf uns zu und sagte, sie hätten uns beim Abendessen gesehen, und dann fragten sie, ob wir die Hollanders gesehen oder gekannt hätten. Wir antworteten, dass wir sie nicht gekannt hatten und nicht sagen könnten, ob wir sie an besagtem Abend gesehen hatten.

»Genau das ist der Punkt«, sagte die Frau. »Wir haben mit drei anderen Paaren, die wir alle nicht kannten, am Tisch gesessen. Es ist also gut möglich, dass Byrne und Susan Hollander unter ihnen waren.«

»Wir hätten Byrne und Susan Hollander *sein* können«, sagte der Mann. Damit meinte er, dass auch sie das Schicksal der Hollanders hätte ereilen können. Schließlich war es den Mördern bestimmt sehr entgegengekommen, absehen zu können, wann die Hollanders nach Hause kommen würden. War es daher nicht denkbar, dass sie eine Liste der Leute gehabt hatten, die am Essen des Fördervereins teilnehmen würden? Und hätten sie nicht genauso gut einen anderen Namen auf dieser Liste aussuchen können?

Es war ein bisschen weit hergeholt, aber ich konnte nachvollziehen, was er meinte und wie er auf diesen Gedanken gekommen war. Jedes Unglück – sei es ein Verbrechen oder ein Erdbeben oder sonst etwas – betrifft einen je nach der Wahrscheinlichkeit, mit der es auch einem selbst hätte zustoßen können, unterschiedlich stark. Die Hollanders waren Leute wie wir, und wir hätten beim Essen rein zufällig neben ihnen sitzen können. War also wirklich auszuschließen, dass sie genau das, was wir miteinander gemein hatten, das Leben gekostet hatte? Es war keineswegs auszuschließen, und es hätte genauso gut uns wie sie treffen können – und die eigenartige Mischung aus Entsetzen und Erleichterung, die sich so oft einstellt, wenn man gerade noch einmal davongekommen ist, ließ uns einen Schauder über den Rücken laufen.

Der Salon der Förderverein war voll mit Leuten, die froh waren, noch am Leben zu sein – und zweifellos ein wenig Bammel hatten, nach Hause zu gehen, denn wer konnte schon mit Sicherheit sagen, dass die Mörder nicht ein weiteres Mal zuschlagen würden?

Das war am Donnerstag gewesen. Am Samstagmorgen traten die Cops die Tür der Wohnung in der Coney Island Avenue ein, und wenige Stunden später berichteten die Medien darüber, und die Stadt – insbesondere diejenigen ihrer Bewohner, die in der Upper West Side wohnten und Konzerte besuchten – atmete erleichtert auf. Die Mörder waren nicht mehr auf freiem Fuß, was sehr beruhigend war. Aber noch besser war, dass sie sogar tot waren. Trotzdem war das Ganze interessant genug, um die Auflagen der Zeitungen noch ein paar weitere Tage, vielleicht sogar eine ganze Woche, in die Höhe zu treiben, aber inzwischen begann das Interesse bereits wieder abzuflauen. Es war nicht mehr beängstigend. Der Verkauf von Alarmanlagen, der im Lauf der Woche deutlich angestiegen war, pendelte sich wieder auf einem normalen Level ein. Frauen konnten die Pfeffersprays zu Hause lassen, nachdem sie sich angewöhnt hatten, sie vor dem Aufbruch zu einem Konzert in ihre Handtaschen zu stecken. Männer, die ihre Anwälte damit beauftragt hatten, sich zu erkundigen, wie schwierig es wäre, einen Waffenschein zu bekommen, gelangten inzwischen wieder zu der Überzeugung, dass es die Mühe nicht wert wäre.

Dagegen war ich weiterhin nicht weniger an der Sache interessiert als zuvor. Ich hörte mir die Meldungen in den Nachrichten an und las alles, was in gedruckter Form darüber erschien. Am Montag ging ich mit Joe Durkin mittagessen. Das hatte keine beruflichen Gründe, denn ich arbeitete gerade an keinem Fall. Allerdings hatte unsere Beziehung in letzter Zeit etwas gelitten, nachdem ich vor etwa einem Jahr einen Auftrag übernommen hatte, der mich meine Privatdetektivlizenz kostete. Allerdings konnte ich auch ohne Lizenz ganz gut leben, das hatte ich zwanzig Jahre lang getan; weniger gut kam ich dagegen ohne die Freundschaften aus, die ich mir zu einer Reihe von Polizisten und verschiedenen anderen Leuten aufgebaut hatte. Deshalb traf ich mich ganz bewusst ab und zu mit Joe, und nicht nur dann, wenn ich etwas von ihm wollte.

Er ist Detective in Midtown North, weshalb weder er noch sein Revier für den Fall zuständig waren. Trotzdem kamen wir bei unserem Mittagessen fast zwangsläufig auf die Morde zu sprechen, denn unabhängig davon, ob man ein berufliches Interesse an ihnen hatte oder nicht, waren sie nach wie vor Gesprächsthema Nummer eins. »Die Kriminalitätsrate geht zwar runter«, sagte Joe, »aber du kannst mir glauben, dieses Pack hängt sich schwer rein, diesen Umstand dadurch wettzumachen, dass sie noch brutaler werden. Seit wann ist Einbruch ein Kontaktsport geworden? Bisher waren Einbrecher immer Typen, die möglichst jeden menschlichen Kontakt vermieden haben.«

»Lauter Gentlemandiebe sozusagen.«

»Von der Sorte hat es leider nie viele gegeben, Matt. Aber zumindest gingen die Profi-Einbrecher bisher auch wie solche vor; was sie brauchen konnten, nahmen sie mit, alles andere rührten sie nicht an; schnell rein und ebenso schnell wieder raus. Und die typischen 08/15-Einbrüche gingen auf das Konto irgendwelcher abgehalfterter Junkies. Die treten dir die Tür ein, schnappen sich ein Kofferradio oder sonst was, das vielleicht zehn Dollar bringt, und dann nichts wie weg. Richtig poplige kleine Langfinger eben. Aber diese Drecksäcke haben alles eingepackt, was sie tragen konnten; sie haben die ganze Wohnung auf den Kopf gestellt und dann gewartet, bis die Wohnungsbesitzer nach Hause kamen. Weißt du, was das war? Eine Mischung aus Einbruch und Hausfriedensbruch. Bei Hausfriedensbruch gehst du nur rein, wenn du weißt, dass die Opfer zu Hause sind, weil du es auf die Konfrontation angelegt hast.«

»Bei Drogendealern zum Beispiel.«

»Genau, die sind ein bevorzugtes Ziel.« Durkin nickte zustimmend. »›Sag uns, wo du das Geld versteckt hast, oder wir schneiden deinen Kindern die Köpfe ab.‹ Was sie dann wahrscheinlich in jedem Fall tun, diese Schweine. Diese zwei sind eingebrochen, haben das ganze Haus auf den Kopf gestellt und dann gewartet, bis es für sie Hausfriedensbruch wurde. Warum? Wegen mehr Geld?«

»Könnte sein. Vielleicht haben sie nicht so viel gefunden wie erwartet.«

»Ich schätze, das ist eine Branche, in der man in ständiger Hoffnung lebt. Vielleicht haben sie ein Foto der Dame des Hauses gesehen und daraufhin beschlossen, sie näher kennenzulernen.«

»Oder sie wussten bereits, wie sie aussah.«

»Wie auch immer. Ich kann dir jedenfalls sagen, Matt, ob nun Gentlemandiebe oder Junkies, denen die Flatter geht, Vergewaltigung war für diese Typen nie eine Option. Aber inzwischen passiert das ständig. Sie ist da, sie ist hübsch, was soll's, so eine Gelegenheit lässt man sich nicht entgehen. Ich meine, wenn du im Kühlschrank was siehst, was dir schmeckt, langst du doch auch zu.«

»Angeblich ist es aber nichts Sexuelles«, sagte ich.

»Das kriegen wir ständig zu hören. Es sind irgendwelche Aggressionen gegen Frauen oder sonst so ein Scheiß.«

»Ich würde jedenfalls sagen, dass jemand, der mit einem Schürhaken macht, was dieser Typ damit getan hat, schon ein bisschen aggressiv sein muss.«

»Diese kranke Drecksau. Klar, natürlich, keine Frage. Ist schließlich nie ein Akt der Liebe. Eine Frau zu vergewaltigen, meine ich. Aber wie kommen die darauf, es hat nichts mit Sex zu tun? Wie bekommt dieser Typ einen Ständer, wenn es nichts mit Sex zu tun hat? Hat ihm etwa jemand heimlich Viagra in seine Cornflakes getan?«

»Und komischerweise kommen diese Aggressionen immer nur dann in ihnen hoch, wenn sie eine Frau attraktiv finden.«

»Ja«, sagte Joe, »seltsamer Zufall. Er macht sich über sie her und spritzt dabei ab, da möchte man doch meinen, er verspürt eine gewisse Dankbarkeit, falls er überhaupt was verspürt. Aber von wegen, stattdessen beweist er ihr seine Dankbarkeit mit dem Schürhaken und schneidet ihr die Kehle durch. Also, bei solchen Typen wünsche ich mir, wir hätten die Todesstrafe noch.«

»Wir haben sie doch noch.«

Er sah mich an. »Ich fände es allerdings besser, wir hätten die Todesstrafe so, wie sie sie in Texas haben. Ich glaube, du weißt, was ich meine.«

»Wie auch immer, in diesem Fall bräuchten wir sie nicht. Sie sind bereits tot.«

»Ja, und Gott sei Dank, kann ich da nur sagen. Kein Anwalt kann die beiden noch mal raushauen, und kein Bewährungsausschuss wird eines Tages zu der Ansicht gelangen, dass sie sich der Verwerflichkeit ihres Tuns bewusst geworden sind. Dieser Arsch Bierman, der mit der Knarre? Wenigstens einmal in seinem Leben hat er das Richtige getan.«

»Da fragt man sich nur, warum«, sagte ich.

»Wer weiß? Wer weiß schon, warum jemand irgendwas macht? Und letzten Endes, wen kümmert es schon? Sie sind endgültig aus dem Verkehr gezogen. Sie können so was nicht noch mal tun. «

An diesem Abend ging ich ein Stück die Ninth Avenue rauf und nahm an einem AA-Treffen im Souterrain von St. Paul the Apostle teil. Vor langer Zeit, als ich meine Frau und meine Söhne verließ und beim New York Police Department aufhörte und wieder in die Stadt zog, gewöhnte ich mir an, in St. Paul's vorbeizuschauen, ein paar Minuten in der Stille der Kirche zu sitzen, hin und wieder für Leute, an die ich mich erinnern wollte oder die ich nicht vergessen zu können schien, eine Kerze anzuzünden und mit unerklärlicher Großzügigkeit den Opferstock zu füttern. Ich ließ mich damals nur cash bezahlen, und entsprechend leistete ich auch meine Spenden cash und anonym. Ich kann nicht sagen, auf wie viel sich meine Beiträge insgesamt beliefen, weil ich nie Buch darüber führte, wie viel ich verdiente, und überhaupt, was soll das jetzt noch groß zur Sache tun? Ich weiß nur, dass mich die Missionspriester vom Hl. Paulus nie zu einem Essen für ihre Förderer eingeladen haben.

Inzwischen finden eine Etage unter dem Kirchenschiff, in dem ich einmal meine Kerzen anzündete und mein Geld weggab, die Treffen meiner AA-Stammgruppe statt. Irgendwie finde ich das witzig, aber ich komme schon so lange hierher, dass sich die Ironie dieser seltsamen Koinzidenz abgenutzt hat. Ich bin jetzt achtzehn Jahre trocken, immer schön einen Tag nach dem anderen, und manchmal erstaunt mich das. Das sind inzwischen mehr Jahre, als ich bei der Polizei war, und fast so viele, wie ich getrunken habe.

Anfangs ging ich täglich zu einem Treffen und manchmal sogar zwei- oder dreimal pro Tag. Inzwischen gehe ich eher zwei- bis dreimal die Woche, und es gibt auch Wochen, in denen ich gar nicht an einem Treffen teilnehme. Es ist nicht ungewöhnlich, dass man in dieser Hinsicht im Lauf der Zeit etwas laxer wird. Es ist sogar der Normalfall, obwohl es auch besonders treue Anhänger gibt, die zwanzig oder dreißig Jahre nach ihrem Entzug noch täglich zu einem Treffen gehen. Manchmal beneide ich sie, und manchmal denke ich, dass sie das nur tun, um ihr Leben nicht in die eigenen Hände nehmen zu müssen. Schließlich soll das AA-Programm eine Brücke zurück ins Leben sein. Für manche von uns, hat mein Tutor manchmal gesagt, ist es nur ein Tunnel zum nächsten Treffen.

Es ist jetzt zwei Jahre her, dass mein Tutor gestorben ist, und ich habe den Eindruck, dass ich davor an mehr Treffen teilgenommen habe. Er wurde in einem chinesischen Restaurant erschossen – von einem Auftragskiller, der ihn mit mir verwechselte.

Der Mann, der ihn erschoss, ist inzwischen tot, wie überhaupt so ziemlich jeder Beteiligte unter der Erde gelandet ist. Aber ich bin noch am Leben und, was noch erstaunlicher ist, weiterhin trocken.

Bei den Anonymen Alkoholikern haben sie ziemlich klare Vorstellungen, was jemand tun soll, dessen Tutor stirbt oder wieder zu trinken anfängt oder mit seiner Frau durchbrennt. Zuallererst sollte er seinen Arsch hochkriegen und zu einem Treffen gehen, und dann sollte er sich einen neuen Tutor suchen. So lautet der gängige Rat, dem ich sicher nicht widersprechen würde, auch wenn er von denen, die schon länger als zehn Jahre trocken sind, normalerweise in den Wind geschlagen wird. Jedenfalls konnte ich mir nicht vorstellen, dass jemand Jim Fabers Platz in meinem Leben einnehmen könnte. Am Anfang war er ein Fels in der Brandung und eine unerschöpfliche Quelle der Weisheit für mich gewesen, aber im Lauf der Zeit wurde er immer mehr ein Freund und weniger ein Mentor. Wir trafen uns jeden Sonntag bei einem Chinesen zum Abendessen und redeten dabei über Gott und die Welt. Ich bin sicher, dass mir das half, trocken zu bleiben und mich damit wohl zu fühlen, was vermutlich auch der Zweck der Sache war. Aber das war nicht annähernd alles gewesen, was unsere Beziehung ausmachte, und deshalb hatte ich nie den Hang verspürt, mich nach einem Ersatz umzusehen.

Auch ich habe im Lauf der Jahre einige Leute betreut. Vor einem Jahr hatte ich sogar zwei Schützlinge; einer davon war schon ein paar Jahre trocken, der andere hatte gerade seinen Entzug hinter sich. Bei keinem von beiden hatte ich das Gefühl, am Beginn einer wunderbaren Freundschaft zu stehen, aber als Tutor geht man eine sehr praktisch ausgerichtete Beziehung ein, die dazu gedacht ist, beiden Beteiligten zu helfen, trocken zu bleiben, und ich bin sicher, dass ich wegen dieser Funktion an mehr Treffen teilgenommen habe und stärker in das AA-Programm involviert geblieben bin. Allerdings fing einer meiner Schützlinge – der Neue – wieder zu trinken an und verschwand, und der andere zog nach Kalifornien, und niemand tauchte auf, um die Stelle der beiden einzunehmen.

Wahrscheinlich könnte ich aktiv nach jemand Ausschau halten, den ich betreuen kann, aber bisher verspüre ich nicht das Bedürfnis dazu. Wenn der Schüler bereit ist, sagen die Mystiker, wird der Lehrer erscheinen. Und ich würde sagen, anders herum funktioniert es genauso.

Es gibt Leute, die aufhören, zu Treffen zu gehen, und trotzdem trocken bleiben. Schließlich ist alles, was man tun muss, nichts zu trinken. Manchmal frage ich mich, was passieren würde, wenn ich aufhören würde hinzugehen, aber ich habe mir noch nicht gestattet, mit diesem Gedanken zu spielen. Dafür ist meine Zeit nicht kostbar genug. Ich schätze, dass ich ein paar Stunden die Woche entbehren kann.

Für diesen Abend hatten wir Konzertkarten, aber es war ein Liederabend mit einer Sopranistin, und mir ist Instrumentalmusik grundsätzlich lieber. Deshalb ging Elaine mit ihrer Freundin Monica ins Lincoln Center, und ich ging zu einem Treffen. Ich holte mir eine Tasse Kaffee und begrüßte die Leute, die ich kannte. Als ich noch aktiver war und an mehr Treffen teilnahm, kannte ich fast jeden. Ich setzte mich in eine der hinteren Reihen und dachte darüber nach und blickte mich im Saal um und merkte, dass ich schon länger trocken war als alle anderen Anwesenden.

Das kommt hin und wieder vor. Achtzehn Jahre sind keine Ewigkeit, und es gibt jede Menge Männer und Frauen, die zwanzig und dreißig und sogar vierzig Jahre keinen Alkohol mehr angerührt haben. Bei den Treffen in Seniorensiedlungen wimmelt es wahrscheinlich von solchen Leuten. Im Souterrain einer Kirche in der Ninth Avenue sind achtzehn Jahre allerdings eine ganz schön lange Zeit.

Der Sprecher erzählte eine Geschichte mit jeder Menge Kokain darin, aber er hatte auch genug getrunken, um als Alkoholiker durchzugehen. Ich war nicht wirklich bei der Sache, aber das Wesentliche bekam ich mit. Er hatte getrunken, und jetzt war er trocken, und trocken zu sein war besser.

Das kann ich nur unterschreiben.

Als das Treffen aus war, half ich, die Stühle zusammenzustellen, und überlegte, ob ich mit ein paar anderen Teilnehmern auf einen Kaffee ins Flame gehen sollte. Stattdessen ging ich direkt nach Hause. Elaine war noch nicht da, und als ich den Anrufbeantworter abhörte, war eine Nachricht meines ältesten Sohns Michael darauf.

»Bist du da, Dad?«, sagte er. »Nimm bitte ab, wenn du zu Hause bist, ja? Aber wahrscheinlich bist du unterwegs. Ich versuch's später noch mal.«

Keine Bitte um Rückruf und kein Hinweis, worum es ging. Ich spielte die Nachricht noch ein paar weitere Male ab und versuchte etwas aus den Wörtern und dem Tonfall herauszulesen. Er hörte sich angespannt an, fand ich, aber das trifft auf viele Leute zu, wenn sie mit einem Aufnahmegerät sprechen müssen. Andererseits hinterließ er wahrscheinlich ständig irgendwelche Nachrichten. Er hatte eine hohe Stellung bei einer Firma im Silicon Valley und führte ständig Verkaufsgespräche. Wahrscheinlich verbrachte er sein halbes Leben am Telefon.

Aber wahrscheinlich ist es was anderes, seinen Vater anzurufen.

Es war kurz nach zehn und in Kalifornien drei Stunden früher. Ich schlug seine Nummer nach und wählte sie. Es läutete viermal an, und ich bekam seinen Anrufbeantworter dran, worauf ich auflegte, ohne etwas auf Band zu sprechen.

Ich spielte seine Nachricht noch einmal ab und saß da und glotzte stirnrunzelnd den Anrufbeantworter an.

Schließlich ging ich in die Küche und machte eine Kanne Kaffee, und ich trank gerade die erste Tasse, als Elaine mit Monica im Schlepptau nach Hause kam. Ich schenkte Monica auch eine Tasse ein und setzte für Elaine Teewasser auf; sie trinkt nur am Morgen Kaffee. Ich machte ihr eine Tasse Kamillentee, und wir saßen zusammen und unterhielten uns über das Konzert und über die Hollanders. Ich hätte Michaels Anruf erwähnen können, aber das hatte Zeit, bis Monica nach Hause ging.

Als das Telefon läutete, war Elaine näher dran und nahm ab. »Oh, hallo!« Sie klang hoch erfreut, aber das ließ keine Aufschlüsse auf den Anrufer zu. So meldet sie sich immer, selbst wenn es ein Telefonverkäufer war, der sie dazu bringen wollte, für ihre Ferngespräche zu Sprint zu wechseln. »Was macht Kalifornien? Ach, du bist hier? Das ist ja super! Aber warte, dein Dad sitzt neben mir. Ich gebe ihn dir gleich.«

Ich stand auf und machte einen Schritt in Richtung Telefon, aber ihre Miene verdüsterte sich, und sie hob die Hand, um mich zurückzuhalten. »O nein. Wirklich? Michael, wie furchtbar. Das tut mir wirklich leid. Wie ist das passiert? Mein Gott, wie schrecklich. Aber jetzt gebe ich dir deinen Vater.«

Sie ließ den Hörer sinken und hielt die Hand auf die Sprechmuschel. »Er will mit dir reden, aber ich glaube, er wollte es erst mir sagen, damit ich es dir sagen kann.«

Mir was sagen? Dass es in seiner Ehe kriselte, dass sein Kind krank war – aber warum war er dann in New York? Wegen welcher schlechten Nachricht könnte er an die Ostküste gekommen sein?

»Es ist wegen Anita«, sagte Elaine. Das ist Mikes und Andys Mutter, meine Exfrau. »Sie hatte einen Herzinfarkt. Sie ist tot.«

Kapitel 3

Es muss einmal ein richtiges Herrschaftshaus gewesen sein, ein Gutshaus aus unbehauenem Stein und mit einer Fachwerkfassade, erbaut in einer Zeit, als Syosset noch ein kleines Dorf inmitten von Kartoffelfeldern war. In der Zwischenzeit wird da, wo einmal Kartoffeln angebaut worden sind, eine Wohnsiedlung nach der anderen hingeklotzt, und nur noch wenige der großen alten Häuser befinden sich in Privatbesitz. Einige wurden abgerissen, andere haben als Altersheime oder Bürogebäude überlebt.

Oder als Bestattungsinstitute, wie das in der Albemarle Road. Das erste Mal fuhr ich daran vorbei. Ich hatte es nicht übersehen, Michaels Wegbeschreibung stimmte und im Vorgarten stand ein großes Schild, aber wahrscheinlich sträubte sich etwas in mir dagegen, dort anzukommen. Ich fuhr einmal ganz um den Block und dann noch einmal halb, und dann bog ich links ab anstatt rechts, bis ich schließlich den Weg zu unserem alten Haus fand.

Es sah kleiner aus, als ich es in Erinnerung hatte, und das Grundstück größer. Früher, und vielleicht ist das auch heute noch so, nannte man so was ein Ranchhaus – drei Schlafzimmer, Wohnzimmer, Esszimmer und Küche, alle auf einer Etage und das Ganze auf einem 1000 qm großen Vorstadtgrundstück. Jemand hatte einen geschlossenen Übergang zwischen Haus und Garage hinzugefügt, und jemand anders (oder auch dieselbe Person) hatte die Flügelfenster auf der Vorderseite durch ein großes Panoramafenster ersetzt. Die Sträucher im Vorgarten waren deutlich üppiger geworden, oder sie waren eingegangen und durch neue ersetzt worden, und der mickrige Eichensetzling, den ich gepflanzt hatte, überragte jetzt das ganze Haus. Im Vorgarten stand ein zweiter Baum, der noch nicht da gewesen war, als ich hier gelebt hatte, und eine Birkengruppe, die ich eingesetzt hatte, war verschwunden. Vielleicht hatte sie einem späteren Eigentümer nicht gefallen, oder seine Kinder hatten den Bäumen die Rinde abgezogen, um ein Kanu zu bauen.

Oder die Bäume waren einfach nur abgestorben. Birken, glaubte ich mich erinnern zu können, wurden nicht besonders alt, und es war dreißig Jahre her, dass ich in dem Haus gelebt hatte. Demnach dürfte ich die Birken vor drei- oder vierunddreißig Jahren gepflanzt haben. Für einen Baum, selbst für einen kurzlebigen, ist das eigentlich keine besonders lange Zeit, aber vieles hält nicht so lange, wie man erwartet.

Ehen scheitern, Menschen sterben. Warum sollte das bei Bäumen anders sein?

Als ich zum zweiten Mal zum Bestattungsinstitut kam, fuhr ich auf das Grundstück und fand einen Parkplatz für meinen Leihwagen. Im Haus eines Bestattungsunternehmers sind viele Wohnungen, und ein Mann, der etwas lebhafter wirkte, als es die Umstände erforderten, wartete in der Eingangshalle, um mich in die richtige Richtung zu lotsen. Er fragte mich nach dem Namen der Trauergesellschaft, zu der ich gehörte, und ich nannte ihm, ohne zu überlegen, meinen eigenen. Es war jahrelang ihrer gewesen, und in gewisser Hinsicht war es, was mich anging, immer noch ihrer.

Sein professionell ausdrucksloses Gesicht zeigte zuerst an, dass keine Scudder-Bestattung auf dem Programm stand, und dann, dass er den Namen kannte; die Söhne der Verstorbenen trugen ihn, und vermutlich hatte er mit ihnen gesprochen. Ich korrigierte mich, bevor er etwas sagen konnte. »Entschuldigung, so hat sie geheißen, als ich sie kannte. Inzwischen heißt sie Thiele. «

Er zeigte auf einen Flur, dem ich zu einem von der Nachmittagssonne überfluteten Raum folgte. Ich nahm in der letzten Reihe Platz. Die Trauerfeier hatte bereits begonnen, und ein Mann in einem schwarzen Anzug sprach im unverkennbaren Ton eines Geistlichen über die Vergänglichkeit menschlichen Lebens und die Dauerhaftigkeit der menschlichen Seele. Er sagte nichts, was ich nicht schon gehört hatte, und nichts, wogegen ich etwas hätte einwenden können.

Während seine Worte über mich hinwegglitten, blickte ich mich im Raum um. In der vordersten Reihe sah ich einen Mann sitzen, den ich für Graham Thiele hielt. Ich hatte ihn nie kennengelernt, aber eigentlich konnte nur er es sein; er saß neben zwei Mädchen, die seine Töchter sein mussten. Er war Witwer gewesen, als Anita ihn kennengelernt hatte, und er hatte zwei Mädchen gehabt, die noch bei ihm wohnten. Anitas – und meine – Söhne waren damals schon zu Hause ausgezogen, und sie war bei Thiele eingezogen und hatte ihm geholfen, seine Töchter großzuziehen.

Ich sah andere Leute, die ich kannte – Anitas Bruder und seine Frau, beide deutlich gealtert und korpulenter, als ich sie in Erinnerung hatte, und ihre Schwester Josie, die sich so gut wie gar nicht verändert hatte. Auf der anderen Seite des Mittelgangs saßen meine zwei Jungen, Michael und Andrew, und zwischen ihnen Michaels Frau June. Michael und June haben eine Tochter, Melanie, und als Elaine und ich vor einem Jahr für ein verlängertes Wochenende nach San Francisco geflogen sind, haben wir sie in San Jose besucht, um meine Enkelin zu sehen. June ist Sino-Amerikanerin der dritten Generation, schlank und zierlich, und Melanie ist eins der schlagendsten Argumente für gemischtrassige Ehen.

Melanie war nirgendwo zu sehen. Sie war wie alt, zwei? Keinesfalls älter als drei und zu jung für ein Begräbnis.

Aber das war Anita auch.

»Sie hat im November Geburtstag«, hatte ich Elaine erzählt. »Sie ist drei Jahre jünger als ich, dreieinhalb, um genau zu sein. Damit ist sie jetzt achtundfünfzig.«

»Das ist aber wirklich noch sehr jung.«

»Sie hatte einen Herzinfarkt. Ich dachte immer, einen Herzinfarkt bekämen nur Männer.«

»Auch Frauen.«

»Sie war nicht dick, sie hat nicht geraucht. Andrerseits, woher will ich das wissen? Vielleicht hat sie drei Zentner gewogen und war Kettenraucherin. Ich versuche mich zu erinnern, wann ich sie zum letzten Mal gesehen habe. Aber ich weiß es nicht mehr. Ich habe mit ihr telefoniert, als dieser Irre Motley sich in den Kopf gesetzt hat, jede Frau umzubringen, die mal in irgendeiner Form was mit mir zu tun hatte. Ich habe ihr erklärt, dass ihr Gefahr drohen könnte und sie lieber eine Weile verreisen sollte.«

»Ja, daran kann ich mich noch gut erinnern.«

»Sie war stinksauer. Was ich mir eigentlich einbilde, mich in ihr Leben einzumischen? Ich habe ihr zwar erklärt, dass ich das nicht absichtlich täte, aber ich muss zugeben, dass ich ihren Standpunkt verstehen konnte. Da lässt du dich scheiden und beginnst ein neues Leben, und dann sollst du plötzlich Knall auf Fall untertauchen, bloß weil dein Ex auf die Abschussliste eines Irren geraten ist.«

»Aber du musst doch seitdem noch mal mit ihr gesprochen haben.«

»Klar. Jetzt fällt es mir wieder ein. Ich habe sie angerufen, um ihr zu gratulieren, als Melanie geboren wurde. Nein, warte, das stimmt nicht ganz. Angerufen habe ich, das ist richtig, aber dranbekommen habe ich ihn, Thiele, und er hat gesagt, Anita wäre an die Westküste geflogen, um die Kleine zu sehen.«

»Und du hast bei Michael angerufen, und sie ist ans Telefon gekommen.«

»Richtig. Ich weiß noch, wie sie mir vorgeschwärmt hat, wie süß Melanie wäre, fast so, als würde sie es sich selbst mindestens genauso erzählen wie mir. Sie war nämlich nicht gerade glücklich, als Michael und June geheiratet haben.«

»Das wusste ich gar nicht. Weil sie Chinesin ist?«

»Mhm. Hat jedenfalls Michael gesagt. Sie hatte Angst, es könnte Schwierigkeiten geben, weil sie aus unterschiedlichen Kulturen kommen, die übliche Leier eben. So hat sie es jedenfalls hingestellt, aber letztlich, glaube ich, wollte sie einfach keine chinesische Schwiegertochter – oder Enkel mit Schlitzaugen.«

»Aber sie hat sich damit abgefunden.«

»Natürlich. Außerdem war Anita nie böswillig oder engstirnig. Es lag einfach daran, dass sie bis dahin keine Asiaten kannte. Dann hat ihr Sohn eine Chinesin geheiratet, und sie hat sich daran gewöhnt.«

»Und wie geht es dir damit, Schatz?«

»Mit June, meinst du? Also, ich glaube, sie ist das Beste, was Michael passieren konnte, mit Ausnahme von Melanie vielleicht. Aber das ist wahrscheinlich nicht, was du gemeint hast.«

»Nein.«

»Ich weiß selbst nicht recht, wie es mir damit geht«, sagte ich. »Als ob ich etwas verloren hätte, vielleicht. Bloß was? Sie hat schon jahrelang keine Rolle mehr in meinem Leben gespielt.«

»Vielleicht ist mit ihr ein Teil deiner Vergangenheit verloren gegangen.«

»Schon möglich. Aber egal was, es macht mich traurig.«

»Mhm.«

Darauf schwiegen wir eine Weile, und dann fragte sie mich, ob ich noch eine Tasse Kaffee wollte. Ich sagte, ich glaubte, Monica hätte die letzte Tasse getrunken, und außerdem bräuchte ich nicht noch mehr Kaffee.

»Sie ist Samstagmorgen gestorben«, sagte ich. »Die Jungs sind am Sonntag nach New York geflogen. Wo Andy gerade lebt, weiß ich gar nicht. Das Letzte, was ich gehört habe, war, dass er nach Denver gezogen ist, aber das ist schon eine Weile her. Er hält es nie lange irgendwo aus.«

»Er setzt kein Moos an.«

»Sie sind gestern angekommen«, sagte ich, »und haben mich heute Abend angerufen.« Ich ließ das so stehen, und dann fuhr ich fort: »Die Beerdigung ist morgen. In Syosset.«

»Du gehst doch hin, oder?«

»Ich glaube schon. Ich miete mir bei Avis einen Wagen und fahre raus. Sie findet um zwei Uhr nachmittags statt. Ich komme also nicht in den Berufsverkehr, wenn ich rausfahre, und zurück wahrscheinlich auch nicht.« Ich blickte auf meine Hände hinab. »Ich kann nicht behaupten, dass ich mich darauf freue.«

»Trotzdem finde ich, du solltest hingehen.«

»Da bleibt mir wohl auch keine große Wahl.«

»Möchtest du, dass ich mitkomme? Aber natürlich nur, wenn du es wirklich willst. Wenn nicht, wäre ich jedenfalls nicht beleidigt.«

»Ich glaube, lieber nicht«, sagte ich.

»Ich könnte auch mitkommen und im Auto warten, damit du Anitas Freunden nicht ihren Ersatz präsentieren musst. Übrigens, was das angeht, würde dir sicher auch TJ gern Gesellschaft leisten.«

»Er könnte eine Chauffeurmütze aufsetzen«, sagte ich, »und ich könnte mich auf den Rücksitz setzen. Nein, ich glaube, ich fahre lieber selber und leiste mir selbst Gesellschaft. Das Alleinsein macht mir wahrscheinlich nichts aus. Es gibt bestimmt alles Mögliche, worüber ich nachdenken kann.«

Und so saß ich jetzt in der letzten Reihe und dachte über alles Mögliche nach, und als die Trauerfeier zu Ende war, ging ich den Mittelgang hoch zu

Graham Thiele und murmelte etwas, wie leid mir alles täte, und er murmelte etwas zurück, dass es schön sei, dass ich gekommen sei. Das hätten wir auch am Telefon abwickeln können. Danach wandte ich mich Michael und Andy zu. Beide waren natürlich in Anzug und Krawatte, und sie gaben eine gute Figur darin ab, meine zwei gut aussehenden großen Söhne.

»Schön, dass du gekommen bist«, sagte Michael. »Die Trauerfeier war doch ganz okay, oder?«

»Klar, nichts daran auszusetzen«, sagte ich.

»Fährst du noch zum Friedhof mit? Ich könnte schauen, ob bei uns in der Limousine noch Platz ist. Sonst könntest du dich einfach dem Konvoi anschließen, nur dass man es nicht so nennt. Wie sagt man dazu gleich wieder?«

»Trauerzug«, kam ihm Andy zu Hilfe.

»Hinterher treffen wir uns alle in Grahams Haus. Das heißt, in ihrem Haus.«

»Ich glaube, da passe ich lieber«, sagte ich. »Was das Haus angeht, meine ich. Und auch den Friedhof. Da wäre ich, glaube ich, ein bisschen fehl am Platz.«

»Ganz, wie du willst«, sagte Michael. »Das bleibt dir überlassen.«

»Aber jetzt, es ist so weit.« Andy streifte sich schwarze Seidenhandschuhe über. »Wir sind Sargträger. Irgendwie habe ich es noch immer nicht so richtig realisiert.«

»Geht mir genauso.«

»Der Sarg wird gleich geschlossen. Wenn du also noch einen letzten Blick auf Mom werfen willst ...«

Eigentlich war mir nicht danach, aber andererseits war mir auch nicht wirklich danach gewesen, nach Syosset zu kommen. Manche Dinge macht man einfach, egal, ob einem danach ist oder nicht. Ich trat also an den Sarg und schaute hinein und bereute es sofort. Sie sah tot und wächsern aus, und vor allem sah sie aus, als ob sie nie gelebt hätte.

Ich wandte mich ab und blinzelte ein paarmal, aber das Bild verschwand nicht. Mir war klar, dass es eine Weile bleiben und dann verblassen würde, und irgendwann würde ich mich wieder an die Frau erinnern, die ich gekannt hatte, die Frau, die ich geheiratet hatte, die Frau, in die ich mich einmal verliebt hatte.

Ich blickte mich nach meinen Söhnen um. Sie trugen inzwischen beide schwarze Sargträgerhandschuhe, und ihre Mienen waren schwer zu ergründen. »Vielleicht können wir uns ja hinterher noch irgendwo treffen«, schlug ich vor. »Es ist doch bestimmt schon zwei Jahre her, dass ich dich zum letzten Mal gesehen habe, Mike. Und bei dir kann ich mich gar nicht mehr erinnern, wie lange es schon her ist, Andy.«

»Ich schon«, sagte er. »Weil es das letzte Mal war, dass ich in New York war. Vor vier Jahren. Ich habe Elaine zum ersten Mal kennengelernt, und wir drei waren in einem Restaurant abendessen.«

»Im Paris Green.«

»Stimmt, so hat es geheißen.«

»Wie auch immer, wisst ihr hier in Syosset ein Lokal, in dem wir uns treffen könnten? Ein Café oder so was? Nach dem Begräbnis und wenn ihr im Haus mit den Leuten geredet habt?«

Sie tauschten Blicke. Dann sagte Michael: »Wenn wir mal im Haus sind, müssen wir wahrscheinlich bleiben. Bestimmt kommen jede Menge Leute vorbei, und da fällt es bestimmt auf, wenn wir uns verdrücken.«

»Mom hatte viele Freunde«, sagte Andy.

»Dann vielleicht zwischen Friedhof und Haus«, sagte ich. Bloß würden sie mit der Limousine fahren, sagte Michael, und Andy sagte, die Limousine würde sie hinterher wieder hier absetzen, so sei es geplant, und sie würden wieder in ihre eigenen Autos umsteigen.

»June könnte mit deinem Auto zurückfahren«, fuhr er fort. »Und ich nehme dich ins Hershey's mit.«

»Doch nicht in die Hershey Bar«, sagte Michael, und an mich gewandt, fügte er hinzu: »Das ist eine Bierkneipe, hauptsächlich für Schüler und Studenten, immer knallvoll und sehr laut. Fändest du bestimmt nicht gut. Ich übrigens unter diesen Umständen auch nicht.«

»Das war aber nicht immer so«, sagte Andy. »Wirst wohl langsam alt, hm? Außerdem ist es ein Nachmittag mitten in der Woche. Was soll da also heute schon groß los sein?«

»Also wirklich«, brummte Michael, »die Hershey Bar.«

»Wenn dir was Besseres einfällt, können wir auch woandershin gehen.«

»Ich habe aber keinen besseren Vorschlag. Außerdem warten sie schon auf uns. Dann bleibt es wohl bei der Hershey Bar.« Er beschrieb mir kurz den Weg, und dann ließen sich die beiden von einem Mitarbeiter des Bestattungsinstituts an ihre Plätze auf beiden Seiten des inzwischen geschlossenen Sargs führen. Anitas Bruder Phil stand hinter Andy, und dann waren noch drei weitere Männer dabei, die ich nicht kannte.

Ich ließ sie ihre Arbeit tun.

Schließlich fuhr ich doch mit zum Friedhof. Ich hatte es nicht vorgehabt, aber irgendwie ordnete sich mein Wagen einfach in die Schlange ein, und ich saß am Steuer und folgte dem Auto vor mir. Weil wir von einer Polizeieskorte begleitet wurden, mussten wir an keiner Ampel anhalten, und ich dachte, dass es die Cops hier draußen wirklich leicht hatten; sie hatten nichts anderes zu tun, als gelegentlich einen Trauerzug zum Friedhof zu begleiten. Aber ich wusste natürlich, dass es nicht so war. Es gab auf Long Island sehr wohl Kriminalität – und Leute, die Drogen verkauften, und Leute, die sie nahmen, und Ehemänner, die ihre Frauen schlugen und ihre Kinder missbrauchten, und andere, die betrunken Auto fuhren und frontal in einen Schulbus krachten. Crips und Bloods und Drive-by Shootings hatten sie meines Wissens zwar noch nicht, aber lange würde vermutlich auch das nicht mehr dauern.

Draußen beim Friedhof blieb ich im Auto sitzen, während alle anderen zum Begräbnis ans Grab gingen. Ich konnte sie von da, wo ich geparkt hatte, stehen sehen, und sobald alles vorbei war, startete ich den Motor und fuhr los.

Ich hatte nicht wirklich darauf geachtet, wie man zum Friedhof kam – das tut man nie, wenn man einfach hinter dem Auto vor einem herfährt –, und deshalb verfuhr ich mich auf dem Rückweg ein paarmal und dann auch noch ein paarmal auf dem Weg zur Hershey Bar. Ich parkte und dachte, dass meine Söhne schon da wären, als ich nach drinnen ging, aber bis auf den Barkeeper, einen Skinhead mit dunklem Bartschatten und einem Metallica-T-Shirt, dessen hochgekrempelte Ärmel seine Fitnessstudiomuskeln zeigten, und seinen einzigen Gast, einen alten Mann in einer Leinenkappe und einem Trödelladenmantel, war die Kneipe leer. Der alte Knabe sah aus, als gehörte er auf einen Barhocker im Blarney Stone oder im White Rose, aber da saß er, in einer Studentenkneipe in Syosset, und trank aus einem schweren Glaskrug sein Bier.

An den derben Holzwänden hingen Collegewimpel, von den Deckenbalken Steingutbierkrüge, und auf dem Tresen und den Tischen standen Schalen mit Schokoriegeln. Hershey Bars natürlich, in verschiedenen Geschmacksrichtungen, und dazu in Folie verpackte Hershey's Kisses. Das hing bestimmt mit dem Namen der Kneipe zusammen, aber wer wollte schon zu seinem Bier Schokolade naschen? Mir fielen mehrere Bars ein, wo man Schälchen mit ungeschälten Erdnüssen bekam, und in Max's Kansas City gab es Kichererbsen, aber wer wollte zu einem Dos Equis oder St. Pauli Girl einen Hershey's Kiss?

Der Barkeeper sah mich mit hochgezogenen Augenbrauen an, und ich wollte weder ein Bier noch einen Schokoriegel. Mir war nach einem Bourbon, am besten einem Doppelten, pur, und die Flasche lassen Sie gleich mal hier.

Ich klopfte meine Taschen ab, als ob ich etwas verloren hätte – meine Geldbörse, meinen Autoschlüssel, meine Zigaretten. »Bin gleich wieder da«, sagte ich und ging wieder nach draußen und setzte mich in meinen Wagen. Um Radio hören zu können, machte ich die Zündung an. Ich fand einen Sender, der etwas spielte, was sich Classic Country nannte. Elaine hätte das als einen Widerspruch in sich bezeichnet. Aber sie brachten Hank Williams, Patsy Cline, Red Foley und Kitty Wells, und dann tauchten in einem grauen Honda Accord Mike und Andy auf. Als sie den Eingang erreichten, sagte Mike etwas, und Andy gab ihm einen Klaps auf die Schulter und hielt ihm die Tür auf, und dann verschwanden die beiden nach drinnen.

Ich wartete, bis die letzten Töne von »It Wasn't God Who Made Honky Tonk Angels« verklungen waren. Dann folgte ich ihnen.

Kapitel 4

Mike bestellte ein Heineken, und ich sagte, dass ich eine Coke wollte. Der Barkeeper fragte, ob es auch eine Pepsi sein dürfte, und ich sagte, das wäre völlig in Ordnung. Keins von beidem war, was ich wollte, aber was ich wollte, würde ich nicht bestellen, und eigentlich wollte ich es auch nicht mehr wirklich. Dieses Verlangen war einmal so stark gewesen, dass ich irgendwann die Notbremse gezogen hatte, aber es liegen Welten zwischen dem Wunsch, sich einen Drink zu genehmigen und diesem Wunsch auch nachzugeben, und mittlerweile hat sich das Verlangen gelegt. Eine Coke wäre okay gewesen, und eine Pepsi war okay, und das wäre auch ein Glas Wasser oder gar nichts gewesen.

»Wenn wir hier schon auf Long Island sind«, sagte Andy, »dann nehme ich einen Long Island Iced Tea.«

Dieses Getränk haben sie sich ausgedacht, nachdem ich mit dem Trinken aufgehört habe, deshalb habe ich es nie probiert, aber ich schätze, es enthält alle möglichen alkoholischen Getränke, nur Tee findet man darin wahrscheinlich keinen. Der Name ist ironisch gemeint und bezieht sich vermutlich auf den Rumschmuggel während der Prohibitionszeit, was in gewisser eine doppelte Ironie ist, weil sich die Kids, die sich damit wegbomben, vermutlich nicht mal an Vietnam erinnern können.

Als die Drinks kamen, nippte Andy an seinem und bezeichnete ihn prompt als übles Gesöff. »Wer denkt sich so was aus? Soll einem einen Wahnsinnskick verschaffen und schmeckt nach gar nichts. Aber genau das ist wahrscheinlich der Zweck des Ganzen, vor allem wenn man neunzehn ist und seine Freundin besoffen machen will.« Er nahm einen weiteren Schluck und sagte: »Aber man scheint auf den Geschmack zu kommen. Ich wollte schon sagen, das ist mein erster Long Island Iced Tea und wird auch mein letzter sein, aber vielleicht doch nicht. Vielleicht trinke ich ihn aus und ziehe mir noch sechs davon rein.«

»Aber vielleicht auch nicht«, sagte sein Bruder. »Gray will, dass wir wieder ins Haus kommen.«

»Ist das, wie du ihn nennst? Gray?«

»Mom hat ihn jedenfalls so genannt«, sagte Andy. »Ich bin eigentlich nicht groß dazu gekommen, ihn irgendwas zu nennen. Nur, wenn er am Telefon war, wenn ich angerufen habe, oder die paar Male, wenn ich zu Besuch war.«

»Was vor vier Jahren gewesen sein dürfte«, sagte ich.

»Nein, auch danach noch mal.«

»Ach?«

»Schätze, es war letztes Thanksgiving. Damals bin ich nicht in die Stadt gekommen, sondern war nur ein paar Tage bei ihnen zu Besuch und bin dann wieder nach Hause geflogen.« Er schaute auf sein Glas. »Ich hab dich ein paarmal angerufen«, fuhr er nicht sehr überzeugend fort, »aber ich habe jedes Mal den Anrufbeantworter dran bekommen, und eine Nachricht wollte ich dir nicht hinterlassen.«

»Macht aber einen ganz sympathischen Eindruck, Gray«, sagte ich.

»Ja, er ist okay«, sagte Andy.

»Für Mom war er bestimmt gut«, sagte Michael. »Er war für sie da, weißt du?«

Im Gegensatz zu anderen Leuten. »Ich hätte nie gedacht, dass es mal dazu kommen würde.« Ich überraschte mich selbst mit diesen Worten, und ihren Gesichtern nach zu schließen auch meine Söhne. »Ich habe immer geglaubt, dass ich als Erster an der Reihe wäre«, fuhr ich fort. »Nicht, dass ich mir darüber groß Gedanken gemacht habe, aber irgendwie bin ich ganz selbstverständlich davon ausgegangen. Ich war drei Jahre älter als sie, und Männer sterben grundsätzlich früher. Und dann trifft es sie.«

Sie sagten nichts.

»Alle sagen, das ist die beste Art zu sterben«, fuhr ich fort. »Eben bist du noch voll da und im nächsten Moment nicht mehr. Keine nennenswerten Schmerzen, kein langes Siechtum. Man steht nicht am Abgrund und starrt in die Tiefe. Trotzdem würde ich es mir nicht so wünschen.«

»Nicht?«

Ich schüttelte den Kopf. »Ich hätte gern noch Zeit, mich darum zu kümmern, dass ich kein Chaos hinterlasse. Vorher noch alles regeln, ihr wisst schon. Und ich fände es auch gut, wenn die anderen Zeit hätten, sich mit dem Gedanken vertraut zu machen. Für den Betroffenen ist ein schneller Tod vielleicht einfacher, aber für alle anderen ist es schwerer.«

»Na, ich weiß nicht«, sagte Michael. »June hat eine Tante mit Alzheimer, die sich jetzt schon seit Jahren durchs Leben quält. Es wäre bestimmt für alle Beteiligten einfacher, wenn sie einen Herzinfarkt oder Schlaganfall bekäme.«

Da musste ich ihm recht geben, und Andy sagte, er wolle, wenn es so weit wäre, in einen Bottich mit Lanolin gelegt und zu Tode eingeweicht werden. Das war irgendwie witzig, aber nicht witzig genug, um angesichts der Stimmung am Tisch darüber zu lachen.

»Wie auch immer«, sagte Michael, »wir wurden gewarnt. Vor etwas mehr als einem Jahr hatte Mom einen leichten Herzinfarkt.«

»Das wusste ich gar nicht.«

»Ich habe es auch nicht gleich erfahren. Sie und Gray haben es nicht an die große Glocke gehängt. Aber sie hatte Diabetes und erhöhten Blutdruck und …«

»Auch das habe ich nicht gewusst.«

»Echt nicht? Diabetes hat sie doch schon vor zehn Jahren bekommen. Was allerdings den erhöhten Blutdruck angeht, weiß ich nicht, wann das losging. Das kann man auch schon eine Weile haben, ohne dass man es überhaupt merkt. Der Diabetes war relativ harmlos, sodass sie keine Spritzen gebraucht hat, nur Pillen, aber die sind wahrscheinlich nicht gut fürs Herz, und der erhöhte Blutdruck natürlich auch nicht. Als sie den ersten Herzinfarkt hatte, war es eigentlich nur eine Frage der Zeit, dass sie den nächsten bekommen würde. Aber dass es so schnell gehen würde, habe ich nicht erwartet.«

»Ich dachte, sie wäre über den Berg«, sagte Andy. »An Thanksgiving ging es ihr wieder richtig gut, und sie und Gray hatten jede Menge Pläne. Sie wollten eine Flusskreuzfahrt durch Deutschland machen.«

»Ja, sie hatten sie bereits gebucht«, sagte Michael. »Sie wollten nächsten Monat, gleich nach dem Labor Day, hinfliegen.«

»Daraus wird jetzt wohl nichts mehr«, sagte Andy. »Vielleicht kannst du ja ihre Tickets übernehmen, zusammen mit Elaine.«

Darauf trat betretenes Schweigen ein, worauf er hinzufügte: »Sorry, ich weiß selbst nicht, warum ich das gesagt habe.« Er griff nach seinem Glas und betrachtete die Deckenbeleuchtung durch es hindurch. Ich musste an die vielen Male denken, die ich das selbst getan hatte, wenn auch nie durch ein Glas Long Island Iced Tea. »Dieses Gesöff sollte nur mit einem Warnhinweis ausgeschenkt werden. Sorry, tut mir leid.«

»Ach was, ist doch nicht so schlimm.«

»Außerdem kann ich mir nicht vorstellen, dass Elaine in Deutschland Urlaub machen möchte.«

»Wie kommst du denn darauf?«

»Ist sie nicht Jüdin?«

»Na und?«

»Könnte doch sein, dass sie deshalb nicht besonders scharf darauf ist, nach Deutschland zu fahren. Am Ende wird sie dort noch zu Seife verarbeitet.«

»Jetzt lass doch diesen Scheiß, Andy«, sagte Michael.

»War doch nur ein Witz.«

»Aber ein ziemlich blöder.«

»Niemand findet meine Witze gut«, sagte Andy. »Seife, Lanolin, ich kann machen was ich will, niemand mag heute meine Witze.«

»Ist ja auch nicht unbedingt ein Tag für welche.«

»Wann ist schon ein Tag für Witze? Kann mir das vielleicht jemand sagen?«

»Vielleicht solltet ihr beide langsam wieder ins Haus zurückfahren«, schlug ich vor, ohne zu wissen, wonach ihnen der Sinn stand. Aber es war mir auch ziemlich egal. Ich wusste nur, dass ich schnellstens von hier weg wollte. »Gray kann euch im Moment bestimmt gut gebrauchen.«

»Gray«, sagte Andy. »Kanntest du ihn überhaupt?«

»Ich habe ihn eben erst kennengelernt. Bei der Trauerfeier.«

»Ich dachte schon, ihr wärt dicke Freunde, wo du ihn Gray nennst und überhaupt.«

Ich wandte mich Michael zu. »Ich glaube, es ist besser, wenn du fährst.«

»Andy kommt schon klar.«

»Wenn du meinst.«

»Er ist nur ein bisschen angesäuselt.«

»Was redet ihr hier eigentlich über mich, als ob ich gar nicht dabei wäre?«, sagte Andy. »Darf ich vielleicht eine Frage stellen? Nur eine dämliche Scheißfrage?« Er wartete nicht darauf, dass ihm die Erlaubnis erteilt wurde. »Wie kommst du eigentlich darauf, hier ein langes Gesicht zu machen und irgendwelchen Scheiß zu labern, dass du gedacht hast, dich würde es als Ersten treffen? Woher nimmst du das Recht dazu? Wer hat dich zum Obertrauernden ernannt, verdammte Scheiße noch mal?«

Ich konnte den Ärger spüren, der wie eine ganze Armee mein Rückgrat hinauftrampelte. Aber ich hielt den Deckel drauf.

»Du hast dich doch einen Scheiß um sie gekümmert, als sie noch gelebt hat«, fuhr Andy fort. »Hast du sie überhaupt mal geliebt?«

»Ich habe es zumindest mal gedacht.«

»Dann hat es wohl nicht angehalten.«

»Nein«, sagte ich. »Wir beide waren nicht gut darin, verheiratet zu sein.«

»Sie war nicht so schlecht darin. Du bist derjenige, der sie verlassen hat.«

»Ich bin sicher, dass ich nicht der Einzige war, der mit diesem Gedanken gespielt hat. Für einen Mann ist es einfacher zu gehen.«

»Na, ich weiß nicht«, sagte Andy. »In den letzten Jahren bin ich einigen Frauen begegnet, denen das nicht besonders schwer gefallen ist. Die Koffer packen und zur Tür rausmarschieren, nichts einfacher als das.«

»Es ist nicht immer so einfach, wie es aussieht.«

»Vor allem, wenn Kinder mit im Spiel sind«, sagte er. »So ist es doch, oder?«

»Doch, schon.«

»Aber wahrscheinlich haben wir nicht gezählt, ich und Mikey.«

Darauf wusste ich nichts zu erwidern. Und die Wut, die ich eben noch gespürt hatte, war weg, irgendwohin weggesteckt, wo so etwas weggesteckt wird. Wenn ich im Moment etwas empfand, war es unendlicher Überdruss. Ich wollte, dass dieses Gespräch ein Ende nähme, und ich wusste, dass es endlos so weiterginge.

»Warum bist du überhaupt hergekommen?«

»Weil mich dein Bruder angerufen und mir davon erzählt hat«, sagte ich. »Nicht am Samstag, als er es erfahren hat, und nicht am Sonntag, als ihr beide hergekommen seid, sondern gestern Abend.« Ich wandte mich Michael zu. »Das war sehr rücksichtsvoll. So hatte ich vor der Beerdigung keine lange Trauerphase.«

»Ich wollte bloß …«

»Es hätte durchaus sein können«, fuhr ich fort, »dass ich schon was vorgehabt hätte, was ich nicht mehr hätte absagen können, und gar nicht hätte kommen können. Ihr könnt also von Glück reden, dass ich jemand bin, der im Moment nicht allzu beschäftigt ist.«

»Ich hatte Angst, dich anzurufen«, sagte Michael.

»Angst? Wieso?«

»Ich weiß auch nicht. Wie du es aufnehmen, was du sagen würdest. Dass du kommen, dass du nicht kommen würdest. Keine Ahnung.«

»Wie hätte ich denn nicht kommen können?«, sagte ich. »Ich will keineswegs so tun, als wollte ich unbedingt kommen, aber ich hätte unmöglich wegbleiben können. Ich musste euretwegen herkommen, auch wenn es euch vielleicht lieber gewesen wäre, ich wäre in der Stadt geblieben. Und ich musste ihretwegen herkommen.« Ich holte Luft. »Sie war eine gute Frau, eure Mutter. So, wie ich damals drauf war, hätte ich mit niemand verheiratet bleiben können. Sie hat ihr Bestes getan. Was sage ich, wir haben wahrscheinlich beide unser Bestes getan. Das ist, was jeder tut, sein Bestes. Niemand tut was anderes.«

Andy wischte sich mit dem Jackenärmel Tränen aus den Augen. »Es tut mir leid, Dad.«

»Ist ja gut.«

»Es tut mir wirklich leid. Ich weiß nicht, was da gerade in mich gefahren ist.«

»Sechs verschiedene Schnapssorten«, sagte Michael. »Alle in einem Drink. Was willst du da anderes erwarten?«

Was erwartete irgendjemand von uns?

»Ich fürchte, diesmal wirst du keinen von ihnen zu sehen bekommen«, sagte ich zu Elaine. »Mike und June fliegen schon morgen früh wieder nach Hause.«

»Was hat June mit Melanie gemacht? Sie bei ihren Eltern gelassen?«

»Nein, sie haben sie mitgenommen«, sagte ich. »Aber ich habe sie nicht zu sehen bekommen. June fand, sie wäre noch zu klein für die Beerdigung. Deshalb ist sie im Haus geblieben. Ich weiß nicht, ob sie einen Babysitter engagiert haben oder ob eine Verwandte auf sie aufgepasst hat.«

»Und du hast sie gar nicht gesehen?«

»Gekonnt hätte ich es schon, wenn ich ins Haus mitgekommen wäre, aber ich wollte lieber gleich zurückfahren.«

»Das kann ich dir nicht verdenken. Und was ist mit Andy? Muss er auch gleich wieder nach Denver zurück?«

»Nach Tucson.«

»Tucson im Sommer. Dort ist es brüllend heiß.«

»Wahrscheinlich spekuliert er darauf, dass es dafür im Winter angenehmer ist. Falls er dann noch dort ist.«

»Dein rollender Stein.«

»Nicht meiner«, sagte ich. »Nicht mehr. Sie sind beide nicht mehr die Meinen, Schatz. Ich weiß nicht mal, ob sie das jemals waren.«

»Das sagst du nur, weil du gerade einen sehr speziellen Tag hinter dir hast.«

»Das hat nur zum Teil etwas damit zu tun. Ich bin natürlich immer noch ihr Vater, und sie sind immer noch meine Söhne. Sonst würden wir uns nicht so auf die Nerven gehen. Sie werden uns an Weihnachten weiter eine Karte schreiben und gelegentlich anrufen, und Andy hält uns wahrscheinlich weiter über seine Adressänderungen auf dem Laufenden. Und sie werden sich melden, wenn sie in der Stadt sind. Vielleicht nicht jedes Mal, wenn sie herkommen, aber ab und zu. Und natürlich werden sie nicht allzu oft nach New York kommen.«

»Liebling ...«

»Und wenn ich tot umfalle«, fuhr ich fort, »kommen sie zur Beerdigung geflogen, und sie werden im Anzug erscheinen. Im Anzug sehen übrigens beide gut aus, das muss man ihnen wirklich lassen. Sie werden helfen, den Sarg zu tragen, das konnten sie heute Nachmittag schon üben, auch wenn er nächstes Mal etwas schwerer sein wird.«

»Außer du gehst richtig ein«, sagte sie.

»Du wieder mal«, sagte ich. »Du lässt mir aber auch wirklich nichts durchgehen.«

»Würdest du mich denn mehr lieben, wenn nicht?«

»Das kann ich mir nicht vorstellen. Und nebenbei bemerkt, sie werden bestimmt nett zu dir sein. Das waren sie auch zu Gray. So nennen sie ihn übrigens. Gray.«

»Ja, das hast du erzählt.«

»Habe ich das? Gray. Ein großer, gutaussehender Typ mit einem offenen, ehrlichen Gesicht. Sieht aus, als könnte er auf der Schule Football gespielt haben. Linebacker vielleicht. Hat seitdem ein bisschen zugelegt, ist aber immer noch ziemlich gut in Form.«

»Du bist doch auch noch gut in Form.«

»Für jemand, der schon bald eingehen wird, auf jeden Fall. Im Moment sind sie ein bisschen sauer auf mich, aber das sind sie im Moment auf jeden. Mit der Zeit gibt sich das schon wieder.«

»Das ist ja schon mal ein Trost.«

»Weil wir gerade bei diesem Thema sind«, sagte ich. »Wenn es bei mir so weit ist, möchte ich einen geschlossenen Sarg.«

»Kannst du haben«, sagte sie. »Außer ich bin vor dir dran.«

»Untersteh dich«, sagte ich.

Gegen halb zwölf gingen wir ins Bett, aber ich merkte schnell, dass ich nicht schlafen könnte. Ich versuchte aufzustehen, ohne sie zu wecken, aber sie setzte sich auf und fragte, wohin ich wollte.

»Ich bin noch zu überdreht«, sagte ich. »Ich gehe noch zu einem Mitternachtstreffen.«

»Das ist vielleicht gar keine so schlechte Idee.«

Ich zog mich an. An der Tür blieb ich kurz stehen und sagte: »Es könnte spät werden.«

»Grüß Mick schön von mir.«

»Mach ich«, sagte ich.

Als ich mit dem Trinken aufhörte, gab es in der Moravian Church in der Lexington Avenue jeden Tag ein Mitternachtstreffen. Sie mussten den Saal zwar schon vor Jahren aufgeben, aber AA-Treffen sind wie der Kopf der Hydra, und prompt traten an seine Stelle zwei neue Treffen, eins in Downtown in einer ziemlich berüchtigten Afterhour-Bar in der Houston Street und das andere, zu dem ich an diesem Abend unterwegs war, im Alanon House, einem AA-Clubhaus in der West Forty-eighth. Normalerweise wäre ich zu Fuß hingegangen, aber da ich schon spät dran war, winkte ich einem Taxi, das gerade vorbeikam, als ich das Haus verließ.

Bei meiner Ankunft verlasen sie die Präambel. Ich setzte mich auf einen der wenigen freien Plätze und merkte, dass das mein zweites Treffen in ebenso vielen Tagen war. Mir war die Idee gekommen, eine Weile jeden Tag an einem teilzunehmen, und dann hatte ich die Idee, vielleicht eine ganze Woche lang nicht mehr zu einem Treffen zu gehen. Ich hatte keine Ahnung, was ich eigentlich tun sollte, und wahrscheinlich war genau das der Grund, warum ich in diesem Saal saß und einem mageren Mädchen mit scharfen Gesichtszügen und fleckiger Haut zuhörte, die erzählte, wie sie angefangen hatte, sich nachts um elf über die Hausbar ihrer Eltern herzumachen, wie sie mit siebzehn eine Cracknutte war und wie sie jetzt, im reifen Alter von dreiundzwanzig, große Hoffnungen, acht Monate ohne Alkohol und Aids hatte.

In den Mitternachtstreffen hat man es mit einer etwas anderen Klientel als sonst zu tun. In den alten Zeiten, in der Moravian Church, kam es immer wieder vor, dass ein Besoffener anfing, mit Stühlen um sich zu schmeißen, bis sich ein paar andere Teilnehmer zusammentaten, um ihn vor die Tür zu setzen. Bei den Mitternachtstreffen bekommt man eine Menge Tattoos, Lederklamotten und Piercings zu sehen. Im Schnitt sind die Leute, die so spät noch auftauchen, jünger und noch nicht so lange trocken und schieben noch ein letztes Treffen dazwischen, um nicht zur Flasche zu greifen. Wenn das Treffen aus ist, haben alle Getränkemärkte geschlossen. Es gibt natürlich Kneipen, die bis vier aufhaben, und Delis verkaufen rund um die Uhr Bier, aber trotzdem besteht um ein Uhr nachts eine gewisse Chance, es nüchtern ins Bett zu schaffen und auch tatsächlich zu schlafen.

Neben den Neuen und den Verzweifelten kommen zu den späten Treffen auch Leute, die Veranlagung oder Umstände zu Nachtgeschöpfen gemacht haben. Und dann sind da diejenigen, die schon lange nicht mehr trinken und lieber Treffen mit einem gewissen Biss haben, Treffen, bei denen vielleicht jemand ein Messer zieht oder einen Stuhl schmeißt oder einen epileptischen Anfall bekommt.

Und da saß ich nun, mit all meinen Jahren auf dem Buckel, zweiundsechzig an der Zahl, achtzehn davon trocken, und fühlte mich anders als die jüngeren, neueren, wilderen Leute um mich herum.

Aber so anders auch wieder nicht.

Als das Treffen zu Ende war, bedankte ich mich beim Sprecher, half, die Stühle aufzuräumen, und trat in die Nacht hinaus. Die Luft war so dick und schwer wie nasse Wolle. Ich ging einfach durch sie hindurch, erst nach Westen und dann nach Norden, bis ich an der Südwestecke von Fiftieth und Tenth landete und Grogan's Open House betrat.

Das Grogan's gehört Mick Ballou, auch wenn sein Namen weder im Grundbuch noch im Pachtvertrag steht. Es gehört ihm auf die gleiche inoffizielle Art wie eine Reihe anderer Firmen in der Stadt. Er hatte auch mal eine Farm in den Catskills, wo er eine paar Schweine und, wegen der Eier, Hühner hielt. Aber als das Haus abbrannte, stieß er die Farm ab. Der im Grundbuch eingetragene Eigentümer kam in besagter Nacht zusammen mit seiner Frau und einer Menge anderer Leute ums Leben, und vermutlich ging das, was von der Farm noch übrig war, in den Besitz des Sohns des offiziellen Eigentümers über. Ich weiß nur, dass Mick seitdem nicht mehr da raufgefahren ist. Er würde nicht mal mehr in die Nähe der Farm kommen.

Die Farm hatte nie Gewinn abwerfen sollen, aber mit dem Grogan's und seinen anderen Firmen verdient er vermutlich schon etwas. Sie könnten allerdings auch Verluste machen, aber das würde keine große Rolle spielen, weil er sein Geld in erster Linie mit allen möglichen kriminellen Aktivitäten verdient. Er raubt Drogendealer aus, kapert legales und illegales Frachtgut und leiht Leuten Geld, deren einzige Bürgschaften ihre Arme und Beine sind. Ich bin ein ehemaliger Cop und ein Privatdetektiv, der mal eine Lizenz hatte, und dieser Berufskriminelle ist mein bester Freund, und ich habe schon lange aufgegeben, mir das zu erklären zu versuchen.

Frühere Leben, meint Elaine. Dass wir mal Brüder waren. Und das ist eine bessere Erklärung als jede andere, die mir dafür einfällt.

Der Barmann nickte mir zu. Ich wusste, dass er Leeky hieß, aber nicht, wie man das schrieb, mit zwei e oder mit e-a oder wie irgendein mir unbekanntes gälisches Wort. Er war noch ziemlich neu in den Staaten, einer dieser maulfaulen Kerle, die es direkt vom Flieger aus Dublin ins Grogan's verschlägt. In Irland gibt es inzwischen mehr Leute, die im Land bleiben als von dort wegkommen wollen, eine Folge des wirtschaftlichen Aufschwungs, der gern als »keltischer Tiger« bezeichnet wird. Micks Neuzugänge gehörten allerdings nicht zu den Leuten, die auf diesen Tiger aufsprangen. Sie hatten anstehende Haftstrafen oder Männer, die sie umbringen wollten, am Hals, weshalb sie schleunigst abzuhauen versuchten und unter Umgehung der Einwanderungsbehörde in der Bronx oder in Woodside wohnten und entweder am Zapfhahn oder auf der Straße für Mick Ballou arbeiteten.

Der saß mit einem Krug Wasser und einer Flasche zwölf Jahre altem Jameson, seinem Lieblingswhiskey, an seinem gewohnten Tisch. Seine Miene hellte sich auf, als er mich sah, womit er an diesem Tag eindeutig einer Minderheit angehörte. Ich holte mir am Tresen eine Tasse Kaffee, bevor ich mich zu ihm an den Tisch setzte.

»Eine wunderschöne Nacht«, begrüßte er mich, »und Gott sei für die Erfindung von Klimaanlagen gedankt. Warst du heute mal im Freien? Was rede ich denn, musst du ja wohl, sonst wärst du nicht hier. Ist es etwas besser geworden?«

»Ein bisschen abgekühlt hat es«, sagte ich. »Aber die Luft ist richtig schlimm.«

»Da weiß man echt nicht, ob man sie atmen oder mit dem Löffel essen soll. Aber dir gehen Dinge durch den Kopf, die schwerer sind als die Luft.«

»Du hast meine erste Frau nicht gekannt, oder?«

»Damals hab ich ja auch dich noch nicht gekannt.«

»Ich hab sie heute Nachmittag zu Grabe getragen«, sagte ich, aber es hörte sich irgendwie nicht richtig an. Das tut es eigentlich nie, wenn man den Sarg nicht gerade selbst getragen hat, aber in diesem Fall kam es mir besonders unpassend vor. »Andere haben sie zu Grabe getragen«, fügte ich deshalb hinzu. »Ich habe im Auto gesessen und ihnen dabei zugesehen.«

»O Mann.« Er nahm einen Schluck von seinem Whiskey und ich von meinem Kaffee, und dann redeten wir.

Wir unterhielten uns ein paar Stunden, und ich weiß nicht mehr, was wir gesagt haben, aber es war eine entspannte Unterhaltung mit langen Phasen des Redens und langen Phasen des Schweigens. Ich weiß noch, dass wir über die Hollanders gesprochen haben und über die zwei Männer, die sie ermordet und nur um wenige Tage überlebt haben.

»Nur gut, dass sie tot sind«, sagte er über die Mörder.

Manchmal machen wir die Nacht durch und bleiben auch nach der Sperrstunde, wenn bis auf eine Lampe über unserem Tisch alle Lichter aus sind. Manchmal sind wir noch am Quatschen, wenn die Sonne aufgeht, und dann bindet sich Mick die Metzgerschürze um, die alles ist, was er noch von seinem Vater hat, und wir gehen die Fourteenth Street runter zur Metzgermesse in St. Bernard's. Manchmal frühstücken wir hinterher auch noch in einem Diner in der West Street oder im Florent in der Gansevoort Street.

Diesmal hielten wir das alles aber nicht für nötig, oder es fehlte uns die Energie dafür. Der letzte Gast wankte um halb vier nach draußen, worauf Leeky die Tür abschloss und die Bar dichtmachte. Als er dabei war, die Stühle auf die Tische zu stellen, damit sie am Morgen gleich als Erstes den Boden wischen konnten, bat ich ihn, mich rauszulassen.

Ich ging zu Fuß nach Hause. Die Luft kam mir jetzt nicht mehr so stickig vor, aber vielleicht bildete ich mir das auch nur ein.

Kapitel 5

Am Samstagvormittag studierte ich über meiner zweiten Tasse Kaffee das Fernsehprogramm und machte Pläne für den Rest des Tages. Ich versuchte mich zwischen der dritten Runde eines Golfturniers auf ESPN und dem Mets-Spiel auf Fox zu entscheiden. Für den Abend hatte ich bereits einen Weltergewichtskampf auf HBO eingeplant, aber um den Nachmittag musste ich mich noch kümmern.

Das Telefon klingelte. Es war TJ. »Wird langsam Zeit, dass du den Arsch hochkriegst und ein bisschen vor die Tür gehst. Ich bin im Morning Star und würde gern mit dir frühstücken.«

»Ich habe schon gefrühstückt«, sagte ich.

»Dann sitzt du eben mit mir am Tisch und leistest mir Gesellschaft. Tut deinem Herz bestimmt gut.«

»Wie das?«

»Elaine sagt immer, ihr wird richtig warm ums Herz, wenn sie mir beim Essen zusieht. Demnach wird es wahrscheinlich auch dir nicht schaden.«

»Da könntest du sogar recht haben«, sagte ich und goss den Rest meines Kaffees in die Spüle. Zehn Minuten später saß ich im Morning Star auf der anderen Straßenseite vor einer Tasse Kaffee, die höchstens halb so gut war wie die, die ich gerade in den Ausguss gekippt hatte. Ich hatte zwar ein paarmal mit TJ telefoniert, aber es war schon eine Woche her, dass ich mich mit ihm getroffen hatte, und ich hatte nicht gemerkt, wie sehr er mir fehlte.

»Tut mir leid, das mit deiner Frau«, sagte er. »Exfrau, meine ich.«

»Woher weißt du das überhaupt? Von Elaine?«

Er nickte. »Ja, und dass du auf der Beerdigung warst. Ich war noch nicht auf so vielen.«

»Das wird sich noch ändern«, sagte ich. »Je länger du lebst …«

»Dann habe ich ja noch was, worauf ich mich freuen kann.« Er hatte einen Teller mit Eiern und Würstchen und Bratkartoffeln vor sich stehen und aß beim Reden. Ich weiß nicht, ob es meinem Herz gut tat, ihm dabei zuzusehen, aber soweit ich das beurteilen konnte, schadete es ihm auch nicht.

Er legte seine Gabel beiseite, nahm einen Schluck Orangensaft und wischte sich mit der Serviette den Mund ab. »Da ist ein Mädchen, das du unbedingt kennenlernen solltest«, sagte er. »Echt nett, echt hübsch, echt clever.«

»Hört sich ja super an«, sagte ich. »Aber was würde Elaine dazu sagen?«

Er verdrehte die Augen. »Ist vielleicht ein bisschen jung für dich. Geht auf die Columbia.«

»Ist das, woher du sie kennst?«

»Mhm. Ich gehe immer in die Geschichtsvorlesung, in der sie auch ist. Das ist aber nicht ihr Hauptfach. Das ist Englisch.«

»Dann weiß sie sich vermutlich gut auszudrücken.«

»Sie möchte Schriftstellerin werden. Wie ihre Tante.«

»Und wer ist ihre Tante? Virginia Woolf?«

TJ schüttelte den Kopf. »Einmal darfst du noch raten, und vertu deine letzte Möglichkeit bloß nicht mit Jane Austen.«

Plötzlich machte es klick. Ich sah ihn an, und er schaute zurück, und ich sagte: »Susan Hollander.«

»Hab ich mich also doch nicht in dir getäuscht. Mit zweimal Raten drauf gekommen.«

»Susan Hollander war ihre Tante? Wie heißt das Mädchen?«

»Lia Parkman. Ihre Mama ist Susan Hollanders Schwester. Susan ist also ihre Tante und Kristin ihre Cousine.«

»Und du möchtest, dass ich sie kennenlerne.«

»Ja, das wäre nicht schlecht.«

»Warum?«

»Sie glaubt, dass jemand ihre Tante und ihren Onkel ermordet hat.«

»Damit könnte sie glatt recht haben«, sagte ich. »Dieser Meinung scheint auch sonst jeder zu sein. Die Hollanders wurden von diesen zwei Pennern umgebracht, Bierman und Ivanov ...«

»Ivanko, Carl Ivanko.«

»Was habe ich gesagt?«

»Ivanov.«

»So weit bin ich damit auch wieder nicht danebengelegen, zumal es ein Name ist, den wir alle vergessen können, und zwar je früher, desto besser. Er ist tot, wie übrigens auch sein Partner, und deshalb ist es zu spät für ihn, Johnnie Cochran anzuheuern, damit er noch mal den Kopf aus der Schlinge ziehen kann. Es hat zwar was Unbefriedigendes, wenn die Übeltäter schon tot sind, bevor sie zur Rechenschaft gezogen werden können, aber zumindest ist die Sache ein für alle Mal geklärt und vom Tisch.« Meine Kaffeetasse war leer, und ich blickte mich nach dem Kellner um. »Und wenn deine Freundin Lisa glaubt, diese zwei Penner waren es nicht ...«

»Lia.«

»Wie bitte?«

»Sie heißt Lia«, sagte TJ. »Wird geschrieben wie Lisa, bloß ohne S.«

»Jetzt weiß ich jedenfalls Bescheid.«

»Na ja, sie könnte ja auch L-E-A-H geschrieben werden, und es gibt Leute, die es Laia aussprechen.«

Ich konnte den Kellner nirgendwo entdecken, und außerdem fand ich, dass der Kaffee nicht gut genug war, um mehr davon zu trinken, selbst wenn er mich nichts kostete. »Die Beweislage ist ziemlich eindeutig«, sagte ich. »Egal, wie clever deine Freundin ist, würde ich sagen, in diesem Fall liegen die Cops ausnahmsweise mal richtig. Ihre Tante und ihren Onkel haben Bierman und Ivanov umgebracht.«

»Ganz so sieht es jedenfalls aus.«

»Ich meine natürlich Ivanko. Ich habe den Namen schon wieder falsch gesagt, aber gemeint habe ich natürlich Ivanko.«

»Ich weiß.«

»Ich habe den Namen wieder falsch gesagt, aber diesmal hast du darauf verzichtet, mich zu verbessern.«

»Wer weiß«, sagte er. »Wenn das mit dem Job als Detektiv nichts wird, kann ich immer noch in den diplomatischen Dienst gehen.«

»Und deshalb übst du schon mal. Wahrscheinlich gar keine so schlechte Idee. Ein bisschen Diplomatie hat noch keinem geschadet. Wenn sie wirklich so clever ist, wie du behauptest, weiß sie, dass die beiden es waren, Bierman und sein Freund.«

»Das weiß sie.«

»Obwohl es vielleicht etwas zu weit gegriffen ist, ihn Biermans Freund zu nennen, wo ihn doch Bierman kurz darauf umgelegt hat. Aber davon mal abgesehen, glaubt sie, dass noch jemand anders an der Sache beteiligt war.«

»Mhm.«

»Er spitzt Bierman und seinen Freund an, bei den Hollanders einzubrechen, und sorgt dann dafür, dass das Ganze so ausgeht, wie es ausgegangen ist, und beide Hollanders tot sind. Und dann macht er die beiden kalt und dreht es so hin, als hätten sich zwei Diebe in die Wolle gekriegt, sodass das Ganze mit einem Mord und einem Selbstmord endet.«

»So weit ist sie nicht gegangen.« TJ trank seinen Orangensaft leer und wischte sich den Mund ab. Er drehte den Kopf zur Seite, und der Kellner kam mit der Rechnung angeschossen, als hätte er schon die ganze Zeit hinter den Kulissen auf dieses Stichwort gewartet. TJ ließ den Beleg da liegen, wo der Kellner ihn hingelegt hatte, und sagte: »Zum Wie hat sich Lia nicht geäußert. Nur zum Wer und Warum.«

»Und was für Vorstellungen hat sie da nun genau?«

»Das lässt du dir am besten von ihr selbst erklären.«

»Der Fall ist Sache der Polizei«, sagte ich, »und sie haben ihn bereits zu den Akten gelegt. Ich weiß beim besten Willen nicht, wieso wir uns da einmischen sollen.«

»Müssen wir ja gar nicht.«

»Aber was kann es schon schaden, mit dem Mädchen zu reden? Ist das, worauf du hinauswillst?«

»Eigentlich dachte ich, das verstünde sich von selbst.«

»Es ist bestimmt reine Zeitverschwendung. Wie sehr magst du das Mädchen?«

»Ich bin nicht verliebt in sie, wenn du das meinst.«

»Es gibt keinen Fall, den wir übernehmen könnten. Und wenn es einen gäbe, könnte sie es sich überhaupt leisten, uns anzuheuern? Hat sie Geld?«

»Schwimmen tut sie wahrscheinlich nicht grade drin. Mit ihrem Stipendium kommt sie gerade mal so über die Runden.«

»Das hört sich ja immer besser an«, sagte ich. »Eine Studentin, die kein Geld hat, will uns anheuern, einen aussichtslosen Fall aufzuklären. Sie geht auf die Columbia. Demnach lebt sie in der Upper West Side. Oder wohnt sie noch bei ihren Eltern?«

»Da müsste sie ziemlich weit pendeln. Ihre Mom ist in Arizona, ihr Dad in Florida.«

»Und sie ist in den Sommerferien nicht nach Hause gefahren.«

»Sie ist das ganze Sommersemester hier geblieben, nur wegen dieser einen Vorlesung: ›Die Französische Revolution und Napoleon‹.«

»Und von da kennst du sie.«

»Echt interessant, kann ich dir sagen. Diese Typen damals haben gar nicht so verkehrt gelegen, aber dann ist die Sache irgendwie aus dem Ufer gelaufen. Lia hat diese Vorlesung belegt, und sonst bedient sie in einem dieser irischen Pseudopubs. Du weißt schon, ein echtes irisches Pub ist es nicht, weil sie Essen haben.« Er holte Luft. »Heute hat sie frei. Sie wohnt mit drei anderen Studentinnen zusammen. Ich dachte, wir treffen uns in einem Café oben im Broadway, Ecke Hundred Twenty-second.«

»Heute?«

Er nickte. »Um eins, hab ich ihr gesagt. Wenn wir gleich fahren, schaffen wir es noch rechtzeitig.«

»Und wenn ich nein sage?«

»Dann fahre ich allein hin und erzähle ihr, dass du verhindert bist, weil du nach Judge Crater und dem Lindbergh-Baby suchst.«

»Aber du bist davon ausgegangen, dass ich mitkomme.«

»Irgendwie schon.«

»Ich wollte es mir eigentlich vor dem Fernseher gemütlich machen«, sagte ich. »Heute bringen sie Golf und ein Mets-Spiel.«

»Schwere Entscheidung, was du dir da jetzt ansehen sollst.«

»Jedenfalls ist beides besser, als meine Zeit in einem Café im Upper Broadway zu vertrödeln.« Die Rechnung lag immer noch auf dem Tisch. Ich griff seufzend danach. »Das übernehme ich.«

»Habe ich mir fast gedacht«, sagte er. »Wo wir doch jetzt einen Fall haben, kannst du sie unter Spesen verbuchen.«

TJ ist ein junger Typ von der Straße, den ich vor einigen Jahren zufällig in der Forty-second Street kennengelernt habe. Das war noch vor der Zeit, als sie die Deuce in Disney World North umgewandelt haben. Er ernannte sich selbst zu meinem Assistenten, und ich fühlte mich in seiner Gesellschaft immerhin so wohl, dass ich mich darauf einließ. Und nach und nach merkte ich, wie nützlich er sein konnte. In Sachen Wandlungsfähigkeit ist er ein echtes Naturtalent; er wechselt im Handumdrehen zwischen Hiphop-Slang und astreinem Oxford-Englisch und erscheint einen Tag in Schlabberhosen und Raiders-Mütze, am nächsten in einem Brooks-Brothers-Anzug.

Eine Zeitlang wussten Elaine und ich nicht, wo er wohnte, und ich habe den Verdacht, dass seine Piepsernummer das war, was bei ihm einer Adresse am nächsten kam. Und dann überließ ich ihm eines Weihnachtens das Hotelzimmer, in dem ich gewohnt hatte, seit ich aus dem Haus in Syosset ausgezogen war. Inzwischen hatte ich Elaine geheiratet und wohnte im Parc Vendome, behielt aber mein altes Zimmer gleich gegenüber im Northwestern Hotel weiterhin als eine Mischung aus Büro und Rückzugsort, weil es der Mietpreisbindung unterliegt und in New York kein Mensch eine derart günstige Mietwohnung aufgibt, wenn man ihm nicht gerade eine Pistole an den Kopf setzt. Der Gedanke dahinter war, dass ich das Zimmer weiter als Büro nutzen und er dort wohnen und sich um alles kümmern würde. Die andere Hälfte seines damaligen Weihnachtsgeschenks war ein Computer, um den er sich ebenfalls für mich kümmerte und mit dem er mir aus dem Internet wie aus dem Nichts alle nur erdenklichen Informationen herbeizauberte. Inzwischen hatte auch Elaine einen Computer, und sie und TJ schickten sich wie zwei Kids mit zwei Blechdosen an den Enden einer Schnur Emailnachrichten über die Straße zu. Sie sagte, sie könnte mir in fünfzehn Minuten beibringen, wie das ging. Gern, ein andermal vielleicht, sagte ich dann immer.

Ich sorge dafür, dass TJ immer was zu tun hat, und beschäftige ihn mit Lauferein und Schreibtischarbeit. Gleichzeitig versuche ich zu verhindern, dass er zu sehr in die Schusslinie gerät. Das ist in der Regel nicht schwer — meine Arbeit ist nicht besonders gefährlich —, aber einmal wurde er trotzdem von einer Kugel getroffen, ohne dass das seinem Enthusiasmus Abbruch getan hätte. Er hilft Elaine im Laden aus, und angesichts des selbstsicheren, aber respektvollen Auftretens, das er dabei an den Tag legt, könnte man glauben, er wäre bei Sotheby's in die Lehre gegangen. Und seit Neuestem verbringt er viel Zeit an der Columbia University, wo er Chinos und Polohemden trägt und sich in so ziemlich jede Vorlesung setzt, die ihm halbwegs interessant erscheint. Das darf man eigentlich nicht, jedenfalls nicht, ohne sich anzumelden und eine Studiengebühr zu entrichten, aber es gibt kaum einen Professor, der den Überblick darüber hat, wer in seinen Vorlesungen etwas zu suchen hat und wer nicht, und die wenigen, die es merken, fühlen sich geschmeichelt, dass jemand hören will, was sie zu sagen haben, auch wenn er dafür keinen Schein bekommt.

Als Elaine mitbekam, was er in seiner Freizeit machte, bot sie ihm an, ihm ein Studium zu finanzieren. Aber mit dieser Vorstellung konnte er sich gar nicht anfreunden. Fünfundzwanzig-, wenn nicht sogar dreißigtausend Dollar im Jahr zu zahlen, bloß damit er in den gleichen Hörsälen sitzen und sich die gleichen Vorlesungen anhören konnte? Und alles nur, um alles nachplappern zu können und dafür ein Diplom zu erhalten? Wofür sollte das gut sein?

Auf dem Weg zur U-Bahn sagte ich: »Ivanko oder Ivanov, das ist eigentlich der gleiche Name. Der eine ist russisch, der andere ukrainisch, aber beide sind bloß eine fantasievollere Umschreibung für Jones.«

»Das ist, warum ich diesen Job so klasse finde«, sagte TJ. »Ich lerne jeden Tag was Neues.«

»Mhm. Es ist doch Kristin, oder?«

»Was?«

»Von der sie glaubt, dass sie das Ganze eingefädelt hat. Die Tochter der Hollanders, ihre Cousine. Kristin. Sie ist es, die sie verdächtigt, oder?«

»Jane Austen ist es jedenfalls nicht.«

Kapitel 6

Vor einiger Zeit, Ende der fünfziger, Anfang der sechziger Jahre, gab es ein Künstlerehepaar, dessen kommerzieller Erfolg ebenso außergewöhnlich wie kurz war. Wenn ich mich recht erinnere, hießen sie Keane. Er malte etwas desolat wirkende Kinder mit riesengroßen Augen, und sie malte desolat wirkende pubertierende Mädchen, ebenfalls mit übertrieben großen Augen. Ich fand immer, dass die Bilder der Frau eine erotische Komponente hatten, die den seinen fehlte, aber das ist vielleicht mein subjektiver Eindruck, und ein Pädophiler hätte es anders herum gesehen.

Ein paar Jahre waren die Keanes extrem erfolgreich. In ganz Amerika kauften junge Paare Reproduktionen ihrer Gemälde und hängten sie in die Wohnzimmer und ausgebauten Keller ihrer Vorstadthäuser. Dann passierte irgendetwas – Woodstock vielleicht oder Altamont oder der Vietnamkrieg –, und die vielen Leute, die die Bilder der Keanes gekauft und sich gewundert hatten, wie es die Augen schafften, ihnen überallhin zu folgen, gelangten plötzlich zu der Ansicht, dass das alles purer Kitsch war, süßlich, abgeschmackt, rührselig und sentimental.

Die Keanes wurden abgehängt und auf die Dachböden verbannt, bis sie irgendwann auf dem Sperrmüll oder bei Haushaltsauflösungen landeten. Die Künstler gerieten in Vergessenheit. Elaine äußerte die Vermutung, dass sie ihren Namen geändert hatten und dazu übergegangen waren, traurige Clowns zu malen.

Sie hatte im Lauf der letzten paar Jahre jeden Ramschladen-Keane aufgekauft, dessen sie habhaft werden konnte, sodass wir inzwischen zwischen vierzig und fünfzig von den Dingern hatten, die alle in einem Manhattan-Mini-Storage-Abteil eingelagert waren. Die Bilder hatten sie zwischen fünf und zehn Dollar pro Stück gekostet, und sie war der festen Überzeugung, dass sie das Zehn- bis Zwanzigfache einbringen würden, wenn die Zeit reif war.

»Wenn erst mal wieder die Republikaner zwei Jahre an der Regierung sind«, sagte sie, »gehen die Dinger weg wie warme Semmeln.«

Vielleicht, vielleicht auch nicht. Aber der Grund, weshalb ich das alles erzähle, ist, dass Lia Parkman für Keane Modell gestanden haben könnte – für die Frau, die die halbwüchsigen Mädchen gemalt hat. Sie hatte den langen Modigliani-Hals, die schmalen Hüften, die spindeldürren Finger, das strohige aschblonde Haar, die durchscheinende Haut und, wie sollte es anders sein, die riesigen Augen. Und sie hatte dieses Elfenhafte und diese fast schmerzhafte Verletzlichkeit, derentwegen sich die Bilder zunächst so gut verkauft hatten, um sie dann schon wenige Jahre später so unerträglich kitschig erscheinen zu lassen.

Sie wartete an einem Ecktisch des Salonika auf uns. Das war ein griechisches Café nicht unähnlich dem, aus dem wir gerade kamen. Sie hatte eine Tasse Tee vor sich stehen, der ausgepresste Beutel lag in der Untertasse, in der bräunlichen Flüssigkeit trieb ein Schnitz Zitrone. Daneben lag ein Buch auf dem Tisch, Bibliothekseinband mit Titel, Autor und Dezimalklassifikationsnummer auf dem Rücken. *Die Herrschaft des Schreckens* von Bell. Auf dem Buch lag eine Brille mit kreisrunden Gläsern.

TJ machte uns miteinander bekannt und rutschte ihr gegenüber in die Sitznische. Ich setzte mich neben ihn. Sie sagte: »Ich habe dich anzurufen versucht.«

TJ fischte sein Handy aus der Tasche, schaute kurz auf das Display, steckte es wieder zurück. »Hat aber nicht geklingelt.«

»Stimmt, ich habe mich etwas missverständlich ausgedrückt«, sagte sie. »Weil ich deine Nummer nicht dabeihatte, habe ich dich nicht wirklich anzurufen versucht. Aber ich wollte dich anrufen.«

»Egal«, sagte er, »du kannst mir ja jetzt sagen, was du mir sagen wolltest. Hier bin ich.«

»Genau das ist doch der Punkt«, sagte sie. »Ich wollte dich anrufen, damit du nicht umsonst herkommst. Ich habe einen Fehler gemacht, TJ.«

»Und jetzt wünscht du dir, du hättest nie gesagt, was du gesagt hast.«

Sie nickte. »Ich glaube, es war einfach der Schock. Und vielleicht hatte auch das hier was damit zu tun.« Sie tippte auf das Buch. »Robespierre, Danton, der Wohlfahrtsausschuss. Diese ganzen verrückten Ideen, die sie damals umgesetzt haben.«

»Marat sitzt in der Badewanne«, sagte TJ, »und sie geht her und ersticht ihn.«

»Charlotte Corday. Wie auch immer, es war ein fürchterlicher Schock für mich, was mit Tante Susan und Onkel Byrne passiert ist, und wahrscheinlich konnte ich die naheliegendste Erklärung einfach nicht akzeptieren: dass Einbrecher rein zufällig bei ihnen eingebrochen sind und sie umgebracht haben, weil sie im falschen Moment nach Hause gekommen sind.« Sie sah mich an. »Es erscheint mir alles so willkürlich, Mr. Scudder. Man will einfach nicht wahrhaben, dass so etwas passiert, einfach so, ohne jeden Grund. Aber solche Dinge passieren, oder?«

»Ihre Nerven«, sagte ich. »Sie waren überreizt.«

»Das glaube ich inzwischen auch.«

»Und Sie waren sehr traurig und standen unter Schock. Da ist es kein Wunder, dass Ihnen ein Alternativszenario in den Sinn gekommen ist, eine Erklärungsmöglichkeit, der zufolge alles einen Grund hatte.«

Sie nickte, sichtlich erleichtert, dass ich ihr zu Hilfe kam.

»Aber erzählen Sie es mir trotzdem«, sagte ich.

»Wie bitte?«

»Den Tathergang, wie Sie ihn sich vorgestellt haben. Es würde mich trotzdem interessieren.«

»Aber das ist doch absurd«, sagte sie. Sie hätte vielleicht mehr gesagt, aber die Bedienung lag auf der Lauer. Inzwischen war ich hungrig genug, um mir einen Cheeseburger und eine Tasse Kaffee zu bestellen. TJ sagte, er nähme das Gleiche, aber den Cheeseburger mit Speck und Pommes dazu, und statt des Kaffees ein Glas Milch, oder hatten sie zufällig auch Buttermilch? Hatten sie, und er sagte, dann nähme er ein Glas davon.

Er legt übrigens nie ein Gramm Fett zu.

Lia wollte schon sagen, dass sie außer ihrem Tee nichts wollte, überlegte es sich dann aber anders und bestellte die Spinatpastete, aber nur als Vorspeise, nicht als Hauptgericht. Die Bedienung entfernte sich, und Lia griff nach ihrer Teetasse, betrachtete sie kurz und stellte sie wieder ab.

»Es ist absurd«, half ich ihr auf die Sprünge.

»Ach so. Ja, klar, das ist es wirklich. Ich finde, ich sollte es nicht mal laut aussprechen.«

»Weil es sich nicht gehört, so etwas auch nur zu denken, geschweige denn zu sagen.«

»Genau.«

»Andererseits«, sagte ich, » sind wir extra nach Uptown hochgekommen, und ich habe mir gerade was zu essen bestellt. Deshalb sind wir noch eine Weile hier. Da können wir doch ein bisschen reden.«

»Ich wollte doch anrufen ...«

»Hast du aber nicht«, sagte TJ. »Und selbst wenn, wären wir wahrscheinlich trotzdem gekommen.«

Das überraschte sie. »Warum?«

»Um sicherzugehen, dass Sie das auch wirklich wollten«, sagte ich, »und nicht, weil Ihnen jemand eine Pistole an den Kopf gehalten hat.«

»Sie glauben ...«

»Ich glaube gar nichts. Ich wäre nach Uptown gekommen, um mir Klarheit zu verschaffen, was ich glauben soll. In der Regel ist das eine Stunde meiner Zeit und zwei U-Bahnkarten locker wert. Aber abgesehen davon spielt das alles keine Rolle, weil Sie uns nicht anrufen konnten und wir hier sind. Deshalb können wir genauso gut über alles reden. Sie glauben also, dass Ihre Cousine die Ermordung Ihrer Tante und Ihres Onkels eingefädelt hat.«

»Aber das glaube ich doch gar nicht mehr. Ich habe Ihnen doch gesagt ...«

»Ich weiß. Sie glauben es nicht mehr, aber Sie haben es mal geglaubt, auch wenn Sie so tun möchten, als ob nicht. Es ist ja nur ein Gedanke, Lia. Das Beste, was Sie damit machen können, ist, ihn offen auszusprechen.«

»Sonst belastet er dich nur«, flocht TJ ein.

Sie holte tief Luft und nickte und griff nach ihrer Teetasse, und diesmal trank sie daraus, bevor sie sie auf die Untertasse zurückstellte. »Sie erbt alles«, begann sie.

»Kristin.«

Sie nickte. »Das war mein erster Gedanke. Nicht: ›Die arme Kristin, sie hat jetzt keine Eltern mehr und ist ganz allein auf der Welt.‹ Mein erster Gedanke war, dass sie jetzt reich ist.«

»Wie reich?«

»Keine Ahnung. Aber selbst wenn sie nur das Haus bekommt – es ist ein Vermögen wert. Ein Brownstone in den Seventies? Erst kürzlich hat jemand über eins gesprochen, es war, glaube ich, in der West Eighty-fourth Street, und es hat zwei Komma sechs Mio gekostet. Kann ja sein, dass das gar kein Vermögen mehr ist, vielleicht sind das für diese Dotcom-Leute nur noch Peanuts, aber mir erscheint es immer noch wie eine Menge Geld.«

»Es könnte noch nicht abbezahlt sein«, sagte ich.

»Onkel Byrne hat aber gesagt, dass es das ist. Darauf war er sehr stolz: dass sie das Haus schon vor Jahren abbezahlt hatten und dass es jetzt so viel wert war. Er hat gesagt, es hätte sich als eine wesentlich bessere Anlage entpuppt als seine Aktien. Und das heißt natürlich, dass er auch Aktien gehabt haben muss, glauben Sie nicht?«

»Aber keine sehr guten.«

»Trotzdem müssen sie was wert gewesen sein, oder nicht?«

»Klar.«

»Und versichert war er bestimmt auch. Und dann noch die ganzen Sachen, die sie hatten, Tante Susans Schmuck, das Silberbesteck, die Gemälde. Den Schmuck und das Besteck haben sie zwar mitgenommen, aber es ist alles wieder aufgetaucht, oder nicht?«

»Ich glaube, ja.«

»Und wenn nicht, war es bestimmt versichert. Aber, was ist eigentlich los mit mir? Da sitze ich und rechne, ich weiß nicht, wie so ein geldgieriger Geier zusammen, was sie alles besessen haben. Dabei sind sie jetzt *tot*. Was hilft ihnen da das ganze Geld noch? Es ist ja nicht so, dass sie noch was davon haben. Sie sind *ermordet* worden, sie sind *tot*.«

Darauf wurde es erst einmal still am Tisch, und das Schweigen dauerte noch eine Weile länger an, weil die Bedienung das Essen brachte. TJ griff nach einer Fritte und verzog das Gesicht, was wohl heißen sollte, dass sie nicht so knusprig war, wie er gehofft hatte. Aber er ließ nichts zurückgehen oder auf seinem Teller liegen, woraus ich schließe, dass das Essen nicht so schlecht gewesen sein kann. Mein Cheeseburger schmeckte hervorragend, und der Kaffee war besser als im Morning Star.

Lia nahm einen Bissen von ihrer quadratischen Spinatpastete und legte ihre Gabel weg. »Ich habe sie beneidet«, sagte sie unvermittelt. »Kristin. Das war's. Ich habe sie beneidet, als sie noch am Leben waren, um ihre wundervollen Eltern, die sie geliebt und die einander geliebt haben. Meine Eltern ... nein, lassen wir das lieber. Damit will ich erst gar nicht anfangen.«

»Klar, kein Problem.«

»Onkel Byrne und Tante Susan haben mich regelmäßig zu sich zum Essen eingeladen. Oft habe ich abgesagt, weil ich sie nicht ausnutzen wollte. Und ehrlich gestanden konnte ich tatsächlich nicht anders, als mich wie eine arme Verwandte zu fühlen, was andererseits auch verständlich ist, weil ich ja genau das war. Ich bekomme ein Stipendium, sonst könnte ich es mir nicht annähernd leisten, an der Columbia zu studieren. Aber selbst mit dem Stipendium komme ich gerade mal so über die Runden.«

Ihre Hände waren beim Reden ständig in Bewegung. Sie gestikulierte, berührte ihr Haar, wischte nicht vorhandene Krumen weg. Als das Licht auf ihre Fingernägel fiel, sah ich, dass sie mit einem farblosen Lack lackiert waren. Das fasste ich so auf, dass sie sich zwar die Mühe machte, ihre Nägel zu schützen, aber keine Aufmerksamkeit auf sie lenken wollte. Sie trug keinen Lippenstift, und ich fragte mich, ob sie vielleicht farblosen verwendete. Lag dem ein bestimmtes Schema zugrunde, und wenn ja, besagte es etwas?

»Sie haben Kristin also beneidet«, sagte ich.

»Als sie noch am Leben waren. Und als ich gehört habe, was passiert ist, nachdem der erste Schock abgeklungen war, oder vielleicht war er noch gar nicht abgeklungen, nicht wirklich jedenfalls ...« Sie hielt inne, um Atem zu holen, wandte den Blick ab, sah mich dann wieder an. »Ich dachte, na ja, jetzt ist sie reich. Und ich habe sie wieder beneidet.«

»Und Sie meinen, das macht Sie zu einem schlechten Menschen.«

»Zu einer Heiligen macht es mich jedenfalls nicht gerade, oder?«

»Ich kenne nicht allzu viele Heilige«, sagte ich, »aber ich lebe auch ein sehr behütetes Leben. Ich denke nicht schlecht über Sie, weil Sie Ihre Cousine, egal ob vor oder nach dem Mord, beneiden, und schon gar nicht denke ich schlecht über Sie, weil Sie das offen zugeben. Andererseits ist es auch nicht besonders wichtig, was ich über Sie denke. Wie fühlen Sie sich?«

»Wie ich mich fühle?«

»Ja, jetzt gerade.«

Darüber dachte sie stirnrunzelnd nach. »Ganz okay«, sagte sie schließlich überrascht.

»Gut. Wie ist aus Ihrem Neid dieser Verdacht entstanden?«

»Wie aus meinem Neid ... ach so, klar. Verdacht ist vielleicht ein wenig übertrieben. Einen Verdacht würde ich es eigentlich nicht nennen.«

»Uns fällt schon noch ein besseres Wort dafür ein. Wie ist es dazu gekommen?«

»Wegen der Alarmanlage«, sagte sie.

»Hatten sie denn eine Alarmanlage?«

»Ja, und sie ist nicht ausgelöst worden.«

»Vielleicht haben sie vergessen, sie einzuschalten.«

»Das ist, was in der Zeitung stand: dass sie eine Alarmanlage hatten und vergessen haben, sie an diesem Abend einzuschalten. Aber sie haben sie immer eingeschaltet. Kurz nachdem sie das Haus gekauft hatten, wurde bei ihnen eingebrochen. Die Einbrecher stiegen durch ein Fenster ein und nahmen etwas Geld und einen tragbaren Fernseher mit. Daraufhin haben sie die Alarmanlage installieren lassen. Sie war an die Eingangstür und alle Fenster im Erdgeschoss angeschlossen, und in dem Laden im Erdgeschoss gibt es auch eine Alarmanlage, die ebenfalls eingeschaltet war.«

»Vielleicht haben sie sie nur manchmal eingeschaltet.«

Sie schüttelte den Kopf. »Beide, Tante Susan und Onkel Byrne, sind nicht mal zum Briefkasten an der Ecke gegangen, um einen Brief einzuwerfen, ohne sie anzustellen. Das haben sie ganz automatisch gemacht. Wenn sie aus dem Haus gegangen sind, haben sie die Zahlenkombination eingetippt, um sie einzuschalten, und sobald sie zur Tür hereingekommen sind, haben sie sie wieder eingegeben, um sie abzustellen. Das haben sie schon zwanzig Jahre so gemacht. Damit hätten sie nicht plötzlich aufgehört, um prompt am ersten Abend ausgeraubt zu werden.«

»Wenn das Keypad neben der Eingangstür war ...«

»War es aber nicht. Es war im Garderobenschrank.«

»Das ist zumindest nicht ganz so offensichtlich«, sagte ich. »Trotzdem würde ein Einbrecher zuallererst dort suchen.«

»Warum soll er überhaupt wo suchen?« TJ dachte laut nach und beantwortete sich seine Frage gleich selbst. »Die Metallstreifen an den Fenstern. Da weiß man doch sofort, was Sache ist.«

»Ein Tape am Fenster heißt nicht gleich, dass es eine Alarmanlage gibt oder dass sie aktiviert ist«, sagte ich. »Allerdings würde ich mich in so einem Fall vorher kurz umsehen, wenn ich irgendwo einbrechen wollte. Das täte ich wahrscheinlich sogar, wenn ich keine Streifen an den Fenstern sähe. Vor allem dann, wenn ich das Haus vorher schon ein bisschen ausgecheckt hätte. Dann wüsste ich von der Alarmanlage, bevor ich auch nur in die Nähe der Eingangstür käme.«

»Aber das allein würde noch nicht genügen«, sagte Lia. »Man muss eine vierstellige Zahlenkombination eingeben, um die Anlage auszuschalten.«

»Das geht auch anders«, sagte ich. »Man muss nur wissen, wie. Man kann die Anlage neu verdrahten und so den Alarm umgehen. Aber das wäre hinterher zu sehen. Wie war die Kombination, wissen Sie das zufällig?«

»Siebzehn-zehn«, sagte sie. »Eins-sieben-eins-null. Es war ihr Hochzeitstag. Der siebzehnte Oktober. In welchem Jahr sie geheiratet haben, weiß ich allerdings nicht mehr.«

»Das müssten Sie ja auch nicht wissen, um die Anlage auszuschalten.«

»Nein.« Plötzlich bekam sie große Augen. »Sie glauben doch nicht etwa …«

»Dass Sie diejenige sind, die hinter dem Ganzen steckt? Ist das denn so?«

»Natürlich nicht!«

»Gut, dann können wir Sie von der Liste streichen. Und Sie brauchen sich erst gar nicht aufzuregen, weil Sie nie drauf gestanden haben. Woher kennen Sie die Kombination?«

»Tante Susan hat sie mir mal gesagt.«

»Damit Sie sich wie ein richtiges Familienmitglied fühlen?«

Ihr traten Tränen in die Augen, was sie noch verlorener aussehen ließ. »Wir waren mal zusammen shoppen, und als wir nach Hause kamen, hatte sie beide Hände voll mit Einkaufstüten. Sie ließ mich den Hausschlüssel aus ihrer Handtasche nehmen und die Tür aufschließen, und dann sagte sie mir die Zahlen, die ich eingeben sollte, damit der Alarm nicht losging.«

»Wussten Sie, wo das Keypad war?«

»Natürlich. Ich hatte sie ständig die Anlage ein- oder ausschalten gesehen.«

»Und sie hat Ihnen die Kombination gesagt?«

»Hätte ich etwa die Kombination auf gut Glück eingeben sollen? Sie hat mir die Zahlen gesagt, und später hat sie mir mal ihre Bedeutung erklärt: dass es ihr Hochzeitstag war.«

»Und deshalb konnten Sie sie sich merken.«

»Nein, eigentlich war es anders rum. Ich hatte nie gewusst, wann ihr Hochzeitstag war, aber die Kombination ist irgendwie bei mir hängen geblieben, und deshalb weiß ich seitdem, wann ihr Hochzeitstag war.«

»Und sie hat sich nichts dabei gedacht, Ihnen die Kombination zu sagen?«

»Jedenfalls glaube ich nicht, dass sie Angst hatte, ich könnte ihre Wohnung ausräumen.«

»Wie auch? Aber sie hatten die Alarmanlage wie lange schon, zwanzig Jahre? Irgendwas um den Dreh? Da ist die Wahrscheinlichkeit natürlich hoch, dass sie sich schon früh für diese Kombination entschieden und sie dann nie mehr geändert haben. Wahrscheinlich haben sie sie auch für alle möglichen anderen Dinge verwendet. Es würde mich nicht wundern, wenn es auch der PIN für ihre Bankkonten und Kreditkarten gewesen wäre. Das soll man zwar nicht machen, weil es, was die Sicherheit angeht, ziemlich riskant ist, aber es macht das Leben wesentlich einfacher, wenn man sich nur eine Zahl merken muss.«

»Ich ... verwende für alles dieselbe Nummer.«

»Und es ist wahrscheinlich Ihr Geburtstag oder die letzten vier Ziffern Ihrer Sozialversicherungsnummer.«

Ihrer Reaktion nach zu schließen, war es eins von beidem, aber wenigstens verriet sie mir nicht, was. »Es ist auch mein AOL-Passwort. Vielleicht sollte ich es wirklich lieber ändern.«

»Was die Alarmanlage Ihrer Tante und Ihres Onkels angeht«, sagte ich, »hätte die Kombination weiß Gott wer unwissentlich verraten können. Ein Einbrecher ist so gut wie seine Recherchen, und die Cleveren machen sich Leute zunutze, die nicht mal merken, dass sie benutzt werden. Handwerker, Lieferanten. Vielleicht haben sie irgendwas im Haus machen lassen: Bücherregale einbauen oder im Obergeschoss neue Leitungen verlegen. Und der Handwerker musste im Haus ein und aus gehen können, wenn sie nicht da waren. Sie wussten, dass sie ihm trauen konnten.«

»Und er hat nie jemand was erzählt«, schaltete sich TJ an dieser Stelle behutsam in das Gespräch ein. »Nur seiner Frau gegenüber hat er mal erwähnt, dass diese Leute so sentimental waren, dass sie das Datum ihres Hochzeitstags dazu benutzt haben, um in ihr Haus zu kommen. Und sie erzählt es ihrem Sohn, damit er merkt, dass er sich gefälligst mal den Hochzeitstag seiner Eltern merken sollte, und dann fängt der Junge an, Drogen zu nehmen, und landet auf Rikers Island, und dort kommt jemand auf Alarmanlagen zu sprechen, und er weiß von diesen Leuten, die ihren Hochzeitstag als Kombination verwenden. Wenn das der Richtige aufschnappt, braucht er nur noch herauszufinden, wann diese Leute geheiratet haben, und wie schwer kann es schon sein, das herauszubekommen?«

»Oder es könnte Kristin mal herausgerutscht sein«, fügte ich hinzu. »›Mein Gott, was sind meine Eltern doch sentimental ...‹ und wenn das der Falsche hört ...«

Sie nickte, während sie das alles verarbeitete. »Aber sie sind durch die Eingangstür ins Haus gekommen«, sagte sie schließlich stirnrunzelnd. »Sie müssen einen Schlüssel gehabt haben.«

»Wissen wir denn, dass sie durch die Haustür gekommen sind?«

»Müssen sie doch, um die Alarmanlage rechtzeitig ausschalten zu können, oder nicht?«

»Sie hatten je nach Anlage zwischen fünfundvierzig Sekunden und einer Minute lang Zeit. Wenn man weiß, wo man nachsehen muss, reicht das locker. Aber wahrscheinlich haben Sie recht. Sie sind durch die Eingangstür ins Haus gekommen. Das heißt aber nicht, dass sie einen Schlüssel hatten.«

»Hätten sie denn keine Spuren hinterlassen, wenn sie eingebrochen wären? Und hätten meine Tante und mein Onkel nicht gesehen, dass sich jemand an der Tür zu schaffen gemacht hat? Dann wären sie doch sicher nicht nach drinnen gegangen.«

»Die Antwort ist auf beide Fragen dieselbe«, sagte ich. »Vielleicht, vielleicht auch nicht. Ein geschickter Einbrecher kann ein normales Sicherheitsschloss knacken, ohne auf den ersten Blick erkennbare Spuren zu hinterlassen. Es dauert ein paar Minuten, und es ist nicht so einfach, wie sie es im Kino darstellen, aber man muss dafür auch nicht gerade Houdini sein. Und wenn man es nicht drauf hat, ein Schloss zu knacken, gibt es einige andere Möglichkeiten, eine Tür aufzubekommen, ohne gleich zur Brechstange zu greifen. Hinterlässt das sichtbare Spuren? Wahrscheinlich schon, aber man bräuchte die entsprechende Beleuchtung und ein Vergrößerungsglas, um sie zu entdecken. Und wenn man nach kurzer Abwesenheit nach Hause zurückkommt und keinen Anlass zu der Annahme hat, dass einem jemand einen Besuch abgestattet hat, achtet man auf so etwas in der Regel nicht.«

Wir sprachen noch ein bisschen mehr darüber, und sie nickte weiter und machte an ihren Haaren rum und gab tonlose Pfiffe von sich. »Da habe ich wohl aus einer Mücke einen Elefanten gemacht«, sagte sie. »Ich hätte Sie doch anrufen sollen, dass Sie sich den Weg sparen können. Jetzt sind Sie völlig umsonst hier rauf gekommen.«

TJ sagte, wir wären ja nicht gleich aus London rübergeflogen. »Wir haben doch bloß den One Train genommen. Alles nur halb so wild.«

Und ich versicherte ihr, dass es keineswegs umsonst gewesen wäre. »Sie hatten einen Verdacht, und er war nicht völlig unbegründet. Sie hatten Fragen, auf die Sie keine Antwort hatten. Wie fühlen Sie sich jetzt?«

»Na ja, ein bisschen lächerlich komme ich mir schon vor.«

»Und ansonsten?«

Sie dachte kurz nach, dann nickte sie langsam. »Besser. Kristin ist alles, was mir von meiner Tante und meinem Onkel noch geblieben ist, und bei der Beerdigung konnte ich sie nicht ansehen, ohne zu denken, na ja, jedenfalls waren es verstörende Gedanken. Ich hoffe nur, sie hat nicht mitbekommen, was mir da alles durch den Kopf gegangen ist.«

»Wahrscheinlich haben sie andere Dinge beschäftigt.«

»Ja, bestimmt.«

Wir unterhielten uns noch ein bisschen, und sie und TJ kamen auf jemand mit einem französischen Namen zu sprechen, wahrscheinlich jemand, der dieselbe Vorlesung besuchte wie sie. Dann griff sie nach der Rechnung, doch die hatte ich bereits. Sie protestierte, dass sie zumindest unser Essen bezahlen wollte, und wenn das schon nicht, wenigstens ihr eigenes.

»Nächstes Mal«, sagte ich.

Wir waren in der 122nd, Ecke Broadway, und der IRT hält in der 116th, bevor er an die Oberfläche kommt und in der 125th wieder hält. Bis zu der überirdischen Haltestelle in der 125th Street sind es nur drei Häuserblocks, aber irgendwie geht es mir gegen den Strich, entgegen der Richtung zu gehen, in die ich will. Ich weiß zwar nicht, warum das so ist, wo man doch so oder so denselben Zug nimmt, und wenn es nicht in Strömen geregnet hätte, wären wir es logisch angegangen und in Richtung Uptown gegangen, um zu unserem Zug nach Downtown zu kommen. Aber weil es ein schöner Tag war, kühler und trockener als die Tage zuvor, war uns nach Gehen. In der 116th Street sahen wir uns an, zuckten mit den Achseln und gingen weiter.

Vor einigen Jahren hat jemand eine Fernseh-Doku über einen Spaziergang über die gesamte Länge des Broadway gedreht, der von der Spitze Manhattans bis zum Nordende der Insel verläuft. Es kann durchaus sein, dass sie dort noch gar nicht aufgehört haben, denn das tut auch der Broadway nicht. Er führt auf einer Brücke über den Harlem River und dann weiter nach Norden und durch Marble Hill (das offiziell zu Manhattan gehört, obwohl dort Menschen leben, die glauben, in der Bronx zu wohnen). Wenn die Fernsehleute tatsächlich so weit gewandert sind, sind sie wahrscheinlich durch Kingsbridge und Riverdale bis zur Grenze von Westchester County weitergegangen, und wenn sie gewollt hätten, hätten sie auf dem Broadway bis nach Albany kommen können.

Der Broadway ist eine tolle Straße, deren Verlauf einer alten Verkehrsverbindung folgt und deshalb das rechtwinklige Straßenraster von Manhattan schräg durchschneidet. Ich war schon lange nicht mehr zu Fuß in diesem Abschnitt unterwegs gewesen und genoss den Spaziergang.

Abgesehen davon, dass ich in Cafés nach der Rechnung greife, ist Spazierengehen so ziemlich meine einzige sportliche Betätigung. Elaine geht drei Vormittage die Woche ins Fitnessstudio und ein paarmal im Monat zu einem Yogakurs, und jedes zweite Silvester fasse ich den Vorsatz, etwas Vergleichbares zu tun, um jedoch, egal was es ist, wieder damit aufzuhören, bevor der Januar um ist. Es gibt allerdings Leute, die behaupten, Gehen sei die beste körperliche Betätigung überhaupt, und ich hoffe, sie haben recht, weil es alles ist, was ich tue.

Auf dem Weg von Uptown nach Downtown kommen zwanzig Querstraßen auf eine Meile, womit wir etwa eineinviertel Meilen zurückgelegt hatten, als wir zur Ninety-sixth Street kamen. »Falls es dir allmählich reicht«, sagte TJ, »hier ist eine Express-Haltestelle.«

»Wir müssen doch sowieso einen Lokalzug nehmen«, sagte ich.

»Wieso das denn?«

»Der Columbus Circle ist kein Expresshalt«, sagte ich. »Für den D oder den A schon, aber nicht für den IRT.«

»Aber die Seventy-second ist ein Expresshalt«, sagte er.

»Die Seventy-second?«

»Ist das denn nicht, wo wir hinwollen?«

»Willst du etwa in die Seventy-fourth?«

»Du denn nicht?«

»Was sollen wir dort?«

»Dann willst du also den Lokalzug nehmen und nach Hause fahren?«

Während wir dieses Gespräch führten, waren wir bereits an der Ninety-fifth vorbei. Das war aber nicht weiter tragisch, weil es auch in der Ninety-fourth einen Eingang gibt und man sich dort außerdem zwei Treppen spart, eine runter und eine rauf.

Ich sagte: »Von der Ninety-fourth zur Seventy-fourth, das sind – wie viel? – zwanzig Straßen?«

»Das könnte ich ausrechnen, aber ich habe den Taschenrechner in meiner anderen Hose.«

»Jetzt sind wir schon so weit gegangen«, sagte ich, »da können wir auch noch den Rest zu Fuß gehen, wenn du nichts dagegen hast.«

»Wenn ich nichts dagegen habe«, maulte er und verdrehte die Augen.

Kapitel 7

Auch unabhängig von den Kosten, haben Elaine und ich nie in Erwägung gezogen, ein Haus zu kaufen. Wir leben lieber in einer Wohnung mit einem Türsteher, der Pakete annimmt und Besucher aussiebt, und mit Hausmeistern und Handwerkern, die sich um tropfende Wasserhähne und ähnliche Ärgernisse kümmern, die Mülltonnen rausbringen und im Winter auf dem Gehsteig Schnee räumen. Wenn man ein Haus hat, muss man das natürlich keineswegs alles selbst machen. Man kann Leute damit beauftragen, es für einen zu erledigen, aber trotzdem ist man dafür verantwortlich, dass es getan wird. In unserem gut gemanagten Haus geschieht das wie von Zauberhand von selbst. Wir müssen nie einen Gedanken daran verschwenden.

In einem Haus hat man mehr Platz, aber wir hatten so viel Platz, wie wir brauchten, und mehr, als wir gewöhnt waren. Von dem Zeitpunkt an, als ich aus dem Haus in Syosset ausgezogen war, war ich vollkommen zufrieden gewesen mit dem Kaninchenstall von meinem Hotelzimmer, und Elaine hatte in einem Einzimmerappartement in der East Fiftieth Street, eine Straße vom Fluss entfernt, gewohnt und gearbeitet. Unsere große Dreizimmerwohnung kam uns so geräumig vor wie ganz Utah.

Trotzdem konnte ich verstehen, warum die Hollanders gern in ihrem Brownstonehaus gewohnt hatten, als ich jetzt davorstand. Es war ein architektonisches Prachtexemplar, das mit den angrenzenden Häusern ein stimmiges Ensemble bildete. Die Lage war kaum zu toppen. Eine Straße weiter gab es einen Park, und man konnte zwischen zwei gleich nahen U-Bahnstationen wählen. Auch wenn man ihn von der Straße nicht sehen konnte, war auf der Rückseite bestimmt ein Garten. Dort konnte man grillen oder an einem schönen Tag einfach nur mit einem Buch und einem Krug Eistee im Freien sitzen.

Der Mord lag jetzt zwölf Tage zurück, und vor einer Woche waren die zwei toten Männer in der Coney Island Avenue gefunden worden. Aus den Zeitungen war der Fall endlich verschwunden, aber nicht aus dem kollektiven Befinden des Viertels. An der Haustür war kein gelbes Tatort-Absperrungsband mehr zu sehen, und die Tür war nicht mehr plombiert.

Ich überquerte die Straße und stieg die Eingangstreppe hinauf, um mir alles genauer anzusehen. TJ, der mir hinterhertaperte, wollte wissen, was das alles sollte.

»Wir schnüffeln rum«, sagte ich.

Die Vorhänge waren zugezogen, und die Eingangstür hatte keine Fenster, nur über dem Türsturz befand sich ein kleines Milchglasoberlicht. Als ich das Ohr an die Tür legte, fragte TJ mich, ob ich das Meer rauschen hören konnte. Konnte ich nicht, und auch sonst war nichts zu hören. Ich machte einen Schritt zurück und drückte auf den Klingelknopf. Ich rechnete nicht mit einer Reaktion und bekam auch keine.

»Niemand zu Hause«, sagte TJ.

Ich inspizierte das Schloss. Etwas mehr Licht hätte nicht geschadet, aber wenn irgendwelche Spuren darauf waren, dass sich jemand daran zu schaffen gemacht hatte, konnte ich sie nicht erkennen. Keine Absplitterungen in der Nähe des Türstocks, keine Kratzer auf dem Schließzylinder. Natürlich könnte der Zylinder nach dem Einbruch ausgewechselt worden sein. Wenn man das Haus weiter bewohnte – und selbst wenn nicht –, tauschte man als Erstes die Schlösser aus.

Der Antiquitätenladen im Erdgeschoss hatte zu, die Gitter waren heruntergelassen und abgeschlossen. Auf einer Karte an der Tür standen die Öffnungszeiten, Montag bis Freitag, von 12 bis 18 Uhr oder nach vorheriger Absprache. Ein Aufkleber wies darauf hin, dass das Gebäude mit einer Alarmanlage geschützt war, und drohte mit einer bewaffneten Reaktion.

»Wenn wir Einbrecher wären«, sagte TJ, »würden wir uns ganz schön in die Hosen machen. ›Bewaffnete Reaktion‹. Nicht bloß Cops, sondern Cops mit Knarren.«

»Für viele Leute ist das eine beruhigende Vorstellung.«

»Ein Cop mit einer Knarre?« Er schüttelte den Kopf. »Die sollten mal lieber hoffen, dass sie nie einem über den Weg laufen. Willst du in der Wohnung da oben einbrechen? Das Keypad ist im Garderobenschrank, und die Kombination ist siebzehn-zehn.«

»Ein andermal vielleicht.«

»Du hast bloß Schiss vor der bewaffneten Reaktion.«

»Du hast es erfasst.«

»Falls du auch noch nach Brooklyn willst, kann ich dir jetzt schon sagen, dass ich nicht zu Fuß gehen werde.«

»Warum sollten wir nach Brooklyn wollen?«

»In die Coney Island Avenue«, sagte er. »Uns ansehen, wo die Cops die Tür eingetreten haben.«

»Wohl eher nicht«, sagte ich. »Ich will nach Hause. Wir können gern die Metro nehmen.«

»Ist doch gar nicht so weit«, sagte er. »Genauso gut können wir auch gehen.«

Elaine machte ein leichtes Abendessen, Nudeln und grünen Salat, und ich schaute mir auf HBO den Boxkampf an. Anschließend nahm ich ein heißes Bad, bevor ich ins Bett ging, aber am nächsten Tag hatte ich vom vielen Gehen trotzdem einen leichten Muskelkater. Wir verließen das Haus gegen zwei Uhr und gingen zum Lincoln Center hoch. Wir hatten Karten für ein Nachmittagskonzert in der Alice Tully Hall, ein Streichquartett, das bei einem Stück von einem Klarinettisten verstärkt wurde.

Sie spielten Mozart, Haydn und Schubert, und es hörte sich wahrhaftig nicht wie Jazz an, aber irgendetwas an Kammermusik, insbesondere an Streichquartetten, lässt mich an eine Jazz-Combo denken. Wahrscheinlich ist es der intime Charakter der Musik und die Art, wie die einzelnen Instrumente aufeinander Bezug nehmen. Und die Musik hört sich improvisiert an, auch wenn man weiß, dass die Musiker Noten spielen, die vor ein paar Jahrhunderten niedergeschrieben worden sind.

Hinterher gingen wir thailändisch essen und kamen rechtzeitig nach Hause, sodass sich Elaine noch *Masterpiece Theatre* ansehen konnte. Es war die dritte Folge, und sie hatte die erste und die zweite verpasst, aber das machte nichts; sie sieht sich im Fernsehen alles an, wo die Mitwirkenden einen englischen Akzent haben. Ich war in der Küche und machte ihr eine Tasse Tee, als der Türsteher über die Sprechanlage anrief, um einen Mr. T.J. Santamaria anzukündigen.

Ich brachte Elaine den Tee und sagte ihr, dass wir Besuch bekämen. Sie sagte: »Santamaria? Als wir nach Hause gekommen sind, hatte Eddie unten Dienst. Wahrscheinlich hat ihn Raul um acht abgelöst.«

Wir hatten es nie geschafft, TJs Nachnamen – oder auch seinen offiziellen Vornamen – herauszubekommen, aber Santamaria war es mit Sicherheit nicht. Hin und wieder bestand einer der Typen, die Türdienst machten, auf einem Nachnamen, bevor er oben anrief und den Besucher ankündigte, weshalb er T.J. Smith wurde. Manchmal benutzte er diesen Namen, aber hin und wieder griff er auch auf Jones oder Brown oder Mr. Smith's Partner T.J. Wesson zurück. (»Aalglatt, dieser Typ«, bemerkte er dazu.) Wenn die ethnische Zugehörigkeit des jeweiligen Türstehers eindeutig erkennbar war, suchte er sich gern einen passenden Namen aus, weshalb er schon als T.J. O'Hanrahan, T.J. Goldberg (»Whoopis kleiner Bruder«) und wie jetzt als T.J. Santamaria angekündigt worden war. Ein paar Monate lang hatten wir einen Typen aus St. Kitts mit hyperkorrekter Haltung und superschnöseligen Manieren, bei dem sich TJ einen Spaß daraus machte, sich als T.J. Spade ankündigen zu lassen.

Er kam mit einem Ordner herein, der einen zwei Zentimeter dicken Stoß Papier enthielt. »Hab alles ausgedruckt, was in den Zeitungen drüber stand«, sagte er. »Und diese abgedrehte Scheiße von so einer Internetseite. Komisch, dass die *Times* den Zusammenhang zwischen den Hollanders und dem Tod von Sharon Tate übersehen hat.«

»Wundert dich das etwa?«, sagte ich. »Charles Manson hatte etwa genauso viel mit dem Tod der Hollanders zu tun wie ihre Tochter Kristin, was wiederum genauso viel ist, wie außer diesen beiden Losern drüben in Brooklyn sonst jemand damit zu tun hatte.« Er hielt mir den Ordner hin, und ich nahm ihn an mich. »Was soll das Ganze? Für uns gibt es hier nichts zu holen. Wir haben gestern eine Stunde damit zugebracht, deiner Freundin eine Last von der Seele zu nehmen.«

»Sie ist nicht meine Freundin.«

»Dann eben nur eine Freundin von dir. Entschuldigung.« Ich wog den Ordner in der Hand. »Warum soll ich mir das alles ansehen?«

»Warum haben wir uns das Haus angesehen, in dem es passiert ist?«

»Aus purer Neugier«, sagte ich.

»Und die ist bekanntlich der Katze Tod.« Er deutete auf den Ordner. »Kann ja nicht schaden, noch ein paar von den Viechern umzubringen.« Sprach's und ging zum Lift.

*   *   *

Am Montagmorgen rief ich Joe Durkin an und fragte ihn, ob er mir einen Gefallen tun könnte. »Warum, glaubst du wohl, rücke ich hier jeden Morgen zum Dienst an?«, brummte er. »Was ich für die Stadt tue, ist doch vollkommen nebensächlich.«

Ich erklärte ihm, was ich wollte.

»Aber wozu, wenn ich fragen darf?«, sagte er. »Willst du jetzt unter die Schriftsteller gehen? Hast du vor, für eins dieser True Crime-Heftchen darüber zu schreiben?«

»Auf die Idee bin ich noch gar nicht gekommen, aber es wäre keine schlechte Tarnung.«

»Dann würden sie aber frühere Artikel sehen wollen. Jetzt mal im Ernst, Matt, welches Interesse hast du an der Sache? Und erzähl mir bitte nicht, du hast einen Klienten.«

»Wie das denn? Sie haben mir die Lizenz entzogen.«

»Wenn ich das richtig mitbekommen habe, hast du sie freiwillig zurückgegeben. Und welchen Unterschied würde das außerdem machen? Du hast jahrelang ohne eine gearbeitet.«

»Genau das war der Grund, warum ich es getan habe.«

»Einer zumindest«, sagte Joe, und kurz hing zwischen uns etwas Unausgesprochenes in der Luft. Er fragte mich, wer mich engagiert hatte, und ich versicherte ihm, dass ich tatsächlich keinen Klienten hatte, worauf er sagte: »Die Tochter? Was braucht sie denn noch alles, um die Sache abhaken zu können? Die Penner, die es waren, sind tot. Wozu sollst du da noch deine Nase in die Sache stecken?«

»Ich kenne die Tochter nicht mal«, sagte ich, »und ich habe keinen Klienten. Mein Interesse ist rein persönlicher Natur.«

»Du bist also ein am Gemeinwohl interessierter Bürger und möchtest der Gerechtigkeit zum Sieg verhelfen.«

»Ich gehe davon aus, dass das bereits geschehen ist«, sagte ich. »Habe ich zufällig erwähnt, dass Elaine und ich an dem Abend, als die Hollanders ermordet worden sind, mit ihnen abendessen waren?«

»Hast du, wenn mich nicht alles täuscht. Ihr habt an unterschiedlichen Tischen gesessen, soweit ich mich erinnere. Weißt du, da wurde vor einem Monat ein älterer Herr im G Train zu Tode geprügelt, und G ist die mittlere Initiale meines Vaters, aber ich habe trotzdem nie das Bedürfnis verspürt, mich mit dem Typen zusammenzusetzen, der die Ermittlungen leitet. Das wäre vielleicht anders, wenn ich einen Klienten hätte.«

»Wenn ich einen Klienten hätte, egal wen, hätte ich was zu tun und wäre viel zu beschäftigt, um meine Zeit mit einem Fall zu verplempern, der bereits gelöst ist.«

»Und das ist für dich Grund genug, wieder eine Lizenz haben zu wollen«, sagte er. »Es ist dir also wirklich ernst damit? Na schön, dann werde ich mich mal ans Telefon hängen und sehen, was sich machen lässt.«

Zwanzig Minuten später rief er mich zurück und nannte mir einen Namen und eine Nummer. »Ich kenne diesen Typen zwar nicht«, sagte er, »aber er soll zuverlässig und gründlich sein, auch wenn du ihn nicht unbedingt als Telefonjoker nehmen würdest, wenn du nicht weißt, was die Hauptstadt von Äthiopien ist.«

»Ich hoffe, du hast dich ähnlich positiv über mich geäußert, als du ihm mich beschrieben hast.«

»Ich habe ihm gesagt, dass du keinen heißen Ofen stehlen würdest und die Anklage wegen sittenwidrigen Verhaltens fallen gelassen wurde, als die Mutter des Jungen die Anzeige zurückgezogen hat. Ich weiß, du weißt nicht, wie du mir danken sollst, aber mach dir da mal keine Sorgen. Dir wird schon was einfallen.«

Der Kerl, der an besagtem Abend auf dem Gehsteig gewartet hatte, bis Kristin Hollander im Haus verschwunden war, hatte ein Handy gehabt und hatte damit bei der Polizei angerufen. Auf seinen Anruf hin rückte eine Streife des Twentieth Precinct an, die zwei Streifenpolizisten meldeten an die Zentrale, was sie im Haus vorgefunden hatten, und keine Stunde später erschienen zwei Detectives des Reviers am Tatort. Es war ihr Fall, aber am nächsten Tag merkte ein Verantwortlicher, was für einen Medienzirkus die Sache nach sich ziehen würde, und mischte die Karten noch einmal neu, worauf eine Sondereinheit unter der Leitung eines Detective von Manhattan North Homicide ins Leben gerufen wurde.

»Man lässt sich nie gern einen Fall entziehen«, sagte Dan Schering. »Mal abgesehen davon, dass man sich natürlich schon zurückgesetzt fühlt, sind wir so aber besser dran. Man kann sich nämlich nicht so auf seine

Ermittlungen konzentrieren, wenn man stündlich eine Pressekonferenz abhalten muss. Der Typ von Homicide wusste, wie man mit den Medien umgeht, und wir konnten unbehelligt unseren Ermittlungen nachgehen und hatten den Fall bald gelöst. Wir hatten schon einen Namen und eine Personenbeschreibung, bevor es drüben in Brooklyn aus der Wohnung zu stinken begann. Wir mussten diesen Drecksserl nur noch festnehmen, und das Einzige, was uns daran gehindert hat, war, dass er schon tot war.«

Joe hatte zwar angedeutet, dass Schering nicht der Hellste war, aber auf mich machte er einen ziemlich cleveren Eindruck. Er hatte nur diese gewisse Schwerfälligkeit, wie sie für Leute aus dem Mittelwesten typisch ist und die einem New Yorker wie Joe Durkin genügte, um jemand als beschränkt zu bezeichnen. Mich dagegen erinnerte er an einen Cop aus Ohio, der Havlicek hieß und den ich immerhin so sehr mochte und schätzte, dass ich den Kontakt mit ihm nicht abreißen ließ. Havlicek hatte ganz und gar nichts Beschränktes.

Schering stammte aus Albert Lea, Minnesota, wo er an der Highschool Football und Basketball gespielt hatte, bevor er an der University of Minnesota zu studieren begann. Auch dort spielte er im ersten Jahr Football, schaffte es aber nicht in die Golden Gopher-Auswahl, und mit Basketball versuchte er es erst gar nicht, weil jeder im Team mindestens eins neunzig war.

Seine Freundin hatte als Hauptfach Theater belegt, und nach seinem Abschluss folgte er ihr nach New York, wo sie als Bedienung jobbte und zu Auditions ging. Als er eines Tages wieder einmal mit der U-Bahn zu seinem Bürojob fuhr, sah er eine NYPD-Werbung. Er schaffte die Aufnahmeprüfung mit links und war sofort Feuer und Flamme. Die Beziehung hielt nicht, und er wusste nicht, was aus dem Mädchen geworden war, ob sie noch in New York war oder nach L.A. oder zurück nach St. Paul gegangen war, und er versuchte auch nicht, es herauszufinden. Als ich ihn fragte, ob er sich manchmal nach Minnesota zurücksehnte, sah er mich an, als hätte ich sie nicht mehr alle.

Weil sie vom Schürhaken einen partiellen Daumenabdruck hatten, sagte er, hätten sie schon gewusst, dass es Ivanko gewesen sein musste, bevor es die DNA-Spuren bestätigten. Weil es nur ein Fingerabdruck und noch dazu kein vollständiger war, hatte er sie nicht weitergebracht, bis sie den Tipp bekamen und Einblick in Ivankos Vorstrafenregister erhielten.

»Es war eine Übereinstimmung«, fuhr Schering fort. »In der Forensik haben sie die Wahrscheinlichkeit mit sechzig Prozent angegeben, deshalb wäre vor Gericht keine absolute Gewissheit gegeben gewesen, aber der Fall war so klar, wie er anhand des Umfangs des Daumenabdrucks auf dem Schürhaken nur sein konnte. Anders ausgedrückt, *wir* waren uns hundert Prozent sicher, aber vor Gericht wären wir damit nicht weit gekommen. Aber wir hatten ja noch die DNA. Sein Sperma, sein Schamhaar am Tatort, und Brooklyn Forensics hat auf einer der Leichen auch noch Spurenmaterial gefunden?«

»Spurenmaterial?«

»Sagen wir mal so«, sagte Schering. »Unser Freund Carl ist nicht mehr dazu gekommen, zu duschen.«

Sie hatten hohe Erwartungen gehabt, als sich der Tipp als nützlich erwies und sie den Tätern auf die Spur kamen. Entsprechend groß war dann allerdings auch die Enttäuschung, als Cops aus Brooklyn Bierman und Ivanko fanden, bevor das Ermittlerteam aus Manhattan sie aufgespürt hatte. Trotzdem war Schering froh, dass es so ausgegangen war.

»Schon allein wegen des Opfers«, fügte er hinzu. »Nicht wegen der tatsächlichen Opfer natürlich, denen kann längst alles egal sein, aber wegen der Tochter. Für jemand in ihrer Lage gilt immer, je früher, desto besser. Und dass die Täter tot waren, hat ihr mehrere Wochen im Gericht und den ganzen Medienzirkus erspart. Das Ganze ist jetzt schon vorbei und nicht erst in sechs Monaten oder sechs Jahren oder nie, weil sie ihr ganzes Leben lang alle paar Jahre zu einer Sitzung des Bewährungsausschusses einbestellt würde. Wobei, ganz vorbei ist es natürlich nie, denn seine Eltern so zu verlieren, lässt einen nie mehr los, aber wenigstens gibt es keine ungeklärten Fragen mehr, weder für sie noch für uns.«

Er hatte selbstverständlich Mitgefühl mit dem Mädchen gehabt, aber das hatte ihn nicht daran gehindert, sie genauer unter die Lupe zu nehmen. »Denn das ist das Erste, was einem in den Sinn kommt«, sagte er. »Die Eltern werden in ihrem Haus ermordet, die Tochter entdeckt die Leichen, da fragt man sich doch als Erstes, ob sie das Ganze arrangiert hat. Denn es gibt ständig solche Fälle, einen erst vor vier Monaten in Astoria. Ein Mädchen, geht noch auf die Highschool, ihre Eltern sind nicht mit ihrem Freund einverstanden, und prompt zeigt sie ihnen, wie sehr sie sich in ihm getäuscht haben, indem sie sich mit ihm zusammentut und sie beide erschießt. «

Ich erinnerte mich an den Fall. »Und besonders geschickt haben sie es auch nicht angestellt«, sagte ich.

»Sie hat die Pistole ihres Vaters gestohlen«, sagte Schering, »und ihrem Freund gegeben, worauf er den Vater erschossen hat. Und dann bringt er das Mädchen dazu, ihre Mutter zu erschießen. Vielleicht hat sie es auch von sich aus getan, je nachdem, wessen Version der Geschichte man glaubt. Und dann geht er her, klaut ein Auto, veranstaltet damit ein Drive-by-Shooting und jagt drei, vier Kugeln durch das Wohnzimmerfenster, das auf die Straße rausgeht. Und das Mädchen ist im Haus, als es passiert. Sie ruft bei der Polizei an, total hysterisch, und sie hat sogar oberflächliche Schnitte an den Händen, weil sie angeblich von den herumfliegenden Glassplittern von dem Drive-by getroffen worden ist. Was an sich keine schlechte Idee wäre, wenn tatsächlich irgendwelche Glassplitter herumgeflogen wären, aber die Kugeln haben die Fensterscheibe glatt durchschlagen und nur kleine Kreise herausgestanzt, mehr nicht. «

»Und wenn man *Was stimmt in diesem Bild nicht?* spielt, lautet die Antwort *Alles*. Die zwei Leichen sind im Wohnzimmer auf der Straßenseite, wo sie angeblich bei dem Drive-by-Shooting getroffen worden sind, aber in der Küche sind Blutspritzer und andere Spuren, die darauf hindeuten, dass zumindest einer von ihnen dort erschossen und ins Wohnzimmer gezogen worden ist, darunter eine Kugel, die das Opfer komplett durchschlagen hat und in der Küchenwand stecken geblieben ist. Und die aus dem vorbeifahrenden Auto abgegebenen Schüsse, bei denen stimmt die Flugbahn hinten und vorne nicht, sie stecken in der Wohnzimmerdecke, und bei der Frau, der Mutter, stimmt nicht nur der Winkel nicht, sondern um die Wunde rum sind Schmauchspuren. Echt raffiniert, Schmauchspuren an einer Schusswunde, die dem Opfer von außerhalb des Hauses beigebracht worden ist. «

Schon allein deshalb hatte er nicht umhin gekonnt, sich Kristin Hollander genauer anzusehen. Weil sie aller Wahrscheinlichkeit nach unschuldig war, war er jedoch sehr behutsam vorgegangen, denn bei so jemand wollte niemand noch zusätzlich zu seinem Schmerz beitragen. Aber er achtete auf ihre Reaktionen und überprüfte ihr Alibi und sperrte die Ohren auf, ob sich vielleicht irgendwo ein falscher Ton einschlich. Aber das war nicht der Fall. »Wenn jemand von sich behauptet, ein hundert Prozent zuverlässiger Lügendetektor zu sein, also, das ist kompletter Schwachsinn, kann ich da nur sagen. Aber trotzdem, man kriegt natürlich schon einen Riecher für so was. Sie haben das ja auch mal gemacht, deshalb wissen Sie nur zu gut, wie viele Lügen man in diesem Job tagtäglich aufgetischt bekommt. Kriminelle lügen ständig, selbst wenn gar kein Grund dafür besteht. Und wenn ein Grund besteht, erzählen sie einem sechs verschiedene Lügen, eine nach der anderen, und hoffen, dass das ihre Chancen erhöht und man ihnen eine abnimmt. ›Diese Tüte Koks? Das ist kein Koks, Mann, das ist Talkumpuder, wenn ich mal einem Baby die Windeln wechseln muss. Diese Tüte voll Stoff? Ey, Mann, wo kommt die denn her? Die muss mir jemand untergeschoben haben.‹ Sie lachen, aber so einen Scheiß kann ich mir ständig anhören.«

»Ich lache nur, weil sich die Ausreden in dreißig Jahren keinen Deut geändert haben.«

»Das werden sie auch nie. An einem Klassiker pfuscht man nicht rum. Und jeder glaubt, er ist der Erste, der einem diesen Blödsinn auftischt. Jeder hält sich für ein kriminelles Genie. Aber man kennt das ja, und man kennt die dazu gehörige Körpersprache, und man merkt schon, dass jetzt eine Lüge kommt, bevor überhaupt ein Wort den Mund verlassen hat.«

Und Kristin hatte nicht gelogen, da war er ganz sicher. So eine Reaktion konnte man nicht vortäuschen. Niemand konnte auf Kommando blass werden oder seine Stimme ins oberste Register schnellen lassen, ohne sich dessen überhaupt bewusst zu werden. Sie hatte einen Schock erlitten, so hatte die Diagnose des Doktors gelautet, das war der krankhafte Zustand, in dem sie sich befand, und so was konnte man nicht spielen.

Außerdem gab es an ihrem Alibi absolut nichts auszusetzen. Sie war den ganzen Abend mit Freunden zusammen gewesen. Einige davon kannte sie gut, andere, wie den Typ, der sie nach Hause gefahren hatte, hatte sie erst an diesem Abend kennengelernt. Vollkommen ausgeschlossen, dass sie alle logen, und ihre Aussagen überlappten sich und verschafften ihr für den ganzen Abend ein Alibi.

Natürlich hätte sie nicht dabei sein müssen, als ihre Eltern nach Hause kamen. Sie könnte die Einbrecher früher ins Haus gelassen oder ihnen einen Schlüssel gegeben und die Kombination verraten und sich woanders aufgehalten haben, als es ernst wurde. Aber es bestand kein Grund, sie zu verdächtigen, und sie konnten keine Hinweise finden, dass es zwischen ihr und ihren Eltern ernstere Konflikte gegeben hatte: keine lautstarken Auseinandersetzungen, keine schwelenden Ressentiments. Ebenso wenig gab es ein erkennbares Motiv, abgesehen natürlich vom unbestrittenen Wert des Hauses und all dessen, was sie sonst noch erben würde. Außerdem hatte sie schon etwas vom Haus, sie wohnte schließlich darin, und sie brauchte auch nicht dringend Geld. Aus welchem Grund hätte sie also etwas derart Ungeheuerliches tun sollen?

Kapitel 8

Man könnte meinen, die Coney Island Avenue führt nach Coney Island oder sogar durch es hindurch. Weit gefehlt. Sie beginnt an dem Kreisverkehr an der Südwestecke des Prospect Park und verläuft von dort direkt nach Süden, bis sie in Brighton Beach ein paar Meter vor der Strandpromenade endet. Ich nahm den D Train und stieg an der Ecke Sixteenth Street und Avenue J aus. Wenn ich eine Haltestelle weiter, bis zur Avenue M, gefahren wäre, hätte ich mir ein paar Meter Fußweg gespart, aber ich war nicht sicher, wie die Hausnummern verliefen.

Nachdem ich mich orientiert hatte, ging ich auf der Avenue J in Richtung Westen los. Die Avenue J ist eine Geschäftsstraße, in der immer mehr koschere Restaurants und Bäckereien aufmachen. In den Zeiten, als so ziemlich ganz Brooklyn jüdisch oder irisch oder italienisch war, war Midwood ein solides jüdisches Mittelklasseviertel gewesen. Den Ladenschildern nach zu schließen, war es immer noch eine jüdisch geprägte Gegend, aber man sah dort keine schwarzen Gehröcke und breitkrempigen Hüte, wie man sie in Borough Park und Crown Heights immer noch antrifft.

In der Coney Island Avenue war die ethnische Vielfalt größer. Dort konnte ein koscheres milchiges Restaurant zwischen einem pakistanischen Gemüseladen und einer türkischen Kneipe liegen. Ich kam an Gebrauchtwagenhändlergrundstücken und Leihhäusern vorbei, überquerte ein paar Straßen und folgte den Hausnummern bis zu der, die ich suchte. Sie befand sich zwei Häuser vor der Kreuzung mit der Locust Street, einer kleinen Seitenstraße, die zwischen Avenue L und M von der Coney Island Avenue abging.

Das Haus, in dem Bierman und Ivanko gestorben waren, war ein vierstöckiger würfelförmiger Kasten. Ursprünglich ein Holzrahmenbau, der es vermutlich immer noch war, hatte es jemand irgendwann mit einer Aluminiumverkleidung aufgemöbelt. Mir ist natürlich klar, dass man mit einer solchen Maßnahme die Heizkosten reduzieren kann und die Fassade nicht ständig neu streichen muss, aber grundsätzlich ist das Beste, was man über eine Verkleidung sagen kann, dass sie nicht wie eine aussieht, und das konnte man von dieser weiß Gott nicht behaupten. Sie hatten an allen Ecken und Enden gespart und die Verkleidung ohne Rücksicht auf irgendwelche architektonischen Details oder Ornamente einfach auf die Fassade gepappt. Alles war abgedeckt und eckig, und die Verkleidung selbst war minderwertig oder schlampig angebracht, weil sie sich an manchen Stellen deutlich sichtbar wölbte.

»Sie sehen sich die Bruchbude an, als wollten Sie sie kaufen.«

Ich drehte mich zu der Stimme um und sah einen Streifenwagen neben einem Hydranten am Straßenrand stehen. Ein Mann mit einem exakt getrimmten Oberlippenbärtchen und dichtem dunklem Haar beugte sich aus dem Seitenfenster. Er hatte gebräunte Unterarme und trug ein Hawaiihemd. »Ed Iverson«, sagte er grinsend. »Und Sie sind wahrscheinlich Scudder.«

Im Eingangsbereich gab es acht Klingelknöpfe und einen, der seitlich davon angebracht war und nicht mit einem Namensschild versehen war. »Richtig exklusives Haus«, sagte Iverson. »Der Hausmeister hat eine Geheimnummer.« Er drückte auf den Knopf ohne Namensschild, und als ein lautes Rauschen aus der Gegensprechanlage kam, sagte er: »Polizei, Jorge. Ich habe jemand dabei, der Sie sprechen möchte.«

Dann erst mal wieder nur Rauschen, und nach ein paar Minuten ging die Tür auf, und vor uns stand ein dunkelhäutiger Latino. Er war klein und hatte O-Beine und den überentwickelten Oberkörper eines Bodybuilders.

»Darf ich vorstellen«, sagte Iverson. »Mr. Scudder, der neue Mieter für Eins-L.«

Der Hausmeister schüttelte den Kopf. »Schon vermietet.«

»Das glauben Sie doch selbst nicht, Jorge. Sie haben schon einen Mieter für die Wohnung?«

»Ab Ersten von Monat. Hausbesitzer sagt, Vertrag schon unterschrieben. Heißt, ich muss streichen, ich muss saubermachen.« Er rümpfte die Nase. »Muss Geruch wegkriegen.«

»Neu streichen hilft da bestimmt.«

»Bisschen, aber Gestank ist in Bodendielen«, sagte Jorge. »Ist in Wänden. Was ich glaube, vielleicht Räucherstäbchen.«

»Kann jedenfalls nicht schaden.«

»Aber dann man hat Geruch von Räucherstäbchen, und wie geht das weg?«

»Einfach ein bisschen Gras rauchen, Jorge«, schlug Iverson vor. »Aber jetzt, würden Sie uns bitte die Wohnung zeigen?«

»Ich doch sage, ist schon vermietet.«

»Nur damit Mr. Scudder sieht, was ihm entgeht. Er will sie ja auch nicht wirklich mieten, Jorge. Er will sie sich nur ansehen. Lassen Sie uns jetzt endlich rein, oder soll ich die Tür noch mal eintreten?«

»Der Geruch ist schon deutlich besser«, versicherte Iverson dem Hausmeister. »Sie sind ständig hier, deshalb merken Sie den Unterschied nicht. Wenn Sie den Boden mit Ammoniak schrubben, immer gut lüften wie jetzt und dazu noch Raumspray versprühen, merkt schon bald kein Mensch mehr was.«

»Können Sie es nicht riechen?«

»Klar rieche ich es, aber der Gestank ist nicht mehr annähernd so schlimm, wie er mal war. Haben Sie außerdem nicht gesagt, dass irgendein Trottel die Wohnung schon gemietet hat? Hatte der vielleicht einen dicken Schnupfen?«

»Hat alles über Telefon abgewickelt.«

»Dann kann er nicht allzu pingelig sein, wenn er eine Wohnung mietet, ohne sie sich vorher anzusehen. Sagen Sie einfach der Lady gegenüber, sie soll immer schön deftig kochen. Es war doch nicht sie, die sich über den Geruch beschwert hat, oder?«

»Nein, jemand von oben.«

»Es war bis nach oben zu riechen?«

»Ist an Tür vorbeigekommen und hat gerochen.«

»Dann kann sie gerade nicht am Kochen gewesen sein, sonst hätte der Essensgeruch alles andere überdeckt. Was kocht sie eigentlich die ganze Zeit?«

»Ich glaube, kambodschanisch Essen.«

»Kambodschanisch?«

»Sie Kambodscha«, sagte Jorge. »Dann wohl auch kambodschanisch Essen.«

»Dann ist deren Nationalgericht wohl Feuchter Hund mit Knoblauch«, sagte Iverson, »und ihre Familie kann gar nicht genug davon kriegen. Aber trotzdem, Jorge, jetzt übernehmen wir.«

»Übernehmen was?«

Iverson grinste. »Machen Sie einen kleinen Spaziergang, ziehen Sie sich Ihre Anabolika rein, stemmen Sie ein bisschen Gewichte.«

»Keine Anabolika. Alles natürlich.«

»Habe ich mir fast gedacht.«

»Dieses Zeug schlecht für einen«, sagte Jorge. »Schrumpft Eier.«

»Wie Kichererbsen«, sagte Iverson, und als die Tür zuging, wandte er sich mir zu. »Haben Sie die Schultern dieses Pimpfs gesehen? Alles natürlich, dass ich nicht lache. Gerade die Kleinen, sie wollen sich immer ganz besonders aufpumpen, und irgendwann kommt immer der Punkt, an dem sie es mit Anabolika probieren. Und weil das Zeug nun mal wirkt, nehmen sie es immer weiter. Und die Eier schrumpfen davon tatsächlich, was sie auch gar nicht abstreiten, aber sie glauben, damit verhält es sich genauso wie mit Lungenkrebs. So was bekommen nur die anderen.« Er schüttelte den Kopf. »Aber sind wir nicht alle so? Jeder von uns glaubt, alles passiert immer nur den anderen. Sonst würden wir nie in ein Flugzeug steigen oder von einer Bar nach Hause fahren oder eine Zigarette rauchen oder auch nur aus dem Haus gehen.«

»Oder in ein Konzert gehen«, sagte ich.

»Oder sonst irgendwas. Hier ist es passiert, und man kann es immer noch riechen. Auch wenn es nicht mehr so schlimm ist, wie Jorge findet. Und so ziemlich das Einzige, was davon noch zu merken ist, ist, dass man es riechen kann, denn viel sehen kann man nun wirklich nicht davon. Er hat saubergemacht. Musste er ja auch, und sobald wir die Plomben von der Wohnungstür entfernt haben, gab es ja auch keinen Grund mehr, es nicht zu tun. Die Spurensicherung war fertig, das Beweismaterial war eingetütet, die Tatortfotos im Kasten, und eigentlich war der Fall schon gelöst, bevor die Ermittlungen überhaupt angefangen haben. Warum also den Tatort noch länger absperren?«

Er führte mich ins Wohnzimmer, das vorne lag, und dann durch die Küche in ein Zimmer, das nach hinten rausging. »Die Möbel sind schon weg«, sagte er. »Viele waren es sowieso nicht, und sie zu behalten hätte sich erst recht nicht gelohnt. Im Wohnzimmer zwei Stühle von der Heilsarmee und ein Fernseher auf einem Milchflaschenträger. In der Küche ein Klapptisch und zwei weitere Stühle. Das hier war das Schlafzimmer, aber Bett war keines drin, nur eine Schaumstoffmatratze auf dem Boden mit einem Laken drüber. Hatte er eine Kommode? Weiß ich nicht mehr. Aber ein zweiter Fernseher war hier, weiß ich noch. Er stand einfach auf dem Boden, damit man vom Bett aus schauen konnte, ohne sich den Hals zu verrenken.«

»Der Typ hat wirklich an alles gedacht«, sagte ich.

»Unter anderem auch daran, dass er beim Schlafen genügend frische Luft bekam, weil nämlich die Matratze direkt unterm Fenster lag. Der eine von den beiden, Ivanko, war genau da, wo Sie jetzt stehen, hat mit dem Gesicht nach unten halb auf, halb neben der Matratze gelegen. Wissen Sie was, wir sollten aufs Revier fahren, dann zeige ich Ihnen die Fotos. So können Sie sich einen besseren Eindruck vom Tatort verschaffen, als wenn Sie bloß in der leeren Wohnung rumgehen. Vorausgesetzt, wir haben sie noch, und ich kann sie finden.«

Ich sagte ihm, dass sie mir Schering bereits gezeigt hatte.

»Dann wollten Sie sich also bloß ein bisschen umsehen, ein Gefühl für den Tatort kriegen.« Er grinste. »Die Gerüche riechen.«

»Und mit jemand reden, der vor Ort war.«

Er nickte. »Also, wenn Sie die Fotos schon gesehen haben, wissen Sie eigentlich schon alles. Der Schütze war in der Ecke gegenüber vom Bett, genau hier, in Unterhosen. Er hat sich noch vollgeschissen, nachdem er sich selbst erschossen hat, und davon ist der Geruch auch nicht gerade besser geworden, kann ich Ihnen sagen. Warum er Hemd und Hose ausgezogen und die Unterhose noch angelassen hat, bevor er sich erschossen hat, weiß ich nicht. Aus einer plötzlich Anwandlung von Schamgefühl heraus vielleicht? Seine Jeans hat neben dem Fernseher auf dem Boden gelegen, genau da, und sein Hemd? Wo sein Hemd war, weiß ich nicht mehr. Irgendwo hier drinnen jedenfalls, und es muss auf dem Boden gelegen haben, denn das war alles, was hier war.«

»Und er hat in der Ecke gesessen?«

»Na ja, irgendwie zusammengesunken«, sagte Iverson. »Nachdem er sich erschossen hat, ist er nach vorn gesackt, sodass er an der Hüfte abgeknickt war. Deshalb war das Erste, was man gesehen hat, die Austrittswunde an seinem Hinterkopf.« Er ging in eine Ecke des Zimmers und deutete auf eine dunklere Fläche, die sich dort etwa einen halben Meter über dem Boden abzeichnete. In ihrer Mitte befand sich ein weißer Fleck, der von einem zugegipsten Loch stammte. »Jorge hat alles weggeschrubbt«, sagte er, »und das Loch, aus dem sie die Kugel rausgepuhlt haben, zugespachtelt. Aber alles hat er nicht weggekriegt. Wenn die Wand mit einer guten halbmatten Wandfarbe gestrichen gewesen wäre, bekäme man es vielleicht heraus, aber bei einem normalen Wandanstrich kommt der Fleck immer wieder durch. Aber wenn hier alles frisch gestrichen wird, ist es sowieso egal, dann wird alles überdeckt, selbst wenn sie dafür irgendeine billige Tünche nehmen. Mehr lassen nämlich die Hausbesitzer normalerweise nicht springen. Jedenfalls kann man sehen, wie es abgelaufen ist.«

»Ja.«

»Mein erster Gedanke war ... nein, erst Sie. Was würden Sie sagen?«

»Ein Streit unter Lovern.«

»Ganz genau. Zwei Typen, eine Matratze, und der Typ, der geschossen hat, nur in Unterhose und sonst nichts. Er bringt seinen Lover um, merkt, was er getan hat, und tut so, als wäre seine Knarre ein Schwanz. Doch dann sehe ich einen leeren Kopfkissenbezug, und dann noch einen, der nicht leer ist. Ich gehe weiter, in die Küche, und dort steht auf dem Tisch eine Nussbaumschatulle mit einem kompletten Satz Tafelsilber einschließlich Austerngabeln. Allerdings findet man in der Coney Island Avenue nicht allzu viele Austerngabeln aus Sterlingsilber.«

»Haben Sie gleich geahnt, woher sie waren?«

Er nickte. »Nach der Presse, die der Fall hatte, und nach den ganzen Mitteilungen, die sie in der Police Plaza Eins rausgelassen haben, war das mein erster Gedanke. Meinem Partner ging's genauso, und ich weiß nicht, welcher von uns beiden es laut ausgesprochen hat. So was treibt einem den Puls schon in die Höhe. Können Sie sich sicher vorstellen.«

»Allerdings.«

»Aber fast im selben Moment kommt auch schon der große Frust. Denn da sind die beiden, die es getan haben, und sie sind beide tot. Akte geschlossen, Fall erledigt. Zur Sicherheit checkt man natürlich noch mal alles gründlich ab, jede Einzelheit, aber es taucht nichts auf, was irgendwelche Zweifel weckt. Das Komische ist nur, dass Fitz und ich Belobigungen bekommen, obwohl wir gar nichts groß getan haben, als uns ein bisschen umzuschauen und das Ganze zu melden.«

»In Ihrer Personalakte macht es sich in jedem Fall gut, egal, ob Sie nun was gemacht haben oder nicht«, sagte ich. »Und es ist ein gewisser Ausgleich für die anderen Male, in denen sie eine Belobigung verdient hätten, aber keine gekriegt haben.«

»Da ist was Wahres dran«, sagte er. »Am Ende gibt es doch so was wie ausgleichende Gerechtigkeit.«

So unterhielten wir uns noch eine Weile weiter, während ich in der Wohnung herumging und mir ein Bild zu machen versuchte, wie sich das Ganze abgespielt hatte. Zwei Männer kommen schwerbepackt mit Diebesgut nach Hause. Sie haben gerade eine Frau vergewaltigt und sie und ihren Mann umgebracht, und sie fühlen sich – ja, wie fühlen sie sich? Wie soll ich mir vorstellen können, was in den beiden vorgegangen ist?

Sie kommen nach Hause, und kurz darauf (oder auch Stunden später, über das Zeitfenster wusste ich nichts) erschießt einer von ihnen den anderen. Dann zieht er sich bis auf die Unterhose aus (außer er hat sich schon ausgezogen, bevor er seinen Partner erschossen hat), setzt sich in die Ecke und steckt sich seine Pistole in den Mund – oder bläst ihr einen, um bei Iversons drastischer Bildhaftigkeit zu bleiben.

Ich fragte ihn, ob beide hier gewohnt hatten.

»Es war Biermans Wohnung«, sagte er. »Er hat den Mietvertrag im April unterschrieben, und soviel die Nachbarn mitgekriegt haben, hat er allein hier gewohnt. Die Klamotten im Schrank waren seine. Auf der Matratze war nur ein Kopfkissen, und wenn sich zwei ein Bett teilen, hat da nicht zumindest jeder ein eigenes Kopfkissen?«

»Möchte man eigentlich meinen.«

»Vielleicht hat er Ivanko nur mitgenommen, um die Beute zu verstecken oder sie aufzuteilen oder sonst irgendwas.« Er zuckte mit den Achseln. »Vielleicht war Bierman scharf auf ihn und hat ihn anzumachen versucht, aber Ivanko ist nicht darauf eingestiegen. Peng, tot bist du, und noch mal peng und tot bin ich. Wenn einer von den beiden noch am Leben wäre, könnten wir ihn fragen, wie's war, aber sie sind beide tot, und deshalb geht das nicht.«

»Sie mussten die Tür eintreten«, sagte ich.

»Auch da gilt wieder, wenn sie noch am Leben gewesen wären, hätten sie uns aufmachen können. Aber so mussten wir sie eintreten. Ich selber natürlich nicht, aber die zwei Streifenpolizisten, die als Erste angerückt sind. Sie müssen geahnt haben, was hinter dieser Tür war. Jeder, der diesen Job eine Weile macht, kennt dieses ganz spezielle Aroma von Eau de corpse. Und dann verwechselt man es sein ganzes Leben lang nicht mehr mit was anderem. Ist doch so, oder?«

»War der Hausmeister hier, als sie angerückt sind?«

»Jorge? Er hat sie gerufen. Ein Nachbar hat sich beschwert, und darauf hat er bei uns angerufen.«

»Uns hat er doch gerade aufgeschlossen«, sagte ich. »Warum hat er das bei den Streifenpolizisten nicht auch getan?«

»Ach so, jetzt verstehe ich Ihre Frage. Weil die Tür von innen verriegelt war.«

»Und sie hat sich nicht von außen aufschließen lassen?«

»Nein, bei diesem Riegel nicht«, sagte Iverson. »Er war nicht in das Schloss integriert. Es war eins dieser primitiven Dinger, die man in jeder Eisenwarenhandlung kaufen kann. Sie wissen schon, die eine Hälfte schraubt man an die Innenseite der Tür und die andere an den Türrahmen. Und dann legt man einfach von innen den Riegel vor, das ist alles. Hier sind noch die Löcher von den Schrauben zu sehen. Da hat Jorge noch einiges zu spachteln, bevor er mit dem Streichen anfängt – wenn es ihm nicht zu viel Arbeit ist. Ich habe den Riegel gesehen, als ich reingekommen bin, so ein Messingding. An der Tür selbst war nichts zu sehen, sie wurde nicht beschädigt, als sie die zwei Uniformen eingetreten haben, nur der Riegel wurde aus seiner Halterung gerissen. War der Riegel auf den Fotos, die Schering Ihnen gezeigt hat, nicht zu sehen?«

»Vielleicht hat er mir nicht alle gezeigt.« Ich ging noch ein bisschen länger herum und schaute aus dem Schlafzimmerfenster auf einen kleinen Hinterhof hinaus. Dort waren vier Mülltonnen, drei davon standen aufrecht, und aus einer, die umgekippt war, quollen alle möglichen Abfälle. Der Müllsack, der daneben stand, sah aus, als hätte ihn eine Ratte angenagt. Die Ratte war nirgendwo zu sehen, aber ich sah etwas, was Rattenscheiße hätte sein können. Die Typen von der Spurensicherung hätten sie wahrscheinlich als solche identifizieren und mir auch noch erzählen können, was die Ratte zum Frühstück gefressen hatte.

Man könnte dort hinten Blumen anpflanzen oder grillen, dachte ich, aber man müsste komplett verrückt sein, um das tun zu wollen.

»Ich wüsste nur zu gern, warum er sich ausgezogen hat«, sagte ich.

»Bierman?«

»Hatte Ivanko auch nichts an?«

»Nein, nur Bierman. Es war ziemlich heiß, und wie Ihnen vielleicht nicht entgangen ist, gibt es hier keine Klimaanlage und nicht einmal einen Ventilator. Wahrscheinlich sind sie gewaltig ins Schwitzen geraten, als sie dieses ganze Zeug aus Manhattan hierher geschleppt haben. Bierman hatte eine Jeans und ein langärmeliges Hemd an. Vermutlich dachte er, dass es ohne kühler wäre.«

»Ja, wahrscheinlich.«

»Oder er wollte einfach nichts anhaben, was voll Blut war.«

»War denn Blut an seinen Sachen?«

»Sowohl an der Hose als auch am Hemd.«

»Ivankos Blut?«

Iverson schüttelte den Kopf. »Das der Hollanders. Ihres, würde ich sagen, aber das steht bestimmt im Protokoll. Ihr haben sie die Kehle aufgeschlitzt. Es gab praktisch nichts, auf dem ihr Blut nicht war.«

»War es nicht Ivanko, der ihr die Kehle durchgeschnitten hat.«

»Ob sie zweifelsfrei festgestellt haben, welcher von beiden es war? Spielt das denn eine Rolle? Sie hatten beide Blut auf ihren Sachen. Wenn man jemand die Kehle durchschneidet, tritt viel Blut aus. Da kann jeder was abkriegen.«

»Ich frage mich nur, warum sie sich eingeschlossen haben.«

»Sie haben gerade zwei Menschen umgebracht und zwei Säcke mit Diebesgut nach Hause geschleppt. Vielleicht wollten sie nicht, dass plötzlich jemand zur Tür reinplatzt.«

»Das wäre eine Möglichkeit.«

»Oder Bierman hat seinen Kumpel erschossen und wollte nur ein paar Minuten Ruhe und Stille, bevor er ihm ins Jenseits gefolgt ist. Aber das ist wahrscheinlich nicht, worum es Ihnen geht. Was Sie wissen wollen, ist, ob sie eingeschlossen waren, und das waren sie, von innen.«

Iverson musste noch Verschiedenes erledigen, und er vergewisserte sich, dass die Wohnung wieder abgeschlossen war, bevor er sich auf den Weg machte. Ich weiß nicht, was ich seiner Meinung nach aus der Wohnung hätte stehlen können.

Als er weg war, ging ich ins Souterrain, um noch ein wenig mit Jorge zu reden. Dann streifte ich durch den Rest des Hauses, um sonst noch jemand zu finden, mit dem ich sprechen konnte. Die eine Hälfte der Hausbewohner war nicht zu Hause, und die meisten anderen konnten entweder kein Englisch oder taten zumindest so. Ich brachte nichts Neues in Erfahrung, und ich war nicht einmal sicher, ob es überhaupt etwas in Erfahrung zu bringen gab.

Ich ging die Avenue M hinauf, bog links ab und merkte an der Ecke, dass ich die schräg verlaufende Locust nehmen und mir ein paar Meter hätte sparen können.

Ich musste lachen. Wenn ich Zeit hätte sparen wollen, wäre ich erst gar nicht nach Brooklyn gekommen. Ich ging ein paar Straßen weiter, stieg die Treppe zum Bahnsteig hinauf und wartete auf meinen Zug.

Kapitel 9

Er steigt ins Auto und fährt los, ohne festes Ziel. Ihm ist einfach nur nach Fahren, mehr nicht.

Und das Auto ist so sauber, dass es eine wahre Freude ist, darin zu sitzen. Er ist ein ordentlicher Mensch, er hält seinen Wagen in Schuss, innen wie außen, und er fährt oft in die Waschanlage. Aber richtig gründlich reinigen lassen hat er ihn erst vor Kurzem zum ersten Mal, und als er danach eingestiegen ist, hätte er schwören können, dass er frisch aus dem Showroom des Händlers kam. Er roch sogar wie ein neuer Wagen, und inzwischen hat er auch herausgefunden, wie sie das hinbekommen haben. Es gibt da ein Spray, sie verkaufen es in Dosen, es nennt sich New Car Smell.

Sie haben an alles gedacht.

Er achtet nicht darauf, wohin er fährt, denn wenn man nicht weiß, wohin man will, was spielt es da für eine Rolle, wie man hinkommt? In der Canal Street sieht er die Wegweiser für die Manhattan Bridge, und er fährt nach Brooklyn hinüber und nimmt die Flatbush Avenue nach Süden, und auf einmal weiß er, wohin er unterwegs ist.

Man muss nur warten, denkt er, dann findet man schon heraus, wohin man will.

Und dann bekommt man, was man will.

Ist es nicht sogar üblich, an den Schauplatz des Verbrechens zurückzukehren? Außerdem tut er es nicht zum ersten Mal. Schon zweimal seit diesem Abend damals ist er fast wie von selbst in der West Seventy-fourth Street gelandet und die Straße entlanggeschlendert. Er ist ein wenig langsamer gegangen, als er an dem Haus vorbeigekommen ist, aber stehengeblieben ist er nicht, und einen zweiten Blick hat er auch nicht darauf geworfen. Trotzdem starren wohl immer noch Leute aus vollkommen harmlosen Gründen auf das Haus. Wegen der extensiven Presseberichterstattung und des enormen Medieninteresses ist das Haus zu notorischer Berühmtheit gelangt. Allerdings ist es noch nicht so weit gekommen, dass Stadtrundfahrtbusse daran vorbeifahren und die Fahrer die grausigen Details über die Lautsprecheranlage herunterbeten. Dazu wird es auch nicht kommen, nicht in dieser Stadt, in der es immer eine neue Ungeheuerlichkeit gibt, die die Erinnerung an die letzte auslöscht.

Trotzdem, warum das Schicksal herausfordern? Als er das zweite Mal an dem Haus vorbeigegangen ist, war er versucht, sich in dem Antiquitätenladen im Erdgeschoss umzuschauen, vielleicht sogar etwas als Andenken zu kaufen. Was wäre schließlich harmloser, als einen kleinen Laden aufzusuchen? Aber nein, lieber nicht.

Eine Hand lässt er am Lenkrad, mit der anderen fasst er an seine Kehle. Er schiebt einen Finger unter den Hemdkragen, berührt das Goldkettchen um seinen Hals.

Die besten Souvenirs, denkt er, sind die, die man nicht kaufen muss.

An der Cortelyou Road biegt er rechts von der Flatbush ab und dann nach links in die Coney Island Avenue. Er fährt zu dem Haus, in dem es passiert ist, und als er zwei Häuser weiter einen Streifenwagen im Parkverbot stehen sieht, fährt er einfach weiter. Niemand sitzt in dem Polizeiauto, und es könnte zig Gründe geben, warum in diesem Straßenabschnitt ein Streifenwagen neben einem Hydranten parkt. Es gibt jede Menge Häuser und Wohnblöcke in der unmittelbaren Umgebung, und wieso sollte ein Cop nicht in einem davon nach dem Rechten sehen. Es muss nicht einmal wegen einer Straftat oder auch nur einer Beschwerde sein. Vielleicht besucht er nur eine Freundin oder einen Lieblingsonkel.

Er fährt einmal um den Block und parkt ein paar Häuser weiter an einer Stelle, von der aus er das Haus beobachten kann. Nach einiger Zeit geht die Tür auf, und zwei Männer kommen nach draußen. Der jüngere sieht in seinem knallbunten Hawaiihemd und der dunklen Hose wie ein typischer Brooklyner Stenz aus, der andere ist schon älter und konservativer gekleidet. Die zwei Männer schütteln sich die Hände, und der Jüngere – ja, er sieht aus wie ein Cop in Urlaub oder an einem dienstfreien Tag – steigt in den Streifenwagen und fährt weg. Der ältere Mann sieht ihm nach und geht dann wieder ins Haus zurück.

Der Hausbesitzer, der sich vergewissert, dass er die Wohnung wieder vermieten darf, ohne Beweismittel zu zerstören? Jemand von der Stadtverwaltung, ein Inspektor vom Wohnungsamt?

Oder vielleicht der nächste Mieter, der sich über die Sicherheit im Haus Gedanken macht. Nur passt er nicht in diese Gegend.

Der Hausbesitzer, entscheidet er schließlich. Aber es interessiert ihn nicht weiter. Er wohnt nicht hier, und es gibt keinen Grund, jemals wieder in dieses Viertel zu kommen.

Es ist nicht wie in der Seventy-fourth Street, wo er langfristigere Interessen verfolgt.

Kapitel 10

Im Lauf der nächsten Tag sprach ich mit etwa zehn bis zwölf Leuten, mit einigen am Telefon, mit anderen persönlich. Ich hatte weder einen Klienten noch einen triftigen Grund, um Ermittlungen anzustellen, aber ich hätte mich nicht mehr reinhängen können, wenn ich einen gehabt hätte.

Ich rief ein paar Anwälte an, die ich kannte, unter anderem Ray Gruliow und Drew Kaplan; hätte ja sein können, dass jemand irgendwas Interessantes über Byrne Hollander wusste. Ray hatte mal einen Juniorpartner von ihm kennengelernt, einen gewissen Sylvan Harding, an denen er sich jedoch eigentlich nur wegen seines Namens erinnerte. »Vor ihm habe ich niemand gekannt, der Sylvan heißt«, sagte er, »und ich war ständig versucht, ihn mit Mr. Fields anzusprechen, weil mir bei seinem Namen ständig die Wendung ›Sylvan Fields‹ durch den Kopf ging. Und wie es scheint, ist das immer noch so. Ich kann mir nicht vorstellen, dass er sich noch an mich erinnern kann.«

»Wer würde Hard-Way Ray schon vergessen?«

»Da hast du natürlich auch wieder recht. Wenn du möchtest, rufe ich ihn an und sage ihm, dass du dich demnächst bei ihm meldest. Aber ich bin nicht sicher, ob dir das die Sache eher leichter oder schwerer machen wird.«

»Zumindest würde es mir helfen, an der Empfangsdame vorbeizukommen«, sagte ich.

Er rief an, und ich kam an der Empfangsdame vorbei und direkt in Sylvan Hardings Büro. Das Erste, was er tat, war, sich für den Blick zu entschuldigen. »Wenn man im Empire State Building ein Büro hat, sollte man eigentlich drei oder vier Bundesstaaten sehen können, finden Sie nicht auch? Aber wir sind im siebten Stock, und was die Aussicht angeht, könnten wir auch im Keller sein.« Er grinste an den richtigen Stellen, als er mir das sagte, und ich hatte das Gefühl, dass diesen Spruch jeder zu hören bekam, der zum ersten Mal in sein Büro kam.

Ich war auf der Suche nach jemand, der etwas gegen den verstorbenen Byrne Hollander gehabt haben könnte, und hatte bei Harding nicht viel Erfolg. Ihm fiel kein einziger unzufriedener Mandant oder vergrätzter

Angestellter ein, und er schien sich grundsätzlich nicht vorstellen zu können, dass jemand etwas gegen einen Juristen haben könnte.

Ich erfuhr, dass sich Hollander auf treuhänderische Vermögensverwaltung spezialisiert hatte, was noch unwahrscheinlicher machte, dass ihm ein verärgerter Mandant Bierman und Ivanko auf den Hals gehetzt hatte. Auf seinem Spezialgebiet waren die Mandanten längst tot, bevor irgendein Versagen seinerseits an den Tag kommen konnte.

Ich erkundigte mich nach Bierman und Ivanko. Hatte Byrne Hollander jemals einen der beiden vertreten oder irgendwelche Geschäfte mit ihnen abgeschlossen? Harding kannte die Namen und schüttelte bereits den Kopf, bevor ich meine Frage zu Ende gestellt hatte. »Wir machen ausschließlich Zivilrecht«, erklärte er mir. »Keiner unserer Sozii oder Partner übernimmt Strafsachen.«

»Auch Gauner setzen Testamente auf«, sagte ich, »oder werden in denen anderer Leute berücksichtigt. Ich versuche, eine Verbindung zwischen einem der Mörder oder auch beiden und der Familie Hollander zu finden – oder auszuschließen, dass es eine solche gibt.«

»Wenn Sie mich fragen, können Sie Letzteres tun. Es ausschließen, meine ich.«

Wie es schien, mit purer Willenskraft. »Was ich gern machen würde«, sagte ich. »Ich würde gern Hollanders Festplatte durchsehen.« Ich hatte mir genau eingeprägt, was TJ mir eingebläut hatte, und entsprechend gut konnte ich es jetzt herunterrattern, auch wenn ich nicht wirklich verstand, was ich da alles sagte. »Nicht nur die Dateinamen, sondern auch den Inhalt der Dateien. Ich würde gern alles nach den Namen Bierman und Ivanko durchsuchen.«

Harding erklärte mir, dass er dazu nicht ermächtigt sei. Die Dateien seien grundsätzlich vertraulich und unterlägen der anwaltlichen Verschwiegenheitspflicht. Außerdem seien Hollanders Dateien durch ein Passwort geschützt. Darauf sagte ich, dass er das Passwort offensichtlich kannte, weil er sonst keine Zeit hätte, mit mir zu reden, während Hollanders unerledigte Arbeit den ganzen Betrieb blockierte. Und ich wolle ja nicht das Anwaltsgeheimnis verletzen, versicherte ich ihm, sondern nur nach zwei Namen suchen. Wenn er sie nicht fände, wäre es kein Verstoß, wenn er mir das sagte.

Und wenn sie irgendwo auftauchten, konnte er mir immer noch sagen, er hätte es sich anders überlegt und ich sollte mich zum Teufel scheren.

Am Ende kam er wahrscheinlich zu der Einsicht, dass es einfacher wäre, ein paar Wörter einzugeben und ein paar Mausklicks zu machen, als mir zu erklären, was an meiner Argumentation alles nicht stimmte. Und wie erwartet, erhielt er keine Gelegenheit, sein Gewissen einem Stresstest zu unterziehen. Keiner der beiden Namen, weder Bierman noch Ivanko, tauchte in Hollanders Dateien auf.

Als ich mit Ray Gruliow redete, fragte ich ihn ganz gezielt nach den zwei Mördern. Sie erschienen mir zwar nicht wie typische Mandanten von ihm, aber man konnte nie wissen. Wenn es eine Möglichkeit gab, die Tat gegen die Hollanders als politisches Statement hinzustellen, als einen von rechts oder links ausgeteilten Schlag gegen das Establishment, hätte Hard-Way Ray getan, was er am besten kann – sprich, das politische System unter Anklage gestellt, alle schwindlig geredet und einen Freispruch für seine widerwärtigen Mandanten herausgeholt.

Er hatte jedoch nie einen von beiden vertreten oder auch nur von ihnen gehört, bevor sie in der Coney Island Avenue tot aufgefunden wurden. Auch Drew Kaplan, der in Brooklyn eine Einmannkanzlei hat, hatte jemals etwas mit ihnen zu tun, aber er sagte, Biermans Name käme ihm bekannt vor, obwohl er nicht sagen konnte, warum. »Es müsste an sich rauszubekommen sein, wer sie vor Gericht vertreten hat, wenn sie mit dem Gesetz in Konflikt geraten sind«, sagte er. »Das wird im Protokoll festgehalten. Ob die Anwälte allerdings mit dir reden werden, ist eine andere Sache. Aber sie zu finden, dürfte keine Problem sein.«

Darauf war ich bereits selbst gekommen. Ivanko war die paar Male, in denen er vor Gericht gestellt wurde, von Pflichtverteidigern vertreten worden, und denjenigen von ihnen, den ich ausfindig machen konnte, rief ich an. Einer von den anderen war gestorben, und eine Anwältin war in einen anderen Bundesstaat gezogen. Sie sagte, sie dürfe mir nichts über ihren Mandanten erzählen, da mit dessen Tod ihre Verschwiegenheitspflicht nicht aufgehoben würde. Außerdem, fügte sie hinzu, gäbe es nichts über ihn zu erzählen. Sie hatte Ivanko in einem Verfahren wegen versuchter Vergewaltigung vertreten, in dem die Zeugin bei der Gegenüberstellung Mist baute, und sie hatte einen Freispruch beantragt und ihn auch bekommen. Das war alles gewesen, was sie mit ihm zu tun gehabt hatte, und ich hatte den Eindruck, dass ihr auch dieser kurze Kontakt bereits genügt hatte. Das nächste Mal, als sie einen Vergewaltiger zugeteilt bekam, gestand sie mir, tauschte sie mit einem männlichen Kollegen. »Ich war mir nämlich nicht sicher, ob ich den Mandanten angemessen vertreten würde«, meinte sie dazu.

Obwohl ich viel herumtelefonierte, hatte ich Mühe, an Biermans Unterlagen zu kommen. Ich glaube nicht, dass sich jemand absichtlich querstellte; eher hatte ich den Eindruck, dass sie die fraglichen Dokumente nicht zur Hand hatten. Das konnte ich verstehen. Als Biermans Name bekannt wurde, lag er bereits im Leichenschauhaus. Er war für zwei Morde in Manhattan und einen Mord und einen Selbstmord in Brooklyn verantwortlich, und er war schon ein paar Tage tot. Wie wichtig konnte es da also noch sein, sich mit seinen Vorstrafen zu beschäftigen?

Mit allen diesen Fragen hatte sich bereits die Presse befasst, und alles, was ich über dieses Thema wusste, war, was in der Zeitung stand: dass er immer wieder wegen verschiedener geringfügiger Vergehen verhaftet, aber nie zu einer Haftstrafe verurteilt worden war. Einmal war er wegen Trunkenheit und Erregung öffentlichen Ärgernisses über Nacht festgesetzt worden, dann war er bei einer Razzia in einer Drogenhöhle in Brownsville festgenommen und wieder freigelassen worden, und einmal wurde er vorgeladen, weil er über eine U-Bahnabsperrung gesprungen war – alles in allem das typische Profil eines relativ harmlosen Kleinkriminellen.

Einbruch, Körperverletzung, mehrfacher Totschlag, Mord – das war alles eine andere Schuhnummer. Die Vergewaltigung und die Einlage mit dem Schürhaken gingen selbstverständlich auf Ivankos Konto, und wahrscheinlich war es auch Ivanko gewesen, der Susan Hollander die Kehle durchgeschnitten hatte. Aber mit Sicherheit hatte sich Ivanko nicht dreimal selbst erschossen. Das musste Biermans Werk gewesen sein, und es schien auch berechtigt, davon auszugehen, dass er derjenige war, der schon zuvor, im Haus in der West Seventy-fourth Street, von der Schusswaffe Gebrauch gemacht hatte. Er hatte beide Male drei Schüsse abgefeuert, bevor ihn irgendetwas dazu veranlasste, sich eine siebte Kugel ins eigene Gehirn zu jagen.

Es war beide Male dieselbe Pistole, das wusste ich. Eine 22er Automatik, aber welches Modell? Wie viele Patronen fasste das Magazin, und wie viele hatte es noch enthalten, nachdem er sich selbst erschossen hatte? Hatte er nachladen müssen?

So vieles, was ich nicht wusste.

Auch wenn ich keinen Cops und Anwälten auf die Nerven ging, war ich in dieser Woche weiterhin ziemlich beschäftigt. Ich fuhr für Elaine zu dem Lagerhaus, in dem sie ihre Sachen gelagert hatte, und als sie einmal zu einer Auktion gehen wollte, vertrat ich sie einen Nachmittag lang im Laden. Ich verkaufte zwar nichts, machte aber auch nichts kaputt. Wir kamen also bei plus/minus Null raus.

Ich nahm an drei Treffen teil, einem Mittagstreffen im YMCA in der West Side und zwei in St. Paul's. Außerdem gingen Elaine und ich zu zwei Konzerten, eins davon mit einem Barockensemble aus Bratislava. Elaine fiel kein Bekannter ein, der mal in Bratislava war, und ich sagte ihr, dass ich mal jemand gekannt hatte, der dort geboren war. Ich hatte ihn vor Jahren bei einem Treffen im Village kennengelernt, aber er war schon als kleiner Junge nach New York gekommen, und seine frühesten Erinnerungen hatte er an die Lower East Side, die Gegend um Pitt und Madison. Die Häuser dort waren in der Zwischenzeit alle abgerissen worden, hatte er mir erzählt, aber es war nicht schade um sie.

Wir flogen nicht nach Bratislava, sondern verließen den Konzertsaal und nahmen uns ein Taxi ins Village, wo wir in einen Jazzclub in einem Keller nicht weit vom Sheridan Square gingen. Wir kamen gerade rechtzeitig zu einem längeren Set, und das Publikum war genauso konzentriert bei der Sache wie das im Lincoln Center, nur klopften sie mehr mit den Füßen und applaudierten am Ende der Soli. Wir sprachen nicht viel und gingen danach sofort nach Hause.

Als wir am Küchentisch saßen, sagte ich: »Ich hatte neulich einen Traum.«

»Aha?«

»Wie er losging, weiß ich nicht mehr. Gibt es eigentlich Leute, die sich daran erinnern können, wie ein Traum angefangen hat?«

»Wie sollte das gehen? Dann müsste sich dein Bewusstsein daran erinnern können, was es gemacht hat, bevor es zu träumen angefangen hat. Etwa so, wie wenn man sich an die Zeit vor seiner Geburt erinnern könnte, obwohl es Leute gibt, die behaupten, das zu können.«

»Schwer nachzuweisen.«

»Oder zu widerlegen«, sagte sie. »Aber ich wollte nicht das Thema wechseln. Du hast also geträumt.«

»Anita kam darin vor. Sie lag im Sterben oder war schon tot, was genau, weiß ich nicht mehr. Ich glaube, zu Beginn des Traums lag sie im Sterben. Sie hatte Mühe zu atmen, und dann veränderte sich etwas, und ich merkte, dass sie tot war. Sie sah mich an, aber irgendwie wusste ich, dass sie nicht mehr lebte.«

Elaine wartete.

»Sie hat mir Vorwürfe gemacht. ›Warum hast du nichts getan? Jetzt bin ich tot, und es ist deine Schuld. Warum hast du mich nicht gerettet?‹ Das sind nicht ihre genauen Worte, an die erinnere ich mich nicht mehr, aber das war, was sie sinngemäß gesagt hat.«

Elaine rührte ihren Tee um. Warum, verstehe ich allerdings nicht. Sie gibt nie was rein. Sie nahm den Löffel heraus und legte ihn in die Untertasse.

»Dann ist sie verschwunden«, sagte ich.

»Sie ist verschwunden?«

»Ja, sie hat sich irgendwie aufgelöst. Vielleicht ist sie auch geschmolzen, wie die Böse Hexe des Westens. Sie ist jedenfalls nach und nach verschwunden, bis sie völlig weg war.«

»Und?«

»Das war's bereits«, sagte ich. »Danach bin ich aufgewacht. Sonst könnte ich mich wahrscheinlich nicht an den Traum erinnern. Du weißt ja, sonst tue ich das fast nie. Vermutlich träume ich zwar schon, es heißt ja, das tut jeder, aber meistens kann ich mich nicht an meine Träume erinnern.«

»Wenn wir uns an sie erinnern sollten«, sagte Elaine, »wären wir wach, wenn wir sie träumen.«

»Manchmal wache ich am Morgen auf«, sagte ich, »und habe das Gefühl, geträumt zu haben. Und ich habe auch das Gefühl, dass ich mich an den Traum erinnern könnte, wenn ich mich nur genügend anstrengen würde.«

»Wie würdest du es anstellen, wenn du versuchen würdest, dich an etwas zu erinnern?«

»Keine Ahnung. Es gelingt mir jedenfalls nie, so viel steht fest. Der Traum fällt mir nie ein. Aber dieses Gefühl, geträumt zu haben, das kann sehr stark sein.«

»Und das hast du in letzter Zeit oft gehabt?«

Ich nickte. »Und ich habe das Gefühl, dass es immer der gleiche Traum war.«

»Der, den du neulich hattest und an den du dich erinnern konntest?«

»Der oder eine Abwandlung davon. Beweis habe ich dafür zwar keinen, aber ich bin sowieso nicht sicher, ob ›Traum‹ und ›Beweis‹ überhaupt zusammen in einen Satz passen.«

»Sie stirbt, und du kannst nichts daran ändern.«

»Sie stirbt, und ich kann nichts daran ändern. Sie ist tot, und ich hätte was dagegen tun sollen.«

»Kannst du dich erinnern, mit was für einem Gefühl das einhergegangen ist?«

»Na, was man in diesem Zusammenhang eben erwartet, schätze ich. Hilflosigkeit, Schuldgefühle. Der Wunsch, etwas zu tun, und die komplette Ratlosigkeit, dass man nicht weiß, was man tun könnte.«

Nach einer Weile sagte sie: »Es gibt ja auch nichts, was du hättest tun können.«

»Ich weiß.«

»Auch nichts, was du hättest tun sollen. Du wusstest ja nicht mal, dass sie krank war. Woher auch? Niemand hat es dir gesagt.«

»Nein.«

»Aber ich vermute, das Ganze reicht weiter zurück, oder?«

»Dreißig Jahre«, sagte ich. »Oder wann ich sie eben verlassen habe.«

»Machst du dir deswegen immer noch Vorwürfe?«

Ich schüttelte den Kopf. »Eigentlich nicht. Ich habe den ganzen Quatsch gemacht, den sie einem bei den Anonymen Alkoholikern beibringen, ich habe es auseinanderdividiert, ich habe Wiedergutmachung zu leisten versucht. Ich bin nicht stolz auf jede Entscheidung, die ich in der Zeit, als ich getrunken habe, getroffen habe, falls man da überhaupt von Entscheidungen sprechen kann. Aber ich habe keine Probleme damit, mit ihnen zu leben, und was am Ende dabei herausgekommen ist, kann sich durchaus sehen lassen. Ich bin trocken und mit der richtigen Frau verheiratet.«

»Aber manchmal glaubst du, du hättest mit der Falschen verheiratet bleiben sollen.«

»Nein, das glaube ich nicht.«

»Nicht, dass du deswegen glücklicher wärst oder dass es dir insgesamt besser ginge. Nur, dass es das Richtige gewesen wäre.«

»Vielleicht, wenn ich träume«, sagte ich. »Aber nicht im Wachzustand, wenn mein Verstand eingeschaltet ist. Es ist nur ...«

»Die ganze Geschichte«, ergänzte sie für mich.

»Sie ist gestorben«, sagte ich. »Vollkommen unerwartet. Und das war ein gewaltiger Schock für mich, und dann die Beerdigung, und das verunglückte Gespräch mit Michael und Andy. Hab ich dir eigentlich von der Kneipe erzählt, in der ich mich mit ihnen getroffen habe?«

»In der sie überall Schalen mit Schokoriegeln rumstehen hatten.«

»Genau. Mir war nach einem Drink.«

»Mir wäre nach einem Schokoriegel gewesen.«

»Ich habe mir aber nichts zu trinken bestellt«, sagte ich, »oder auch nur ernsthaft mit diesem Gedanken gespielt. Aber das Verlangen war so stark wie schon lange nicht mehr.«

»Das liegt vermutlich in der Natur der Sache, oder? Aber du hast nichts getrunken, und das ist alles, was zählt.«

»Ich weiß.«

»Das ist auch der Grund, weshalb du dich damit beschäftigst, was mit den Hollanders passiert ist, oder?«

»In gewisser Weise schon«, sagte ich. »Ich wollte was zu tun haben. Und wenn ich mal Amateurpsychologe spielen wollte ...«

»Was du weiß Gott nicht bist.«

»Das hoffe ich allerdings sehr, obwohl ich trotzdem sagen würde, dass ich meinen Traum auszuagieren und Susan Hollander zu retten versucht habe, als es bereits zu spät war.«

»Nur sie?«

»Meinetwegen auch beide. Ich durchlebe noch mal meine Kindheit und versuche, meine Eltern zu retten. Gefällt dir das besser?«

»Ich hätte dich nicht unterbrechen sollen.«

»Psychologie mal beiseite«, sagte ich. »Weil ich gerade nichts Besseres zu tun hatte, habe ich mich von TJ breitschlagen lassen, nach Uptown hochzufahren und mit diesem Mädchen zu reden. Und ich habe auch etwas gebraucht, um mich zu beschäftigen. Wir haben uns mit ihr getroffen und ihre Bedenken ausgeräumt, und eigentlich möchte man meinen, dass ich dabei auch meine Bedenken ausgeräumt hätte.«

»Hast du aber nicht.«

»Ich bin losgezogen und habe mir das Haus angesehen«, sagte ich. »Aber das hat mir nichts Neues verraten. Und TJ hat die ganzen Zeitungsmeldungen für mich ausgedruckt und sonst noch alles Mögliche im Internet recherchiert. Aber auch das hat mich nicht weitergebracht.«

»Aber du bist trotzdem drangeblieben.«

»Ja.«

»Weil du deswegen was zu tun hattest.«

»Wahrscheinlich.«

»Und jetzt hast du es abgehakt.«

»Nicht ganz.«

»Du beschäftigst dich immer noch mit dieser Geschichte? Damit du was zu tun hast?«

Ich schüttelte den Kopf. »Weil es was ist, was getan werden sollte. Und wer, wenn nicht ich, wird es tun? Die Cops haben den Fall zu den Akten gelegt.«

»Hätten sie das denn nicht tun sollen?«

»Ich sage nicht, dass sie damit falsch liegen. Aber ich glaube nicht, dass sie die ganze Geschichte kennen.«

Kapitel 11

Am nächsten Morgen rief ich Iverson an und hinterließ ihm eine Nachricht, und als er gegen elf zurückrief, sagte ich: »Da ist noch eine Frage, die mich beschäftigt. Wie haben die beiden das ganze Zeug nach Hause geschleppt, das Silberbesteck und alles?«

»Wir haben alles wiederbeschafft«, sagte Iverson. »Bis zur letzten Austerngabel.«

»Wissen Sie, wie sie den weiten Weg da raus zurückgelegt haben?«

»Wie sie den Weg da raus zurückgelegt haben?«

»Ja. Hatte einer der beiden ein Auto?«

»Zumindest keins, von dem sie in der Zulassungsstelle wissen. Sie haben doch die Wohnung selbst gesehen. Und wie sie eingerichtet war, habe ich Ihnen erzählt. Bierman wäre wahrscheinlich froh gewesen, wenn er eine Jeans zum Wechseln gehabt hätte. Wie soll er da ein Auto gehabt haben?«

»Wie sind sie dann nach Brooklyn gekommen?«

»Wahrscheinlich genauso, wie Sie hingekommen sind. Mit dem D Train, haben Sie doch selbst gesagt.«

»Na, ich weiß nicht. Die Vorstellung, dass diese beiden Typen mit zwei Kopfkissenbezügen voller Diebesgut die U-Bahn nehmen ...«

»Ich weiß, was Sie meinen, aber es wäre nicht das erste Mal, dass jemand so eine Nummer abzieht. Sie könnten sich ein Gypsy Cab genommen haben, obwohl das in Manhattan wahrscheinlich nicht so einfach ist.«

»Allerdings nicht.«

»Demnach haben sie wahrscheinlich ein Auto geklaut. Entweder haben sie die Zünddrähte kurzgeschlossen, oder sie haben eins gefunden, dessen Schlüssel gesteckt hat. Damit sind sie zu dem Einbruch gefahren, damit es bereitstand, als sie aus dem Haus gekommen sind. Und dann sind sie damit nach Hause gefahren.«

»Ist in der näheren Umgebung ein gestohlenes Auto aufgetaucht?«

Darauf trat erst einmal Stille ein, und als er schließlich sagte: »Ich glaube nicht«, war sein Ton schlagartig ein paar Grad kühler geworden.

»Was dann wohl daraus geworden ist?«

»Wenn sie den Schlüssel stecken gelassen haben«, sagte Iverson, »hat es höchstwahrscheinlich irgendein anderer Typ gestohlen und ist damit in ein anderes Revier gefahren, wo sich jemand anders damit herumschlagen durfte. Oder wie lang hatten sie die Karre, ein paar Stunden? Vielleicht haben sie sie dorthin zurückgebracht, wo sie sie gefunden haben, oder zumindest irgendwo in der Nähe, und der Besitzer hat gar nicht gemerkt, dass das Auto zwischenzeitlich gestohlen war.«

»Ja, vielleicht.«

»Versuchen Sie da irgendwas zu konstruieren, Scudder?«

»Ich habe mich nur gefragt, nichts weiter.«

»Schon klar, und mich hat es auch zum Nachdenken gebracht. Aber was bezwecken Sie damit?«

»Ich versuche bloß, mir ein klareres Bild zu verschaffen.«

»Ein klareres Bild. Für mich hört sich das so an, als ob Sie an allen möglichen Stellen rumstochern, und plötzlich kommen Sie an und sagen, wir haben Scheiße gebaut und nicht gründlich genug nach dem Auto gesucht.«

»Das will ich damit aber überhaupt nicht sagen.«

»Zuallererst«, sagte Iverson, »war es schon ab dem Moment nicht mehr unser Fall, als wir die Schatulle mit dem Silberbesteck identifiziert haben. Trotzdem haben wir weitergemacht und unsere Ermittlungen zu Ende durchgezogen. Glauben Sie etwa, wir hätten nicht nach dem Fahrzeug gesucht?«

»Nein, eher glaube ich, dass Sie das sehr wohl getan haben.«

»Ganz genau, das haben wir und sogar sehr gründlich. Und wir sind auch sämtliche Diebstahlmeldungen durchgegangen. Wir haben alles gemacht, was wir tun sollten, darunter auch Dinge, die uns niemand zum Vorwurf gemacht hätte, wenn wir sie nicht getan hätten, weil der Fall schlicht und einfach geklärt war. Wir haben alles hundertprozentig richtig gemacht.«

»Das ist genau das, was ich zu hören gehofft habe«, sagte ich.

»Wieso?«

»Angenommen, es gab einen dritten Mann, einen Fahrer. Er fährt sie nach Manhattan, wartet dort auf sie, fährt sie zurück.«

»Und?«

»Er setzt sie vor dem Haus in der Coney Island Avenue ab und entledigt sich des Wagens. Wenn er gestohlen war, tut er es wahrscheinlich in einem anderen Stadtteil. Und wenn es sein eigener war, sucht er einen Parkplatz.«

»Und lässt ihn gründlich reinigen, wenn er einen Funken Verstand hat.«

»In der Zwischenzeit sind Bierman und Ivanko in der Wohnung, und Bierman erschießt Ivanko.«

»Aus Gründen, die bis heute unklar sind.«

Er hörte sich ein bisschen wie W.C. Fields an, und sein Tonfall verriet mir, dass wir wieder Freunde waren. »Und das wahrscheinlich auch bleiben werden, außer es taucht noch eine letzte Nachricht auf, die Ivanko hinterlassen hat, als er bereits in den letzten Zügen lag.«

»Irgendwelche Morsezeichen, in den Fußboden gekratzte Striche und Punkte.«

»Vielleicht hat er deshalb die Tür von innen verriegelt«, fuhr ich fort. »Damit der dritte Mann nicht ausgerechnet in diesem Moment zurückkommt.«

»Oder er erschießt Ivanko aus einem spontanen Impuls heraus und verriegelt dann die Tür, um in Ruhe nachdenken zu können, was er als Nächstes tun soll.«

Oder damit der Fahrer nicht hereinplatzt, während er es tut, dachte ich. Oder er hat die Tür ganz automatisch verriegelt, weil er das immer tut, wenn er nach Hause kommt, weil er sich dann sicherer fühlt.

»Ein dritter Mann«, sagte Iverson. »Langsam verstehe ich, worauf Sie hinauswollen. Jedenfalls würde es erklären, warum das Auto nicht aufgetaucht ist. Aber haben Sie irgendwas, das diese Theorie stützt?«

»Eigentlich nicht. Im Moment ist alles noch reine Theorie.«

»Am Tatort in Manhattan hat aber niemand einen dritten Mann gesehen.«

»Meines Wissens nicht. Das Problem mit einem abgeschlossenen Fall ist ...«

»Schon klar. Es gibt verschiedene Punkte, denen man sonst nachgehen würde. Zum Beispiel gibt es jemand, der Bierman ein paarmal besucht hat. Vielleicht war das der dritte Mann, der geheimnisvolle Unbekannte.«

»Wann war das?«

»Keine Ahnung. Auch Bierman war einer von der geheimnisvollen Sorte. Haben zumindest seine Nachbarn behauptet. Hat sehr zurückgezogen gelebt und die Wohnung nur verlassen, um Bier oder Pizza zu kaufen. Es heißt, dass er ein paarmal Besuch von einem anderen Typen bekommen hat, aber wann das war, konnte niemand sagen. Wir haben mehr oder weniger nur angenommen, dass es Ivanko war.«

»Hat die Beschreibung gepasst?«

»Die Beschreibung? ›Der Typ hatte `ne Baseballkappe auf. Das heißt, wenn ich mir's genauer überlege, hatte er vielleicht auch keine auf. Vielleicht war das ein anderer Typ, der eine Mütze aufhatte.‹«

»Vielleicht hatten sie die Pistole von diesem dritten Mann.«

»Klar, wenn es sein Auto war, warum dann nicht auch seine Kanone?« Iverson lachte. »Ich bin eigentlich immer davon ausgegangen, dass die Pistole Ivanko gehört hat.«

»Hatte Bierman keine?«

»Zumindest nicht, soviel irgendjemand wusste. Aber woher hätte das andererseits jemand wissen sollen? Ich würde sagen, sie stammte von einem Einbruch. So kommen die meisten an ihre Knarren, vor allem solche Schmalspurganoven wie diese beiden. Irgendein besorgter Bürger kauft sich zu seinem Schutz eine Pistole, und dann wird bei ihm eingebrochen, und weg ist sie. Außer er ist zu Hause, wenn es passiert, und dann ist das Letzte, was der arme Teufel mitbekommt, wie seine Kanone auf ihn gerichtet wird und *peng* macht.«

»Eine kleine italienische Zweiundzwanziger«, sagte Schering. »Eine zehnschüssige Pellegrino-Automatik. Jetzt sagen Sie bestimmt, Sie dachten, in Italien produzieren sie nur Mineralwasser.«

»Es geht eben nichts über eine breit gestreute Produktpalette.«

»Das können Sie laut sagen. Eingetragen war das Ding auf einen Psychiater in der Central Park West 242, gestohlen gemeldet nach einem Einbruch im März. Der Seelenklempner und seine Frau waren im Theater, und als sie nach Hause kommen, hat jemand ihre Wohnung auf den Kopf gestellt. Was fehlt, sind Schmuck und andere Wertsachen. Aber das Schönste kommt erst noch.«

»Ja?«

»Auf der Liste der abhanden gekommenen Gegenstände stehen auch ›zwei Kopfkissenbezüge aus Leinen‹. Macht es da bei Ihnen klick?«

»Sie meinen, der Psychiater und seine Frau können von Glück reden, dass sie nicht früher nach Hause gekommen sind?«

»Hört sich jedenfalls sehr nach Bierman und Ivanko an. Kopfkissenbezüge über die Schulter geworfen, als ob sie zum nächsten Waschsalon unterwegs wären. Die Pistole stand übrigens nicht im ersten Bericht.«

»Nein?«

»Sonst haben sie alles angegeben, den Schmuck, die Kopfkissenbezüge. Aber drei Tage später hat er noch mal angerufen. Wegen der Pistole. So lang hat es gedauert, bis sie ihm wieder eingefallen ist und dass er sie in seiner abgeschlossenen Schreibtischschublade aufbewahrt hat, und jetzt raten Sie mal. Die Schublade war nicht mehr abgeschlossen, und die Pistole war nicht mehr drin. Warum bewahrt eigentlich jemand eine Schusswaffe unter Verschluss auf?«

»Aus Sicherheitsgründen, schätze ich mal.«

»Aber wozu habe ich dann überhaupt eine, wenn es so umständlich ist, an sie ranzukommen? In einer abgeschlossenen Schreibtischschublade in meinem Büro?«

»In dem Zimmer, in dem er seine Patienten behandelt hat?«

Ich hörte ihn in seinen Unterlagen blättern. »Das steht hier nicht«, sagte er schließlich. »Aber das würde am ehesten Sinn machen. Er hat den ganzen Tag lang mit Patienten zu tun, und die kommen ja nicht zu ihm, um sich die Mandeln rausnehmen zu lassen. Unter denen sind wahrscheinlich einige ziemlich schräge Vögel.«

»Das ist bestimmt die korrekte Bezeichnung für solche Leute.«

»Wenn er weiß, er hat gleich einen Patienten, der mit Vorsicht zu genießen ist, schließt er sicherheitshalber schon mal die Schublade auf. Dann kommt er sofort problemlos an die Kanone ran.«

»Muss ein beruhigendes Gefühl sein für den Patienten«, sagte ich. »Einen Therapeuten zu haben, der sofort eine Knarre zur Hand hat, wenn er durchzudrehen anfängt.«

Schering lachte. »Da steht man kurz vor dem entscheidenden Durchbruch und spürt endlich seine tief verschüttete Wut, oder man erinnert sich, was in dieser Nacht tatsächlich passiert ist, als der Onkel ins Zimmer geschlichen gekommen ist. Und dann blickt man von der Couch auf und schaut in die Mündung der Knarre, die Dr. Nadler auf einen richtet.«

Dr. Nadler wollte nicht mit mir reden, was ich ihm auch nicht verdenken konnte. Mal von der ärztlichen Schweigepflicht abgesehen, was hätte er mir schon groß erzählen sollen? Dass Bierman oder Ivanko bei ihm in Behandlung gewesen waren, jeden Donnerstagnachmittag eine Stunde auf seiner Couch gelegen, ihre Kindheitstraumen neu durchlebt und ihm ihre Träume erzählt hatten? Dass er wusste, wer in seine Wohnung eingebrochen und seine Pistole gestohlen hatte, aber vergessen hatte, es der Polizei zu sagen?

Ich legte auf und entschied, dass es nichts ausmachte, dass Nadler mich abgewimmelt hatte. Hätte er mich mit offenen Armen empfangen, hätte ich mir ein paar Fragen an ihn überlegen müssen, ohne zu wissen, wo ich anfangen sollte.

Ich fand weiterhin alles Mögliche heraus, aber es war nichts darunter, was mich weiterbrachte. Dieses Gefühl hat man bei Ermittlungen häufig. Man spricht mit tausend Leuten und stellt zehntausend Fragen, und die Informationsbröckchen, die man so zusammenträgt, häufen sich lediglich immer weiter an, bis irgendwann der Punkt kommt, an dem etwas mit etwas anderem zusammenpasst. Aus diesem Grund gewöhnt man sich an, immer weiterzumachen und nicht auf die Stimme zu hören, die einem einredet, die ganze Mühe hätte keinen Sinn.

Diesmal war diese Stimme jedoch schwer auszublenden. Ich konnte mich nicht mehr dazu motivieren, weiter im Dunkeln zu tappen und nach irgendwelchen Strohhalmen zu greifen. Ich wusste, was ich zu tun hatte.

Ich griff nach dem Telefon, überlegte es mir dann aber anders und ließ es, wo es war. Der Wetterbericht hatte Regen angekündigt, und draußen sah es ziemlich düster aus. Ich verließ die Wohnung, ging in Richtung Uptown los und merkte, dass ich einen Regenschirm hätte mitnehmen sollen. Es sah nach Regen aus, keine Frage.

Na ja, vielleicht klärte er die Luft.

Kapitel 12

Der Antiquitätenladen im Erdgeschoss schien geöffnet zu haben.

Die Lichter waren an, die Gitter vor den Fenstern zurückgezogen. Aber im Innern war niemand zu sehen. Die Tür war abgeschlossen, und es gab einen Klingelknopf, den man drücken sollte, wenn man nach drinnen wollte. Als ich das tat, erschien wenig später im hinteren Teil des Ladens eine Frau, die eine Hand an ihre Stirn hielt und mit zusammengekniffenen Augen in meine Richtung schaute. Mit einem beiläufigen Achselzucken, so, als ob es keine Rolle spielte, ob ich ein Kunde war oder den Laden überfallen wollte, betätigte sie den Türöffner.

Ihr Sortiment bestand aus kleinen ländlichen Szenen in verschnörkelten Goldrahmen, französischen Bronzen, hauptsächlich Tierfiguren, Royal Doulton-Statuetten und Art-déco-Lampen. Auf einer Etagere waren Kameen ausgestellt.

Die Ladeninhaberin war eine pummelige Frau in einem wallenden blumengemusterten Kleid. Sie hatte dick Rouge aufgetragen, und ihre roten Haare waren sichtlich gefärbt. Sie bedachte mich mit einem verhaltenen Lächeln, und etwas an ihrer Haltung deutete darauf hin, dass sie sich in der Nähe einer wie auch immer gearteten Vorrichtung aufhielt, mit der sie jederzeit Hilfe anfordern konnte.

Ich sagte, ich hätte ein paar Fragen zu den Vorfällen im Stockwerk über ihr.

»Sind Sie von der Polizei?«, wollte sie darauf wissen, und kurz entspannte sich ihre Miene, um sich jedoch sofort wieder argwöhnisch zu verziehen. »Nein, sind Sie nicht«, fügte sie dann mit solcher Bestimmtheit hinzu, dass es mir schwer gefallen wäre, ihr zu widersprechen.

»Ich war mal Polizist«, sagte ich.

Sie nickte. »Das nehme ich Ihnen ab. Sie sehen aus, als wären Sie mal einer gewesen, aber nicht, als ob Sie jetzt noch einer wären. Ich war mal jung. Ich war mal schlank. Was wollen Sie von mir, Mr. War-mal-einer? Ich war nicht hier, als es passiert ist, ich weiß absolut nichts über die Sache, und ich habe das alles bestimmt schon zwanzigmal heruntergebetet.«

»Zwanzigmal sicher nicht«, sagte ich.

»Dann eben neunzehnmal. Was können Sie mich fragen, das mich nicht schon jemand gefragt hat?«

Nichts, wie sich herausstellte. Ich fragte, und sie antwortete, und ich könnte nicht behaupten, dass das einen von uns beiden weiterbrachte. Das ging ein paar Minuten so, bis sie sagte: »Jetzt bin ich an der Reihe. Woher kommen Sie?«

»Woher ich komme?«

»Sie wohnen nicht im Haus, also müssen Sie von irgendwoher kommen. Damit meine ich nicht, wo Sie geboren sind, sondern woher Sie jetzt gerade kommen?«

»Von der Fifty-seventh Street«, sagte ich.

»East? West? Von wo in der Fifty-seventh Street?«

»Von der Fifty-seventh, Höhe Ninth.«

»Womit sind Sie hergekommen? Mit dem Bus? Mit dem Taxi?«

»Ich bin zu Fuß gegangen.«

»Sie sind den ganzen Weg von der Fifty-seventh Street auf Höhe der Ninth Avenue zu Fuß hierher gegangen, um mir diese Fragen zu stellen?«

»So weit ist das gar nicht.«

»Aber gleich um die Ecke auch nicht gerade. Und vorher angerufen haben Sie auch nicht. Wenn ich nun heute nicht im Laden gewesen wäre? Wenn ich Kopfschmerzen bekommen hätte und früher nach Hause gegangen wäre?«

»Dann wäre mir diese anregende Unterhaltung entgangen.«

Sie grinste, aber sie ließ sich nichts vormachen. »Sie sind doch den weiten Weg nicht hierhergekommen, bloß um Ihre Zeit damit zu verschwenden, mit mir zu reden.«

»Das sieht ja immer mehr danach aus, als wäre ich hier nicht der Einzige, der mal ein Cop war.«

»Ich habe vier Jungs großgezogen. Mich zu belügen hätten sie nie gewagt, aber verschwiegen haben sie mir manchmal was.« Sie warf einen Blick zur Decke hoch. »Haben Sie mit ihr schon geredet?«

»Nein.«

»Und je mehr Zeit Sie damit vertun, mit mir zu reden, desto mehr Zeit vergeht, bis Sie hochgehen müssen, um mit ihr zu reden.«

»Viel vormachen konnten Ihnen Ihre Söhne wohl nicht, wie?«

»Es ist aus jedem was geworden. Ich würde Ihnen alles über Sie erzählen, aber Sie haben schon genügend Zeit mit mir vergeudet. Sehen Sie lieber, ob sie mit Ihnen redet.«

»Wohnt sie jetzt hier?«

»Es ist ihr Zuhause. Wo sollte sie sonst wohnen?«

»Na ja, nach allem, was passiert ist …«

»Jetzt hören Sie gut zu«, sagte sie. »Eines Tages sieht mich mein Mann so von der Seite an und sagt: ›Ich habe Sodbrennen, und ich wette, du hast vergessen, Gelusil zu kaufen.‹ Und ich gehe, sehr stolz auf mich, aus dem Zimmer und komme mit einer neuen Schachtel Gelusil, einer Sparpackung, zurück, und er ist tot. Es war ausnahmsweise mal kein Sodbrennen, sondern ein schwerer Herzinfarkt, und das Letzte, was er zu mir gesagt hat, war: ›Ich wette, du hast vergessen, Gelusil zu kaufen.‹«

»Tut mir leid, das zu hören«, sagte ich.

»Wieso tut Ihnen das leid? Sie haben ihn nicht gekannt, und mich kaum mehr. Aber ich habe Ihnen das nicht ohne Grund erzählt, Mr. War-mal-einer, und der ist, dass ich immer noch in dieser Wohnung wohne. Sogar den Sessel, in dem er gestorben ist, habe ich noch. Soll ich deswegen etwa ausziehen? Oder einen pfenniggguten Stuhl abstoßen? Was erwarten Sie also von ihr? Dass sie auszieht? Das Haus verkauft? Und sich nach einem Haus umsieht, in dem niemand gestorben ist?«

War sie gerade zu Hause?

»Glauben Sie etwa, ich überwache sie? Wenn Sie es rausfinden wollen, klingeln Sie einfach bei ihr. Bei mir zu klingeln haben Sie doch auch keine Hemmungen gehabt.«

Kristin Hollander sah nicht aus wie einem Keane-Gemälde entsprungen, aber das hatte ich auch nicht erwartet. Ich hatte ihr Gesicht bereits in der Zeitung und im Fernsehen gesehen. Sie war groß und hatte eine sportliche Figur und kurzes dunkles Haar, das ihr sehr gut stand. Ihre blauen Augen waren nicht riesig, aber auch nicht gerade klein und hatten einen unverstellten forschenden Blick.

Ich hatte sie nicht sehen können, als sie mich durch den Spion in der Eingangstür zum ersten Mal in Augenschein nahm. Ich stand da, während sie mich musterte, dann zeigte ich ihr meine Visitenkarte, meinen Führerschein und einen Mitgliedsausweis der Detectives' Endowment Association, letzterer ein Geschenk Joe Durkins. Er hatte nichts zu besagen, aber Nichtpolizisten fanden ihn beeindruckend oder zumindest Vertrauen erweckend. Diese Wirkung hatte er offensichtlich auch auf Kristin, denn sie öffnete mir die Tür.

Sie führte mich an einem abgedunkelten Zimmer vorbei einen Flur hinunter. »Das Wohnzimmer«, sagte sie, ohne in diese Richtung zu schauen. »Da gehe ich nicht rein. So weit bin ich noch nicht.«

In der gefliesten Küche brannte Licht, und ein Radio spielte leise Musik, irgendein Easy-Listening-Sender. An einem Kiefernholztisch standen vier rot lackierte Stühle mit Leiterlehnen und geflochtenen Sitzflächen. Vor einem stand ein Snoopy-Becher, der halb voll mit Kaffee war; daneben lag, mit dem Rücken nach oben, ein aufgeklapptes Buch. Sie deutete auf den Stuhl ihr gegenüber, und ich setzte mich.

»Hoffentlich trinken Sie Ihren Kaffee nicht mit Milch«, sagte sie. »Ich habe nämlich keine zu Hause.« Ich sagte, schwarz sei völlig okay, und sie brachte mir den Kaffee in einem Becher, auf dem Snoopy auf seiner Hundehütte lag. Auf ihrem Becher stand Snoopy mit gespitzten Ohren neben seinem Futternapf.

Sie füllte ihren Becher nach, setzte sich, merkte die Seite in ihrem Buch ein, klappte es zu und legte es beiseite. »Ein Roman«, bemerkte sie dazu. »Er spielt im vierzehnten Jahrhundert. Aber ich habe keine Ahnung, wie historisch genau er ist. Ist eigentlich auch egal. Ich könnte nicht behaupten, dass ich mich groß an das erinnere, was ich lese. Ist Ihr Kaffee in Ordnung so?«

»Ja, wunderbar.«

»Ich habe sie gar nicht gefragt, ob Sie Zucker möchten.«

»Ich trinke ihn immer ohne.«

»Oder Süßstoff.«

»Auch nicht, danke.«

»So«, sagte sie dann erwartungsvoll. »Und wie geht es jetzt weiter?«

»Vielleicht sollte ich Ihnen erst mal erklären, warum ich hergekommen bin und bei Ihnen geklingelt habe.«

Sie nickte und wartete.

»Zuallererst sollte ich Ihnen vielleicht sagen, dass ich kein Polizist bin. Ich war einmal einer, aber das ist schon eine Weile her. Seitdem arbeite ich als Privatdetektiv, aber auch als solcher habe ich keinen offiziellen Status. Ich hatte zwar mal eine Lizenz, aber vor ein paar Jahren habe ich sie zurückgegeben.«

»Mhm.«

»Ich war an dem Abend, als Ihre Eltern ermordet wurden, ebenfalls im Lincoln Center. Zuerst beim Diner des Fördervereins und danach beim Konzert. Ich habe Ihre Eltern nicht gekannt und bin ihnen auch an diesem Abend nicht begegnet, aber meine Frau und ich waren dort.«

»Ich habe schon von einigen Leuten gehört, die an diesem Abend im Lincoln Center waren.«

»Vielleicht hat das mein Interesse geweckt«, fuhr ich fort. »Aber vielleicht habe ich neuerdings auch nur zu viel Zeit. Ich weiß es nicht.« Ihre riesenäugige Cousine erwähnte ich vorerst noch nicht. »Aus welchem Grund auch immer, habe ich mich dabei ertappt, dass ich auf eigene Faust Ermittlungen anzustellen begonnen habe.«

»Ermittlungen über ...«

»Den Tod Ihrer Eltern.«

Sie runzelte die Stirn. »Aber sie haben doch schon ein paar Tage danach diese zwei Toten in Brooklyn gefunden, und danach gab es nichts mehr zu ermitteln.«

»Das ist der Punkt, an dem ich eingehakt habe«, sagte ich.

»Das verstehe ich nicht. Der Fall wurde doch zu den Akten gelegt.«

»Ja.«

Sie beugte sich vor. »Sie sind auf irgendwas gestoßen. Auf was?«

»Ich bin nach Brooklyn gefahren. Ich hatte zwar die Tatortfotos schon gesehen, aber ich wollte mir den Tatort selbst ansehen. Ich war mit einem der Ermittler dort. Ich glaube, das Ganze war inszeniert.«

»Wie meinen Sie das?«

»Weil die Tür von innen verriegelt war, musste die Polizei sie eintreten. Sie fanden die zwei Männer im Schlafzimmer. Auf einen war dreimal geschossen worden, zwei Kugeln in den Oberkörper, eine in den Kopf.«

»Genau so, wie auch mein Vater erschossen wurde.«

»Und mit derselben Waffe. Der andere Mann wurde in einer Ecke desselben Zimmers gefunden; er ist an einer Verletzung gestorben, die er sich offensichtlich selbst beigebracht hat. Ebenfalls mit derselben Waffe.«

»Er hat seinen Partner erschossen und dann Selbstmord begangen.«

»So sollte es jedenfalls aussehen.«

»Aber Sie glauben nicht, dass es so war?«

»Ich glaube, dass jemand anders die beiden getötet hat.«

Sie sah erst mich an, dann ihre Kaffeetasse. »Echter und bleifreier.«

»Wie bitte?«

»Die Kaffeetassen«, sagte sie. »Auf einer ist er hellwach, auf der anderen liegt er total schlapp auf seiner Hundehütte. Mein Vater hat sie Echter und Bleifreier genannt.«

»Ach so.«

»Was aber nicht heißt, dass jemals Koffeinfreier in eine von den beiden gekommen wäre. Mein Vater und meine Mutter hielten koffeinfreien Kaffee für etwas Widernatürliches.«

»Da würde ich ihnen nicht widersprechen.«

»Ich fand immer schon, dass irgendwas faul an der Sache war. Für meinen Geschmack lief alles irgendwie eine Spur zu glatt. Zu schnell und zu einfach. Aber wahrscheinlich ist es auch ganz normal, dass ich das dachte: dass mehr an der Sache dran ist, als es auf den ersten Blick erscheint. Es geht dabei ja auch um meine Eltern. Da sehe ich sie am Morgen noch, und als ich sie das nächste Mal sehe, sind sie tot.« Sie beugte sich vor. »Meine Gründe sind rein persönlicher Natur, sie kommen aus meinem Innern, sie sind dem Bedürfnis entsprungen, daran glauben zu können, dass Dinge aus einem Grund passieren. Haben Sie mal von dem Buch mit dem Titel *Wenn guten Menschen Böses widerfährt* gehört?«

»Davon gehört habe ich, aber gelesen habe ich es nicht.«

»Wenn Sie möchten, können Sie gern ein Exemplar haben. Ob Sie's glauben oder nicht, aber drei Leute haben mir das Buch geschickt. Ich habe es zu lesen angefangen, bin aber nicht sehr weit gekommen. Vielleicht sollte ich es mit den beiden anderen Ausgaben versuchen. Im Augenblick fühle ich mich allerdings im vierzehnten Jahrhundert besser aufgehoben. Wie kommen Sie darauf, dass der Selbstmord inszeniert war?«

Weil es sich irgendwie nicht richtig anfühlt, dachte ich. Und vielleicht war sie nicht die Einzige, die das Bedürfnis hatte, etwas zu glauben. Aber ich führte einen konkreten Grund an.

»Die Tür war verriegelt.«

»Von innen, haben Sie gesagt.«

»Mit einem popligen Riegel aus einer Eisenwarenhandlung.«

»Und das heißt, dass es jemand von *draußen* war?«

»Der Riegel hat noch richtig geglänzt«, sagte ich.

»Und was soll das zu besagen haben?«

»Ich habe den Riegel selbst nie gesehen«, sagte ich. »Aber der Cop, mit dem ich gesprochen habe, schon, und so wie er ihn beschrieben hat, war er nagelneu. Nicht nur, weil das Messing noch so stark geglänzt hat, sondern auch, weil Maler, die Wohnungen wie diese streichen, nicht außen rum malen. Von Abdeckband haben die noch nie was gehört, die klatschen einfach auf alles Farbe drauf – Stromleitungen, Steckdosen, Schalter, Geräte, einfach alles. Wenn dieser Riegel schon an der Tür gewesen wäre, als Jason Bierman eingezogen ist, wäre er im selben Weiß gestrichen gewesen wie Wände, Fensterbretter und Decke.«

»Aber das war er nicht.«

»Nein.«

»Und was heißt das genau?«

»Es heißt, dass Bierman ihn selbst gekauft und nachträglich angebracht haben müsste, aber das kann ich mir bei ihm nicht vorstellen. Der Kerl hat in einem versifften Loch gehaust und hat absolut nichts getan, um es ein bisschen wohnlicher zu gestalten. Er hat auf einer Matratze auf dem Boden geschlafen. Er hatte nichts, was jemand hätte stehlen wollen. Als er sich den Riegel gekauft hat, hätte er Werkzeug gebraucht, um ihn zu befestigen. Aber ich kann mir nicht vorstellen, dass er sich dazu aufgerafft hätte.«

Darüber dachte sie eine Weile nach. »Aber Sie haben den Riegel nicht gesehen«, sagte sie schließlich. »Vielleicht hat der Polizist nur gesagt, es war ein glänzender Messingriegel, weil man sie sich einfach so vorstellt, selbst wenn dieser übermalt gewesen wäre. Schließlich ...«

»Als die Wohnung das letzte Mal gestrichen worden ist, war er mit Sicherheit noch nicht angebracht«, sagte ich. »Ich habe gesehen, wo er war, wegen der Löcher von den Schrauben. Und es waren keine Ränder zu sehen, wie das der Fall wäre, wenn der Riegel übermalt worden wäre. An der

Innenseite war jedenfalls ein Riegel, weil sie die Tür eintreten mussten, und er kann erst nach Biermans Einzug in der Wohnung angebracht worden sein.«

»Und Sie meinen, für ihn bestand kein Grund, einen Riegel anzubringen.«

»Richtig.«

»Demnach hat ihn jemand anders angebracht.«

»Das glaube ich, ja.«

»Er hat den Riegel gekauft und angebracht, damit es nach einem Mord und einem Selbstmord aussähe. Aber Sie glauben, es waren zwei Morde.«

»Richtig.«

»Also hat die zwei jemand anders umgebracht. Ich werde übrigens ihre Namen nicht in den Mund nehmen.«

»Kein Problem.«

»Das will ich einfach nicht, bis auf Weiteres zumindest. Sie haben meine Eltern umgebracht, und jemand anders hat sie umgebracht.« Sie runzelte die Stirn. »Aber die Mörder meiner Eltern waren schon diese beiden?«

»Einer von ihnen.« Sie hatte nichts davon gesagt, dass ich ihre Namen nicht in den Mund nehmen dürfte. »Carl Ivanko. Was Bierman angeht, bin ich nicht sicher.«

»Das ist der, dem die Wohnung gehört hat.«

»Ja.«

»Und der den anderen erschossen und sich dann selbst getötet hat – oder zumindest sollte dieser Eindruck erweckt werden. Hätten wir diese Möglichkeit nicht auch in Erwägung gezogen, wenn kein Riegel an der Tür gewesen wäre?«

»Natürlich.«

»Weil man das ganz automatisch annimmt, wenn man zwei Tote findet und es so aussieht, als hätte einer von ihnen den anderen erschossen und dann Selbstmord begangen.«

»Ja. Der Riegel war nur ein Extra.«

»Ein Extra?«

»Na ja, er war nur zur Show da«, sagte ich. »Ein bisschen zu viel des Guten.«

»Ach so. Wenn es also tatsächlich so war, wie Sie glauben, wenn er beide umgebracht und die Tür abgeschlossen und von innen verriegelt hat …«

»Wie ist er dann aus der Wohnung gekommen?«

»Ja, das frage ich mich schon die ganze Zeit. Durchs Fenster?«

Ich nickte. »Die Fenster waren geschlossen, aber die Wohnung ist im Erdgeschoss. Es kann also nicht so wahnsinnig schwierig gewesen sein, durchs Fenster nach draußen zu klettern und es dann hinter sich zuzuziehen. Man kann zwar die Fensterschlösser nicht einrasten lassen – falls sie überhaupt noch funktioniert haben –, aber ich glaube nicht, dass sich noch feststellen lässt, ob die Fenster verriegelt waren oder nicht. Das Erste, was die Streifenpolizisten, die an den Tatort gerufen worden sind, getan haben dürften, war vermutlich, alle Fenster zu öffnen.«

»Sollen sie das denn tun?«

»Nein, auf gar keinen Fall. Aber sie sind in eine Wohnung gekommen, in der schon mehrere Tage zwei Leichen gelegen haben, und ich kann mir nicht vorstellen, dass die meisten Cops unter diesen Umständen nicht als Erstes sämtliche Fenster aufreißen würden.«

»Der vorgelegte Riegel auf der Innenseite der Tür sollte also etwas beweisen«, sagte sie, »aber stattdessen beweist er etwas anderes.«

»Beweisen ist nicht das richtige Wort«, sagte ich, »weil er nicht wirklich etwas beweist. Eher würde ich sagen, er hat mir etwas suggeriert. Allerdings war ich auch sehr leicht beeinflussbar. Ich bin in der Absicht in die Wohnung gekommen, dort nach etwas zu suchen, was nicht ins Bild passt.«

»Und das war dieser Riegel.«

»Der Riegel war ein Teil davon.«

»Was sonst noch?«

»Die Art, wie Ivanko erschossen worden ist. Zwei Kugeln in den Oberkörper, eine in den Kopf.«

»Wie bei meinem Vater.«

»Ja und nein.«

»Wieso?«

»Ich möchte hier nicht zu anschaulich werden«, sagte ich.

»Ich habe meine Eltern gefunden«, sagte sie. »Sie können so anschaulich werden, wie Sie wollen.«

»Ihr Vater wurde von vorn erschossen. Zwei Kugeln in die Brust, aus etwa einem Meter Entfernung, und dann ein dritter aufgesetzter Schuss in die Schläfe.«

»Da war er wahrscheinlich schon tot.«

Vielleicht, vielleicht auch nicht, aber sollte sie ruhig in diesem Glauben bleiben. »Ivanko dagegen wurde von hinten erschossen. Zwei Kugeln, eine davon mitten ins Herz. Beide Schüsse haben auf seinem Hemd Schmauchspuren hinterlassen. Dann ist der Mörder neben ihm niedergekniet und hat ihm eine dritte Kugel in die Schläfe gejagt.«

»Und?«

»Der Mörder wollte nicht, dass Ivanko merkte, was ihm blühte. Er hat ihn überrumpelt. Er ist ihm ins Schlafzimmer gefolgt und hat ihn dort von hinten niedergeschossen. Das hört sich nicht nach jemand an, der plötzlich von Gewissensbissen geplagt wird oder einen Nervenzusammenbruch bekommt.«

»Angenommen, er wollte von der Beute nichts abgeben und alles selbst behalten?«

»Um deswegen gleich seinen Partner umzubringen, war es eindeutig nicht viel genug. Der Mord wurde zwar sehr überlegt ausgeführt, aber er war nicht die Tat eines durch und durch rational handelnden Menschen. Die typischen drei Kugeln, zwei in den Rücken, eine in die Schläfe, sind eindeutig eine Art Markenzeichen. Einen rein rationalen Grund gab es dafür nämlich nicht – außer dass er sein Markenzeichen hinterlassen wollte. Warum nur zwei Schüsse in den Rücken? Warum nicht das ganze Magazin leerschießen? Der einzige Grund, der einem dafür einfällt, ist, dass er auch ihrem Vater zweimal in die Brust geschossen hat. Er wollte, dass es nach einem festen Schema aussähe.«

»Ein dritter Mann«, sagte sie. »Hört sich an wie ein Maulwurf in einem englischen Spionagethriller. Oder gibt es nicht sogar einen alten Film, der so heißt? Mit Orson Welles?«

»Ach ja, der mit dieser bekannten Zithermusik«, sagte ich.

»Wie bitte?«

»Das Harry-Lime-Motiv aus *Der dritte Mann.*« Ich summte ein paar Takte. »Es geht mir jetzt schon seit Tagen durch den Kopf, und ich bin nicht darauf gekommen, was für ein Stück es ist und wieso ich es ständig im Ohr habe.«

»Eine Nachricht Ihres Unterbewusstseins vielleicht?«

»Wahrscheinlich. Der Begriff geht mir schon die ganze Zeit im Kopf herum. Meine Gedanken sind ständig um einen dritten Mann gekreist.«

»Trotzdem muss da etwas sein, was Ihnen die Musik zu sagen versucht. Vielleicht, dass Sie nicht von Ihrem Weg abweichen und sich auf Ihr Gefühl verlassen sollen.«

»Durchaus möglich. Vielleicht ist es mir auch nur deshalb gelungen, diesen Ohrwurm wieder aus dem Kopf zu bekommen: weil mir endlich eingefallen ist, welches Stück es ist.«

»Vielleicht. Wenn es einen dritten Mann gegeben hat ...«

»Ja?«

»Heißt das, sie waren an diesem Abend zu dritt hier?«

»Nein, das glaube ich nicht.«

»Weil die Zeugin, die Frau, die dachte, sie gingen in einen Waschsalon ...«

»Nur zwei Männer gesehen hat.«

»Ja.«

»Allerdings täuschen sich Augenzeugen relativ häufig«, sagte ich. »Aber ich glaube, in diesem Fall hat sie sich, was die Anzahl angeht, nicht getäuscht. Es waren wirklich nur zwei Männer.«

»Und der dritte Mann hat auf sie gewartet? Moment, er war der Fahrer, stimmt's? Er hat im Auto auf sie gewartet und hat sie nach Brooklyn zurückgefahren und ...«

Als sie nicht weitersprach, sagte ich: »Spinnen Sie es ruhig weiter. Die drei gehen in die Wohnung in der Coney Island Avenue. Der dritte Mann schießt dreimal auf Ivanko, dann erschießt er Bierman so, dass es aussieht, als hätte er Selbstmord begangen. Aber vorher zwingt er ihn noch, sich bis auf die Unterhose auszuziehen.«

»Bis auf die Unterhose?«

Davon hatte sie nichts mitbekommen, weshalb ich es ihr erklären musste.

Schließlich sagte ich: »Das kann nicht allzu schwer gewesen sein. Ich glaube, ich sehe langsam klarer, was tatsächlich passiert ist.«

Sie trank ihren Kaffee aus und stellte die Tasse auf den Tisch. Dann setzte sie sich kerzengerade auf, faltete die Hände auf dem Tisch und wartete auf meine Erklärung.

Kapitel 13

Bierman war in der Mordnacht gar nicht im Haus ihrer Eltern gewesen, erklärte ich ihr. Auch nicht in der West Seventy-fourth Street oder auch nur in Manhattan. Bierman hatte die Wohnung in der Coney Island Avenue nie verlassen und hätte das auch gar nicht gekonnt, weil er zu diesem Zeitpunkt schon tot war.

Irgendwann am späten Nachmittag dieses Tages kommt der dritte Mann zu Bierman in die Wohnung. Er war vorher schon dort, und diesmal bringt er aus der Eisenwarenhandlung einen Türriegel und das erforderliche Werkzeug mit, um ihn an der Tür anzubringen. Aber zuerst überrumpelt er Bierman.

Er überwältigt ihn oder schlägt ihn bewusstlos. Er zieht Bierman bis auf die Unterhose aus, setzt ihn in diejenige Ecke des Zimmers, in der er für jemand, der die Wohnung betritt, am schlechtesten zu sehen ist, drückt ihm eine kleine italienische Automatik in die Hand, steckte ihm den Pistolenlauf in den Mund, legt seine Hand um die von Bierman und drückt ab.

Es ist nur ein einziger Schuss aus einer kleinen Pistole, und die Wahrscheinlichkeit, dass jemand Notiz davon nimmt, ist gering. Es ist eine Pistole, kein Revolver, weshalb sie sogar mit einem Schalldämpfer versehen gewesen sein könnte. Aber selbst ohne Schalldämpfer ist sie nicht besonders laut. Außerdem halten sie sie mit zwei Händen, seiner eigenen und der von Bierman, was ebenfalls das Krachen des Schusses dämpft. Und es sind ja nicht mehrere Schüsse hintereinander, niemand schreit auf, keine Tür wird zugeschlagen. Es ist nur ein harmloser Pistolenschuss, der Knall etwa so laut, wie wenn man eine Papiertüte aufbläst und mit einem Faustschlag zum Platzen bringt. Aber um Bierman zu töten, reicht er vollauf.

Sobald das also erledigt ist, könnte man meinen, er hätte es verdammt eilig, aus der Wohnung zu kommen. Weit gefehlt. Er ist hochzufrieden, geradezu euphorisch, dass mit Bierman alles so gut geklappt hat. Das Erste, was er darauf macht, ist, in Biermans Hemd und Hose zu schlüpfen. Schließlich könnte es später eine Mordssauerei geben. Er möchte sogar, dass es eine Mordssauerei gibt, und dass er Biermans Klamotten anzieht, hat zwei Gründe. Seine eigenen Sachen werden nicht schmutzig, und die Cops bekommen ein paar solide Beweise. Er hängt seine eigenen Sachen in Biermans Schrank, wo er sie später schnell zur Hand haben wird.

Falls Biermans Leiche entdeckt wird, bevor er es in die Wohnung zurück schafft, wäre das natürlich dumm, aber niemand wird sich seine Sachen in Biermans Schrank genauer ansehen. Genau werden sie sich bloß den Toten in der Ecke ansehen, allem Anschein nach ein Selbstmord. Aber wo ist die Pistole geblieben? Vielleicht würden sie daraus schließen, dass es doch kein Selbstmord war. Vielleicht erklärten sie es sich auch so, dass jemand anders in die Wohnung gekommen war, Bierman dort tot liegen gesehen und die Pistole mitgenommen hatte, als er wieder ging.

Aber aller Wahrscheinlichkeit nach wird niemand die Leiche finden. Er wird in wenigen Stunden wieder zurück sein und kann Bierman dann die Pistole in die Hand drücken.

Bis es allerdings so weit ist, hat er noch etwas anderes damit vor.

Aber erst einmal hat er den Riegel dabei, den er vor Kurzem gekauft hat, außerdem einen Bohrer oder eine Ahle, um die Löcher für die Schrauben zu machen, und einen Schraubenzieher. Es dauert nicht lang, den Riegel anzubringen, und als er fertig ist, packt er sein Werkzeug zusammen und verlässt die Wohnung. Den Riegel kann er natürlich nicht vorlegen, und er schließt die Tür nur mit dem Schlüssel ab – inzwischen hat er Biermans Schlüssel, und er trägt Biermans Hemd und Jeans, und keiner der Nachbarn wird ihn eines genaueren Blicks würdigen.

Dann macht er sich auf den Weg, um sich wie verabredet mit Ivanko zu treffen.

Ivanko hat Bierman nie kennengelernt, er weiß nicht einmal, dass es Bierman überhaupt gibt. Ivanko weiß nur, dass er und sein Freund ein Ding drehen werden, und dabei springt nicht nur finanziell etwas für ihn heraus, sondern er wird auch anderweitig auf seine Kosten kommen.

Der Freund, der dritte Mann, fährt. Das Auto gehört ihm, obwohl er Ivanko möglicherweise erzählt, dass es gestohlen ist. Er fährt und findet einen Parkplatz.

Er hat einen Schlüssel für das Haus in der West Seventy-fourth Street. Sobald er drinnen ist, öffnet er die Schranktür und gibt die Kombination ein, um die Alarmanlage auszuschalten. Sie gehen durch das Haus, und er erklärt Ivanko, wo er nachsehen und was er mitnehmen soll. Er selbst hält

Ivanko die Kopfkissenbezüge auf, damit er die Beutestücke einfach hineinwerfen kann. So muss er nichts anfassen und hinterlässt keine Fingerabdrücke. Aber Ivanko ist kein totaler Amateur und trägt vielleicht Gummihandschuhe. Das ist natürlich nicht im Sinn des dritten Manns; er hätte gern, dass Ivanko ein paar Fingerabdrücke am Tatort hinterlässt. Aber mit ein bisschen Geduld lässt sich da bestimmt Abhilfe schaffen.

Schließlich sind sie fertig und warten darauf, dass die Hollanders nach Hause kommen. Jetzt muss er nur noch dafür sorgen, dass Ivanko für den Schlussakt bleibt. Sie haben zwei Säcke voller Geld und Wertsachen, und Ivanko will sich bestimmt schnellstens mit der Beute aus dem Staub machen, solange das noch problemlos möglich ist.

Sie ist hübsch und sieht richtig scharf aus, erzählt der dritte Mann Ivanko, und du kannst sie haben und alles mit ihr machen, was du willst. Alles, was du willst, wirklich alles.

Er weiß genau, was er ihm erzählen muss, um ihn bei der Stange zu halten. Dann kommen die Hollanders nach Hause …

Und es ist wirklich nicht schwer. Er hat an diesem Tag schon jemand umgebracht, er hat Bierman getötet, und es ist alles glatt gelaufen. Es macht ihm nichts aus, es noch einmal zu tun. Eigentlich freut er sich sogar darauf, das tut er schon die ganze Zeit. Außerdem muss er diesmal nicht groß auf irgendetwas achten, keine Pistole im Mund, keine Hand auf der von Hollander, denn diesmal soll es genau nach dem aussehen, was es ist, ein von Einbrechern begangener Mord. Also schießt er Byrne Hollander zweimal in die Brust. Und zur Sicherheit (und vielleicht auch, weil es ihm gefällt, abzudrücken und zu spüren, wie sich die kleine Pistole in seiner Hand aufbäumt) gibt er einen dritten Schuss in Hollanders Schläfe ab.

Es läuft alles glatt, das reinste Zuckerschlecken.

Außerdem ist es jetzt Zeit, Ivanko von der Leine zu lassen. Zieh die Handschuhe aus, sagte er ihm. Du willst doch alles spüren, oder nicht? Handschuhe zu tragen ist doch genauso blöd, wie sich einen Pariser überzuziehen. Oder hast du etwa Angst, sie könnte Aids haben? Eine nette, anständige, verheiratete Frau?

Bloß hinterlässt Ivanko immer noch keine Fingerabdrücke. Er zerreißt Kleidungsstücke und begrapscht Haut, aber auf nichts davon bleiben Fingerabdrücke zurück. Seine DNA wird er natürlich zurücklassen, aber ein

Fingerabdruck wäre noch besser. Wenn sie schon wussten, wer es war, bevor sie die Leichen fanden ...

Lass dir das Schönste nicht entgehen, sagt er und drückt Ivanko den Schürhaken in die Hand. Stell dir vor, er ist glühend heiß, sagt er. Nur zu, sagt er, du weißt doch, was du damit tun willst.

Und Ivanko nimmt den Schürhaken. Er ist aus Metall, es müsste also ein Fingerabdruck darauf zurückbleiben.

Und wie soll er das Ganze zu Ende bringen? Sie erschießen? Er hat nachgeladen, nachdem er Bierman erschossen hat; sein Magazin war voll, als die Hollanders nach Hause gekommen sind. Aber drei Kugeln hat er schon für Hollander gebraucht, und er wird noch mehr brauchen, wenn sie wieder in Brooklyn zurück sind. Er hat noch einen Ersatzclip im Auto, er könnte jederzeit nachladen, aber wie sähe das aus?

Außerdem hat Hollander nicht viel geblutet, und jetzt wäre es gut, etwas Blut zu haben. Blut auf ihm, Blut auf Ivanko.

Für alle Fälle hat er das Messer aus der Küche mitgebracht. Sieht ziemlich fies aus, das Ding. Soll er das, was jetzt kommt, Ivanko überlassen? Er hätte sicher Spaß daran, dieses perverse Schwein. Andererseits könnte er auch Scheiß bauen. Wenn man wollte, dass etwas gescheit gemacht wurde, machte man es am besten selbst. Und es machte ihm nichts aus, es selbst zu tun; vielleicht fand er es sogar ganz interessant, vielleicht verschaffte es ihm, also nicht unbedingt einen Kick, aber doch eine gewisse Befriedigung ...

Fertig.

Er dachte sogar daran, die drei leeren Patronenhülsen einzusammeln, während Ivanko mit der Frau zugange war. Auch Ivankos Handschuhe steckte er ein. Und was jetzt? Die Alarmanlage wieder einschalten? Nein, das ergab keinen Sinn. Am besten, sie gingen einfach nach draußen und zogen die Tür hinter sich zu, spazierten in aller Seelenruhe die Straße hinunter, zwei Zimmergenossen auf dem Weg zum nächsten Waschsalon. Junge Männer, die Karriere machen wollten und so viel Überstunden schoben, dass ihnen gar nichts anderes übrig blieb, als ihre Wäsche mitten in der Nacht zu waschen.

Als er nach Brooklyn fährt, trocknet das Blut der Frau auf seinem Hemd und seiner Hose. Er achtet darauf, dass nichts davon auf den Autositz kommt, und hofft, dass Ivanko ähnlich vorsichtig ist.

Vielleicht hätte er Ivanko erschießen und am Tatort zurücklassen sollen. Wäre ganz einfach gewesen, als er sich wie ein Tier auf ihr gebärdete. Er hätte gar nicht gemerkt, was da auf ihn zukam, wahrscheinlich wäre er beim Rammeln gestorben. War das nicht, wie Männer angeblich am liebsten den Löffel abgaben?

Aber welche Botschaft hinterlässt du, wenn du ihn erschießt und einfach liegen lässt? Bierman war so angewidert von seinem Partner, dass er ihn umgebracht hat? Und dann fährt er nach Hause und kriegt solche Depressionen, dass er Selbstmord begeht? Außerdem, was machst du mit der Frau, wenn du Ivanko auf ihr erschießt? Erschießt du sie auch? Schneidest du ihr die Kehle durch? Du warst so angewidert von Bierman, dass du ihn umgebracht hast, um ihn daran zu hindern, die Frau zu vergewaltigen, und dann bist du so angewidert von ihr, dass du ihr die Kehle durchschneidest?

Da war es schon besser so, wie er es dann tatsächlich getan hat. Die zwei fahren nach Brooklyn, wo Ivanko einen netten alten Juden kennt, der nur darauf wartet, ihnen gutes Geld für den Schmuck und das Sterlingsilber zu zahlen.

Er kommt an, er stellt den Wagen ab, er schließt die Wohnungstür auf und schiebt Ivanko nach drinnen. Wundert sich Ivanko, woher er einen Schlüssel hat? Nein, denn die Wohnung gehört einem Freund, und er benutzt sie ab und zu, ein idealer Ort, um ihre Beute zu sortieren und das Geld aufzuteilen, bevor sie zu dem Hehler fahren, der nur ein paar Straßen weiter ist.

In der Wohnung manövriert er Ivanko in Richtung Schlafzimmer. »Mach mal das Fenster auf«, sagt er und stellt sich hinter ihn, um ihn darauf zuzulotsen. Sieht Ivanko Biermans Leiche aus dem Augenwinkel? Bevor er sich umdrehen, bevor er überhaupt etwas tun kann, bekommt er eine Pistole in den Rücken gedrückt und zwei Kugeln in die Brust gejagt.

Und als Dreingabe noch eine in die Schläfe. Wenn sich da kein Schema abzeichnet ...

Die ausgeworfenen Patronenhülsen rollen auf dem Boden herum. Sie können bleiben, wo sie sind. Es sind keine Fingerabdrücke darauf. Sollte er einen Finger Biermans auf eine von ihnen drücken? Nein, nicht der Mühe wert. Er drückt die Pistole wieder in Biermans Hand, drapiert den langsam steif werdenden Toten so hin, wie er ihn haben will.

Dann kehrt er rasch in die Küche zurück, legt den Riegel vor, den er vorher angebracht hat. Zieht sein Hemd aus – ursprünglich Biermans Hemd und dann eine Weile seines – und wirft es auf den Boden. Knöpft Biermans Jeans auf, schlüpft heraus, lässt sie ebenfalls auf dem Boden liegen. Die Klamotten riechen nach Bierman, nach dem animalischen Mief seines Zwickels und seiner Achselhöhlen; entsprechend sind sie wahrscheinlich auch getränkt mit seiner DNA und vollgesogen mit ihrem Blut. Einfach perfekt.

Er nimmt seine eigenen Klamotten aus dem Kleiderschrank und zieht sie an. Leert einen der Kopfkissenbezüge der Hollanders aus, legt den Kasten mit dem Silberbesteck auf den Tisch in der Küche, verstreut den Rest der Beute auf dem Boden, knüllt den Kopfkissenbezug zusammen und wirft ihn in eine Ecke. Den anderen Bezug lässt er auf dem Boden liegen, ohne seinen Inhalt angetastet zu haben.

Hat er etwas vergessen, etwas übersehen, etwas nicht erledigt? Er blickt sich kurz um, aber ihm fällt nichts auf. Er hat immer noch die Latexhandschuhe an, als er das Schlafzimmerfenster hochschiebt und auf den zugemüllten Hinterhof hinausklettert. Er zieht das Fenster wieder zu. Als er die Straße erreicht, hat er die Handschuhe bereits abgestreift und eingesteckt. Später wird er sie zusammen mit den Messinghülsen, die er vom Wohnzimmerboden der Hollanders aufgehoben hat, entsorgen.

Das Auto steht da, wo er es abgestellt hat. Er fährt vom Straßenrand los. Gibt es einen Grund, den Wagen loszuwerden? Das könnte er natürlich, aber es müsste vollauf genügen, ihn in die Waschanlage zu bringen und auch den Innenraum gründlich reinigen zu lassen. Bis in die kleinsten Fugen und Ritzen, als käme er gerade aus dem Showroom.

Oder vielleicht auch nicht. Wegen irgendwelchen Spurenmaterials braucht er sich keine Sorgen zu machen, nicht wirklich. Niemand wird sein Auto – oder ihn – unter die Lupe nehmen. Es ist das perfekte Verbrechen, und genialerweise wird das Ermittlungsverfahren eingestellt werden, bevor es überhaupt eröffnet worden ist. Die Täter, die von jeder Menge konkreter Beweise unwiderlegbar mit der Tat in Verbindung gebracht werden, sind bereits bestraft worden. Und er hat nichts mit ihnen zu tun, er ist in keiner Weise an der Sache beteiligt.

Perfekt.

Kapitel 14

Als ich zu sprechen aufhörte, saß sie eine Weile nur da, kerzengerade, mit gesenktem Blick. Ich begann mich schon zu fragen, ob ich sie unwillentlich hypnotisiert oder in eine Art Trance versetzt hatte, doch dann blickte sie auf und sagte: »Wenn es tatsächlich so gewesen ist ...«

»Das ist nichts weiter als eine Theorie«, sagte ich. »Und selbst eine schlüssige Theorie bleibt nach wie vor eine Theorie.«

»Das ist mir durchaus klar. Aber falls. *Falls* es tatsächlich so war, war der Einbruch ... vollkommen unerheblich. Der dritte Mann, der Mann, der alles geplant hat, hat die Sachen aus dem Haus nicht einmal behalten.«

»Er hat sie in der Wohnung in Broolyn gelassen.«

»Als Teil der Inszenierung. Der Schmuck meiner Mutter, das Familiensilber. Es ging also gar nicht um das, was sie aus dem Haus mitgenommen haben.«

»Für Ivanko schon.«

»Aber es sollte nur als Anreiz für ihn dienen, damit er überhaupt mitgemacht hat. Und der andere, wusste er überhaupt, dass es zu einem Einbruch kommen würde? Nein, davon musste er eigentlich gar nichts wissen. Er hat nie etwas von meinen Eltern gehört und hat auch über die ganze Sache absolut nichts gewusst. Er war schon tot, bevor es überhaupt losging, und jetzt glaubt alle Welt, er hat drei Menschen umgebracht und dann Selbstmord begangen.«

Ich dachte an Bierman, dessen Vorstrafenregister in einem Schwarzfahrversuch seine Krönung gefunden hatte. »Ich glaube nicht, dass ihn groß interessiert hat, was die Leute über ihn denken«, sagte ich. »Und jetzt kann es ihm vollends egal sein.«

Sie nickte bedächtig. »Es war alles sehr sorgfältig geplant.«

»Wenn es tatsächlich so war, wie ich es Ihnen gerade skizziert habe, ja. Dann war es sehr sorgfältig geplant.«

»Er hatte einen Schlüssel. Sie haben allerdings gemeint, er hätte gar keinen gebraucht, ein geschickter Einbrecher wäre auch ohne Schlüssel ins Haus gekommen.«

»Wenn es einen dritten Mann gegeben hat«, sagte ich, »hatte er mit Sicherheit einen Schlüssel.«

»Weil er nichts dem Zufall überlassen wollte.«

»Ja.«

»Und er wusste auch, wie man die Alarmanlage abstellt.«

»Das ist anzunehmen, ja.«

»Es hieß, meine Eltern hätten vergessen, sie anzumachen. Das kann ich mir nicht vorstellen. Sie haben die Alarmanlage immer eingeschaltet. Als Teenager habe ich mal eine idealistische Phase durchlaufen, in der ich fand, Türen sollten nicht abgeschlossen, geschweige denn durch eine Alarmanlage geschützt werden. Ich fand, das wäre ein Zeichen mangelnden Vertrauens in seine Mitmenschen.« Sie schüttelte reumütig den Kopf. »Das hat sich irgendwann wieder gegeben, aber solange ich auf diesem Trip war, hat es meine Eltern total wahnsinnig gemacht. Sie haben mit allem Nachdruck darauf bestanden, dass ich die Alarmanlage einschalte, wenn ich das Haus verlasse, egal, was für abgehobenes Zeug mir damals durch den Kopf gespukt sein mag. Deshalb können Sie mir glauben, sie sind nie aus dem Haus gegangen, ohne die Alarmanlage einzuschalten.« Sie runzelte die Stirn. »Aber die Kombination war immer ein Geheimnis. Niemand kennt sie.«

Sie sah mich mit offenem Mund an, als ich sagte: »Eins-sieben-eins-null. Vielleicht sollten Sie sie lieber ändern, falls Sie es nicht ohnehin schon getan haben. Ich weiß sie von jemand, von dem eigentlich niemand erwarten würde, dass er sie weiß. Es gibt meistens mehr Menschen, als man denkt, die unsere Passwörter und Zahlenkombinationen kennen. Ich weiß zwar nicht, woher er den Schlüssel hatte und wer ihm die vierstellige Kombination verraten hat, aber beides dürfte für eine halbwegs findige Person nicht allzu schwer zu beschaffen gewesen sein. Und dass dieser Mann sehr raffiniert war, wissen wir.«

»Wer ist dieser Mann?«

»Das weiß ich nicht.«

»Und warum das alles? Das Einzige, was er damit erreicht hat, ist, dass sie tot sind. Sie mussten entsetzlich leiden und sind gestorben.« Sie sah mich an. »War das der ganze Zweck der Sache? Sie zu töten?«

»Ganz so sieht es aus.«

Es ist immer die schöne Antwort, die eine noch schönere Frage nach sich zieht.

»Aber ... aber *warum*?«

»Das ist eine der Fragen, die ich zu beantworten versuche. Ich bin heute zu Ihnen gekommen, um Ihnen einige der Fragen zu stellen, die ich anderen Leuten bereits gestellt habe.«

»Fragen Sie«, sagte sie. »Was Sie wollen.«

Es sind immer die schönen Fragen. Die einfachen stellte ich zuerst, die schwierigen sparte ich mir für später auf. Hatte ihr Vater Feinde gehabt, jemand, der, ob nun zu Recht oder nicht, das Gefühl gehabt hatte, bei einem Geschäftsabschluss betrogen oder in einer rechtlichen Angelegenheit nicht angemessen von ihm vertreten worden zu sein? Hatte er eine heftige Auseinandersetzung mit einem alten Freund oder Kollegen gehabt? Mir fielen ein Dutzend Variationen zu diesem Thema ein, die mich auf die Spur einer Person hätten bringen sollen, die etwas gegen einen oder beide Hollanders gehabt hatte, aber wenn es eine solche Person gab, wusste Kristin nichts von ihr.

Dann wurden die Fragen persönlicher.

»Ihre Ehe?« Sie zog die Stirn in Falten und dachte eine Weile nach. »Ich würde sagen, sie war so, wie eine Ehe sein sollte. Sie haben einander geliebt, es lag ihnen etwas aneinander. Jeder hatte seine Freiräume, sie hatte die Schriftstellerei und er seine Arbeit, seine Anwaltskanzlei, aber sie verbrachten viel Zeit miteinander und genossen das auch. Ich weiß nicht, was ich sonst darüber sagen könnte. Ist das, was Sie gemeint haben?«

»Hatten sie auch mal eine Ehekrise?«

»Es war, glaube ich, sehr belastend für sie, als Sean gestorben ist. Ich war damals dreizehn, das ist jetzt also zehn Jahre her. Manchmal scheint es mir unendlich weit zurückzuliegen, und dann wieder ist es, als wäre es erst gestern passiert. Die Zeit ist schon irgendwie etwas Merkwürdiges.«

»Das ist sie für jeden.«

»Es war so vollkommen sinnlos, was Sean passiert ist. Wer kommt schon beim Baseball ums Leben? Schlimmstenfalls zerrt man sich einen Muskel, oder man scheuert sich das Knie auf, wenn man auf eine Base rutscht. Es kam mir so total unwirklich vor. Und ich habe ihn immer noch gesehen.«

»Er ist Ihnen erschienen?«

»Nein, nichts in der Art. Kann durchaus sein, dass es so etwas gibt, ich halte es jedenfalls nicht für unmöglich, aber mir ist es nie passiert. Nein, es war nur, dass mich einfach getäuscht habe. Manchmal dachte ich, ihn auf der Straße oder unter den anderen Schülern in der Schule zu sehen, aber dann stellte sich immer heraus, dass es jemand anders war, jemand, der ganz anders aussah als er. Sie nicken. Das kommt wahrscheinlich ziemlich oft vor.«

»Ich war etwa genauso alt, als mein Vater gestorben ist. Vierzehn. Und es war geschah völlig unerwartet. Er fuhr zwischen zwei Waggons in der U-Bahn und hat wohl den Halt verloren.«

»Wie furchtbar.«

»Darauf hatte ich ein paar Jahre ähnliche Erlebnisse, wie Sie sie gerade beschrieben haben. Ich war ganz sicher, ihn zu sehen, obwohl ich wusste, dass das unmöglich war. Na ja, es ist jemand, der aussieht wie er, sagte ich mir dann immer, und wenn ich den Betreffenden dann aus der Nähe sah, bestand überhaupt keine Ähnlichkeit.«

»So versucht der menschliche Verstand wahrscheinlich die Kluft zwischen Leugnen und Akzeptieren zu überwinden.«

»Ja, etwas in der Art. Aber Sie haben gesagt, der Tod Ihres Bruders hat Ihre Eltern sehr stark belastet. Auch ihre Ehe?«

»Keiner von beiden ist mal ausgezogen, und sie haben auch nicht aufgehört, miteinander zu reden. Aber ich war damals in einem Alter, in dem ich mir dessen, was um mich herum geschah, überdeutlich bewusst war, ohne dass ich wusste, was dabei herauskommen würde. Ich hatte Angst, dass sie sich trennen und scheiden lassen könnten, aber vermutlich lag das nur daran, dass ich gerade meinen Bruder verloren hatte und deshalb fürchtete, auch noch alle anderen zu verlieren.« Sie bekam große Augen. »Und genau das ist jetzt tatsächlich passiert. Es hat nur länger gedauert, als ich dachte, aber jetzt habe ich niemand mehr.«

Das sagte sie ohne jede Gefühlsregung, und ich spürte ein leichtes Frösteln.

»Hatte einer von beiden mal eine Affäre?«

»Das habe ich mich auch gefragt«, sagte sie. »Irgendwie widerwärtig, finden Sie nicht? Sich über seine Eltern solche Fragen zu stellen. Aber vermutlich tut das jeder. Sich so etwas fragen, meine ich. Ich würde jetzt zwar nicht behaupten, dass jeder mal eine Affäre hat, aber wie es scheint, haben die meisten Männer irgendwann eine.«

Das hätte provokant oder kokett rüberkommen können, wenn sie dabei eine Augenbraue hochgezogen oder mir einen Blick zugeworfen oder es mit einem speziellen Unterton gesagt hätte. Aber nichts davon war der Fall. Hier ging es weder um mich noch um uns beide.

»Eigentlich sollte ich das nicht wissen«, fuhr sie darauf fort, hielt aber sofort wieder inne und senkte den Blick auf ihre ineinander verschränkten Hände. Ich wartete, und sie holte tief Luft und setzte noch einmal an. »Meine Mutter hatte eine Affäre«, sagte sie so leise, dass ich sie nur mit Mühe verstehen konnte. »Nach Seans Tod. Sie hat sich mit jemand getroffen. Ich wusste es, aber irgendwie auch nicht, wenn Sie wissen, was ich meine.«

»Ja.«

»Ich wusste nicht, wer es war«, fuhr sie fort, »und ich vergaß es irgendwann. Es ging ihnen beiden gut, mit ihrer Ehe war alles in Ordnung, und wenn ich mir deswegen doch mal Gedanken machte, redete ich mir ein, ich würde mir alles nur einbilden. Und dann ist er gestorben.«

»Der Mann, der ...«

»Ja. Ich saß ganz still über einem Buch, und anscheinend haben sie nicht gemerkt, dass ich im Zimmer war. Der Mann war gestorben, und er hatte in Florida gelebt, und dort sollte auch das Begräbnis stattfinden. Und mein Vater fragte meine Mutter, ob sie zum Begräbnis gehen würde, wenn es in New York wäre. Und sie sagte, das könne sie nicht sagen, sie hätte ihn jahrelang nicht mehr gesehen, und ob es meinem Vater etwas ausmachte, wenn sie hinginge? Denn wenn er es nicht wollte, würde sie nicht hingehen. Und er sagte, er wüsste nicht, wie es für ihn wäre, worauf sie sich beide darauf einigten, das Ganze wäre zu hypothetisch. Und damit ließen sie die Sache auf sich beruhen und gingen in ein anderes Zimmer. Und sie haben nie gemerkt, dass ich alles mitbekommen habe.«

»Und das war der Mann, mit dem Ihre Mutter ein Verhältnis hatte?«

»Ja, da bin ich ganz sicher. Allein aufgrund der Atmosphäre während ihres Gesprächs. Aber selbst wenn da jemand anders gewesen wäre, ein eifersüchtiger Ehemann oder ein nachtragender Geliebter, hätten sie ihn doch erkannt, oder nicht?«

»Wer?«

»Meine Eltern. Wenn er der dritte Mann war, wenn er hier auf sie gewartet hätte, hätten sie ihn erkannt. Es sei denn, er hat eine Maske getragen …«

»Nein, eine Maske hat er bestimmt nicht getragen.«

»Aber dann hätten sie doch gewusst, wer er war.«

»Er hatte nicht die Absicht, sie am Leben zu lassen.«

»Schon klar«, sagte sie. »Aber was ist mit seinem Partner? Wenn meine Eltern hereinkommen und mein Vater sagt: ›Was machst du denn hier, Fred?‹«

»Dann hätte sich Ivanko natürlich etwas gewundert«, stimmte ich ihr zu. »Und genau das ist das Problem, wenn man davon ausgeht, dass der dritte Mann ein Feind oder jemand mit einem persönlichen Motiv war.«

»Sie hätten ihn erkannt.«

»Außer der dritte Mann wurde für den Überfall angeheuert«, sagte ich, um diese Möglichkeit jedoch im selben Moment wieder zu verwerfen. »Nein, das war kein Auftragskiller. Es war zwar alles sorgfältigst geplant und sehr gekonnt durchgezogen, aber das Werk eines Profis war es nicht.«

»Woher wollen Sie das so genau wissen?«

»Ein Profi wäre nicht so raffiniert vorgegangen«, erklärte ich ihr. »Er hätte es vielleicht wie einen Einbruch aussehen lassen, aber er hätte keinen Helfer mitgenommen, und schon gar nicht einen Amateur wie Ivanko. Er wäre eingebrochen, hätte Ihre Eltern getötet, sobald sie zur Tür hereinkamen, und hätte sich danach schleunigst aus dem Staub gemacht. Er hätte sich auch nicht die Mühe gemacht, in Brooklyn zwei Tote zu hinterlassen, um die ganze Schuld ihnen in die Schuhe zu schieben, denn er hätte nichts weiter tun müssen, als nach Hause zu fahren. Er hätte in St. Louis oder Sarasota vor dem Fernseher gesessen, während die Polizei in New York vergeblich nach dem Täter suchte.«

»Dann war es also jemand, der sie kannte«, sagte Kristin, »aber jemand, den sie nicht kannten.«

»Vielleicht war es jemand, den Sie kennen.«

»Ich?«

»Gibt es jemand, der Ihnen in diesem Zusammenhang einfällt?«

»Jemand, den ich kenne und der meine Eltern umgebracht haben könnte?«

»Zum Beispiel ein Verehrer, den Ihre Eltern abzuwimmeln versucht haben«, sagte ich. »Jemand, der sie als hinderlich betrachtet haben könnte, Ihnen näher zu kommen.«

»Ich habe keinen festen Freund«, sagte sie. »Seit meiner Trennung von Peter hatte ich keine Beziehung mehr.«

»Peter?«

»Peter Meredith. Wir haben uns letzten Herbst getrennt. Ich habe in der East Tenth Street mit ihm zusammengelebt und wir hatten vor, nach Brooklyn zu ziehen, aber stattdessen haben wir uns getrennt.«

»Nach Brooklyn?«

»Er kannte dort ein paar Leute, lauter Künstler; sie wollten sich zusammentun und gemeinsam ein Haus in Williamsburg kaufen. Das Haus war in sehr schlechtem Zustand, und sie wollten es gemeinsam renovieren. Wir wären drei Pärchen gewesen. Jedes hätte ein Stockwerk für sich gehabt, und das Erdgeschoss hätten wir gemeinsam genutzt.«

»Wie eine Stadtkommune.«

»Eher wie eine Heimwerker-WG. Zuerst fand ich die Idee durchaus reizvoll. Die Gegend fand ich zwar nicht so toll, aber damit hätte ich mich abgefunden, weil bereits klar war, dass das Viertel in absehbarer Zeit gentrifiziert würde und gänzlich andere Leute dorthin ziehen würden. Die Preise zogen bereits an, und wenn wir noch länger gewartet und das Ganze erst ein Jahr später in Angriff genommen hätten, hätten wir es uns wahrscheinlich nicht mehr leisten können, zumindest nicht in dieser Gegend. Sie setzten bereits entsprechende Verträge auf, die ich meinen Vater durchsehen ließ, und er meinte, von den Zahlen her wäre alles in Ordnung. Er machte ein paar geringfügige Verbesserungsvorschläge, damit unter juristischen Gesichtspunkten alles unanfechtbar wäre, aber alles in allem hatte er nichts daran auszusetzen – unter der Voraussetzung, dass ich es auch wirklich wollte.«

»Und das wollten Sie nicht.«

Sie schüttelte den Kopf. »Es ist eine Sache, mit jemand in einer Mietwohnung, seiner Wohnung, zu leben, aber eine ganz andere, mit ihm ein Haus zu kaufen. Damit wäre ich wesentlich mehr und größere Verpflichtungen eingegangen, und dazu war ich nicht bereit. Ich habe gern mit ihm zusammengelebt, und wir wären auch zusammengeblieben, wenn diese Sache mit dem Haus nicht gewesen wäre. Schließlich lief es darauf hinaus, dass ich wieder hier eingezogen bin und Peter mit seinen Freunden das Haus gekauft hat.«

»Konnten Sie denn die Wohnung nicht behalten?«

»Zum einen war es seine Wohnung, und außerdem fand ich die Gegend nicht so toll. Es war ganz drüben im Osten in Alphabet City, und selbst wenn es dort inzwischen relativ sicher ist, liegt es so weit draußen, dass es ein ziemlicher Umstand ist, irgendwohin zu kommen. Ich wollte an sich schon eine eigene Wohnung, aber ich dachte, lieber wohne ich noch eine Weile bei meinen Eltern, bis ich was richtig Schönes finde.«

»Sind Ihre Eltern mit Peter klargekommen?«

»Sie mochten ihn, keine Frage. Mom fand ihn ein bisschen zu abgehoben für mich, was er wahrscheinlich auch war, aber trotzdem mochte sie ihn. Sie mochten ihn beide.«

»Und wie hat er die Trennung verkraftet?«

»Ich glaube, er war fast erleichtert, als ich endlich ausgezogen bin.«

»Haben Sie lange gebraucht, um darüber hinwegzukommen?«

Sie nickte. »Ich wollte mich nicht Hals über Kopf an dem Haus in Williamsburg beteiligen, aber ich wollte auch nicht Knall auf Fall unsere Beziehung beenden. Eine Weile dachte ich, wir könnten uns noch irgendwie zusammenraufen.«

»Wie?«

»Genau das war das Problem. Welcher Kompromiss hätte sich angeboten? Es war etwa so, wie wenn sich einer ein Kind wünscht und der andere nicht. Man kann kein halbes Kind haben.«

»Nein.«

»Wir haben eine Paartherapie gemacht, und das war sehr aufschlussreich, aber irgendwie sind wir trotzdem immer wieder gegen dieselbe Wand gerannt. In dieses Haus zu ziehen war ihm wichtiger, als mit mir zusammen zu sein, und so weit war ich einfach noch nicht. Als ich ihm zu erklären versuchte, ein Haus zu kaufen wäre etwas, was Ehepaare täten, meinte er, gut, dann heiraten wir eben, und ich sagte, du willst doch gar nicht wirklich heiraten, du willst nur dieses Haus kaufen, und vor allem will *ich* noch nicht heiraten, und ich würde das Haus auch nicht kaufen wollen, selbst wenn ich verheiratet wäre. Und als wir schließlich an den Punkt kamen, an dem wir uns das so klar und deutlich sagen konnten, wollten wir auch nicht mehr wirklich zusammen sein. Es war für uns beide eine große Erleichterung, als ich schließlich ausgezogen bin.«

»Aber trotzdem hat es Sie emotional belastet.«

»Ich denke schon.«

»Hat er Sie danach weiter angerufen? Hat er Sie dazu zu bewegen versucht, zu ihm zurückzukehren?«

»Nein, nichts dergleichen. Ehrlich gestanden, glaube ich, dass er über die Trennung erleichterter war als ich. Und er hatte viel um die Ohren, zuerst das Geld zusammenkriegen und dann der Einzug und die ganzen Renovierungsarbeiten. Falls ich ihm überhaupt gefehlt habe, hat ihn das sicher davon abgelenkt.«

»Mhm.«

»Und überhaupt, die anderen Leute in dem Haus, das waren alles Freunde von ihm. Ich bin sicher, sie haben ihn mit jemand zusammenzubringen versucht, der besser zu ihnen gepasst hat.«

»So, wie Sie nicht zu ihnen gepasst haben?«

»Sie hören sich an wie der Therapeut, bei dem wir waren. Und zu ihnen gepasst habe ich wahrscheinlich deshalb nicht, weil sie alle dieses Haus wollten und ich nicht. Ich meine, wieso sollte ich ein Haus in Williamsburg wollen? Ich habe in Manhattan ein Haus ganz für mich allein.«

Beim letzten Satz brach ihre Stimme, und sie wandte sich von mir ab, stand auf und ging zur Spüle, um sich ein Glas Wasser einlaufen zu lassen. Von hinten sah ich, dass sich ihre Schultern hoben und senkten, aber ihr Schluchzen war nicht zu hören. Sie trank ein ganzes Glas Wasser, und als sie an den Tisch zurückkehrte, waren ihre Stirn glatt und ihre Augen trocken.

Sie hatte weder etwas von Peter noch etwas über ihn gehört, aber er hatte nach dem Tod ihrer Eltern angerufen, um ihr sein Beileid auszudrücken und sie wie alle anderen zu fragen, ob er ihr irgendwie helfen könnte.

»Aber was hätte er schon tun können? Was hätte in dieser Situation irgendjemand tun können, egal wer? Die Leute bieten es einem zwar immer an, aber letztlich gibt es in so einem Fall nichts, was jemand tun könnte.«

»Jedenfalls kannten ihn Ihre Eltern«, sagte ich.

»Ja, natürlich. Wir haben relativ oft etwas miteinander unternommen.«

»Er war auch in diesem Haus.«

»Ja, oft. Ach so, nein. Ich weiß, was Sie jetzt denken. Aber das ist vollkommen ausgeschlossen.«

»Sind Sie da wirklich sicher?«

»Das wären Sie auch«, sagte sie, »wenn Sie ihn kennen würden oder auch nur etwas über ihn wüssten. Peter ist so ziemlich der sanftmütigste Mensch, den man sich vorstellen kann. Er ist Vegetarier und trägt nicht mal Lederschuhe.«

»Hitler war auch Vegetarier«, sagte ich. Elaine, ebenfalls Vegetarierin, aber mit einem Schrank voller Lederschuhe, hätte das sicher nicht gern gehört.

Aber Kristin ging nicht auf meine Bemerkung ein. »Peter öffnete schon mal ein Fenster, um Fliegen rauszulassen. Wir hatten Kakerlaken in der Tenth Street, und er hat nicht-tödliche Methoden zu finden versucht, sie loszuwerden. Er ließ mich keine Leimfallen verwenden, weil er nicht in Ordnung fand, wie sie leiden mussten, wenn sie daran mit zappelnden Fühlern kleben blieben. Das fand er ganz schrecklich. Passt das zu dem Mann in Ihrer Theorie?«

»Eigentlich nicht, nein.«

»Und hat der dritte Mann nicht die Sachen des Manns angezogen, den er als Ersten umgebracht hat? Ist er nicht in sein Hemd und seine Jeans geschlüpft, um Blut an die Sachen kommen zu lassen?«

»Beschwören kann ich es nicht«, sagte ich, »aber es sieht ganz so aus.«

»Der Mann, den er umgebracht hat«, sagte sie. »Der Mann, der Selbstmord begangen hat. Wie hat er ausgesehen?«

»Ich habe ihn nie gesehen. Aber auf den Zeitungsfotos ...«

»Nein, nicht sein Gesicht, die Bilder habe ich auch gesehen. Eigentlich wollte ich sie nicht sehen, aber wie hätte sich das vermeiden lassen? Ich habe Fotos von beiden gesehen. Was ich meine, ist, was für eine Statur hatte er?«

»Er war ganz normal gebaut, durchschnittlich groß.«

»Peter ist eins fünfundsiebzig groß und wiegt fast einhundertzwanzig Kilo. Können Sie sich vorstellen, dass er dieses Hemd hätte zuknöpfen können oder auch nur hineingepasst hätte? Oder auch in die Jeans?«

»Nein.«

»Ich habe ihn zwar schon fast ein Jahr lang nicht mehr gesehen. Er könnte also abgenommen haben, aber …«

»Aber so viel auch wieder nicht.«

»Das kann ich mir jedenfalls nicht vorstellen. Sein Übergewicht war ein ständiges Thema für ihn, schon sein ganzes Leben lang. Sein Therapeut meinte, es wäre wichtiger für ihn, sich so zu akzeptieren, wie er ist, als sich ein paar Pfunde herunterzuschwitzen.« Sie lächelte verständnisvoll. »Und in diesem Punkt war ich ausnahmsweise mal einer Meinung mit ihm. Peter war ein extrem netter Mann, und er war auch sexy. Er trug seine Pfunde mit Stil. Aber in die Sachen dieses Mannes hätte er wohl trotzdem nicht gepasst.«

Demnach war Peter Meredith nicht unser geheimnisvoller Unbekannter, und andere Kandidaten für diese Rolle waren weit und breit nicht zu sehen. Kristin wollte wissen, wie es jetzt weiterginge.

»Keine Ahnung«, sagte ich. »Ich weiß beim besten Willen nicht, was ich noch mehr tun könnte. Was ich vermutlich tun *sollte*, ist, mich bei Ihnen entschuldigen, dass ich Ihnen so viel Zeit gestohlen habe, und dann versuchen, damit aufzuhören, aus nichts irgendwelche großen Theorien zu konstruieren.«

»So hat es sich aber nicht angehört: als ob Sie aus nichts irgendwelche großen Theorien konstruieren würden.«

»Da haben Sie natürlich recht«, sagte ich. »Was ich mir da zusammengereimt habe, hört sich zwar ganz gut an, aber letztlich ist doch alles nur heiße Luft. Jedenfalls habe ich nichts Konkretes, womit ich zur Polizei gehen könnte. Dort habe ich zwar noch ein paar Freunde, und sie würden sich auch die Zeit nehmen, sich alles anzuhören, aber ich kann mir nicht vorstellen, dass einer von ihnen den Fall anhand dessen, was ich vorzuweisen habe, noch einmal neu aufrollen würde.«

»Dann geben Sie also einfach auf?«

»Wahrscheinlich nicht«, gab ich zu. »Ich kann ganz schön hartnäckig sein und habe viel Zeit. Im Augenblick wäre es das Beste, wenn mich jemand damit beauftragen würde, verschollene Verwandte für eine große

Familienfeier ausfindig zu machen. Dann hätte ich einen Grund, nicht mehr länger in einem Fall herumzustochern, bei dem nichts herauskommen wird.«

»Wäre das wirklich, was Sie wollen?«, fragte sie. »Ich will Sie nämlich engagieren.«

Sie fiel aus allen Wolken, als ich sagte, dass das nicht ginge. Sie war schon relativ bald zu der Überzeugung gelangt, dass ich es darauf angelegt hatte, von ihr engagiert zu werden, und sie hatte schnell den Entschluss gefasst, mich mit den Ermittlungen zu beauftragen. Und als sie mir das jetzt anbot, lehnte ich es ab.

»Das verstehe ich nicht«, sagte sie. »Das ist doch, was Sie machen, oder nicht? Und Sie haben es sogar schon gemacht, ohne einen Klienten zu haben und ohne dafür bezahlt zu werden. Und jetzt, wo ich Sie engagieren möchte, wollen Sie den Fall auf einmal nicht mehr haben.«

»Sie würden nur Ihr Geld verschwenden, Kristin.«

»Na und? Sie haben Ihre Zeit verschwendet. Wenn Sie Ihre Zeit verschwenden können, warum kann ich dann mein Geld nicht verschwenden?«

»Weil ich meine Privatdetektivlizenz zurückgegeben habe«, sagte ich.

»Warum? Wollen Sie in Rente gehen?«

Sie sollte es ruhig erfahren; vielleicht half es mir, sie von ihrem Entschluss abzubringen. »Sie haben damit gedroht, sie mir zu entziehen. Ich habe einem Freund geholfen und dabei ein paar Dinge nicht so genau genommen. Das ist ein paar Offiziellen sauer aufgestoßen, und das umso mehr, als dieser Freund ein Berufsverbrecher ist.«

»Jetzt aber mal im Ernst. Ein Berufsverbrecher?«

»Das kann man ohne Übertreibung so sagen. Ein amtlich beglaubigter Krimineller.«

»Aber er ist Ihr Freund.«

»Ja.«

In ihren Augen leuchtete etwas auf. »Aber in diesem Fall besteht doch kein Interessenkonflikt? Ihr Freund ist doch nicht dieser dritte Mann, oder?«

»Er ist über eins neunzig groß und wiegt einiges mehr als Ihr Freund Peter«, sagte ich. »Insofern glaube ich, dass Biermans Hemd auch ihm nicht passen würde.«

»Das ist ja schon mal beruhigend. Trotzdem will ich wissen, wer meine Eltern umgebracht hat. Wen soll ich engagieren, wenn Sie nicht für mich arbeiten wollen?«

Kapitel 15

»Ich habe ihr klarzumachen versucht, dass es nicht einfach wäre, jemand zu finden, der den Fall übernimmt«, erzählte ich Elaine. »Aber dann ist mir klar geworden, dass das gar nicht stimmt, und deshalb habe ich es wieder aufgegeben. Ray sagt immer, dass es keinen Fall gibt, der so aussichtslos ist, dass sich kein Anwalt findet, der ihn übernimmt, und auf Privatdetektive trifft das keinen Deut weniger zu. Wenn du einen Scheck ausstellst, gibt es immer jemand, der ihn, ohne zu zögern, einsteckt.«

»Hat sie dir denn einen Scheck ausgestellt?«

»Ich habe ihr gesagt, bar wäre mir lieber. Darauf hat sie mir tausend Dollar gegeben, und ich habe gesagt, dass ich ihr Bescheid gebe, wenn sie aufgebraucht sind, dass es dazu aber wahrscheinlich nicht kommen wird, wenn ich nicht gerade mit Ergebnissen aufwarten kann oder größere Ausgaben habe. Wenn das Geld aufgebraucht ist, sage ich ihr, ob ich glaube, noch mehr zu brauchen, und dann kann sie mich weiter bezahlen oder auch nicht, wonach ihr eben gerade ist. Und etwas zu tun habe ich ihr auch schon gegeben. Ich habe sie gebeten, die Gegenstände, die sie von der Polizei zurückbekommen hat, durchzusehen, ob irgendetwas fehlt.«

»Aber nicht, weil du glaubst, ein Cop könnte ein Armband abgezweigt haben, um es seiner Frau zu schenken.«

»Nein, normalerweise tun sie so was nicht, nicht in einem aufsehenerregenden Mordfall wie diesem. Ich möchte nur wissen, ob sich der Mörder ein Andenken behalten hat. Manche tun das nämlich. Was noch? Ich habe ihr erklärt, dass sie lieber keine schriftlichen Berichte und Spesenabrechnungen von mir erwarten soll, und ich habe ihr geraten, sich keine Hoffnungen zu machen. Ich habe ihr klargemacht, dass ich nicht für sie arbeite, sondern ihr nur einen Gefallen tue – genau so, wie sie mir einen Gefallen tut, indem sie mir tausend Dollar schenkt.«

»Wie in den alten Zeiten.«

»Mehr oder weniger. Eine Weile war es völlig okay, eine Lizenz und einen offiziellen Status zu haben, über alles buchzuführen und Rechnungen auszustellen. Aber so ist es mir lieber.«

»Na klar, wenn es für dich okay ist. Aber ist das nicht etwas wenig Vorschuss?«

»Wieso? Mir kommt es wie ein ziemlich großzügiges Geschenk vor. Lauter Hunderter, ganze zehn davon.«

»Trotzdem ist es nicht viel Geld. Tausend Dollar.«

»Es gab mal Zeiten, in denen du dafür ein ganz passables Auto bekommen hast, und irgendwann kommen wahrscheinlich Zeiten, in denen du dafür gerade mal eine Tasse Kaffee bekommst. Aber wenn du die aktuellen Verhältnisse als Maßstab anlegst, hast du natürlich völlig recht. Besonders viel ist es nicht.«

»Die Arbeit, die du bereits reingesteckt hast«, sagte sie. »Wie viel müsstest du dafür bekommen?«

»Keinen müden Cent«, sagte ich. »Weil ich keinen Klienten hatte.«

»Und wenn du einen gehabt hättest?«

»Keine Ahnung. Ich habe hier und da ein paar Stunden eingelegt.«

»Mehr als tausend Dollar müsstest du dafür auf jeden Fall bekommen.«

»Schon möglich.«

»Es ist ja zum Glück nicht so, dass wir das Geld brauchen«, sagte sie.

»Nein.«

»Obwohl wir immer eine Verwendung dafür finden.«

»Ja, immer.«

»Matt? Du bist doch nicht etwa dabei, dich in sie zu verlieben?«

»Ich bin bereits verliebt.« Als sie darauf nichts erwiderte, zumindest nicht laut, fügte ich hinzu: »Nein, ich werde mich nicht in sie verlieben. Sie ist anständig und intelligent und hübsch, sie ist vierzig Jahre jünger als ich, und sie hat keinerlei Interesse an mir. Und um ehrlich zu sein, ich umgekehrt auch nicht.«

»Das ist ja interessant«, sagte Elaine. »Dann würde ich dir gern noch eine Frage stellen, und lass dir meinetwegen so viel Zeit, um sie zu beantworten, wie du willst.« Sie legte den Kopf auf die Seite, fuhr mit der Zunge über ihre Lippe und senkte die Stimme. »Gibt es denn jemand, an dem du Interesse hast? Fällt dir da jemand ein?«

Mir fiel jemand ein.

*　　*　　*

Später rollte sie sich auf die Seite und stützte sich auf dem Ellbogen auf.

»Neununddreißig«, sagte sie.

»Auf einer Skala von eins bis wie viel?«

»Blödmann. Das war keine Bewertung, es war eine Korrektur. Du bist neununddreißig Jahre älter als sie, nicht vierzig.«

»Wenn das so ist, fühle ich mich, ehrlich gestanden, gleich wesentlich jünger.«

Kapitel 16

Er ist eins achtzig groß und hat die letzten fünfzehn seiner insgesamt sieben-unddreißig Jahre konstant um die fünfundsiebzig Kilo gewogen. Damit ist er genauso groß und schwer wie Jason Paul Bierman, Gott hab ihn selig, was jedoch weniger ein Zufall ist, als es auf den ersten Blick erscheinen mag. Es hätte ein Zufall sein können, wenn ihn und Bierman die Umstände zusammengeführt hätten und ihre Rollen in diesem menschlichen Drama schon festgelegt gewesen wären, bevor er von ihrer oberflächlichen Ähnlichkeit wusste. Aber es war anders herum gewesen. Er hatte Bierman aus dem unermesslichen Vorrat an Menschen ausgewählt, weil ihm seine Statur, seine Größe und sein Gewicht aufgefallen waren. Klar, hatte er gedacht, sie könnten ihre Klamotten tauschen.

(Bierman, wie er vor Gericht erscheint, wo Anklage gegen ihn erhoben wird, weil er unter einer U-Bahnsperre hindurchzuschlüpfen versucht hat. Verfahren eingestellt, ein wenig ratlos und verunsichert, verlässt Biermann den Gerichtssaal. Als er auf die Straße hinaustritt, hat er ihn eingeholt und packt ihn am Arm. Bierman zuckt zusammen, vermutlich denkt er, er wird wieder verhaftet. »Mr. Bierman? Jason? Nur keine Aufregung, mein Freund. Ich glaube, ich kann Ihnen helfen.« Bierman probiert zunächst die Couch aus, entscheidet sich dann für den Sessel. Schließt die Augen, breitet seine Hoffnungen und Ängste vor ihm aus. Hört die Frohe Botschaft. »Jason, was bekommt man?« »Man bekommt, was man bekommt, Doc.«)

Und deshalb hat er Bierman ausgewählt. Glück für ihn. Pech für Bierman.

Aber war es wirklich Pech? Bierman war ein typischer Loser gewesen, jemand, der wenig vom Leben erwartet und noch weniger bekommen hatte. Man bekommt nie mehr, als man verlangt, sagte er jedem, der es hören wollte, und es war völlig in Ordnung, alles zu verlangen, was man wollte. Man kann mit einem Teelöffel oder mit einem Eimer zum Meer kommen, sagte er immer; dem Meer ist das vollkommen egal.

Bierman entschied sich für einen Teelöffel und hielt ihn dem Meer hin – und das auch noch umgedreht.

Entsprechend war in seinem Leben nie etwas herausgekommen, und im Tod, sah man einmal davon ab, dass er ein kleines Rädchen im Getriebe eines großen Plans war (was, muss fairerweise gesagt werden, Bierman kein großer

Trost gewesen wäre, selbst wenn er es gewusst hätte, was erwiesenermaßen nicht der Fall war), sah man also einmal davon ab, dann hatte Bierman im Tod etwas erreicht, was ihm im Leben nie gelungen war.

Der erbärmliche Loser war schlagartig berühmt geworden.

Er sitzt gerade an seinem Computer, wo er sich in eine Newsgroup eingeloggt hat, die er in letzter Zeit regelmäßig aufsucht: alt.crime.serialkillers. Dort kommt es seit Kurzem zu einem angeregten Austausch von Posts zwischen einem Teilnehmer, der über eine ungebührliche Menge an Informationen über den Green-River-Killer verfügt, und einem anderen, der ähnlich gut informiert ist und von sich behauptet, der Green-River-Killer zu sein. Die Wahrscheinlichkeit, dass an dieser Behauptung etwas Wahres ist, erscheint ihm verschwindend gering, aber das macht die Posts keinen Deut weniger interessant für ihn.

Und ja, es gibt ein paar Ergänzungen zu den Posts über Bierman. Rein technisch gesehen ist Bierman natürlich weit davon entfernt, ein Serienkiller zu sein. Drei Leichen, alle in einer einzigen Nacht und in Zusammenhang mit einer einzigen Straftat ermordet, machen noch keinen Serienkiller. Dafür müsste man über einen gewissen Zeitraum hinweg mehrere Individuen, die in keinem Zusammenhang miteinander stehen, um die Ecke bringen. Wie viele Tote dafür nun genau nötig sind, ist auf alt.crime.serialkillers schon seit geraumer Zeit Gegenstand ausgiebiger Diskussionen.

Wenn Bierman etwas ist, dann am ehesten ein Massenmörder, wie dieser frustrierte Postangestellte, der eine automatische Waffe zur Arbeit mitgenommen hat und dann komplett ausgerastet ist. Drei sind allerdings die unterste Grenze. Ein paar mehr könnten sicher nicht schaden, um als richtiger Massenmörder durchzugehen.

(Genau genommen ist Bierman überhaupt kein Mörder und hat in seinem kurzen Leben möglicherweise nicht mal jemand eine blutige Nase verpasst, aber das wissen diese Leute nicht. Sie glauben alle, dass Bierman die drei Opfer umgebracht hat, die ihm angelastet werden, und manche sind, mirabile dictu, sogar bereit, diesen dreien noch weitere Opfer hinzuzufügen.)

Er liest den Post, nickt, lächelt, schüttelt den Kopf. Es fasziniert ihn jedes Mal von Neuem, was in den Köpfen der einzelnen Newsgroupmitglieder vor sich geht. Einige äußern sich in ihren Posts mit offenkundiger Bewunderung über die berüchtigtsten Mörder unserer Zeit und vergleichen die Motive und Methoden eines Bundy, eines Kemper oder eines Henry Lee Lucas miteinander. Andere vertreten einen streng moralischen Standpunkt und äußern ein starkes Bedürfnis nach Bestrafung; das sind die vehementen Befürworter der Todesstrafe, die jedes Mal frohlocken, wenn diese auf einen der Gegenstände des Newsgroupklatsches angewendet wird. Und natürlich fehlt es in beiden Lagern nicht an denen, die ganz bewusst eine Pose einnehmen, eine Rolle spielen und aus Gründen, über die man nur Vermutungen anstellen kann, Verachtung oder Bewunderung vorgeben.

Er selbst postet nie etwas. Aber manchmal, wenn ihm genau die richtigen Worte in den Sinn kommen, um diese Trottel zu veräppeln, juckt es ihn schon. Aber wozu das Ganze? Er postet nicht, er lauert. Posten ist menschlich, lauern göttlich.

Bierman, denkt er, ich habe dich unsterblich gemacht. Als du noch gelebt hast, warst du ein wandelnder Toter. Tot dagegen lebst du!

Seine Armbanduhr, die er so eingestellt hat, dass sie nicht zur vollen Stunde piepst, sondern zehn Minuten vorher, zeigt an, dass es 12.50 Uhr ist. Er liest den letzten Bierman-Post, klickt auf Alle gelesenen Beiträge markieren *und loggt sich aus. Sein Bildschirmschoner erscheint, eine ständig sich verändernde nächtliche Skyline, deren Lichter an- und ausgehen, an und aus.*

Er lehnt sich zurück und streckt sich. Sein Hemd ist am Kragen offen, die Krawatte lose. Er fasst unter den Kragen und holt eine gefleckte rosafarbene Scheibe hervor. Sie hat etwa drei Zentimeter Durchmesser, ist zirka drei Millimeter dick und hat in der Mitte ein Loch. Sie ist aus Stein, einem Rhodochrosit, und fühlt sich kühl an; sie hängt an einer dünnen Goldkette um seinen Hals. Er genießt es, sie zu befühlen, den glatten Stein zwischen Daumen und Zeigefinger zu reiben.

Er steckt sie unter sein Hemd zurück, knöpft es am Kragen zu, zieht die Krawatte fest. Er überprüft den Knoten im Spiegel. Er sitzt. Perfekt.

Und er kann die rosafarbene Steinscheibe spüren, die kühl und glatt auf seiner Brust liegt ...

Zeit, an die Arbeit zu gehen.

Kapitel 17

»Dann haben wir also einen Klienten«, sagte TJ. »Stark, Mann! Wir sind wieder im Geschäft.«

»Na ja, reich werden wir bei diesem Auftrag sicher nicht«, sagte ich. »Der Hauptgrund, warum ich ihr Geld genommen habe, ist vermutlich, dass ich verhindern wollte, dass sie es jemand anders gibt.«

»Trotzdem, ganz schön raffiniert, wie du das wieder hingedreht hast. Ein Mädchen will uns engagieren, weil sie denkt, ihre Cousine war's. Du nimmst ihr ihre Bedenken, tätschelst ihr beruhigend die Hände und schickst sie nach Hause. Und dann gehst du zu der reichen Cousine und bringst sie dazu, uns anzuheuern. Wenn wir schon für eine der Cousinen arbeiten, dann wenigstens für die mit der Kohle.«

»Stimmt, hätte ich fast vergessen. Ursprünglich war unsere Klientin die Verdächtige.«

»Hast du ihr das erzählt?«

»Habe ich glatt vergessen.«

Wir waren im Morning Star. Ich hatte länger geschlafen als üblich, und bis ich mich rasiert und geduscht hatte, war Elaine bereits ins Fitnessstudio gegangen. Kaffee gab es noch, und ich schenkte mir eine Tasse ein und rief TJ an. »Falls du noch nicht gefrühstückt hast – hättest du Lust, mich in zehn Minuten abzuholen.« Er war schon seit sechs Uhr wach, sagte er, weil sich ein Paar, das zwei Zimmer weiter wohnte, im Suff noch lauter als üblich gestritten hatte. Deshalb war er was essen gegangen, und zu Hause zurück, hatte er seinen Computer hochgefahren und war online gegangen. Aber er würde mir gern Gesellschaft leisten.

Ich genehmigte mir ein Omelett, und er leistete mir mit einer Portion Pommes, einem getoasteten Bagel und einem großen Glas Orangensaft Gesellschaft. Er betupfte sich mit einer Serviette die Lippen und sagte: »Vergessen hast du's also. Wahrscheinlich nicht das Schlechteste. Ist jetzt, wo wir uns der Sache annehmen, überhaupt noch was übrig von dem Fall?«

»Ich weiß noch nicht recht, wo wir anfangen sollen. Es würde die Sache deutlich erleichtern, wenn es jemand mit einem Motiv gäbe. Dass nämlich jemand ohne Grund einen solchen Aufwand betreibt, halte ich für äußerst unwahrscheinlich.«

»Immerhin hat er einiges geklaut«, sagte TJ.

»Wohl eher ausgeliehen. Er hat den ganzen Krempel nur von Manhattan nach Brooklyn gebracht, wo die Cops alles wieder eingesammelt haben.«

»Alles?«

»So sieht es zumindest aus«, sagte ich. »Aber irgendwas könnte er behalten haben, unser geheimnisvoller Unbekannter.«

»Vielleicht hat er ja die ganze Nummer nur deswegen abgezogen. Könnte doch sein, dass er es nur auf eine Sache abgesehen hat, aber nicht möchte, dass jemand merkt, dass er sie genommen hat.«

»Wie was zum Beispiel?«

»Woher soll ich das wissen, Mann? Irgendwas richtig Wertvolles, ein Diamant zum Beispiel oder ein superteures Gemälde.«

»So etwas stünde auf der Bestandsliste der Versicherung«, sagte ich. »Außerdem wäre es aufgefallen, wenn es gefehlt hätte.«

»Dann halt was anderes. Irgendwelche Verträge oder Fotos oder Briefe, irgendwas, für das jemand einen Mord begeht, um es zurückzubekommen.«

»Warum haben sie es dann nicht einfach eingesteckt und sind abgehauen?«, sagte ich. »Warum auch noch die Hollanders umbringen?«

»Um zu verhindern, dass jemand merkt, was sie geklaut haben.«

Darüber dachte ich eine Weile nach. »Ich weiß nicht«, sagte ich schließlich. »Hört sich ein bisschen arg kompliziert an. Wer auch immer das getan hat, hat das Ganze sorgfältig geplant und hatte auch keine Probleme damit, vier Leute umzubringen, um es durchzuziehen. Ich kann mir nichts vorstellen, was die Hollanders in ihrem Haus gehabt haben könnten und einen solchen Aufwand gerechtfertigt hätte.«

»Wahrscheinlich hast du recht«, sagte TJ. »War ja auch nur so ´ne Idee.«

»Wenn nur mir auch eine Idee käme«, sagte ich. »Sich mit den Opfern zu beschäftigen scheint zu nichts zu führen. Sie haben ein vorbildliches Leben geführt, sie wurden von allen respektiert und geachtet, und sie haben einander geliebt. Das heißt ...«

»Was?«

»Vielleicht habe ich mich mit den falschen Opfern beschäftigt.«

»Es sind die einzigen, die wir haben.«

»Mir fielen da noch zwei andere ein.«

TJ schaltete schnell. »Ach so, die Typen in dem Haus in Brooklyn. Bierman und Ivanko. Glaubst du etwa, er hat das alles bloß getan, um diese beiden Typen umzulegen?«

»Nein, um sie ist es ihm sicher nicht gegangen, sie waren nur ein Mittel zum Zweck.«

»Wenn du sie nicht mehr brauchst, stößt du sie einfach ab. Aber erst einmal musste er sie finden – ist es das, worauf du hinauswillst?«

»Es muss einen Zusammenhang geben. Nicht so sehr mit Bierman, der eine mehr oder weniger passive Rolle gespielt hat.«

»Noch passiver ginge wohl kaum«, sagte TJ. »Alles, was Bierman getan hat, war, sich erschießen zu lassen.«

»Bierman hat ihn vielleicht gar nicht gekannt.«

»Der Typ klingelt an der Tür, erzählt Bierman, er ist der Kammerjäger, oder was weiß ich, und er soll die ganzen Kakerlaken vergasen. Bierman lässt ihn in die Wohnung, und der Rest ist nicht mehr weiter schwer. Er legt Bierman um und verschwindet wieder. Nur zieht er vorher noch schnell Biermans Sachen an.«

»Ivanko dagegen war in alles eingeweiht«, sagte ich. »Nur der Ausgang dürfte ihn etwas überrascht haben.«

»Der Typ kommt zu Ivanko und erzählt ihm von einem Bruch, den er plant.«

»›Die Sache ist vollkommen ungefährlich, und es kommt ordentlich was dabei rüber, hier ist der Schlüssel, hier die Kombination der Alarmanlage ...‹«

»Einen solchen Vorschlag kann er aber nur einem Typen machen, von dem er genau weiß, dass er dabei mitmacht. Wie kann er sich da bei Ivanko so sicher sein?«

»Er hat drei Jahre wegen Einbruchs in Green Haven gesessen. Vielleicht kannten sie sich von dort.«

»Glaubst du, unser dritter Mann war mal im Knast?«

Das ließ ich mir kurz durch den Kopf gehen. »Eigentlich nicht«, sagte ich schließlich. »Man lernt im Knast so einiges, und was sich dort eigentlich jeder schnell abschminkt, ist das Gefühl, dem Zugriff des Gesetzes entzogen zu sein. Denn einmal hat es einen ja schon erwischt. Aber der Typ, der das alles inszeniert hat, hält sich noch für unverwundbar.«

»Trotzdem könnte er sich die Hände schon mal schmutzig gemacht haben.«

»Jedenfalls war das höchstwahrscheinlich nicht das erste Mal, dass er gegen das Gesetz verstoßen hat. Unabhängig davon, ob er selbst mal eingesessen hat, könnte er zumindest Leute gekannt haben, die mal im Knast waren. Soweit sich das feststellen lässt, hatte Ivanko keine lebenden Verwandten, und seine letzte bekannte Adresse war die alte Wohnung seiner Mutter. Er muss allerdings irgendwo gewohnt haben, bevor er bei den Hollanders eingebrochen ist, aber bevor die Polizei herausgefunden hat, wo das war, haben sie ihn in Brooklyn gefunden.«

»Und danach hat es sie nicht mehr interessiert.«

»Das wäre ein Punkt, an dem wir ansetzen könnten«, sagte ich. »Weißt du, mit wem wir reden sollten, wenn wir uns genauer mit Ivanko befassen wollen?«

»Wenn du dasselbe denkst wie ich, ist es zu früh, um ihn anzurufen. Er schläft bestimmt noch.«

»Und bis wir das tun können?«

»Die Knarre«, sagte ich. »Jemand hat sie aus der Praxis eines Psychotherapeuten in der Central Park West gestohlen.«

»Vielleicht hat die Knarre nur darauf gewartet, geklaut zu werden.«

Ich sah ihn an. »Auf den ersten Blick sah es so aus, als hätte Bierman die Schüsse abgegeben. Deshalb schien es nur logisch, dass er auch die Pistole mitgebracht hat. Und das wiederum hätte geheißen, dass er sie entweder selbst gestohlen oder von jemand gekauft hat, der sie gestohlen hat.«

»Aber alles, was Bierman wirklich gekriegt hat«, sagte TJ, »war eine Kugel in den Kopf.«

»Genau. Folglich hat die Pistole jemand anders besorgt, aber Ivanko kann es nicht gewesen sein, weil sonst er sie beim Einbruch in der Hand gehabt hätte und nicht sein Partner.«

»Ivanko könnte zwei Knarren gehabt haben. Beide hat er nicht gebraucht, deshalb hat er eine dem Unbekannten gegeben.«

»Ivanko hatte keine Waffe einstecken, als sie ihn gefunden haben«, sagte ich. »Aber natürlich könnte sie der Killer beim Verlassen der Wohnung an sich genommen haben. Die einfachste Erklärung ist allerdings, dass es nur eine Pistole gegeben hat und dass der Mann, der sie verwendet hat, auch derjenige war, der sie mitgebracht hat.«

»Also dein dritter Mann. Und woher hatte er sie? Aus der Praxis des Seelenklempners?«

»Von dort war sie ursprünglich, deshalb muss er derjenige sein, der sie gestohlen hat.«

»Er könnte sie auch auf der Straße gekauft haben. Wenn man weiß, wo, ist das nicht allzu schwer.«

»Und die Kopfkissenbezüge?«, sagte ich.

»Was soll damit schon sein? Das war bei beiden Einbrüchen gleich, beim Seelenklempner und bei den Hollanders. Sie haben sie abgezogen und die Beute darin weggetragen.«

»An sich ist das nichts Ungewöhnliches«, sagte ich. »Es erspart einem, im Küchenschrank nach Tragetaschen zu suchen. Aber wenn es bei beiden Einbrüchen auftaucht ...«

»Steckt hinter beiden derselbe Täter.«

»So sieht es jedenfalls aus.«

»Wenn es Ivanko war – ist er nicht wegen Einbruchs verknackt worden? Vielleicht hat er es immer so gemacht: die Kopfkissenbezüge abgezogen und die Beute hineingestopft.«

»Ich kann mir allerdings nicht vorstellen, wieso sich Ivanko ausgerechnet die Praxis für einen Einbruch ausgesucht haben sollte. Das Haus liegt direkt am Park und hat einen Türsteher. Und wie ich Ivanko einschätze, wäre er nie am Türsteher vorbeigekommen.«

»Und aller Wahrscheinlichkeit hätte er auch gar nichts von der Praxis des Therapeuten gewusst.«

»Aber von der Pistole wusste der Einbrecher. Sie war das Einzige, was er aus den Praxisräumen mitgenommen hat, und sie war in einer abgeschlossenen Schreibtischschublade, aus der er sie entwendet hat, ohne sie beim Öffnen zu beschädigen. Deshalb hat der Therapeut das Fehlen der Pistole auch erst ein paar Tage nach dem Einbruch bemerkt.«

»Der Einbrecher muss also den Therapeuten gekannt haben.«

»Höchstwahrscheinlich.«

»Er kennt die Praxis und weiß, wie er am Türsteher vorbeikommt. Und er weiß von der Knarre. «

»Sie war vermutlich sogar der einzige Grund für den Einbruch. Er hat eine Pistole gebraucht, und deshalb ist er eingebrochen und hat sich eine genommen. «

»Aus der Schublade, von der er bereits gewusst hat, dass der Therapeut sie dort aufbewahrt. Er kennt sich in der Praxis aus, also kennt er vermutlich auch den Therapeuten. «

»Sehr wahrscheinlich sogar«, sagte ich.

»Hast du mit dem Therapeuten nicht schon telefoniert? «

»Mit etwas mehr Einfallsreichtum wäre vielleicht mehr bei der Sache herausgekommen. «

»Wenn du von Einfallsreichtum redest, heißt das, du denkst über die Sache nach. Ist das, was du heute machen wirst? «

»Ja, wahrscheinlich. «

»Ich kann mir den Namen des Therapeuten einfach nicht merken. Ständig denke ich, er heißt Adler, aber das stimmt nicht. «

»Nadler. «

»Nadler. Einen Adler hat es gegeben, als Freud alles ins Rollen gebracht hat. Was ist? «

»Nichts, wieso? «

»Na, wie du gerade geschaut hast. Du hast wohl nicht gedacht, dass ich das wissen könnte, hm? «

»Es überrascht mich immer wieder, was du alles weißt und was nicht. «

Er nickte, als könnte er das nachvollziehen. »Psychoanalyse«, sagte er schließlich. »Glaubst du, da ist was dran? «

»Da fragst du den Falschen. Aber meines Wissens kommt man immer mehr von dieser Methode ab. Es ist wesentlich einfacher, ein Rezept auszustellen, als den ganzen Tag lang irgendwelchen Neurotikern zuzuhören. «

»Da hört man lieber Prozac zu. Du willst mich wahrscheinlich nicht zu Dr. Nadler mitnehmen, oder? «

»Das wäre vermutlich eher kontraproduktiv. «

»Hätte auch gereicht, wenn du bloß nein gesagt hättest. Dann fahre ich jetzt nach Brooklyn und sehe mir das Haus mal an. «

»Im Ernst? «

»Klar, ich rede mal mit den Leuten und schaue, was dabei herauskommt.«

»Vielleicht fällt dir ja was auf, was ich übersehen habe«, sagte ich. »Nimm übrigens den D Train bis zur Avenue M. Ich bin eine Haltestelle zu früh ausgestiegen.«

»Ich will nicht zu dem Haus, das du meinst. Ich will schauen, was ihr Ex in Williamsburg so treibt. Hat sie dir die Adresse gesagt?«

»Danach habe ich sie nicht gefragt.«

»Das sieht dir aber gar nicht ähnlich. Hat sie wenigstens gesagt, in welcher Straße es ist?«

Ich durchforstete mein Gedächtnis. »Nein«, sagte ich, »mit ziemlicher Sicherheit nicht. Allerdings müsste sie die Straße und wahrscheinlich auch die Hausnummer wissen. Immerhin hatte sie vor, dort einzuziehen.«

»Und der Freund heißt Peter Meredith?«

»Ja, und er ist so breit wie lang und würde keiner Kakerlake was zu Leide tun. Wo willst du hin?«

»Nirgendwohin. Bin gleich wieder zurück.«

Er blieb immerhin so lange weg, dass ich eine zweite Tasse Kaffee trank und mir die Rechnung bringen ließ. Ich wartete auf das Wechselgeld, als er zurückkam. »Ich hatte noch die Hälfte von einem halben Bagel übrig«, sagte er. »Hast du ihn gegessen?«

»Nein, der Kellner hat ihn abgeräumt.«

»Mist. Wie sehe ich aus?«

Er hatte knielange Camouflage-Shorts und ein überdimensionales Sweatshirt mit abgeschnittenen Ärmeln angehabt, und jetzt trug er die Hose eines schwarzen Nadelstreifenanzugs und ein kurzärmeliges weißes Businesshemd. Keine Krawatte. Seine schwarzen Schuhe waren blank geputzt. In seiner Brusttasche steckten vier Stifte, und er hatte ein Klemmbrett unter dem Arm.

»Du siehst aus wie jemand von der Stadtverwaltung«, sagte ich.

»Vom Wohnungsamt.«

»Die sind aber normalerweise älter«, sagte ich. »Und etwas fülliger.«

»Und hellhäutiger.«

»Größtenteils. Diejenigen, mit denen ich im Lauf der Jahre zu tun hatte, sahen außerdem alle so aus, als täten ihnen die Füße weh.«

»Das werden meine wahrscheinlich auch tun«, sagte er, »bis mich diese Schuhe in die Meserole Street 168 getragen haben.«

»Was hast du gemacht? Bei der Auskunft angerufen?«

»Das dauert zu lang. Alles, was sie einem zuerst sagen, ist die Telefonnummer. Die kannst du dann in einem Inverstelefonbuch nachschlagen, oder du versuchst gleich, die Adresse dem rauszukitzeln, den du bei der Auskunft dran bekommst. Aber wer hat schon die Zeit für diesen ganzen Scheiß?«

»Und deine Zeit ist kostbar«, sagte ich.

»Ich bin ins Internet gegangen«, sagte er. »Hab ›Peter Meredith, Brooklyn‹ eingegeben und Adresse, Telefonnummer und Postleitzahl gekriegt. Hat zwei Sekunden gedauert, und ich musste mit niemand reden.«

»Außer dass die Adresse nicht stimmt.«

»Wieso?«

»Die Meserole ist in Greenpoint, nicht in Williamsburg. Die zwei Viertel grenzen aneinander, aber die Meserole ist in einem Teil von Greenpoint, der schon seit einiger Zeit gentrifiziert worden ist. Dort findest du keine günstigen, renovierungsbedürftigen Häuser mehr.«

»Du meinst die Meserole Avenue. Aber diese Typen sind in der Meserole Street.«

»Es gibt zwei Meseroles?«

»Eigentlich könnte man meinen, eine genügt«, sagte er. »Wenn du lang genug suchst, findest du wahrscheinlich eine ganze Reihe Städte, die gar keine haben.« Auf einem Blatt Papier, das er von der Rückseite des Klemmbretts zog, waren mehrere Quadratmeilen von North Brooklyn zu sehen. »Hab ich mir gerade ausgedruckt«, erklärte er mir in Vorwegnahme meiner Frage. »Siehst du? Hier, oben in Greenpoint, ist die Meserole *Avenue*, und hier ist die Meserole *Street*, die zum Bushwick Terminal rüber geht.«

Ich schaute auf den Stadtplan. Beide Meseroles, sowohl Street als auch Avenue, kreuzten die Manhattan Avenue, und die Kreuzungen waren etwa anderthalb Meilen voneinander entfernt. Das war eins der Dinge, die UPS-Fahrer in den Wahnsinn trieben.

Ray Galindez, ein Polizeizeichner, den ich kenne, hatte vor ein paar Jahren ein Haus in Williamsburg gekauft, und ich hatte den L Train genommen, um ihn dort zu besuchen. Der Zug hatte auch in der Nähe der Meserole

Street gehalten, aber man durfte erst drei Haltestellen weiter aussteigen. Ich hatte diesen Stadtteil bis dahin nicht gekannt – ich hatte nicht einmal gewusst, dass es die Straße überhaupt gab –, aber ich glaubte zu ahnen, warum Kristin Hollander lieber in Manhattan geblieben war.

»Ich wusste gar nicht, dass das geht«, sagte ich. »Dass man sich einfach so einen Stadtplan von Brooklyn ausdrucken kann.«

»Du bist echt witzig, Mann. Genauso leicht könntest du dir einen Stadtplan von Samarkand ausdrucken. Du solltest echt online gehen. Du weißt gar nicht, was du dir alles entgehen lässt.«

Diese Diskussion führten wir nicht zum ersten Mal. »Dafür bin ich zu alt«, sagte ich ihm, ebenfalls nicht zum ersten Mal, und er erzählte mir von einem Mann, mit dem er per Email kommunizierte. Er war achtundachtzig, lebte in Point Barrow, Alaska, und surfte täglich mehrere Stunden im Internet.

»Wieso lebt jemand in diesem Alter in Point Barrow, Alaska?«, fragte ich ihn. »Und woher weißt du, dass er dir die Wahrheit sagt? Wahrscheinlich ist er eine neunzehnjährige Lesbe, die sich als alter Mann ausgibt.«

Er verdrehte die Augen.

»Ich bin sicher, dass ich es toll fände, im Internet zu surfen«, sagte ich, »und ich würde dabei auch ein besserer Mensch. Aber das habe ich alles nicht nötig, weil du es doch für mich übernimmst.«

»Und für dich nach Brooklyn rüberfahre.« Er schaute an sich hinab und schüttelte den Kopf. »Nur gut, dass das am Arsch der Welt ist. In diesem Aufzug möchte ich möglichst nicht von jemand gesehen werden.«

»Deine Sorge ist völlig unbegründet«, beruhigte ich ihn. »Sie würden dich gar nicht erkennen.«

Kapitel 18

Gegen jedes bessere Wissen neige ich dazu, mir Leute, die ich noch nicht kenne, vorzustellen. Ich höre am Telefon eine Stimme, und schon bilde ich mir ein zu wissen, wie die betreffende Person aussieht.

Im Fall Seymour Nadlers hatte ich außer seinem Namen, seiner Adresse und seinem Beruf nur seine Stimme – tief, seriös, bedächtig – als Anhaltspunkt. Ich ertappte mich bei der Erwartung, auf einen Bären von einem Mann zu treffen, dessen dunkles Haar sich oben auf dem Kopf bereits zu lichten begann, aber an den Seiten über den Kragen seines am Hals offenen Cordhemds wallte. Sein Bart, so dunkel wie sein Haupthaar, hätte mal gestutzt werden können.

Wie sich jedoch zeigte, war Nadler schlank, gepflegt, glattrasiert und etwa so groß wie ich, und er trug einen grauen Glencheck-Anzug mit einer gestreiften Krawatte. Seine Haare waren braun und ordentlich geschnitten, und er hatte noch alle auf dem Kopf. Seine Augen hinter der Bifokal-Hornbrille waren von einem verwaschenen Blau. Er hatte einen kleinen Mund mit schmalen Lippen, und die Hand, die er mir reichte, fühlte sich klein an in der meinen.

Seine Praxis befand sich im zehnten Stock und war mit alten Möbeln geschmackvoll eingerichtet. Es gab natürlich eine Couch, aber auch mehrere bequeme Sessel. Der Teppich war ein Perser, die Gemälde an der Wand waren amerikanische Naive. Die einzige moderne Note im Raum war ein Computer, der auf einem schwarzen Metallgestell neben dem Schreibtisch stand. Die Fenster öffneten sich auf den Central Park.

»Ich habe zwanzig Minuten Zeit«, sagte er. »Mein nächster Patient kommt um zwei, aber vorher brauche ich noch zehn Minuten, um mich vorzubereiten.«

Ich versicherte ihm, das würde mir vollauf genügen.

»Vielleicht können Sie mir noch einmal genauer erklären, weshalb Sie eigentlich hergekommen sind«, sagte er. »Für den Verlust durch den Einbruch ist die Versicherung längst aufgekommen. Es hat zwar lang genug gedauert, und ich kann auch nicht gerade behaupten, dass ich mit der Höhe der Entschädigung einverstanden war, aber deswegen vor Gericht zu gehen, schien mir der Mühe nicht wert.« Er lächelte. »Auch wenn ich es in Erwägung gezogen habe.«

Anscheinend dachte er, dass ich für seine Versicherung arbeitete. Das hatte ich zwar nicht ausdrücklich gesagt, aber ich hatte alles getan, um diesen Eindruck zu erwecken.

»Nun«, sagte ich, »ich komme wegen der Pistole.«

»Wegen der Pistole!«

»Ein italienisches Modell vom Kaliber zweiundzwanzig. Wenn ich richtig informiert bin, wurde sie aus einem Schreibtisch in Ihrer Praxis entwendet.«

»Aber den Verlust der Pistole habe ich doch gar nicht gemeldet.«

Ich versuchte, einen verwirrten Eindruck zu machen, als ich in meinem Notizbuch blätterte. »Sie haben es der Polizei gar nicht gemeldet? Sie sind aber gesetzlich verpflichtet ...«

»Der Polizei natürlich schon, aber die Verlustanzeige an die Versicherung hatte ich schon eingereicht, bevor ich das Fehlen der Pistole überhaupt bemerkt habe. Sie war nicht teuer, und ich hatte sie nicht in meiner Inventarliste aufgeführt, deshalb habe ich meinen Antrag auch nicht mehr geändert. Hätte ich allerdings gewusst, dass Sie den Wert des Schmucks meiner Frau auf Heller und Pfennig genau abrechnen würden, hätte ich die Pistole sicher noch auf die Liste gesetzt.«

Ich hob eine Hand. »Dafür bin ich nicht zuständig. Sie können mir glauben, ich kann Sie gut verstehen. Erzählen Sie das bitte nicht weiter, aber diese Nummer ziehen unsere Schadensschätzer ständig ab.«

»Na schön, wenn das allgemein Usus bei Ihnen ist.« Plötzlich legte sich ein Lächeln über seine Züge. Jetzt standen wir auf derselben Seite, und ich war stolz, bei einem Therapeuten mit angewandter Psychologie Erfolg gehabt zu haben. »Aber was ist nun genau mit der Pistole?«

»Sie wurde vor Kurzem bei einem Einbruch verwendet.«

»Ja.« Er runzelte die Stirn. »Davon habe ich gehört. Eine fürchterliche Geschichte, und wenn mich nicht alles täuscht, ist es nicht weit von hier passiert.«

»In der West Seventy-fourth Street.«

»Das ist tatsächlich ganz in der Nähe. Und es wurden zwei Menschen getötet.«

»Und dann noch zwei weitere in Brooklyn.«

»Die Täter, stimmt. Ein Mord und ein Selbstmord, richtig? Wirklich interessant. Das scheint gelegentlich vorzukommen, Sie wissen schon, bei Leuten, die Amok laufen und viele Menschen umbringen. Und zum Abschluss des Dramas töten sie dann sich selbst.« Er legte die Spitzen seiner kleinen Finger aneinander und spitzte die Lippen. »Ich bin allerdings nicht sicher, wie dieser Mechanismus am besten zu erklären sein könnte. Der gängigen Meinung zufolge wird so jemandem plötzlich die ganze Ungeheuerlichkeit seines Handelns bewusst, und um sich selbst zu bestrafen, begeht er dann Selbstmord. Aber manchmal frage ich mich, ob es nicht einfach darauf zurückzuführen ist, dass so jemand einfach die Leute zum Erschießen ausgehen, er aber unbedingt weitermachen will. Und deshalb richtet er seine Waffe gegen den Einzigen, der noch verfügbar ist. Gegen sich selbst.«

In seinem Wartezimmer hingen alle möglichen gerahmten Diplome und Zertifikate, aber diese Äußerung überzeugte mich mehr als eine ganze Wand voller Urkunden, dass er approbierter Psychotherapeut war.

»Das sind natürlich nur Spekulationen«, fuhr er fort, nachdem ich meine Bewunderung für seine Theorie geäußert hatte. »Aber weshalb sind Sie nun eigentlich hier? Ich nehme doch nicht an, dass ich die Pistole zurückbekomme.«

»Nein, ich glaube, sie wird noch lange in einer Asservatenkammer der Polizei bleiben.«

»Meinetwegen kann sie dort auch bleiben«, sagte Nadler. »Ich will sie jedenfalls nicht zurück.«

»Haben Sie sich eine neue zugelegt?«

Er schüttelte den Kopf. »Ich habe sie damals zu meinem Schutz gekauft. Ich habe nie damit gerechnet, sie jemals benutzen zu müssen, und es gab auch tatsächlich nie einen Anlass, sie aus der abgeschlossenen Schublade zu nehmen, in der ich sie aufbewahrt habe.« Er rieb sich das Kinn. »Als sie weg war, habe ich mich sogar gefragt, ob ich sie nicht sogar hatte loswerden *wollen*. Vielleicht hat meine Abneigung gegen die Waffe irgendwie dazu beigetragen, dass die Einbrecher sie mitgenommen haben.«

»Wie soll denn das funktionieren, Sir?«

»Es gibt ein Prinzip, demzufolge nichts rein zufällig geschieht. Es ist immer eine Art unterbewusster Plan im Spiel. Das heißt nicht, dass auch das

Opfer einen Teil der Schuld trägt. Das ist natürlich Unsinn, aber manchmal trägt es unterschwellig dazu bei. In diesem Fall haben sich die Einbrecher zum Beispiel auf die Wohnräume beschränkt. Die Pistole war tatsächlich der einzige Gegenstand, der aus der Praxis entwendet wurde. Deshalb hat es auch so lange gedauert, bis ich überhaupt gemerkt habe, dass das blöde Ding gefehlt hat.«

»Sie glauben also, Ihre Einstellung zu der Pistole ...«

»Sie mag den Einbrecher vielleicht nicht buchstäblich dazu veranlasst haben, hier hereinzukommen und die Pistole an sich zu nehmen«, sagte er. »Ich könnte durchaus verstehen, wenn Sie das als reichlich weit hergeholt betrachten würden, was ich im Übrigen auch selbst tue. Aber diese ganze Geschichte ... egal, mir war jedenfalls nicht danach, loszuziehen und mir noch mal so ein blödes Schießeisen zu kaufen.«

»Sie haben sie in Ihrem Schreibtisch aufbewahrt?«, fragte ich.

»Ja.«

»In dem Schreibtisch, an dem Sie gerade sitzen?«

»Ja, natürlich. Oder sehen Sie irgendwo einen anderen Schreibtisch?«

»Und in welcher Schublade?«

Er sah mich an. »In welcher Schublade? Was soll es denn zur Sache tun, in welcher *Schublade* ich sie aufbewahrt habe?«

»Wahrscheinlich nichts.«

»Und noch einmal, warum sind Sie eigentlich hier? Ich bedaure außerordentlich, dass eine Schusswaffe, die einmal mir gehört hat, bei der Ermordung mehrerer Menschen verwendet wurde, aber ich verstehe nicht recht, welche Schuld ich daran tragen sollte.«

»Genau das ist der Punkt.«

»Wie bitte?«

»Da wäre die Frage der rechtlichen Verantwortlichkeit«, sagte ich. »Es ist durchaus möglich, dass der Eigentümer einer Waffe für die Folgen der Verwendung dieser Waffe seitens einer dritten Partei zur Verantwortung gezogen wird. Anders ausgedrückt, jemand, der von einer Kugel aus Ihrer Pistole verletzt wurde, könnte Sie verklagen, weil Sie die Waffe in die falschen Hände haben geraten lassen.«

»Das ist doch vollkommen absurd! Wenn man so argumentiert, könnte man auch den Hersteller der Waffe vor Gericht zerren.«

»Sie werden es vielleicht nicht für möglich halten«, sagte ich, »aber genau das ist schon einige Male passiert. Die Sache wurde als Produkthaftungsfall behandelt, und es kam zu einer Verurteilung des Waffenherstellers. In der Berufung wird so ein Urteil natürlich aller Wahrscheinlichkeit nach revidiert, aber ... «

»Heißt das, jemand, der mit meiner Pistole angeschossen wurde, will mich verklagen?«

»In diesem Fall sind die Primäropfer alle verstorben. Wenn es also zu einer Klage käme, müsste sie von einem Erben eines der Opfer angestrengt werden.«

»Die Tochter des ermordeten Ehepaars ... «

Ich wollte auf keinen Fall, dass er sich in dem Bemühen, einen imaginären Prozess abzuwenden, mit Kristin in Verbindung setzte. Deshalb sagte ich: »In diesem Fall machen wir uns eher Sorgen, dass eine der anderen Parteien vor Gericht geht.«

»Sie meinen doch nicht etwa, einer der Täter? Jemand bricht in meine Wohnung ein, stiehlt mein persönliches Eigentum, darunter meine rechtmäßig erworbene Pistole, und bringt mehrere Menschen, ihn eingeschlossen, damit um, und jetzt sagen Sie, ein Verwandter dieses Mannes ist berechtigt, *mich* zu verklagen.«

»Dr. Nadler«, sagte ich, »einen Zivilprozess kann jeder anstrengen, und ein Anwalt, der den Fall übernimmt, findet sich immer.«

»Diese miesen Rechtsverdreher«, schimpfte er. »Sind nur auf Ihren Profit aus.«

»Noch ist keine Klage eingereicht worden, und in dem unwahrscheinlichen Fall, dass es dazu kommt, wird sie bestimmt abgewiesen oder zu Ihren Gunsten entschieden. Ich bin nur hier, um Informationen zu sammeln, die uns helfen, einen solchen Rechtsstreit im Keim zu ersticken.«

Ihn in Rage zu versetzen, war erstaunlich einfach gewesen, und jetzt war es nicht so leicht, ihn wieder zu beruhigen. Außerdem wollte ich keine Zeit verlieren; er schaute immer wieder auf die Uhr, und mir war klar, dass er mich zehn vor zwei vor die Tür setzen würde.

Ich fragte ihn noch einmal, in welcher Schublade er die Pistole aufbewahrt hatte, und ließ mir von ihm zeigen, wie sie auf- und zugeschlossen wurde. Der Schreibtisch hatte eine ovale lederbespannte Platte und eine

Schublade in der Mitte sowie jeweils drei Schübe auf beiden Seiten. Die Pistole war in der mittleren der drei Schubladen auf der rechten Seite eingeschlossen gewesen. Er sei Rechtshänder, erklärte er mir, und deshalb sei das die beste Stelle gewesen, wenn er an seinem Schreibtisch saß und die Waffe brauchen sollte.

Alle Schubläden verfügten über Schlösser, aber zwei davon waren schon so alt und rostig, dass sie nicht mehr richtig funktionierten. An dem kleinen Hauptschlüssel, der in der Mittelschublade steckte, war ein roter Faden befestigt, der vermutlich helfen sollte, ihn schneller zu finden.

»Waren zum Zeitpunkt des Einbruchs alle Schubladen nicht abgeschlossen? Oder nur die mit der Pistole?«

»Zuallererst, das war die einzige, die abgeschlossen war.«

»Wer wusste von der Pistole?«

»Wer von ihr wusste?«

»Dass Sie eine hatten, und wo Sie sie aufbewahrt haben.«

»Niemand.«

»Ihre Frau? Ihre Sprechstundenhilfe?«

»Meine Frau wusste von ihr, ja. Aber sie wusste nur, dass ich sie hatte, aber nicht, wo ich sie aufbewahrte. Was Waffen angeht, ist meine Frau geradezu phobisch, und sie war strikt dagegen, als ich sie mir zugelegt habe.« Er runzelte die Stirn. »Das war wahrscheinlich mit ein Grund, warum ich der Versicherung den Verlust nicht mehr nachträglich gemeldet habe. Und was Georgia, meine Sprechstundenhilfe angeht, wusste sie nicht einmal, dass ich eine Pistole hatte, geschweige denn, wo ich sie aufbewahrt habe.«

Georgia war eine etwa fünfzigjährige Schwarze mit wachen Augen und einem warmen Lächeln, und ich hatte den Eindruck, dass ihr kaum etwas entging. Aber ich ging nicht weiter darauf ein und erkundigte mich nach seinen Patienten. Hatte er sich jemals veranlasst gesehen, die Pistole bei einer Therapiesitzung herauszuholen?

»Natürlich nicht«, antwortete er. »Ich habe die Schublade nicht ein einziges Mal geöffnet, wenn ein Patient hier drinnen war. Nicht einmal aufgeschlossen habe ich sie ... halt, das stimmt nicht. In zwei Fällen, bei einem Patienten, der eine kritische Phase durchlief, hatte ich die Schublade vor dem Termin aufgeschlossen. Mir war einfach nicht ganz wohl bei der Sache.

Aber geöffnet habe ich die Schublade nie, und die Pistole herausgenommen habe ich erst recht nicht.«

»Und dieser Patient ...«

Seine Miene verdüsterte sich. »Hat sich das Leben genommen, muss ich zu meinem Bedauern sagen. Er hat in einer Wohnung im ersten Stock gewohnt und ist mit dem Lift ganz nach oben gefahren und vom Dach gesprungen. Er hat einen Abschiedsbrief hinterlassen, in dem er schrieb, er fürchtete, irgendwann noch jemand umzubringen, wenn er das nicht täte. Meine Befürchtungen gingen also vielleicht in die falsche Richtung.«

»Ist das erst vor Kurzem passiert?«

»Sein Selbstmord? Nein, das war im vergangenen Winter, in der Woche zwischen Weihnachten und Neujahr. Keine unübliche Zeit für so etwas.«

»Jedenfalls ist es passiert, bevor die Pistole gestohlen wurde.«

»O ja. Monate davor.«

»Die zwei Einbrecher«, sagte ich. »Sie hießen Jason Bierman und Carl Ivanko.«

»Ja.«

»War einer von ihnen bei Ihnen in Behandlung?«

Er zögerte nicht einen Moment. Wenn er geglaubt hätte, dass ich ein Cop war, hätte er sich vielleicht geweigert, diese Frage zu beantworten, aber einem Typen von der Versicherungsgesellschaft, der ihm einen Prozess ersparen wollte, verschwieg er nichts. »Nein«, sagte er. »Ich habe zum ersten Mal etwas von ihnen gehört, als ich ihre Namen in der Zeitung gelesen habe.«

»Was Ihre anderen Patienten angeht«, sagte ich, »ist vielleicht einer unter ihnen, von dem Sie sich vorstellen könnten, dass er mal im Gefängnis war?«

Er schüttelte den Kopf. »Meine Patienten sind ausnahmslos berufstätige Mittelschichtangehörige. Zwei Drittel, wenn nicht sogar mehr, leiden an Depressionen. Eine Reihe junger Frauen hat Essstörungen. Dann habe ich noch einen Schriftsteller mit einer Schreibblockade; er hat bereits fünf Romane veröffentlicht. Mit dem fünften hat er den Durchbruch geschafft, er wurde ein Bestseller. Seine Veröffentlichung liegt inzwischen neun Jahre zurück, und seitdem hat er nichts mehr zustande gebracht. Ich habe Patienten, die in ihrer Ehe nicht glücklich sind, oder solche, deren Karriere ins Stocken geraten ist.«

Er kam hinter seinem Schreibtisch hervor, stellte sich ans Fenster und blickte auf den Central Park hinaus. Mit dem Rücken zu mir sagte er: »Während meines Medizinstudiums hieß die Dermatologie immer das Hautgeplänkel. ›Niemand stirbt, niemand wird gesund.‹« Er hielt eine seiner Hände mit der anderen, als er sich zu mir umdrehte. »Das könnte man auch über das sagen, was ich tue. Ich schmiere Salbe auf die Psoriasis der Psyche. Natürlich wird dieses Diktum den Hautärzten nicht wirklich gerecht. Manche ihrer Patienten werden sehr wohl wieder gesund, und andere sterben an Hautkrebs. Und vielen meiner Patienten geht es dank der Therapie sehr wohl besser. Ihre Depressionen sind nicht mehr so schlimm, ihre Neurosen schränken sie nicht mehr so stark ein. Und ab und zu springt natürlich auch einer vom Dach.«

Er kehrte an seinen Schreibtisch zurück und griff nach einem Messingbrieföffner mit einem Griff aus grünem Malachit. »Ich hatte einen Patienten, der alle vier seiner Kinder missbraucht hat, drei Mädchen und einen Jungen. Ein anderer unterschlug eine Viertelmillion Dollar von seinem Arbeitgeber, um seiner Wettleidenschaft und seiner Kokainsucht zu frönen. Keiner von ihnen kam ins Gefängnis. Vermutlich würde ein Krimineller, ein Ex-Häftling, durchaus von einer Therapie profitieren, aber bisher hat sich noch keiner an mich gewandt.« Er wollte noch etwas hinzufügen, besann sich dann aber eines anderen und schaute auf die Uhr.

»Zehn vor zwei«, sagte er. »Ich muss jetzt wirklich Schluss machen. Niemand kann gewusst haben, dass die Pistole hier war. Keiner meiner Patienten hat sie je gesehen. Wenn Sie sonst keine Fragen mehr haben …«

»Sie haben mir sehr geholfen«, sagte ich. »Es tut mir leid, so viel von Ihrer Zeit in Anspruch genommen zu haben. Und ganz unter uns gesagt, ich glaube nicht, dass Sie sich Sorgen machen müssen.«

»Dann mache ich mir auch keine«, sagte er und bedachte mich mit einem frostigen Lächeln. Ich könnte nicht behaupten, dass er sonderlich beunruhigt wirkte. Wir schüttelten uns die Hände, und er begleitete mich zur Tür.

Kapitel 19

Als ich Nadlers Praxis verließ, nieselte es, allerdings so leicht, dass ich nicht bedauerte, den Regenschirm zu Hause gelassen zu haben. Für den Abend hatten wir Konzertkarten, aber vorher wollte ich noch zu einem Treffen gehen. Deshalb spazierte ich durch die Regentropfen zum Broadway und nahm die U-Bahn ins Village. Dort gibt es in der Perry Street ein Ladengeschäft, das schon doppelt so lange, wie ich trocken bin, an eine AA-Gruppe verpachtet ist. Als ich dazustieß, hielten sie dort zwei bis drei Treffen täglich ab, aber inzwischen tun sie das von früh morgens bis spät nachts mehr oder weniger ohne Unterbrechung. Bei meinem Eintreffen war das aktuelle Treffen etwa zur Hälfte um. Als es aus war, ging ich einen Kaffee trinken und kam zurück, als das nächste Treffen noch nicht ganz zur Hälfte um war. Ich hörte eine Menge selbstbezogenes, neurotisches Gefasel, wie es sich Seymour Nadler den ganzen Tag anhören musste, und ich wurde dafür nicht einmal bezahlt. Aber ich war nüchtern, als ich schließlich wieder ging.

TJ rief mich an, um mir zu sagen, dass niemand etwas auszusetzen gehabt hatte an seiner Verkörperung eines Hilfsinspektors des Department of Buildings, City of New York, Borough of Brooklyn. Er hatte das Haus in der Meserole Street problemlos gefunden, meinte aber, dass er sich in diesem Viertel wohler gefühlt hätte, wenn er seine Camouflage-Shorts angelassen hätte. Überall standen Schuttcontainer herum, und an jeder Ecke wurde ein Haus renoviert. In der Gegend tat sich einiges, aber TJ meinte, es gäbe dort noch viel Luft nach oben.

Er hatte Peter Meredith und drei seiner vier Mitbewohner kennengelernt und wollte mir später genauer darüber berichten, aber am Telefon beließ er es bei der Feststellung, dass Meredith vielleicht nicht zugenommen hatte, seit Kristin ihn zum letzten Mal gesehen hatte, aber auch nicht den Anschein erweckte, als ob er abgenommen hätte, und dass er mit Sicherheit nicht in Jason Biermans Sachen gepasst hätte. Außerdem wären zwei der anderen Leute, die er kennengelernt hatte, Frauen gewesen und der dritte zwar ein Mann, aber ein Schwarzer, und wenn dies auch keiner von uns ausdrücklich gesagt hätte, ginge er davon aus, dass unser geheimnisvoller Unbekannter ein Weißer war.

Damit blieb nur noch ein Mitglied der Gruppe, das er nicht zu sehen bekommen hatte, erzählte ich Elaine, aber ein weiterer Besuch desselben Bauamtsinspektors wäre möglicherweise verdächtig erschienen. Da TJ jedoch den Namen des fehlenden Manns hatte, würden wir bestimmt eine Möglichkeit finden, ihn zu überprüfen.

»Mir ist zwar klar, dass nie etwas völlig umsonst ist«, sagte Elaine, »aber wie es sich anhört, hätte er sich den langen Weg da rüber sparen können.«

»Das habe ich ihm auch gesagt. Aber er meinte, so weit wäre es gar nicht gewesen, und auf diese Weise hätte er einen Teil der Stadt kennengelernt, in dem er noch nie war. Und umsonst war es auch nicht.«

»Weil du diese Leute jetzt von der Liste streichen kannst.«

»Auch das, aber es ist auch finanziell etwas für ihn herausgesprungen. Sie haben ihm abgenommen, dass er vom Bauamt ist, und offensichtlich hatten sie mit diesen Leuten schon vorher zu tun, oder sie kannten jemand, der bereits Erfahrung mit so etwas hatte. Jedenfalls nahm ihn Peter Meredith beiseite, als er nicht gleich ging und ohne erkennbaren Grund alles Mögliche sehen wollte, und steckte ihm einen Hunderter zu.«

»Und TJ hat ihn natürlich genommen.«

»Wenn nicht«, sagte ich, »müsste ich jetzt ein ernstes Wörtchen mit ihm reden. Klar, natürlich hat er ihn eingesteckt. Wenn er es nicht getan hätte, wäre der ganze Schwindel aufgeflogen, und außerdem hätte er damit gegen eine fundamentale Grundregel verstoßen.«

»>Wenn dir jemand Geld gibt, steck es ein.<«

»Na, was sage ich denn?«

Wir aßen zu Hause und gingen auf der Ninth Avenue zum Lincoln Center. Da es kräftig zu regnen begonnen hatte, als wir aufbrachen, hätten wir ein Taxi genommen, wenn wir eins bekommen hätten. Aber es waren nur gut fünf Häuserblocks, und wir hatten beide Regenschirme und blieben trocken darunter.

Das Konzert bestritt ein belgischer Pianist auf einem Hammerklavier, wie es zu Mozarts Zeiten gespielt wurde und das offenbar eine Zwischenstufe in der Entwicklung vom Cembalo zum heutigen Klavier war. Im Programmheft stand mehr über die Ähnlichkeiten und Unterschiede zwischen den beiden Instrumenttypen, als ich wissen wollte. Für die Begleitung war das Mostly-Mozart-Orchester zuständig, und was sie spielten, war ein wahrer Ohrenschmaus.

Trotzdem war ich nicht recht bei der Sache. Ich konnte mich nicht auf die Musik konzentrieren, sondern ließ stattdessen immer wieder verschiedene Gespräche in meinem Kopf ablaufen – mit Nadler, mit Kristin Hollander und mit meinen Kontakten bei der Polizei. Ich bastelte immer weiter an dem Szenario herum, das ich für Kristin entworfen hatte (»Scudders Variationen über das Dritter-Mann-Thema«), bis es zu einem Albtraum wurde, aus dem ich nicht mehr aufwachte, oder zu einem Ohrwurm, der mir nicht mehr aus dem Kopf ging.

In der Pause fragte mich Elaine, ob ich gehen wollte. »Du zappelst zwar nicht gerade rum«, sagte sie, »aber mit deinen Gedanken bist du doch ganz woanders, oder etwa nicht?«

Ich sagte, dass ich bleiben wollte. Die Festspiele dauerten nur noch eine Woche, und wir hatten noch für zwei Konzerte Karten. In eins davon würde Elaine mit einer Freundin gehen, und dann fand das Abschlusskonzert statt, und in elf Monaten würden wir wieder das Gleiche tun. Es war noch früh, und für Danny Boy begann der Tag gerade erst. Es konnte sicher nicht schaden, mich zurückzulehnen und mir wundervolle Musik vorspielen zu lassen, ob ich nun zuhörte oder nicht.

Gerade als wir ins Freie traten, hielt in der Ninth Avenue ein Bus. Der Regen hatte nachgelassen, und Elaine sagte, sie wolle zu Fuß gehen, und ich sagte, sie solle den Bus nehmen, weil ich sie sonst begleiten würde.

»Um dann umzukehren«, sagte sie, »und den ganzen Weg zur Seventy-second Street wieder zurückzugehen?«

»Deshalb nimm lieber den Bus«, sagte ich, was sie dann auch tat.

Das Poogan's ist östlich vom Broadway in der Seventy-second, ein dunkles kleines Loch, über das sich, zumindest aus meiner Sicht, herzlich wenig Positives sagen lässt, außer dass Danny Boy Bell dort häufig anzutreffen ist. Ich kenne Danny Boy schon seit Jahren – und Elaine hat an dem Abend, als ich sie zum ersten Mal gesehen habe, an seinem Tisch gesessen. Ich würde sagen, er hat sich nicht verändert und sieht immer noch genauso aus wie

damals, was natürlich nicht sein kann. Als ich ihn kennenlernte, war er acht-
undzwanzig und sah wesentlich jünger aus. Er sieht immer noch jung aus für
sein Alter, aber er hat notgedrungen mehr Jahre auf dem Buckel, und sie sind
auch zu sehen.

Danny Boy hat schon damals absolut einzigartig ausgesehen, und das ist
auch heute noch der Fall. Er ist Afroamerikaner, eine Bezeichnung, die ich
nicht häufig verwende, aber in seinem Fall ist sie passender als »schwarz«,
was überhaupt nicht auf ihn zutrifft. Danny Boy ist Albino, seine Haut
weißer als weiß, sein Haar farblos, seine Augen rosa und lichtempfindlich.
Selbst im Sommer kommt er mit etwa ebenso viel Tageslicht in Berührung
wie ein übervorsichtiger Vampir.

Nachts hält er normalerweise in ein paar Clubs Hof, in denen sowohl
Beleuchtung als auch Geräuschpegel gedämpft sind. Im Mother Blue's, das
weiter in Richtung Uptown liegt, haben sie Live-Musik und eine buntge-
mischte, relativ seriöse Klientel aus Weiß und Schwarz, während das Poogan's mit seiner geschmackvollen, wenn auch eklektischen Musikbox etwas
zwielichtiger ist. In jedem der beiden Clubs hat er einen fest für ihn reservierten Tisch, an dem er darauf wartet, dass ihm die Leute Gesellschaft leisten. Manche tragen ihm Informationen zu, andere nehmen Informationen
von ihm mit. Wenn wir im Informationszeitalter leben, liegt Danny Boy voll
im Trend – er macht in Informationen.

Ich nuckelte an der Bar an einer Coke, während er sich mit einer Frau
unterhielt, die eigentlich zu pummelig war, um eine Prostituierte zu sein,
aber so, wie sie gekleidet und aufgemacht war, schwerlich etwas anderes sein
konnte. Sie war wie eine mollige Kewpie-Puppe aus einem Roman von Ste-
phen King, aber angesichts ihrer unübersehbaren Herzlichkeit waren jeg-
liche Vorbehalte gegen sie auf der Stelle verflogen. Ihr Lachen hatte etwas
erfrischend Ungekünsteltes, und am Ende des Gesprächs stand sie auf, beugte sich zu Danny Boy hinab und küsste ihn voll auf den Mund. Sie lachte
erneut und stolzierte aus der Bar, und als sie an mir vorbeikam, fing ich einen
Hauch von ihrem Parfüm auf. Es war genauso von nüchternem Understate-
ment geprägt wie alles andere an ihr.

Als ich an Danny Boys Tisch kam, tauchte er ein weißes Taschentuch in
sein Glas Wodka und wischte sich damit die Lippen ab. »Becky mag ja einen
reizenden Mund haben«, bemerkte er dazu, »aber ich möchte nicht wissen,

wo er sich überall rumgetrieben hat. Schön, dich zu sehen, Matthew. Lange nichts mehr von dir gehört.«

»Die Zeit«, sagte ich, »sie vergeht wie im Flug.«

»Wenn man sich's gut gehen lässt, auf jeden Fall. Aber auch, wenn nicht.« Er legte den Kopf auf die Seite und musterte mich. »Gut siehst du aus«, lautete schließlich sein Befund. »Ein Leben ohne Alkohol bekommt dir offenbar bestens. Bei mir könnte ich mir das nicht vorstellen.«

Er steckte sein Taschentuch ein und nahm einen kräftigen Schluck Wodka, mit dem er sich erst wie mit Listerine den Mund ausspülte, bevor er ihn hinunterschluckte. »Keime«, bemerkte er dazu. »Obwohl ich mir sicher bin, dass sie sich nach jedem kleinen Abenteuer gründlich sauber macht. Trotzdem kann es nicht schaden, auf Nummer sicher zu gehen.« Sowohl im Mother Blue's als auch im Poogan's hat Danny Boy immer eine eigene Flasche auf dem Tisch stehen, und jetzt nahm er sie aus dem Eiskübel und schenkte sich daraus ein. »Das einzige Problem, dass du nichts mehr trinkst, ist, dass du nicht mehr so oft in Bars gehst.«

»Ich werde noch richtig häuslich«, sagte ich.

»Und wie geht's der bezaubernden Elaine?«

»Gut. Sie lässt dich grüßen.«

»Umgekehrt genauso.« Er griff nach seinem Glas und nahm einen Schluck. Er vertrug immer noch so viel wie ein Mann, doppelt so groß und halb so alt wie er. Bei den AA-Treffen kann man immer wieder hören, dass es nur eine Frage der Zeit ist, bis der Alkohol seinen Tribut fordert, und dass niemand ewig damit durchkommt, aber ich bin nicht sicher, ob das wirklich stimmt. Ein paar meiner Freunde scheinen bestens damit klarzukommen.

Als er schluckte und kurz die Augen schloss, konnte ich beinahe spüren, wie der Wodka durch seine Kehle floss. Er schlug die Augen wieder auf und sagte, mehr zu sich selbst als zu mir: »Mir würde es fehlen.« Darüber dachte er kurz nach, bevor er mich forschend ansah und sagte: »So, Matthew. Was führt dich zu mir?«

Als ich nach Hause kam, war Elaine im Wohnzimmer. Sie war barfüßig und hatte einen seidenen Morgenmantel an, der einiges unbedeckt ließ, und sie las einen Susan-Isaacs-Roman und hatte eine Tasse Tee neben sich stehen.

Ich ließ meinen Blick über sie gleiten und gab ein paar anerkennende Laute von mir, worauf sie sagte, Männer seien Schweine. »Kannst du hier nachlesen.« Sie tippte auf das Buch. »Wie geht's Danny Boy?«

»Wie immer. Er lässt dich schön grüßen.«

»Danke. Michael hat angerufen.«

»Michael?«

»Dein Sohn.«

»Er ruft sonst nie an.« Ich versuchte mich an den letzten Anruf zu erinnern, den ich von ihm bekommen hatte. »Was wollte er?«

»Er muss angerufen haben, als wir im Konzert waren. Jedenfalls war die Nachricht auf dem Anrufbeantworter, als ich nach Hause gekommen bin. Er möchte, dass du ihn zurückrufst, und er hat eine Nummer hinterlassen. Sein Handy, glaube ich. Ich habe die Nachricht noch nicht gelöscht.«

Ich ging zum Telefon und spielte sie ab. Ohne Einleitung sagte er: »Dad, hier Michael. Könntest du mich zurückrufen? Egal, wann. Ich weiß nicht, wo ich sein werde. Versuch's also auf meinem Handy ...«

Ich notierte mir die Nummer und ging ins Wohnzimmer zurück. »Keine Ahnung, was los ist«, sagte ich zu Elaine. »Aber sein Ton ist total neutral, ohne den leisesten Hinweis, worum es gehen könnte.«

»Wahrscheinlich lässt sich ganz einfach herausfinden, was er will.«

»Es ist fast zwölf Uhr.«

»Dann ist es in Kalifornien wie viel, neun Uhr?«

»Falls er dort ist.«

»Wenn er in Paris ist«, sagte sie. »Ist es sechs Uhr morgens.«

»Egal, wo man ist«, sagte ich, »ist es immer irgendwann. Ich brauche bloß nach dem blöden Telefon zu greifen, aber wie es scheint, will ich das nicht.«

»Sieht ganz so aus. Aber vielleicht sind es ja gute Neuigkeiten, Schatz. Vielleicht erwartet June wieder ein Baby.«

»Ich glaube nicht, dass es so was ist«, sagte ich. »Und ich glaube auch nicht, dass es eine gute Nachricht ist. Aber egal, ich werde trotzdem mal sehen, was los ist.«

* * *

»Dad«, sagte er. »Danke, dass du anrufst. Bist du zu Hause? Ist das die Nummer, unter der ich vorhin angerufen habe?«

»Klar, aber ...«

»Dann leg jetzt bitte auf, und ich rufe dich an. Ich habe so einen nervigen Nachhall auf diesem blöden Schrottteil.«

Er unterbrach die Verbindung, und ich legte ebenfalls auf und wartete, dass das Telefon läutete. Wahrscheinlich sollte ich mir ein Handy zulegen, aber es vergeht kein Tag, an dem ich nicht froh bin, dass ich keines habe.

Elaine wollte wissen, was los sei, und als ich es ihr zu erklären begann, läutete das Telefon.

»Sorry«, sagte Michael. »Hat dich Andy schon angerufen?«

»Nein«, sagte ich. »Warum?«

»Hab ich mir fast gedacht. Er hat gesagt, dass er dich nicht anrufen würde, aber ich habe gehofft, dass er es doch tun würde. Hat er aber offensichtlich nicht.«

»Michael ...«

»Es tut mir leid, Dad. Er steckt wieder mal in Schwierigkeiten, mehr nicht. Er wollte dich nicht anrufen, und er wollte auch nicht, dass ich dich anrufe, aber ich fand, ich sollte es trotzdem tun.«

»Was hat er für Schwierigkeiten?«

»Es gibt keine schöne Art, so was auszudrücken. Er hat Geld genommen.«

»Meinst du, er hat welches gestohlen?«

»Technisch gesehen, ja. Ich glaube nicht, dass er es so sieht, aber wenn du von deinem Arbeitgeber Geld nimmst, das du nicht zurückzahlen kannst, nennt man das wohl stehlen.«

Mir schossen alle möglichen Fragen durch den Kopf. Ich griff mir einfach eine heraus. »Wie viel?«

»Zehntausend Dollar.«

»Von seinem Arbeitgeber?«

»Von der Firma, für die er arbeitet, ja.«

»Ich weiß nicht mal, wo er arbeitet«, sagte ich, »oder was er macht.«

»Es ist ein unabhängiger Großhandel für Autoersatzteile. Andy ist praktisch der Zweigstellenleiter der Niederlassung in Tucson, wo er ein paar Kunden betreut hat und im Backoffice tätig war.«

»Das hört sich aber nicht nach einer Firma an, in der viel Cash über den Ladentisch wandert.«

»Nein, dort läuft alles über Schecks. Was er gemacht hat, die genaueren Einzelheiten kenne ich nicht, aber offensichtlich hat er ein paar Scheinkonten eingerichtet und Firmenschecks auf ihnen abgebucht. Dann hat er ein Bankkonto eingerichtet, auf das er die Schecks einzahlen konnte, und von diesem Konto hat er dann wieder Schecks ausgestellt, die er auf seinem eigenen Konto eingelöst hat.«

Das ist eine Möglichkeit, so etwas zu machen, und bis sie einen erwischen, funktioniert es wie geschmiert.

»Sein Chef ist ihm auf die Schliche gekommen und ...«

»Das ist immer so.«

»Ich weiß, ich kann immer noch nicht fassen, wie man so blöd sein kann. Wie auch immer, sein Chef hat ihm ein Ultimatum gestellt. Wenn er das Geld bis zum Monatsende zurückzahlt, lässt er die Sache auf sich beruhen. Andernfalls zeigt er ihn an, und dann kommt Andy ins Gefängnis.«

»Und er hat zehntausend abgezweigt?«

»In etwa. Jedenfalls muss er so viel zurückzahlen.«

»Und er hat dich angerufen, um dich um das Geld zu bitten?«

»Wenn irgendwas ist, ruft er immer mich an«, sagte er.

»So etwas ist also schön öfter vorgekommen.«

»Nicht ganz.«

»Nicht ganz? Inwiefern? Dass es keine Autoteile waren und keine Firma in Tucson?«

»Nein, es war nie so schlimm. Er ruft mich an, ich weiß auch nicht, hin und wieder eben. Ein-, zweimal im Jahr, würde ich sagen. Jedes Mal, wenn er anruft, weiß ich, dass er in der Klemme steckt.«

»Wie zum Beispiel?«

»Er ist pleite, er braucht Geld, irgendwas hat nicht geklappt. Sein Auto ist kaputt, und er muss es reparieren lassen. Er hat sich Geld von Leuten geliehen, die einem die Beine brechen, wenn man es nicht zurückzahlt. Irgendwas ist immer.«

»Davon weiß ich ja gar nichts, Michael.«

»Wie auch? Er ruft immer mich an.«

»Und du hilfst ihm aus der Patsche?«

»Er ist schließlich mein Bruder.«

»Klar.«

»Und wie gesagt, so was Ernstes war es bisher noch nie. Normalerweise geht es um maximal tausend Dollar. Manchmal ist es weniger, und das meiste waren mal zweitausendfünfhundert.«

»Er ruft dich an, und du schickst ihm das Geld. Hat er dir mal was zurückgezahlt?«

»Ab und zu schickt er mir einen Scheck oder eine Zahlungsanweisung, einen Teil von dem, was er mir schuldet. Und an Weihnachten ist er immer sehr großzügig. Seit Melanies Geburt bekommt sie immer ein teures Geschenk, an Weihnachten und zum Geburtstag. Aber wie es mittlerweile aussieht, na ja, man rechnet so was bei seinem Bruder nicht gern auf.«

»Aber du hast schon ein Auge drauf.«

»Na ja, klar habe ich das.«

»Wie viel schuldet er dir insgesamt?«

»Um die zwölftausend Dollar.«

»Zwölftausend«, sagte ich.

»Ich habe ein komisches Gefühl dabei, es zu sagen. June weiß nicht, wie viel es ist. Sie weiß, dass ich Andy von Zeit zu Zeit Geld gebe, aber wie viel es insgesamt ist, weiß sie nicht.«

»Das ist mir alles völlig neu. Mir war natürlich klar, dass er auf der Suche ist, dass er seinen Platz im Leben noch nicht gefunden hat; er hat es ja auch nie lang am selben Ort ausgehalten. Aber wenn ich das jetzt so höre, ich weiß nicht, dann ist er ja ein richtiger Loser.«

»Er ist eben Andy, Dad. Er hat Charme, er ist witzig, alle mögen ihn. Aber trotzdem, ich sag es zwar nicht gern, aber er kriegt nichts auf die Reihe.«

»Was macht er mit dem Geld, Mike? Spielt er? Nimmt er Drogen?«

»Soviel ich weiß, hat er eine Weile auf Basketballspiele gewettet, aber ich glaube nicht, dass er wirklich ein Spieler ist. Er hat auch mal eine Bemerkung fallen gelassen, dass er Koks genommen hat, aber ich habe das eher so verstanden, dass er welches nimmt, wenn Party angesagt ist, einfach um sich in Stimmung zu bringen. Aber das machen wahrscheinlich viele.«

Sonst würden sich all die anderen, die es verkaufen, keine goldene Nase verdienen.

»Die zehntausend hat er für irgendeine Investmentmöglichkeit abgezweigt. Was genau das war, weiß ich nicht mehr, irgendeine neue Firma, in die er sich mit zehntausend Dollar einkaufen konnte. Ursprünglich hat er angerufen und mich zu überreden versucht, in die Firma zu investieren. Für die näheren Einzelheiten habe ich mich erst gar nicht groß interessiert, weil ich keine Sekunde in Erwägung gezogen habe, es zu tun. Wir haben nicht genügend Geld übrig, um es irgendwo zu investieren, und wenn doch, kommt es in einen Indexfonds. Nichts Aufregendes, aber ich finde das wesentlich besser, als eines Morgens aufzuwachen und festzustellen, dass das ganze Geld weg ist.«

»Und weil er sich von dir nichts leihen konnte, hat er es sich von seinem Chef geliehen.«

»So hat er es jedenfalls gesehen.«

»Und hat er das Geld denn investiert?«

»Nein, der Deal ist geplatzt.«

»Und was hat er dann mit dem Geld gemacht?«

»Mit irgendwelchem Blödsinn vertan.«

»Na super.«

»Er war ziemlich deprimiert, weil er sich große Hoffnungen gemacht hat. Große Hoffnungen hat er ja immer. Aber diesmal war er richtig down, er hat zu trinken angefangen und beschlossen, einen Teil des Gelds auf den Kopf zu hauen und sich einfach eine schöne Zeit zu machen. Er ist mit einem Mädchen nach Cancún geflogen und hat seinen alten Wagen gegen einen neuen eingetauscht.«

»Und jetzt soll er alles zurückzahlen, oder er wandert ins Gefängnis.«

»Genauso ist es.«

»Was hast du ihm gesagt?«

»Ich wusste echt nicht mehr, was ich sagen sollte, Dad. Und er: ›Mikey, ich schwör's dir, das ist das letzte Mal, es soll nicht wieder vorkommen.‹ Was soll ich darauf schon sagen? Erzähl mir doch keinen Quatsch, das glaubst du doch selbst nicht? Und er immer wieder: ›Mikey, du kriegst es zurück.‹ Klar, super. Ich arbeite mich dumm und dämlich, June hängt sich voll rein, wir haben die Kleine, wir haben das Haus ...«

»Ich weiß.«

»Könnte ich ihm zehntausend geben? Klar, könnte ich. Ich müsste ein paar Wertpapiere verkaufen, einen Kredit aufnehmen, machen ließe es sich. Aber werde ich es auch tun?« Er hielt inne, als dächte er noch einmal über diese Frage nach. »Ich habe ihm gesagt, es wäre zu viel, ich könnte höchstens die Hälfte aufbringen.«

»Und was hat er darauf gesagt?«

»Dass es nicht reichen würde. Sein Chef hat ihm erklärt, wenn er ihn anzeigt, kommt die Versicherung für den Verlust auf. Wenn er sich also mit der Hälfte zufrieden gibt, würde ihn das fünftausend Dollar kosten, und dazu ist er nicht bereit. Andy hat gemeint, wenn ich ihm nur die Hälfte schicken könnte, sollte ich es ihm einfach überweisen, dann würde er sich das Geld einfach in bar auszahlen lassen und damit abhauen. Ich habe ihm natürlich gesagt, dass ich das für keine gute Idee halte.«

»Es könnte die schlechteste Idee sein, die er jemals gehabt hat«, sagte ich. »Sich der Strafverfolgung zu entziehen, wäre so ziemlich das Dümmste, was er tun könnte.«

»Das habe ich ihm auch klarzumachen versucht.«

»Und du wärst bereit, ihm die Hälfte des Gelds zu schicken?«

»Fünftausend Dollar. Aber ich habe ihm auch gesagt, das war's, dann ist endgültig Schluss. Wenn er das nächste Mal in der Klemme steckt, soll er sich an jemand anders wenden.«

»Wann war die Beerdigung eurer Mutter?«, fragte ich. »Vor zwei Wochen?«

»In etwa, ja.«

»Er hat genauso gewirkt wie immer. Ein bisschen gedrückt, was angesichts des Anlasses verständlich war, aber nicht wie jemand, der sich mit so einem Problem herumzuschlagen hat.«

»Das war, bevor es sein Chef gemerkt hat. Andy rechnet nie mit Schwierigkeiten, solange er nicht wirklich in der Klemme steckt. Deshalb hat ihn das Ganze nicht im Geringsten belastet. Der Ärger ging erst los, als er wieder zurück in Tucson war.«

»Und dann hat er dich angerufen.«

»Mhm. Vorgestern. Ich habe den ganzen Tag überlegt, was ich ihm sagen sollte.«

»Hast du mit June schon darüber gesprochen?«

»Nein, ich habe ihn angerufen und ihm gesagt, was ich dir gerade erzählt habe. Außerdem habe ich ihm auch gesagt, er soll wegen der anderen Hälfte des Gelds dich anrufen. Aber das wollte er nicht.«

»Dann rufst du also für ihn an.«

»Nein, dass ich dich anrufe, wollte er nicht. Aber ich tue es trotzdem.«

»Und was möchtest du, dass ich tue?«

»Keine Ahnung.«

»Natürlich weißt du das. Du möchtest, dass ich ihm die andere Hälfte zuschieße.«

»Ich weiß nicht«, sagte er. »Kann schon sein, dass ich das will. Vielleicht will ich aber auch, dass du ihn abblitzen lässt, damit ich nicht der Einzige bin, der ihn hängen lässt, verstehst du? Ich will nicht, dass mein Bruder ins Gefängnis kommt.«

»Weiß Gott nicht.«

»Oder dass er sich – wie hast du es genannt? – der Strafverfolgung entzieht. Auch das möchte ich nicht.«

»Klar. Kann er denn nichts verkaufen, Mike? Hast du nicht gesagt, er hat sich gerade ein neues Auto zugelegt?«

Mike schnaubte. »Die Schulden für die alte Karre waren höher, als sie noch wert war. Er hat ein paar Tausender von dem gestohlenen Geld für die Anzahlung auf den neuen Wagen verwendet. Jetzt hat er den alten abbezahlt, aber dafür ist er jetzt für den neuen höher verschuldet, als er wert ist. Insofern brächte es nichts, ihn zu verkaufen. Wenn er alles verhökert, was er besitzt, kann er vielleicht tausend Dollar zusammenkratzen. Wenn überhaupt.«

»Eine echte amerikanische Erfolgsgeschichte. Wahrscheinlich sind ihm auch die Freunde ausgegangen, die er anpumpen kann.«

»Du kennst doch Andy. Er freundet sich schnell mit jemand an, aber genauso schnell ist dann wieder Schluss, und er sucht sich neue Freunde. Was willst du jetzt tun? Ich weiß nicht mal, wie deine finanzielle Situation ist. Könntest du auf die Schnelle überhaupt fünftausend Dollar aufbringen?«

»Ja, könnte ich«, sagte ich, »aber ich würde gern noch mal drüber schlafen, Michael. Okay, wenn ich dich morgen früh anrufe?«

»Klar, morgen ist völlig okay«, sagte er. »Er hat ja noch bis zum Monatsende Zeit.«

Kapitel 20

Ich hatte Michael gesagt, dass ich darüber schlafen wollte, aber ich kam nicht viel zum Schlafen. Elaine und ich redeten noch bis spät in die Nacht hinein, und als sie gegen sieben aufstand, saß ich mit einer Kanne Kaffee in der Küche.

»Es geht mir dabei nicht ums Geld«, sagte ich.

»Natürlich nicht.«

»Komischerweise aber doch. Die Höhe des Betrags spielt durchaus eine Rolle. Ginge es nur um fünfhundert Dollar, würde ich einfach einen Scheck ausstellen und ihm schicken. Da müsste ich nicht lange überlegen.«

»Mhm.«

»Und wenn es fünfzigtausend Dollar wären, müsste ich auch nicht lange überlegen, weil es meine Möglichkeiten überstiege. Aber fünftausend liegen genau dazwischen. Es ist wenig genug, um es stemmen zu können, aber viel genug, um es empfindlich zu spüren.«

»Wir könnten es uns leisten, Schatz.«

»Ich weiß, dass wir es uns leisten können.«

»Wir müssten nichts verkaufen und den Gürtel nicht enger schnallen. Wir müssten es nur vom Konto abheben.«

»Ich weiß.«

»Aber wie du gerade selbst gesagt hast, geht es an sich gar nicht ums Geld.«

Ich nahm einen Schluck Kaffee. »Er ist derjenige, der wie ich aussieht.«

»Ja, ich weiß.«

»Michael ist nach seiner Mutter geraten. Er ist korpulent, wie die Männer in ihrer Familie. Aber Andy sieht wie sein Vater aus.«

»Er könnte es schlimmer getroffen haben.«

»Ich glaube, er trinkt auch wie sein alter Herr. Ich möchte lieber nicht wissen, wie oft sie ihn schon mit zu viel Promille erwischt haben oder wie viele Autos er schon zu Schrott gefahren hat. Ich weiß wirklich nicht, was ich tun soll.«

Sie schenkte sich selbst Kaffee ein und setzte sich mir gegenüber an den Tisch.

»Wenn er schon nach mir geraten musste«, sagte ich, »warum dann nicht gleich richtig? Warum ist er nicht auch zur Polizei gegangen? Dann könnte er stehlen, soviel er will, und müsste sich wegen der Konsequenzen keine Sorgen machen.«

»Du warst nie ein Dieb.«

»Ich habe Geld genommen, das nicht meins war. Ich hatte immer eine Rechtfertigung dafür, aber das haben die Leute meistens. Sieh dir nur Andy an. Er hat es nur geliehen, er wollte es zurückzahlen. Aber egal, ich drehe mich ständig im Kreis. Ich möchte nicht, dass er in einem Gefängnis in Arizona verschimmelt, aber freikaufen will ich ihn auch nicht.«

»Es ist weiß Gott keine leichte Entscheidung«, sagte sie. »Aber nur du kannst sie treffen.«

»Was würdest du an meiner Stelle tun?«

»Schwer zu sagen, weil es nicht meine Entscheidung ist und auch nicht sein sollte.«

»Was würden sie mir eigentlich bei den Anonymen Alkoholikern raten?«

»Dass du ihn nicht unterstützen sollst«, sagte sie ohne Zögern. »Dass du ihm keinen Gefallen tust, wenn du ihm aus der Patsche hilfst. Dass du dadurch nur verhinderst, dass er etwas daraus lernt. Dass er sein Verhalten nie ändern wird, wenn er seine Konsequenzen nicht zu spüren bekommt. Dass er unabhängig davon, wohin sein Weg führt, ohne deine Hilfe schneller ans Ziel kommt.«

»Dann haben wir ja deine Antwort bereits. Du würdest ihm das Geld nicht schicken.«

»Nein, ich würde es ihm schicken.«

»Aber hast du nicht gerade gesagt ...«

»Ich weiß, was ich gesagt habe. Aber es gibt noch ein anderes Prinzip, und das lautet, dass jeder Hund einen Bissen bekommt. Auch wenn er so was schon öfter getan hat, ist es das erste Mal, dass er sich an dich wendet.«

»Er hat sich doch gar nicht an mich gewendet. Er hat seinem Bruder gesagt ...«

»Er hat seinem Bruder gesagt, dich nicht anzurufen, aber zugleich hat er seinen Bruder in eine Situation gebracht, in der er dich anrufen *musste*. Insofern hat er sich doch an dich gewandt.«

»Dann würdest du ihm das Geld also schicken?«

»Ja, aber ich würde ihm auch klarmachen, dass es das letzte Mal ist.«

»Er wird wieder Scheiße bauen.«

»Natürlich wird er das.«

»Und das nächste Mal würdest du ihm nicht mehr helfen.«

Sie nickte. »Egal, was es ist, ob er ins Gefängnis kommt oder die Beine gebrochen kriegt, ich würde ihm nicht mehr helfen.«

»Aber diesmal würdest du ihm das Geld noch schicken.« Ich nahm einen Schluck Kaffee und sagte: »Ich glaube, du hast recht.«

»Für mich wäre es jedenfalls richtig. Aber was für mich richtig ist, ist nicht unbedingt auch für dich richtig.«

»Diesmal ist es aber so. Ich rufe Michael gleich mal an.«

Aber nicht sofort; denn in Kalifornien, sagte sie, war es in diesem Moment vier Uhr morgens. Ich fragte sie nicht, wie spät es in Paris war.

Ich war zwar erleichtert, dass ich zu einer Entscheidung gekommen war, aber im weiteren Verlauf des Morgens sah ich das Ganze in zunehmend weniger rosigem Licht. Wie ein Kätzchen mit einem Wollknäuel spielte mein Verstand weiter mit dem Problem herum, und ich musste mir immer wieder in Erinnerung rufen, dass ich bereits eine Entscheidung getroffen hatte.

Außerdem schaute ich ständig auf die Uhr und wünschte mir, endlich anrufen und das Ganze hinter mich bringen zu können. Aber ich schob es immer wieder auf, zuerst, weil ich Michael nicht wecken wollte, dann, um sie nicht beim Frühstück zu stören. Schließlich wollte er nicht, dass June etwas davon mitbekam. Am besten, ich wartete noch ein bisschen und rief ihn im Büro an.

Gegen elf kam TJ vorbei; er war wieder in Khakihose und Polohemd, hatte aber immer noch das Klemmbrett dabei. Er hatte sich auf seinem Ausflug nach Williamsburg Notizen gemacht, die er jetzt mit mir durchsprach. Das Haus war ein dreistöckiges Reihenhaus, das vor dreißig oder vierzig Jahren eine grauenhafte Bitumenverkleidung verpasst bekommen hatte. »Muss ein echtes Verkaufsgenie gewesen sein, dieser Typ«, sagte TJ. »Denn alle in der Straße haben sich so eine Verkleidung andrehen lassen. Eine rundum gelungene Viertelverscheußlichungsmaßnahme.«

Von den unteren beiden Etagen der Meserole Street 168 war die Verkleidung bereits entfernt worden; im obersten Stockwerk waren sie noch dabei, sie abzumachen. Das freigelegte Backsteinmauerwerk musste neu verfugt und gründlich ausgebessert werden, aber selbst im aktuellen Zustand sah es besser aus als seine Verkleidung. Im Innern waren ähnliche Maßnahmen im Gange, die dem Zweck dienten, die Verbesserungen früherer Besitzer und Mieter zu beseitigen. Ursprünglich hatte sich auf jeder Etage jeweils eine Wohnung befunden, und jetzt wurden die Trennwände, mit denen sie in kleinere Einheiten unterteilt worden waren, wieder herausgerissen. Außerdem wurden Pressspanwandverkleidungen, abgehängte Decken und Linoleumböden entfernt. Um das Backsteinmauerwerk sichtbar zu machen, wurden die verputzten Außenwände freigelegt. Die drei Wohnungen waren als Lofts konzipiert, aber trotz der offenen Grundrisse waren auch Raumteilerwände für Bücherregale oder Ausstellungsflächen für Bilder eingeplant.

»Wird bestimmt schön, wenn mal alles fertig ist«, sagte TJ. »Das sind alles Künstler, die brauchen Platz zum Arbeiten. Sie machen alles gemeinsam. Als ich hingekommen bin, hat Peter im Erdgeschoss gerade eine potthässliche Tapete von einer Wand gekratzt, die sie stehenlassen wollen, und zwei von den anderen waren in Peters Wohnung im zweiten Stock und haben das Mauerwerk abgeschliffen. Sie hatten so Gesichtsmasken, um nichts in die Lunge zu kriegen, aber sonst waren sie total voll Staub. Hat echt komisch ausgesehen, aber ich habe mir gedacht, jemand vom Bauamt kriegt so was wahrscheinlich ständig zu sehen, deshalb habe ich mich zusammengerissen und mir ein Lachen verkniffen.«

Peter hatte den zweiten Stock ganz für sich allein, sagte TJ, und er hatte sich sogar gefragt, ob sie ihn vielleicht ganz bewusst ganz oben einquartiert hatten, weil sie dachten, das Treppensteigen würde ihm guttun. Er war richtig fett, keine Frage, aber das schien ihn nicht zu beeinträchtigen. Er stieg die Treppen rauf und runter, ohne aus der Puste zu kommen, und im Gegensatz zu vielen anderen Dicken hatte man bei ihm auch nicht das Gefühl, dass er sich ständig für irgendwas entschuldigen wollte.

»Wenn du den zum ersten Mal siehst«, sagte er, »denkst du echt, au Mann, ist der Typ fett. Aber wenn du eine Weile mit ihm zu tun hast, ich weiß auch nicht, wie ich es erklären soll, jedenfalls vergisst du auf einmal völlig, wie fett er ist. Du denkst einfach nicht mehr dran. Und später, wenn du mit den anderen zu tun hast und dann Peter wieder siehst, denkst du, Mann, ist der aber fett! Als ob es dir vorher gar nicht aufgefallen wäre, was aber natürlich nicht stimmt.«

Ich wusste, was er meinte. Dieses Phänomen hatte ich schon an allen möglichen anderen Leuten beobachtet, von denen aber nicht alle übergewichtig waren. Einer ist zum Beispiel blind, dem anderen fehlt ein Arm. Was sie alle gemeinsam haben, ist, glaube ich, dass sie sich selbst so annehmen, wie sie sind, und das hat genau das zur Folge, was TJ gerade beschrieben hatte. Weil sie es akzeptieren, egal, was es ist, fällt es einem irgendwann nicht mehr auf.

Peter Meredith' Therapeuten war es vielleicht nicht gelungen, seine Beziehung zu Kristin zu kitten oder ihn auf Kleidergröße 50 zu schrumpfen, aber völlig umsonst konnten seine Bemühungen nicht gewesen sein.

Der erste Stock gehörte Marsha Kittredge und Lucian Bemis. Sie war eine blonde höhere Tochter aus Beaufort, South Carolina, und er war ein großer, hagerer Schwarzer aus South Philadelphia. Sie war Malerin, er Bildhauer, und TJ konnte sich gut vorstellen, dass ihr Urgroßvater mal der Master seines Urgroßvaters gewesen war.

Das Erdgeschoss bewohnten Ruth Ann Lipinsky, ein kleines, dunkelhaariges Energiebündel, ebenfalls Malerin und die einzige gebürtige New Yorkerin der Gruppe, und Kieran Eklund, ein Maler und Druckgraphiker, der zum Zeitpunkt von TJs Besuch aus nicht näher genannten Gründen in Manhattan war. Um sich zumindest einen oberflächlichen Eindruck von ihm verschaffen zu können, hatte TJ noch so lange bleiben wollen, bis Eklund zurückkam, doch dann stellte sich heraus, dass die anderen in die Stadt fahren und sich dort mit ihm treffen wollten. Sie hatten es sichtlich eilig gehabt, sich sauber zu machen und aufzubrechen, was Peter Meredith veranlasst haben könnte, TJ einen Hunderter in die Hand zu drücken.

»Das hat mich misstrauisch gemacht«, sagte er. »Ein Typ gibt dir Geld, da denkst du doch, das tut er nur, damit du ein Auge zudrückst. Deshalb habe ich auch sofort überlegt, was ich nicht sehen soll. Aber dann ist mir eingefallen, was ich eigentlich für sie war.«

»Ein Inspektor vom Bauamt.«

»Ganz genau, Mann. Jemand in meiner Position, dem müssen sie doch was zustecken, selbst wenn sie nichts Unrechtes getan haben.« Er seufzte. »Nicht der schlechteste Job, würde ich sagen, wenn nur die Uniformen nicht so lahmarschig wären.«

Als ich schließlich zum Telefon griff und Michael anrief, saß er im Auto und war auf dem Weg zu einem Kunden. »Ich stelle den Scheck auf dich aus«, sagte ich ihm, »und gebe ihn heute Nachmittag auf die Post. Fünftausend Dollar. Dann kannst du ihm deinen Scheck ausstellen, oder noch besser ...«

»Ich hatte eigentlich vor, den Scheck auf seinen Chef auszustellen.«

»Genau das wollte ich auch gerade vorschlagen. Nicht, weil wir ihm nicht trauen, sondern weil der eingelöste Scheck auch als Beleg gilt, dass die Zahlung erfolgt ist.«

»Ein gutes Argument«, sagte Michael. »So kann ich es auch Andy gegenüber rechtfertigen, wenn er sich daran stoßen sollte. Aber um ganz ehrlich zu sein, finde ich es auch insofern besser, als ich ihm nämlich nicht traue.«

Ich holte das Scheckbuch und schrieb einen Scheck über fünftausend Dollar, zahlbar an Michael Scudder, aus. Ich sah seine Adresse nach, schrieb sie auf einen Umschlag und schlug den Scheck in ein Stück Papier ein, damit er durch den Umschlag nicht zu sehen war. Ich weiß nicht, warum ich das tat, aber ich kann mir nicht vorstellen, dass viele Postangestellte Umschläge gegen das Licht halten, um erkennen zu können, ob sie einen Scheck enthalten, den sie stehlen können.

Außerdem hatte ich das Gefühl, dass ich auf das Blatt Papier etwas schreiben sollte. Ich saß eine Weile da und überlegte, was ich Michael sagen könnte. Alles, was mir einfiel, kam mir überflüssig oder dämlich oder beides vor. Ich beschloss, mich damit abzufinden, dass ich meinem Sohn, meinen beiden Söhnen, nichts zu sagen hatte, schlug den Scheck in das Blatt Papier ein und steckte ihn in den Umschlag. Ich verschloss ihn, klebte eine Briefmarke darauf und hielt ihn mit gestreckten Armen von mir, um ihn zu betrachten.

TJ saß auf der Couch und blätterte in einer Kunstzeitschrift. Er hatte schon einige Zeit nichts mehr gesagt.

»Ich schicke gerade meinem Sohn in Kalifornien fünftausend Dollar«, sagte ich.

TJ schaute nicht von seiner Zeitschrift auf. »Da wird er sich bestimmt freuen.«

»Das Geld ist nicht für ihn, sondern für seinen Bruder in Tucson. Er heißt Andy. Er hat von der Firma, für die er arbeitet, Geld unterschlagen, und wenn er es nicht zurückzahlt, kommt er ins Gefängnis.«

TJ sagte nichts.

Ich griff nach dem Umschlag und hielt ihn in meiner Hand. Er wog nicht viel. Eine Briefmarke trüge ihn durchs ganze Land. »Ich könnte mir das Geld in der Bank auszahlen lassen, Feuerzeugbenzin auf die Scheine schütten und sie anzünden. Das brächte genauso viel.«

»Blut«, sagte TJ.

»Blut?«

»Es ist dicker als Wasser.«

»Das bekomme ich auch immer zu hören. Manchmal frage ich mich jedenfalls schon.« Ich stand auf. »Ich bringe das eben mal zum Briefkasten. Möchtest du so lange hier warten?«

Er schüttelte den Kopf, klappte die Zeitschrift zu und stand auf.

Als ich den Umschlag in den Briefkasten an der Ecke steckte, wurde mir bewusst, welchen Glaubensakt ich damit vollzog. Immerhin vertraute ich darauf, dass die Post meinen Brief dreitausend Meilen weit befördern und an seinen Empfänger ausliefern würde. Zugleich erschien es mir wesentlich wahrscheinlicher, dass der Brief sein Ziel erreichte, als dass sein Inhalt etwas Gutes bewirkte.

An der Ecke Fifty-eighth kauften wir uns zwei Cokes und zwei Schnitten Pizza siciliana, die wir im Stehen aßen. Meine Coke schmeckte unangenehm süß, weshalb ich den Mann hinter der Theke um einen Schnitz Zitrone bat. Er gab mir eins dieser Plastiktütchen mit Zitronensaft, aber ich fürchtete, das würde es nur noch schlimmer machen. Ich schaute in mein Glas und sagte: »Dicker als Wasser.«

»Angeblich.«

»Hast du eigentlich Verwandte, TJ?«

»Seit meine Oma gestorben ist, nicht mehr.«

Ich wusste, dass sie ihn großgezogen hatte. Immerhin so viel hatte er mir mal erzählt, und dass er bei ihrem Tod zum letzten Mal geweint hatte.

Wir aßen unsere Pizza zu Ende und sahen einander an, worauf ich zwei weitere Schnitten bestellte. Wir machten uns über sie her, und TJ trank seine Coke aus. Ich bot ihm an, meine zu trinken, aber er wollte sie nicht. Wir hatten beide eine Weile nichts gesagt, und das nicht nur, weil wir mit essen beschäftigt waren.

Schließlich sagte er: »Mein Daddy könnte noch leben. Aber keine Ahnung.«

Ich sagte nichts.

»Meine Mama ist nach Hause gekommen und hat mich gekriegt«, fuhr er fort. »Und dann ist sie krank geworden und gestorben. Ich kann mich überhaupt nicht an sie erinnern. Ich war ein Jahr alt, als sie gestorben ist. Oma hat mir von ihr erzählt und Bilder von ihr gezeigt, und sie hat mir immer wieder gesagt, dass sie mich sehr geliebt hat, was vielleicht stimmt, vielleicht aber auch nicht. Was meinen Daddy angeht, hat meine Oma gesagt, das Einzige, was sie über ihn weiß, ist, dass er tot ist. Er wurde umgebracht, hat sie behauptet, aber ob das stimmt, kann ich nicht sagen. Das könnte meine Oma erfunden haben, oder meine Mama hat es ihr erzählt, aber Mam könnte es auch erfunden haben.«

Auf dem Gehsteig ging ein Mann vorbei, der ein angeregtes Telefongespräch führte. Er hatte aber kein Handy. Der Hörer, in den er ziemlich laut sprach, stammte von einem Münztelefon, und es hing noch ein Stück Schnur daran. Ich hatte ihn schon mehrere Male gesehen, immer in derselben Anzugjacke und mit einer nicht dazu passenden Hose, deren Beine ein gutes Stück zu kurz waren, während die Ärmel des Jacketts zu lang waren. Er lief immer in dieser Aufmachung herum und erzählte auf seinem Privattelefon der Person, die da am anderen Ende der Leitung sein mochte, alles über den KGB und die CIA und die wahren Hintergründe des Bombenanschlags von Oklahoma City.

Niemand schenkte ihm Beachtung.

»Ich würde sagen, er war ein Schwarzer«, sagte TJ. »Mit einem ähnlichen Hautton wie ich, was du mediumdunkel nennen würdest. Andrerseits, meine Oma war um einiges dunkler, und meine Mom, sie war auch so dunkel wie meine Oma, jedenfalls so, wie ich sie von den Fotos in Erinnerung habe. Mein Daddy könnte also eher auf der helleren Seite gewesen sein. Aber das ist ja nicht, wie wenn man irgendwelche Farben zusammenmischt. Es lässt sich vorher nie sagen, was am Ende rauskommt. Könnte auch sein, dass er so dunkel war wie meine Oma. Er könnte auch ein Weißer gewesen sein. So was lässt sich nie sagen.«

»Nein.«

»Könnte sogar sein, dass es meine Mama selbst nicht gewusst hat«, fuhr er fort. »Oma hat zwar gesagt, dass sie eigentlich nicht groß über die Stränge geschlagen hat, aber sie war noch sehr jung und hat bestimmt nichts anbrennen lassen. Könnte auch sein, dass sie auf den Strich gegangen ist und mich von einem Freier hatte. Keine Ahnung.«

Später saßen wir im Park und sprachen durch, was er in Williamsburg herausgefunden hatte – was alles in allem nicht viel war. Schon allein wegen seiner Statur kam keiner von den Leuten, die er gesehen hatte, für die Rolle des dritten Manns in Frage. Blieb nur noch Kieran Eklund, und auch er nur, weil er noch nicht aussortiert worden war.

Allerdings konnte man ihn schon allein deshalb von der Liste streichen, weil jemand, der Tag und Nacht ein heruntergekommenes Haus renoviert, alten Putz von den Wänden schlägt, freiliegendes Backsteinmauerwerk mit Salzsäure abschrubbt, Tapeten abkratzt und Böden abschleift, nicht der Typ dafür ist, sich hochkomplizierte Scharaden auszudenken, die in mehreren Morden enden. Wenn jemand so viel Zeit und Arbeit in ein Haus im Schatten des Bushwick Terminal und in gleich kurzer Entfernung von zwei großen Sozialbausiedlungen steckte, weckte das vielleicht Zweifel an seinem gesunden Menschenverstand, aber als Mörder qualifizierte es ihn eher nicht.

»Und der Typ hat nicht nur einen Sprung in der Schüssel«, sagte ich. »Er verfolgt damit eindeutig eine ganz bestimmte Absicht. Bloß kann ich noch nirgendwo Geld sehen.«

TJ zog die Augenbrauen hoch. »Ich dachte, wir hätten eine Klientin.«

»Ich meine Geld, das dabei für ihn herausspringt – nicht für uns. So etwas denkt sich niemand aus Rache – oder Blutgier – aus. Dafür ist das Ganze einfach zu kalt. Nein, es muss einen Topf voll Gold geben am Ende dieses Regenbogens.«

»Das hat ja auch Lia gedacht. Glaubst du, sie könnte doch recht haben?«

»Nein.«

»Ich auch nicht. Das ganze Geld steckt doch im Haus? Und das kriegt Kristin. Und weil sie unsere Klientin ist, wissen wir, dass sie's nicht gewesen sein kann.«

Ich hatte früher hin und wieder Klienten gehabt, die die fragliche Tat selbst begangen hatten, aber in diesem Fall glaubte ich, das ausschließen zu können. Aber wie kamen wir darauf, dass das Haus der einzige Vermögenswert war? Und wer sagte, dass alles an Kristin ging?

Kapitel 21

Wie schon beim ersten Mal nahm sie mich durch den Spion in Augenschein, bevor sie die Tür öffnete. Diesmal musste ich ihr jedoch keinen Ausweis zeigen. Ich stellte TJ als meinen Assistenten vor, und er schaltete auf die Sprachebene um, die sich auch auf dem Campus der Columbia University als äußerst hilfreich erwies. Außerdem war er dem Anlass entsprechend gekleidet.

Sie führte uns in die Küche, und wir setzten uns alle drei an den Kiefernholztisch. Zuerst konnte sie sich nicht vorstellen, dass beim Tod ihrer Eltern finanzielle Motive eine Rolle gespielt haben könnten. Die ursprüngliche Erklärung war gewesen, dass es sich um einen schief gegangenen Einbruch handelte, der in eine Gewaltorgie ausgeartet war.

»Aber habe ich Ihnen denn nicht erklärt, dass der Einbruch nur dem Zweck gedient hat, einen sorgfältig geplanten Mord zu vertuschen?«, sagte ich. »Deshalb stellt sich für mich die Frage, ob es ein Mord aus Habgier gewesen sein könnte. Hätte jemand finanziell vom Tod Ihrer Eltern profitiert?«

»Ich natürlich«, sagte sie ohne Zögern. »Ich erbe praktisch alles.«

»Nachdem Sie das völlig kalt zu lassen scheint«, sagte ich, »setze ich Sie erst gar nicht auf die Liste der Verdächtigen.«

Sie rang sich ein Lächeln ab.

»Ich nehme mal an, dass Sie das Haus erben«, fuhr ich darauf fort, »und ich weiß, dass es einiges wert ist.« Ich erwähnte nicht, dass uns ihre Cousine Lia bereits einen groben Schätzwert genannt hatte. »Macht es mehr oder weniger das gesamte Vermögen aus?«

»Nein, da gibt es noch einiges mehr. Alles, was im Haus ist, die Möbel, die Gemälde. Und dann noch Moms Schmuck. Da fällt mir ein, ich habe völlig vergessen, worum Sie mich gebeten haben. Sie wollten doch, dass ich die Sachen durchsehe, die ich von der Polizei zurückbekommen habe – ob irgendetwas fehlt. Aber das habe ich noch nicht gemacht.«

»Hat ja keine Eile.«

»Ich wollte es eigentlich schon längst tun, aber dann habe ich es vergessen. Aber es gibt auch noch so viele andere Dinge in einem Haus dieser

Größe. Ich habe keine Ahnung, was das alles wert ist, obwohl ich glaube, dass ein, zwei Gemälde ziemlich wertvoll sind. Wahrscheinlich muss ich mal alles schätzen lassen. Wegen der Steuer. Ach, entschuldigen Sie. Ich hätte Kaffee, und im Kühlschrank ist Ginger Ale und auch ein paar Bier, glaube ich.« Wir lehnten dankend ab, worauf sie sagte: »Aber ich könnte einen Schluck Kaffee vertragen«, und sich eine Tasse einschenkte.

»Dann sind da noch die Aktien meines Vaters«, fuhr sie fort. »Gehört haben sie ihnen beiden, aber mein Vater war derjenige, der entschieden hat, was sie kaufen und verkaufen. Und er hatte auch eine Rentenversicherung. Insgesamt etwa eineinhalb Millionen.«

Ich notierte mir: *Aktien – 1,5 Mio.*

»Und eine Lebensversicherung in Höhe von einer Million«, fuhr sie fort. »Als Begünstigte war meine Mutter eingetragen und ich als Zweitbegünstigte, oder wie man das nennt. Und dann hatte er noch eine zweite Versicherung von der Kanzlei. Sie war nicht ganz so hoch, aber auch sie belief sich auf achthunderttausend. Im Fall seines Todes sollte sie zu drei Vierteln an meine Mutter und zu einem Viertel an mich ausgezahlt werden, aber jetzt fällt alles an mich. Und es gab noch eine kleinere Versicherung über hunderttausend Dollar, die ich bekomme. In der großen Versicherung, in der über eine Million, ist eine Unfallzusatzversicherung enthalten, aufgrund derer die Versicherungssumme jetzt zwei Millionen beträgt.«

Ich schrieb: *Versicherungen – 3 Mio.*

»Und wie sieht es mit Schulden aus?«

Sie schüttelte den Kopf. »Höchstens, dass sie mal eine Kreditkarte überzogen haben. Jedenfalls nur geringfügige Beträge. Er hat immer gleich alles bezahlt.«

»Eine Hypothek?«

»Das Haus ist schon seit Jahren abbezahlt. Es sind keine Belastungen mehr darauf.«

Ich schrieb: *Immobilien – 3,5 Mio.*

»Und von der Kanzlei kommt bestimmt auch noch einiges«, sagte sie. »Ein Anteil am aktuellen Barvermögen, irgendetwas in der Art. Aber keine Ahnung, wie das alles genau abgewickelt wird.« Sie schaute auf meinen Block, worauf ich ihn herumdrehte, damit sie meine Notizen besser lesen konnte. »Das sind – wie viel? – acht Millionen? Ich habe keine Ahnung, wie viel der Rest ausmacht, die Bilder und der Schmuck, oder wie viel ich von der Kanzlei bekomme. Oder was sie sonst noch an Vermögenswerten hatten, von denen ich noch nichts weiß. Ich habe einen Schließfachschlüssel, aber ich war noch nicht in der Bank, um nachzusehen, was es enthält. Man darf es nur im Beisein einer Amtsperson öffnen. Deshalb weiß ich, wie gesagt, nicht, was in dem Schließfach ist.« Sie schloss die Augen und schwieg eine Weile. Dann öffnete sie sie wieder und sagte: »Man kann also durchaus sagen, dass ich reich bin.«

»Bill Gates und Warren Buffett würden das vermutlich nicht so sehen. Aber viele andere Leute schon.«

»Ich hatte nie das Gefühl, dass meine Eltern reich sind«, fuhr sie nachdenklich fort. »Ich wusste, dass mein Vater finanziell gut gestellt war, ich wusste, dass wir nicht aufs Geld schauen mussten und gut leben konnten. Aber ich habe uns nicht als reich empfunden. Das Haus, wie soll ich sagen, dort haben wir einfach gewohnt. Ich habe es nie als etwas gesehen, das viel wert ist.«

»Schon klar.«

»Und die Aktien waren im Grund Ersparnisse, damit sie fürs Alter ausgesorgt hatten. Sie wollten reisen, sie wollten sich die Welt ansehen.« Sie biss die Zähne aufeinander, um ihre Tränen zurückzuhalten. »Und die Versicherung hat mein Vater nur abgeschlossen, damit meine Mutter ihren Lebensstandard halten konnte, wenn ihm etwas zustieß. Deshalb, richtig reich waren sie eigentlich nicht. Aber wenn jetzt ich in meinem Alter plötzlich so viel Geld habe – dann bin ich es wohl. Reich. Oder vermögend. Ich weiß nicht mal, wie ich es nennen soll, aber jedenfalls ist das, was ich bin.«

»Und alles geht an Sie?«

»Ja«, sagte sie. »Das heißt, der Großteil davon.«

»Der Großteil?«

»Einer der Partner meines Vaters ist das Testament mit mir durchgegangen. Mit Ausnahme von ein paar Spenden bin ich die einzige Begünstigte.«

»Erinnern Sie sich an einige dieser Spenden?«

»Warten Sie mal. Eigentlich habe ich nicht besonders darauf geachtet, und ich habe auch keine Kopie des Testaments hier. Ist das denn wichtig?«

»Wahrscheinlich nicht. Erzählen Sie mir einfach, woran Sie sich erinnern.«

»Na ja, das waren zwei oder drei Dutzend Spenden für wohltätige Zwecke. Die meisten im Bereich um die fünftausend Dollar, und soviel ich mich erinnere, auch jeweils fünfundzwanzigtausend Dollar für die New Yorker Philharmoniker, die Carnegie Hall und die Met. Die Oper natürlich. Das Metropolitan Museum bekam wie MOMA und Whitney einen Betrag um die fünftausend, aber auch noch ein paar andere Museen haben Zuwendungen erhalten.«

Da kam einiges zusammen, und einige dieser Organisationen bemühen sich ziemlich aggressiv um Spenden, aber dass deswegen eine von ihnen gleich gemordet haben sollte, konnte ich mir nicht vorstellen.

»Und verschiedene Wohltätigkeitsorganisationen«, fügte sie hinzu. »Goddard-Riverside, die Coalition for the Homeless, Essen auf Rädern.«

»Waren auch Zuwendungen an Einzelpersonen darunter?«

»Mehrere geringfügige Zuwendungen in Höhe von ein-, zweitausend Dollar. An die Frau, die zweimal die Woche bei uns saubermacht, an eine Krankenschwester, die gegen Ende zu meine Großmutter betreut hat. Und einige höhere Zuwendungen an Verwandte.« Sie nannte mehrere, lauter Namen, die mir nichts sagten und die ich mir nicht merken zu müssen glaubte. Doch als sie sagte: »Und zwanzigtausend Dollar an meine Cousine Lia«, zuckte ich innerlich zusammen.

Ich fürchtete, TJ würde eine sichtbare Reaktion zeigen, doch das Leben auf der Straße ist eine gute Schule. Ich konnte nur hoffen, dass meine Miene so unergründlich blieb wie seine. »Das ist deutlich mehr«, sagte ich. »Hatten Ihre Eltern ein besonders enges Verhältnis zu Ihrer Cousine?«

»Sie haben einen Nachtrag in das Testament eingefügt«, sagte sie. »Erst letztes Jahr. Lia ist wirklich nett, sie hat ein Stipendium für die Columbia, und meine Mutter hat sie oft zum Essen eingeladen. Lias Mutter und meine Mom waren Schwestern, und Tante Frankies Ehe war nicht gerade so, wie man sich das vorstellt; sie hatte einfach kein Glück im Leben. Sie und Mom hatten sich mehr oder weniger aus den Augen verloren, und als Lia hier in New York zu studieren anfing, sah Mom darin eine Gelegenheit, etwas für sie zu tun. Dazu kommt noch, dass Lia echt nett ist, und deshalb fanden wir es alle gut, wenn sie ab und zu vorbeikam.«

»Dann hat also Ihr Vater diesen Nachtrag ins Testament gesetzt …«

»Wahrscheinlich war der Gedanke dahinter, Lia genügend zu vermachen, dass sie ihr Studium abschließen konnte. Die Studiengebühren und das Zimmer im Studentenheim waren durch das Stipendium abgedeckt, aber sonst lief es für sie oft auf die Frage hinaus, kaufe ich mir eine neue Strumpfhose oder gönne ich mir ein Mittagessen.«

»Ihre Mutter hat Ihre Cousine also finanziell unterstützt.«

»Na ja, wie soll ich es sagen. ›Lia, das hatten sie gerade in einem Ausverkauf, und ich fand, es müsste dir eigentlich sehr gut stehen. Da konnte ich einfach nicht widerstehen.‹ Oder wenn sie mal zum Essen bei uns war. ›Wie spät es schon wieder ist. Nimm dir unbedingt ein Taxi nach Hause.‹ Und dann steckte sie ihr zwanzig Dollar zu. Aber wie viel hätte das Taxi schon gekostet? Acht Dollar vielleicht?«

»Haben Sie sich mal mit Lia getroffen, seit ...«

»Seit es passiert ist? Zweimal. Nein, dreimal. Die ganze erste Woche stand ich total unter Schock. Im Nachhinein betrachtet, war es, als liefe ich mit einer Gehirnerschütterung herum. Vermutlich ist das ein Schutzmechanismus. Die Psyche schottet sich ab und lässt nichts mehr an sich heran. Und ich glaube, dass es Lia ganz ähnlich ging, auch wenn es für sie wahrscheinlich kein ganz so schlimmer Schock war. Sie konnte mich nicht ansehen, und dann, erinnere ich mich, habe ich mal zu ihr rübergesehen, als sie nicht damit gerechnet hat, und da hat sie mich so seltsam angestarrt. Aber wenn so etwas passiert, starren einen viele Leute an.«

»Kann ich mir gut vorstellen«, sagte ich. »Glauben Sie, Lia weiß von diesem Nachtrag im Testament?«

Sie schüttelte den Kopf. »Ich habe es selbst erst erfahren, als ich mit Mr. Ziegler das Testament durchgegangen bin. Seitdem habe ich sie nicht mehr gesehen. Wahrscheinlich sollte ich sie anrufen und es ihr erzählen. Es ist nicht gerade ein Vermögen, aber für sie könnte es in den nächsten Jahren einiges leichter machen.«

»Vermutlich«, sagte ich. »Aber vielleicht sollten Sie damit lieber warten und sie von einem Anwalt verständigen lassen.«

»Finden Sie, das wäre besser?«

»Ja«, sagte ich. »Auf jeden Fall.«

*　　*　　*

Später sagte sie: »Da fällt mir gerade etwas ein, was Mr. Ziegler gesagt hat.«

»Sie haben ihn vorher schon mal erwähnt. Ist er Ihr Anwalt?«

»Na ja, er war der Partner meines Vaters. Ist er mein Anwalt? Wahrscheinlich könnte man das so sagen.« Sie runzelte die Stirn und dachte darüber nach. TJ fragte sie, was der Mann gesagt hatte.

»Ach so«, sagte sie. »Er wollte wissen, ob ich ein Testament habe, und ich habe natürlich keines. Ich meine, wozu brauche ich schon ein Testament, aber er fand, ich wäre jetzt eine Frau mit einem beträchtlichen Vermögen und sollte mir deshalb sehr wohl Gedanken über ein Testament machen.«

»Das ist nicht ganz von der Hand zu weisen.«

»Nur sehe ich nicht ein, warum die Eile. Mir ist natürlich klar, dass jederzeit weiß Gott was passieren kann, das können Sie mir glauben. Aber erst einmal müsste es jemand geben, an dem mir viel genug liegt, um ihm das alles zu hinterlassen. Was passiert eigentlich, wenn ich morgen von einem Bus überfahren werde? Fiele dann alles an den Staat?«

»Nur, wenn Sie keine lebenden Verwandten mehr hätten.«

»Dann bekämen also sie alles?«

»Ja. Ich weiß zwar nicht, wie Ihr Vermögen aufgeteilt würde, und es könnte durchaus sein, dass jemand, den Sie kaum kennen, wesentlich mehr bekommt als jemand, der Ihnen nahe steht, was sich vermeiden ließe, wenn Sie ein Testament aufsetzen.«

»Ich bin nicht mal sicher, ob es mir überhaupt zusteht, darüber zu entscheiden«, sagte sie. »Denn irgendwie empfinde ich es eigentlich gar nicht als mein Geld.« Sie beugte sich vor und sah mich an. »Was sagen Sie?«

»Also, ich finde, es ist Ihr Geld.«

»Nein, das habe ich damit nicht gemeint. Finden Sie, ich sollte möglichst schnell ein Testament aufsetzen?«

»Nein«, sagte ich. »Nein, das finde ich nicht.«

Kapitel 22

Er sitzt gegenüber ihrem Haus in seinem Auto. Die Vorhänge im Wohnzimmer sind zugezogen. Das sind auch die Vorhänge in den Stockwerken darüber. Aber sie schließen nicht vollkommen dicht, und deshalb kann er sehen, dass im Obergeschoss Licht brennt.

Sie ist zu Hause. Da ist er ziemlich sicher.

Er ist gestern hergekommen und hat an einer Stelle geparkt, von der er das Haus beobachten kann. Er hat immer noch ganz ruhig und geduldig dagesessen, als sie die Haustür geöffnet hat und die Treppe zur Straße heruntergestiegen ist. Die Ladeninhaberin im Erdgeschoss, die rotgefärbte alte Schachtel, hat sie gesehen und die Tür geöffnet, um sie auf ein paar Worte zu sich zu winken. Dann hat sich die Alte wieder in ihren Ramschladen zurückgezogen und das Hollandermädchen ist nach links, in Richtung Westen, weggegangen. Weil die Seventy-fourth Street eine nur in östlicher Richtung befahrbare Einbahnstraße ist und sein Wagen deshalb in Richtung Central Park West steht, muss er sich auf dem Sitz umdrehen, um beobachten zu können, wie sie zur Columbus Avenue geht und dort um die Ecke biegt.

Derselbe Weg, den er und Ivanko in dieser schicksalsträchtigen Nacht genommen haben, als sie die Kopfkissenbezüge wie Wäschesäcke über die Schultern geworfen hatten. Allerdings waren sie schwerer gewesen als Wäschesacke, und das Gewicht hatte Carl aus dem Gleichgewicht gebracht und sein Hinken verstärkt.

Zwei Schwule, die gemeinsam ihre Wäsche waschen gehen, hatte er gedacht, aber Carl gegenüber hatte er das lieber nicht erwähnt. Und es später zu sagen, hatte er keine Gelegenheit mehr gefunden, weil er nicht hatte warten, beziehungsweise nicht hatte riskieren wollen zu warten. Denn sobald sich eine Möglichkeit ergab, hatte er die Pistole gezogen. Sie hatte zweimal kurz gezuckt in seiner Hand, sie war ja nur ein kleines Ding, ohne großen Rückstoß, aber gezuckt hatte sie, und Carl war auf den Boden gefallen, und dann hatte sie noch einmal gezuckt, und Carl hatte sich endgültig nicht mehr gerührt.

Einen Arm über die Rückenlehne des Fahrersitzes gelegt, hat er in seinem Wagen gesessen und gewartet. Er hat durchs Rückfenster gespäht und sich noch einmal alles in Erinnerung gerufen, es wie einen Film abgespielt, und dann ist sie wieder aufgetaucht und mit einer weißen Plastiktüte voller Lebensmittel auf das Haus zugegangen. Um nicht beim Spionieren ertappt zu werden, hat er sich wieder nach vorn gedreht und aus dem Augenwinkel beobachtet, wie sie die Eingangstreppe des Hauses hinaufgestiegen ist.

Den Schlüssel ins Schloss, hat er gedacht. Und jetzt drehen und drücken, so ist es brav. Und die Alarmanlage nicht vergessen ...

Jetzt, einen Tag später, ist er nicht sicher, was er tun soll. Zweimal hat er an diesem Morgen schon kurz davor gestanden, sie anzurufen. Im Kopf hat er bereits verschiedene Gesprächsabläufe durchprobiert und am Ende beschlossen, lieber nicht anzurufen. Als er jetzt im Auto sitzt und weiß, dass sie zu Hause ist, spielt er mit dem Gedanken, bei ihr zu klingeln und zu sagen, dass er gerade in der Gegend war. Oder wäre es besser, wenn sie glaubte, er wäre extra hergekommen, um sie zu besuchen? Vielleicht sollte er sagen, dass er gerade in der Gegend gewesen war, aber auf eine Art, aus der hervorging, dass er vorbeikam, um ihr sein Beileid auszudrücken und ihr seinen Beistand anzubieten.

Aber ist das wirklich eine gute Idee? Vielleicht sollte er, wie er den Leuten oft rät, der Zeit einfach Zeit lassen. Manchmal ist es das Beste, nichts zu tun. Manchmal kann man nichts anderes tun, als zu warten. Was hat dazu Pascal gleich wieder gesagt? Sinngemäß etwa in der Richtung, dass alle menschlichen Missstände der Unfähigkeit entspringen, allein in einem Zimmer zu sitzen.

Er sitzt allein in einem Auto ...

Was ist denn da auf einmal los? Zwei Männer, die wie aus dem Nichts aufgetaucht sind. Einer ist ein älterer Weißer, der andere ist wesentlich jünger und schwarz. Sie steigen die Stufen zu ihrer Haustür hinauf, und der Ältere klingelt.

Sie könnten weiß Gott wer sein, denkt er, Zeugen Jehovas, die gekommen sind, um vor dem Weltuntergang zu warnen. Ein seltsames Paar, ein alter Weißer und ein junger Schwarzer. Das Erste, was ihm dazu einfällt, ist, dass man bei einer solchen Konstellation sofort denkt, dass sie schwul sind. Der Weiße ein Freier, der Schwarze ein Stricher.

Die Tür geht auf, und sie lässt sie hinein.

Vielleicht kommen sie mit Wäschesäcken wieder raus, denkt er. Zwei Schwule auf dem Weg zum Waschsalon. Aber sie bleiben lang, fast eine Stunde. Seine Uhr piepst zehn Minuten vor der vollen Stunde, und er findet, er sollte nach Hause fahren.

Aber das tut er nicht. Irgendetwas lässt ihn bleiben, irgendeine stille Ge-
wissheit, dass es etwas Wichtiges ist, dass diese beiden mehr sind als zufällige
Besucher.

Er behält die Tür ständig im Blick, und er hat ihn auch auf sie gerichtet, als
sie aufgeht und die zwei Männer herauskommen. Sie geht hinter ihnen zu, und
sie steigen die Treppe herunter, und um nicht gesehen zu werden, zieht er sich
in den Schatten zurück. Es ist lächerlich, er sitzt auf der anderen Straßenseite
in seinem Auto. Niemand kann ihn sehen, und er merkt, dass er sich verbirgt,
weil er etwas zu verbergen hat.

Verbirg dich für alle sichtbar, sagt er sich und zwingt sich, sich nach vorn zu
beugen, sich umzudrehen und sich die beiden genau anzusehen.

Und er zuckt gegen seinen Willen zurück, weil er den älteren Mann schon
einmal gesehen hat. Er hat ihn bis zu diesem Moment nicht erkannt, vielleicht,
weil er ihn sich das erste Mal nicht so genau angesehen hat, aber jetzt tut er es
und erkennt ihn.

Und der junge Schwarze? Hat er ihn schon mal gesehen?

Also, jetzt mal ehrlich, wie soll er das sagen können? Es ist zwar nicht so,
dass alle jungen Schwarzen gleich aussehen, so blöd ist er nicht. Eher liegt es
daran, dass man sie einfach so oberflächlich betrachtet, man denkt nur »jun-
ger Schwarzer«, und damit hat es sich. Jetzt registriert er die Gesichtszüge des
jungen Schwarzen ganz bewusst, denn er will ihn wiedererkennen, wenn er ihn
das nächste Mal sieht.

Vorausgesetzt, er wird ihn wieder sehen ...

Die beiden gehen in Richtung Westen davon. Es ist wieder wie gestern, als
sie einkaufen gegangen ist. Das Auto steht in der falschen Richtung, und er
muss sich umdrehen, um sie beobachten zu können. Als sie sich der Ecke nä-
hern, wird ihm plötzlich ohne jeden Zweifel klar, dass sie in dieser Sache eine
wichtige Rolle spielen und dass es ein Fehler wäre, sie jetzt aus den Augen zu
verlieren.

Ohne lange zu überlegen, steigt er aus, schließt den Wagen ab und folgt ih-
nen.

Und jetzt, denkt er, werden sie um die Ecke biegen und in ihr Auto steigen,
und er ist zu Fuß unterwegs. Oder sie nehmen sich ein Taxi. Andererseits, wenn
es ein Taxi gibt, gibt es auch zwei. Mit etwas Glück kann sein Taxi dem ihren
folgen.

Aber weder steigen sie in ein Auto, noch winken sie einem Taxi. Sie gehen die Columbus Avenue hinunter, und der Jüngere holt ein Handy heraus und ruft jemand an. Nachdem er eine Weile in das Telefon gesprochen hat, gibt er es dem älteren Mann, der ebenfalls eine Weile telefoniert. Als sie die Seventy-second Street überqueren, beendet er das Gespräch. Der Junge steckt das Handy wieder ein, und sie gehen in westlicher Richtung weiter und verschwinden in dem U-Bahneingang an der Ecke Broadway, Seventy-second.

Es ist erstaunlich einfach, ihnen zu folgen. Die Station ist ungünstig aufgeteilt, und es gibt separate Sperren für Uptown- und Downtown-Bahnsteige, aber er hat Glück, er ist nahe genug hinter ihnen, um sie durch die Uptown-Sperre gehen zu sehen. Er folgt ihnen und bleibt etwa zehn Meter von ihnen entfernt stehen. Er postiert sich so, dass er sie aus dem Augenwinkel beobachten kann, wohingegen sie ihn nur im Profil sehen können und sein Körper von anderen verdeckt wird.

Nicht, dass sie sich umblicken, nicht, dass sie Verdacht geschöpft haben. Wahrscheinlich könnte er sich direkt neben sie stellen, ohne dass sie sich etwas dabei dächten.

Er spielt sogar mit diesem Gedanken. Vielleicht könnte es nicht schaden zu wissen, worüber sie sich unterhalten.

Wenn es nur der eine Mann wäre, der ältere, und wenn weniger Leute auf dem Bahnsteig wären – na ja, so was passiert ständig, oder etwa nicht? Man steht dicht neben jemand, wartet, passt den richtigen Moment ab, wenn die U-Bahn einfährt. Dann ein plötzlicher Ruck, ein Schubser, und wenn man es geschickt anstellt, kann man sogar so tun, als versuchte man die betreffende Person zu retten, als versuchte man den Kerl, den man gerade vor die U-Bahn gestoßen hat, im letzten Moment zurückzuziehen.

Vollkommen lächerlich, an so etwas auch nur zu denken. Aber er muss zugeben, dass es ihn in den Fingern juckt, so, als wollten sie ihre Aufgabe schon vorwegnehmen.

Interessant, was er über sich gelernt hat ...

Ein Expresszug fährt ein. Sie steigen ein, und das tut auch er. Er steigt in denselben Waggon, aber durch eine andere Tür. Sie bleiben stehen, ihre Hände an der Haltestange dreißig Zentimeter voneinander entfernt. Er sitzt und beobachtet sie, ohne dass sie von ihm Notiz nehmen.

Die nächste Haltestelle ist die Ninety-sixth Street. Die Türen gehen auf. Sie steigen aus, unterhalten sich, achten nicht auf ihre Umgebung. Er folgt ihnen, postiert sich wieder etwa zehn Meter von ihnen entfernt und steigt nach ihnen in die Broadway Line, als sie anhält.

Kapitel 23

Draußen auf der Straße sagte ich: »Hoffentlich hatte ich recht.«

»Meinst du, wegen des Testaments?«

»Mhm. Ihr gehören jetzt wie viel, neun bis zehn Millionen Dollar? Es mag vielleicht schwer vorstellbar sein, aber es gibt Fälle, da haben Leute jemand schon wegen weniger Geld umgebracht.«

»Manche sogar wegen läppischer zwanzigtausend.«

»Wem sagst du das?«

»Aber sie wusste nichts davon. Lia, meine ich.«

»Glaubt zumindest Kristin. Man kann nie wissen, was ihr Tante Susan außer der Kombination für die Alarmanlage sonst noch alles verraten hat.«

»Klar könnte sie's gewusst haben«, sagte TJ. »Sie könnte auch geglaubt haben, es wäre mehr. Trotzdem kann ich sie mir nicht als dritten Mann vorstellen.«

»Hat sie einen Freund?«

»Mir hat sie nichts von einem erzählt. Was aber nicht heißt, dass sie keinen hat.« Wir unterhielten uns im Gehen, und als wir uns der Ecke näherten, sagte er: »Das ist, was für mich keinen Sinn ergibt. Wenn sie wirklich ihre Finger mit im Spiel hat, spielt ihr doch alles perfekt in die Karten. Etwas Besseres, als dass die Cops den Fall zu den Akten legen, kann ihr doch gar nicht passieren. Warum lenkt sie dann den Verdacht auf Kristin?«

»Genau. Warum erzählt sie dir das alles?«

Er nickte. »Das ist, was ich nicht verstehe.«

»Zwanzigtausend Dollar sind nicht wahnsinnig viel«, sagte ich. »Nicht für eine solche Aktion. Vielleicht hat sie sich mehr erwartet.«

»Wie viel zum Beispiel?«

»Keine Ahnung, nenn einfach eine Zahl. Hunderttausend? Sie bekommt mit, was für ein Leben die Hollanders führen. In ihren Augen schwimmen sie geradezu im Geld, und dann lässt Tante Susan durchblicken, dass sie ihr etwas zukommen lassen will, damit sie sich das Studium finanzieren kann. Wer weiß schon, was für Zahlen ihr da plötzlich durch den Kopf zu schwirren beginnen. Dann findet sie raus, sie soll zwanzigtausend Dollar bekommen, und das erscheint ihr lächerlich wenig. Wenn jetzt aber Kristin etwas mit der Sache zu tun hat, kann sie nicht vom Tod ihrer Eltern profitieren, und der ganze Kuchen wird unter dem Rest der noch lebenden Verwandten aufgeteilt.«

»Wie viel bekommt sie dann?«

»Von wie viel Verwandten hat sie vorhin gesprochen, acht bis zehn? Angenommen, es gibt noch welche, die sie nicht erwähnt hat, sagen wir mal, insgesamt zwanzig, und mal angenommen, sie bekommen alle gleich viel. Wie viel fiele dann für jeden ab? Eine halbe Million?«

»Jedenfalls mehre als zwanzigtausend.«

»Deutlich mehr«, sagte ich und stellte mir das aschblonde verhuschte junge Ding mit der durchscheinenden Haut und den großen beseelten Augen vor. »Trotzdem glaube ich nicht, dass sie was damit zu tun hatte. Jedenfalls nicht wissentlich.«

»Wonach suchst du?«

»Nach einem Münztelefon«, sagte ich. »Siehst du irgendwo eins?«

»Ich hab eins, das nicht mal was kostet.« Er holte sein Handy aus der Hosentasche. Ich sagte, dass er Lia Parkmans Nummer doch sicher nicht auswendig wüsste, worauf er nur die Augen verdrehte. »Die brauche ich mir nicht zu merken«, sagte er. »Sie steht auf meiner Kurzwahlliste.« Er gab eine Nummer ein, drückte auf eine Taste und hielt das Ding an sein Ohr. Wenig später sagte er: »Lia? TJ. Augenblick.«

Er hielt das Mikrofon zu, sagte: »Du solltest dir auch so ein Ding zulegen«, und reichte mir das Handy.

Wir nahmen die U-Bahn und trafen uns wie beim letzten Mal im Salonika mit ihr. Sie erwartete uns bereits in einer Sitznische und hatte ein halb volles Glas Eistee vor sich stehen. Ich bestellte das gleiche und TJ eine Coke. Der Bedienung schien es nichts auszumachen, dass keiner von uns was essen wollte. Es war nicht viel los, und wenn wir nicht da gewesen wären, wäre der Tisch unbesetzt geblieben.

Es hatte Lia überrascht, von mir zu hören. Ich hatte ihre Zweifel und Bedenken so erfolgreich ausgeräumt, dass sie nie auf die Idee gekommen wäre, ich könnte ihrem Verdacht weiter nachgehen. Deshalb war ihre erste Reaktion Bestürzung. Sie wollte Kristin auf gar keinen Fall Ärger machen, und nachdem sich der anfängliche Schock gelegt hatte, hatte sie sich ohnehin nicht mehr erklären können, wie sie überhaupt auf eine derart verrückte Idee hatte kommen können. Sie hatte sich seitdem noch einmal mit Kristin getroffen, und ihrer Cousine hatte der Tod ihrer Eltern immer noch tief in den Knochen gesteckt und …

Ich versicherte ihr, dass Kristin nicht als Verdächtige galt. Aber es gab in dem Fall ein paar ungeklärte Fragen, erklärte ich ihr. Unter anderem bestand die Möglichkeit, dass der Einbruch inszeniert worden war und dass die Einbrecher von einer Person aus dem Bekanntenkreis der Hollanders Hilfe erhalten hatten.

»Die Alarmanlage«, sagte sie.

»Die Kombination der Alarmanlage, der Haustürschlüssel, die Gewohnheiten der Hollanders. Deshalb meine Frage: Besteht die Möglichkeit, dass Ihnen jemand diesbezügliche Informationen entlockt hat?«

»Mir?«

»Ihnen oder Ihrem Freund.«

»Ich habe keinen Freund«, sagte sie. »Diese Möglichkeit lässt sich also schon mal ausschließen. Und es wusste auch niemand etwas von meiner Tante und meinem Onkel, oder wo sie gewohnt haben oder sonst etwas. Deshalb kann ich mir nicht vorstellen, wie mir jemand etwas entlockt haben könnte, was in diese Richtung ging.«

Da war jedoch etwas, was sie mir nicht sagte. Ich konnte ganz deutlich spüren, wie es die Ränder ihres Bewusstseins umflatterte. Ich versuchte, es irgendwie zu fassen zu bekommen, und schließlich fragte ich sie: »Und der Hausschlüssel? Hat den mal jemand geborgt?«

»Nein, natürlich nicht.«

»Aber Sie hatten einen Hausschlüssel?«

»Ja, Tante Susan hat mir einen gegeben.«

»Das haben Sie letztes Mal aber nicht erwähnt«, sagte ich. »Als Sie und Ihre Tante mal von einem Einkaufsbummel nach Hause gekommen sind, hatte sie beide Hände voll mit Tüten und hat Ihnen deshalb den Schlüssel gegeben, damit Sie ihr die Tür aufschließen konnten. Und dann hat sie Ihnen die Kombination gesagt, damit Sie die Alarmanlage ausschalten konnten.«

Ich hatte nicht die Absicht gehabt, ihr Angst zu machen, aber genau das hatte ich damit erreicht. Sie sah aus wie ein von Autoscheinwerfern erfasstes Reh.

»So haben Sie es mir doch erzählt?«, sagte ich behutsam.

»Ja. So war es auch, aber wie Sie es gerade ausgedrückt haben …«

»Wenn Sie einen eigenen Schlüssel hatten, warum hat Ihnen dann Ihre Tante den ihren gegeben?«

»Damals hatte ich noch keinen Schlüssel. Sie hat mir erst später einen gegeben. Falls ich mal ins Haus müsste, wenn niemand zu Hause wäre, meinte sie. Wie man die Alarmanlage abstellt, wüsste ich ja bereits, und vor allem sollte ich nicht vergessen, sie beim Verlassen des Hauses wieder einzuschalten.«

»Haben Sie den Schlüssel denn oft gebraucht?«

»Ich glaube, kein einziges Mal«, sagte sie. »Bis Sie ihn gerade erwähnt haben, hatte ich mehr oder weniger vergessen, dass ich ihn überhaupt hatte. Und außer mir wusste auch niemand, dass ich ihn hatte, und schon gar nicht habe ich ihn mal jemand gegeben.«

»Haben Sie ihn jetzt dabei?«

Sie kramte in ihrer Handtasche, holte einen Schlüsselbund heraus und deutete auf den Schlüssel für das Haus der Hollanders: »Selbst wenn ihn also jemand genommen hätte, als ich gerade nicht aufgepasst habe – was allerdings ziemlich unwahrscheinlich ist, weil niemand wusste, dass ich ihn hatte –, selbst wenn also jemand davon gewusst und ihn genommen hätte, kann das gar nicht gewesen sein, denn da ist er ja.«

»Es könnte aber auch heißen, dass Sie ihn wieder zurückbekommen haben.«

»Glauben Sie etwa, das wüsste ich nicht mehr? Vor allem nach dem, was passiert ist? Glauben Sie allen Ernstes, ich wüsste nicht mehr, wenn mir jemand den Schlüssel für das Haus zurückgegeben hätte, in dem meine Tante und mein Onkel ermordet worden sind?«

TJ machte sie darauf aufmerksam, dass die betreffende Person den Schlüssel genauso zurückgegeben haben könnte, wie sie ihn auch an sich genommen hatte – ohne dass sie es mitbekommen hatte. »Und das hätte der Betreffende auch nicht erst nach dem Einbruch tun müssen«, fügte ich hinzu. »Er hat den Schlüssel bestimmt nicht lange behalten; er dürfte kaum riskiert haben, dass Sie merken, dass er fehlt. Er hätte ihn nur lang genug gebraucht, um ihn nachmachen zu lassen. Und es ist kein Schlüssel, der schwer nachzumachen ist. Das erledigt ihnen jeder x-beliebige Schlüsseldienst in fünf Minuten.«

Sie schwieg eine Weile, und dann sagte sie, sie müsse auf die Toilette. Sie hatte sich bereits einen Schritt vom Tisch entfernt, kam aber noch einmal zurück, um ihre Handtasche zu holen.

»Sie hatte Angst, dass wir reinschauen«, sagte TJ, als sie weg war.

»Und sie wollte auch nicht, dass wir merken, dass sie das dachte. Aber zurücklassen wollte sie die Tasche auch nicht.«

»Sie verheimlicht uns was.«

»Den Eindruck habe ich auch.«

Als sie an unseren Tisch zurückkam, stellte ich ihr ein paar unverfänglichе Fragen, die zu beantworten ihr keine Mühe bereitete. Sie dienten dem Zweck, unser Verhältnis wieder etwas weniger kontrovers erscheinen zu lassen. Dann fragte ich sie, ob ihr sonst noch etwas einfiele, etwas, das sie vielleicht nur ungern erwähnte. Ich spürte, wie sie mit sich rang, ob sie damit herausrücken sollte.

»Nein«, sagte sie schließlich. »Tut mir leid, aber da gibt es nichts.«

Zurück am Broadway sagte TJ, er könnte sich nicht vorstellen, dass mir danach wäre, den ganzen Weg nach Hause zu Fuß zu gehen. Damit lag er vollkommen richtig, und wir gingen zur U-Bahn.

»Eigentlich dachte ich, du würdest sie weiter in die Zange nehmen«, sagte er. »Ich dachte, du würdest sie zum Reden bringen.«

»Das habe ich mir auch überlegt.«

»Aber du hast ihr bloß deine Visitenkarte in die Hand gedrückt. ›Rufen Sie mich an, wenn Ihnen noch was einfällt, egal, wie unwichtig oder nebensächlich es Ihnen erscheint.‹«

»Wenn beim Angeln ein Fisch anbeißt«, sagte ich, »musst du wissen, wann du Leine geben und wann du einkurbeln musst.«

»Ich wusste gar nicht, dass du angelst.«

»Tue ich auch nicht«, sagte ich. »Finde ich todlangweilig.«

»Jedenfalls hast du Lia ein bisschen Leine gegeben.«

»Ich habe ihr die Möglichkeit gelassen, es sich anders zu überlegen«, sagte ich. »Sie weiß etwas, oder glaubt zumindest, etwas zu wissen, und das macht ihr vielleicht Angst. Jedenfalls wird sie jetzt nach Hause gehen und darüber nachdenken. Sie wird Schuldgefühle bekommen, weil sie mir nicht die Wahrheit gesagt hat und ich so getan habe, als würde ich ihr glauben. Und dann wird sie vielleicht zum Telefon greifen.« Nach kurzem Schweigen fügte ich hinzu: »Aber das sind alles nur Vermutungen. Wenn sie zum Telefon greift, habe ich es jedenfalls richtig angepackt.«

Nicht ganz, wie sich herausstellte. Sie griff zwar zum Telefon, aber richtig angepackt hatte ich es trotzdem nicht.

Kapitel 24

Lia!

Er steht vor dem Café und späht durch eins der Fenster. Sie sitzen mit dem Rücken zu ihm an einem Tisch. Da er ihre Köpfe nur aus der Ferne und von hinten sieht, ist von da, wo er steht, eigentlich gar nicht zu erkennen, dass sie es sind, aber wegen der ungewöhnlichen Kombination, ein Schwarzer und ein Weißer, hat er sie sofort entdeckt. Und ihnen gegenüber sitzt ein blondes Mädchen, das er auf der Stelle erkennt.

Aber was wollen die beiden von Lia Parkman? Woher wissen sie überhaupt, dass es sie gibt?

Von Kristin Hollander natürlich. Sie haben bei Kristin Hollander geklingelt, sie hat sie reingelassen, sie sind fast eine Stunde bei ihr geblieben, und als sie gegangen sind, haben sie telefoniert, und jetzt sind sie hier und sprechen mit Lia Parkman, Kristins Cousine.

Worüber sprechen sie?

Was erzählt sie ihnen?

Allzu viel kann sie ihnen nicht erzählen. Eigentlich weiß sie gar nichts. Aber sie kennt ihn und könnte sie unter Umständen auf seine Fährte lenken.

Das möchte er nicht. Egal, wer die beiden sind, egal, was sie wollen, das gilt es unter allen Umständen zu vermeiden.

Seine Hand wandert an seinen Hals. Heute trägt er keine Krawatte, auch kein Jackett, nur ein blaues Hemd mit offenem Kragen und hochgekrempelten Ärmeln. Er zieht die Rhodochrosit-Scheibe heraus, fühlt ihre Glätte, steckt sie wieder unter sein Hemd zurück.

Alles nur seine Schuld. Er hat gewusst, dass sie ein Risikofaktor ist, der einladend herumtreibt und nur darauf wartet, dass jemand die Angel auswirft und anreißt. Aber weil alles so glatt gelaufen ist, hat er geglaubt, es sich leisten zu können, einen Risikofaktor nicht zu beseitigen.

Und überhaupt, was steht er hier herum und glotzt durch das Fenster? Sie können ihn zwar nicht sehen, aber wozu unnötige Aufmerksamkeit erregen? Er geht zu der Bushaltestelle, die etwa fünfzig Meter weiter südlich liegt. Niemand denkt sich etwas dabei, wenn man an einer Bushaltestelle herumsteht.

Außerdem hat man von dort einen guten Blick auf den Eingang des Cafés.

Es ist seine Schuld, aber es war keineswegs nur Unachtsamkeit. Er hatte sich dabei ertappt, dass es ihn richtig gejuckt hat, diesen Risikofaktor aus der Welt zu schaffen, aber er war sich seiner Motive nicht sicher gewesen. Seine Hand erinnert sich auch jetzt noch daran, wie die Pistole in ihr gezuckt hat, wie sie das Messer gepackt und diese Kehle mit chirurgischer Präzision durchtrennt hat. Er erinnert sich mit jeder Faser seines Körpers daran, wie es sich angefühlt hat.

Erregend?

Schon möglich. Aber er kann mit dem Wort nicht viel anfangen. Achterbahnfahrten sind erregend. Drogen sind erregend. Gesetze zu übertreten ist erregend.

Was er getan hat, war ... was?

Befriedigend?

Egal, wie man es nennen will, er hat nicht genug davon bekommen können. Und deshalb hat er dem Drang widerstanden, diesen Risikofaktor zu beseitigen. Er hat es sich mit der Begründung auszureden versucht, dass er damit ohne Grund ein Risiko eingeht.

Aber in Wirklichkeit ist er ein viel größeres Risiko eingegangen, indem er es unterlassen hat.

Daraus kann man durchaus etwas lernen, denkt er, wenn man nur bereit ist, sich damit auseinanderzusetzen. Dem liegt bestimmt ein wichtiges Prinzip zugrunde. Darüber muss er in Ruhe nachdenken.

Was kann bestenfalls passieren?

Sie ist in dem Café und sitzt mit ihnen an einem Tisch (wer auch immer sie sind, Mr. Salz und Mr. Pfeffer, und was auch immer sie von ihr wollen). Also, bestenfalls stellen sie ihr nur Fragen, die Antworten nach sich ziehen, die nichts mit ihm zu tun haben. In diesem Fall wird der einzige Schaden, der durch das Treffen in diesem fragwürdigen Lokal entsteht, ihre Verdauung betreffen.

Anders herum gefragt: Was kann schlimmstenfalls passieren?

Schlimmstenfalls kann auch nicht viel passieren. Sie kann ihnen erzählen, dass sie einen gewissen Arden Brill kennengelernt hat. Das ist der Name, mit dem er sich ihr vorgestellt hat, und es ist beileibe nicht sein richtiger. Wenn sie sich auf die Suche nach Arden Brill machen, können sie lange suchen.

Trotzdem war es unglaublich blöd, ihr diesen Namen zu nennen. Warum nicht John Smith, Herrgott noch mal? Warum nicht John Doe oder Richard Roe oder sonst etwas hinreichend Anonymes und wenig Aufschlussreiches? Aber er musste sich wieder einmal besonders schlau vorkommen und sich Arden Brill nennen, und wozu? Wegen eines Witzes, den nur er versteht? Da hat sich wieder einmal sein Ego in den Vordergrund gedrängt und ihm eine Falle gestellt, in die nur er tappen konnte.

Einfach blöd.

Mein Gott, wie sehr er doch Dummheit verabscheut und verachtet! Bei anderen findet er sie ärgerlich, wenn auch zweifellos hin und wieder äußerst nützlich. Aber bei sich selbst findet er sie unverzeihlich.

Sie kann ihnen seinen Namen sagen, Arden Brills Namen. Sie kann ihnen Arden Brill beschreiben. Aber ein Foto von ihm kann sie ihnen nicht geben, auch keine Gegenstände, die mit seinen Fingerspitzen in Berührung gekommen sind. Er hat in ihrer Nähe nie DNA-Spuren hinterlassen – obwohl er zugeben muss, dass sie körperlich anziehend ist und dass ihre Verletzlichkeit diese Anziehung verstärkt.

Nicht, dass das etwas zur Sache tut. Er will nicht mit ihr schlafen. Das will er nicht, und selbst wenn er es wollte, würde er es sich unter keinen Umständen gestatten. So blöd ist er nun wirklich nicht.

Aber was er tun wird – und zwar je früher, desto besser –, er wird sie umbringen. Und überhaupt, warum sollte es befriedigender sein, eine hübsche Frau zu töten als eine unattraktive?

Das ist es aber. Er weiß es, er spürt es in seinen kribbelnden Händen, in seinem wallenden Blut.

In jeder Faser seines Körpers.

Die zwei Männer gehen als Erste. Seite an Seite, jung und alt, schwarz und weiß, gehen sie auf dem Broadway in Richtung Uptown, weg von ihm, wie auf einem Plakat für die National Brotherhood Week. Und was jetzt? Soll er ihnen folgen?

Nein, erst ist Lia an der Reihe.

Soll er die Gelegenheit nutzen? In das Café gehen und den Überraschten spielen? Lia, was machst du denn hier? Hättest du Lust, noch eine Tasse Kaffee *mit mir zu trinken? Nicht? Na schön, in welche Richtung musst du denn? Ich komme ein Stück mit ...*

Nein, zu exponiert. Zu viele Leute, die sie zusammen sehen, und vielleicht erinnert sich hinterher jemand an sie. Diesmal ist kein Bierman als Sündenbock zur Hand. Das wird ein Mord von einem oder mehreren Unbekannten. Deshalb ist es das Beste, unerkannt zu bleiben und sich nicht sehen zu lassen.

Außerdem verlässt sie das Café gerade. Was jetzt? Soll er ihr folgen?

Ohne sein Zutun wandert seine Hand an seinen Hals und berührt die Scheibe aus rosa geflecktem Stein. Wie glatt, wie kühl sie sich anfühlt. Jedes Mineral hat spezielle Eigenschaften, deshalb tragen sie die Menschen schon seit unerdenklichen Zeiten. Sie dienen nicht nur zur Zierde. Ein Amethyst soll einen unsterblich machen, vor allem, wenn man ihn in Cognac auflöst und trinkt. Die traditionellen Eigenschaften von Rhodochrosit kennt er, und er scheint – scheint – den Verstand zu schärfen.

Denn plötzlich ist ihm alles klar. Sie will nach Hause. Vielleicht legt sie noch irgendwo einen Zwischenhalt ein, aber wahrscheinlich geht sie sofort nach Hause. Es spielt keine Rolle. Wenn er weiß, wohin sie unterwegs ist, braucht er ihr nicht zu folgen.

Zuerst muss er sich um seinen Wagen kümmern. Er kann ihn nicht da stehen lassen, wo er ihn geparkt hat, gegenüber dem Haus der Hollanders. Und vor allem sollte er sich Gedanken darüber machen, was er wegen Lia Parkman unternehmen will und was für Werkzeug er dafür benötigen wird.

Wie sie sich kennengelernt haben:

Entschuldigung, sind Sie nicht Lia Parkman?

Ja, und Sie sind ...

Arden Brill. Sie kennen mich nicht, es gibt keinen Grund, weshalb Sie mich kennen sollten. Aber ... lassen Sie mich einfach gleich zur Sache kommen. Jemand hat mir erzählt, Sie sind mit der Autorin Susan Hollander verwandt.

Sie ist meine Tante.

Angeheiratet oder ...?

Sie ist eine Schwester meiner Mutter.

Und Sie, ähm, kennen Sie sie?

Natürlich. Sie ist meine Tante.

Sie müssen entschuldigen, ich möchte auf keinen Fall aufdringlich erscheinen, aber ich finde, sie ist eine ganz außergewöhnliche Schriftstellerin. Eine der besten ihrer Generation. Um genau zu sein ...

Ja?

Na ja, ich promoviere über sie.

Sie schreiben Ihre Masterarbeit über sie?

Nein, sogar meine Dissertation.

Ihre Doktorarbeit? Ich bin beeindruckt.

Ich bin derjenige, der beeindruckt ist. Susan Hollanders Nichte. Dürfte ich Sie auf eine Tasse Kaffee einladen? Ich habe nämlich jede Menge Fragen, die ich Ihnen gern stellen würde.

Klar, gern. Und wenn Sie möchten ...

Ja, was?

Na ja, ich könnte Sie sogar mit ihr bekannt machen und ...

Das ist natürlich ein tolles Angebot, aber ich glaube nicht, dass das eine so gute Idee wäre.

Nicht?

Sie wissen schon, akademische Distanz und das alles. Ich glaube, es würde meine Objektivität beeinträchtigen, wenn ich Ihre Tante persönlich kennenlernen würde. Aber mit ihrer Nichte zu sprechen – ich glaube, das bewegt sich noch im Rahmen des Erlaubten.

Ach so.

Vor allem wenn diese Nichte auch noch so bezaubernd ist ...

Sie wohnt in einem Mietshaus in der Claremont, nicht weit von der La Salle. Die Universität hat es vor Jahren für die Unterbringung von Studenten gekauft. Sie teilt sich mit drei anderen Studentinnen eine Wohnung im dritten Stock. Sie besteht aus einem großen Wohnzimmer mit einer kleinen Küche und einem langen Flur, von dem vier kleine Schlafzimmer und ein Bad abgehen.

Als er das Auto umgestellt hat, ist er in sein Büro gegangen und hat einen Schlüsselbund aus seinem Schreibtisch geholt. An dem Ring sind drei Schlüssel, die alle neu und unbenutzt aussehen. Einer von ihnen ist für die Eingangstür des Hauses in der West Seventy-fourth Street. Er ist nur ein einziges Mal verwendet worden, seit er ihn hat nachmachen lassen. Die anderen beiden, am *selben Tag vom selben Schlüsseldienst angefertigt, sind noch gar nicht benutzt worden, weshalb er nicht hundertprozentig sicher ist, dass sie auch wirklich passen.*

Er wartet, bis niemand in der Nähe ist, dann nimmt er einen der Schlüssel und steckt ihn in das Schloss der Eingangstür. Er passt. Er schließt die Tür damit auf, betritt das Haus und durchquert die schmucklose Diele.

Es gibt einen Lift, aber er geht daran vorbei und nimmt die Treppe in den dritten Stock hinauf, wo er in einem verlassenen Flur zu der Tür geht, die in ihre Wohnung führt. Er legt das Ohr an die Tür und lauscht, aber es ist nichts zu hören.

Soll er klingeln?

Nein.

Er steckt den dritten Schlüssel ins Schloss, dreht ihn behutsam und öffnet vorsichtig die Tür. Das Wohnzimmer ist leer, aber hinter einer der geschlossenen Türen der Wohnung ist Musik zu hören. Er geht rasch den Gang hinunter, bis zur letzten Tür vor dem Bad. Er lauscht, hört jemand dahinter reden.

Die Tür ist nur angelehnt. Er drückt sie ein paar Zentimeter weiter auf. Sie telefoniert, und, kaum zu glauben, er hört sie seinen Namen sagen.

Das heißt, natürlich nicht seinen Namen. Arden Brills Namen.

»Sie haben ja die Nummer, falls Sie mich anrufen wollen. Tut mir leid, dass ich Ihnen das nicht gleich gesagt habe, aber ich wollte erst darüber nachdenken. Ich bin sicher, es hat nichts zu bedeuten, und ich will niemand Ärger machen, aber ich finde, dass sie es zumindest wissen sollten. Ich dachte einfach ...«

Und sie bricht mitten im Satz ab, einfach so. Sie kann ihn nicht sehen, oder hat er vielleicht, ohne es zu merken, ein Geräusch gemacht? Hat sie irgendwie seine Anwesenheit gespürt?

Er stößt die Tür auf.

Ihre Reaktion kann sich sehen lassen – der Mund weit aufgerissen, die Augen so groß wie Untertassen, die Hände automatisch hochfahrend, etwa auf Tittenhöhe, die Handflächen ihm zugewandt, als wollte sie ihn von sich stoßen.

Ihr Handy liegt zugeklappt auf der Kommode. Das Anrufbeantworterband war zu Ende, wird ihm jetzt klar. Deshalb hat sie mitten im Satz zu sprechen aufgehört. Als sich das Aufnahmegerät ausgeschaltet hat, hat sie aufgelegt.

»Lia!«, sagt er, ohne auf ihre erschrockene Reaktion einzugehen. Er gibt ihr zu erkennen, wie sehr er sich freut, sie zu sehen, und geht ganz selbstverständlich

davon aus, dass seine Freude auf Gegenseitigkeit beruht. »Lia, wo warst du? Ich versuche schon die ganze Zeit, dich zu erreichen.«

Er redet einfach weiter, während er auf sie zugeht, und sie kann nichts sagen und nichts tun, denn sonst müsste sie ihn mitten im Satz unterbrechen, und so etwas würde ein wohlerzogenes Mädchen wie Lia nie im Leben tun. Außerdem ist sie noch immer starr vor Schreck, wie hypnotisiert. Sie ist der Vogel, und er ist die Schlange, und es ist einfach wundervoll, sie anzusehen und zu wissen, dass sie weiß, dass sie keine Chance hat.

Er hat das kleine Tränengasspray in der Hand. Es ist etwa so groß wie ein Wegwerffeuerzeug, und er hat es schon mehrere Wochen. Eigentlich hatte er es bei Jason Bierman verwenden wollen, aber es war gar nicht nötig gewesen. Wahrscheinlich wird er es auch jetzt nicht brauchen, aber sie könnte versuchen, ihn zu kratzen, oder anfangen zu schreien, und warum ein solches Risiko eingehen? Außerdem würde er zu gern mal sehen, wie das Zeug wirkt. Er hat die Beschreibungen gelesen, aber konkret hat er es noch nicht mitbekommen.

Er drückt auf den kleinen Knopf und sprüht ihr voll ins Gesicht.

Und sie geht sofort zu Boden. Wirklich erstaunlich. Sie wälzt sich auf dem Boden, mit krampfhaft geschlossenen Augen, ihre Hände fahren an ihr Gesicht, und sie reibt sich mit den Handrücken die Augen …

Intensive Gefühle wallen in ihm auf. Sie überwältigen ihn, genauso, wie das Tränengas sie überwältigt hat, und die Wirkung ist fast ebenso stark. Er hat dieses intensive Gefühl für sie, mehr ein Gefühl als Liebe, oder genauer, so, wie er sich Liebe vorstellt.

Mit Tränen in den Augen sinkt er auf die Knie nieder und streckt die Hände nach ihr aus.

Das Schwierigste ist, sie ins Bad zu schaffen. Es ist zwar nur wenige Schritte entfernt, aber es könnte jemand im Flur sein und sehen, wie er sie dorthin trägt. Das darf er nicht riskieren.

Besser, er erledigt sie in ihrem Zimmer. Ein Laken in Streifen reißen, eine Schlinge um ihren Hals legen, sie an einem Leitungsrohr aufhängen. Sie ist deprimiert, hat den Tod ihrer Tante nicht verkraftet. Klar, warum nicht?

Oder soll er ihr mit dem Fuß der Nachttischlampe den Schädel einschlagen? Jemand ist eingebrochen, hat sie ausgeraubt und umgebracht.

Aber er hat sie bereits mit einem Würgegriff außer Gefecht gesetzt, eine Flasche Wodka aufgemacht und ihr ein paar Schlucke daraus eingeflößt.

Halte dich an deinen Plan, redet er sich gut zu.

Er öffnet die Tür, späht in den Flur hinaus. Er geht allein nach draußen und klopft an die Badezimmertür. Als keine Reaktion erfolgt, öffnet er sie. Das Bad ist leer.

Er kommt zu ihr zurück. Mit einem Taschentuch wischt er alle Fingerabdrücke weg. Dann zieht er sie hoch, schaut noch einmal in den Flur und schleppt sie aus ihrem Zimmer. Sobald sie im Bad sind, zieht er die Tür hinter sich zu und verriegelt sie.

Er steckt den Stöpsel in das Abflussloch der Wanne, dreht das Wasser auf. Während das Wasser einläuft, legt er sie auf den kalten Fliesenboden und kniet neben ihr nieder. Er entkleidet sie, bis sie splitternackt ist, und er genießt es, ihren zierlichen Körper entblößt vor sich liegen zu haben. Wie ein Weihnachtsgeschenk, denkt er und sieht sich als ein aufmüpfiges Kind, das sein Spielzeug kaputt macht und wegwirft, bevor irgendjemand anders damit spielen kann.

Der Vergleich entlockt ihm ein Lächeln.

Als sie nackt ist und die Wanne bis auf etwa zwanzig Zentimeter vollgelaufen ist, schiebt er einen Arm unter ihre Oberschenkel und den anderen unter ihre Schultern, hebt sie hoch und lässt sie in die Wanne gleiten. Dann packt er sie mit einer Hand an den Haaren, legt die andere mit gestreckten Fingern auf ihre Brust, sodass sie ihre beiden kleinen Brüste gleichzeitig berührt. Er drückt sie nach unten und hält ihren Kopf unter Wasser.

Ihre Augen sind offen und starren durch das Wasser zu ihm hoch. Kann sie ihn sehen? Weiß sie, was geschieht?

Spielt das eine Rolle?

So hält er sie jetzt fest und ergötzt sich dabei an ihrem Anblick, bis Luftblasen aus ihrem Mund und ihrer Nase kommen. Als er auf ihre Brust drückt, treten weitere Blasen aus und steigen an die Oberfläche. Und ihre Augen verändern sich. Irgendetwas ist aus ihnen gewichen.

Er holt tief Luft und lässt sie wieder entweichen. Als er ihr Haar loslässt, bleibt ihr Kopf unter Wasser. Er kneift kurz in ihre Brüste, lässt seine Hand zu ihrem Unterleib hinuntergleiten. Er teilt ihre Schenkel, steckt einen Finger nur ein ganz kleines Stück in sie, zieht ihn wieder heraus und fragt sich flüchtig, was ihn dazu veranlasst hat.

Egal. Er legt ihre Kleider zusammen, legt sie ordentlich auf den Klodeckel. Er holt wieder sein Taschentuch heraus und wischt damit über alle Oberflächen, die er berührt hat.

Er sieht niemand, als er die Wohnung verlässt. Er nimmt wieder die Treppe und begegnet auch in der Diele niemand. Auf der Straße sind ein paar Leute unterwegs, aber niemand schenkt ihm Beachtung.

Erst als er wieder auf dem Bahnsteig ist und auf die U-Bahn wartet, nimmt er die Visitenkarte aus der Brusttasche seines blauen Hemds. Er hat sie auf ihrer Kommode gefunden, neben dem Handy, und sie schon damals gelesen. Aber jetzt liest er sie noch einmal.

Matthew Scudder steht dort. Er nickt und steckt die Visitenkarte in seine Hemdtasche zurück.

Kapitel 25

Wäre ich sofort nach Hause gegangen, wäre ich vielleicht dagewesen, als sie anrief, aber vielleicht auch nicht. Schwer zu sagen.

Und es spielt auch keine Rolle, denn ich ging nicht sofort nach Hause. Ich ging noch mit TJ in sein Zimmer auf der anderen Straßenseite und schaute CNN, während er den Computer hochfuhr und eine Suche nach Jason Bierman startete. Es gab bereits mehrere Internetseiten, die sich ausschließlich oder zum Teil mit dem Massaker in der West Seventy-fourth befassten, und TJ las mir eine Reihe von Arkana vor, darunter den Eintrag eines besonders akribischen Zeitgenossen, der die exakte Entfernung vom Haus der Hollanders zu der Stelle vor dem Dakota abgeschritten hatte, wo John Lennon erschossen worden war.

Das veranlasste mich zu der Bemerkung: »Und wie viele Schritte sind es von dort bis zum Grassy Knoll, von dem Kennedy angeblich erschossen wurde? Das würde ich jetzt aber auch gern wissen.«

»Hier steht noch was«, sagte TJ. »Seine Mama behauptet, er war's nicht.«

Das hatte auch die Mutter von Lee Harvey Oswald behauptet, sagte ich ihm. Was für ein Zufall aber auch. In der Glotze lächelte sich Lynne Russell tapfer durch eine Reihe schlechter Nachrichten vom Balkan und noch schlechterer aus dem Nahen Osten. Als Werbung kam, machte ich den Fernseher aus und rief Elaine im Laden an. Wir verabredeten uns zu einem frühen Mittagessen im Armstrong's. Ich fragte TJ, ob er mitkommen wollte, aber er sagte, er hätte zu tun.

Ich ließ ihn an seinem Mac zurück und ging auf die andere Straßenseite. Ich holte die Post aus dem Briefkasten und nahm sie mit nach oben, aber es war nichts Spannendes dabei. Als ich den Anrufbeantworter abhörte, war eine Nachricht von Lia Parkman darauf, in der sie sich wirr und wortreich dafür entschuldigte, mir nicht schon früher erzählt zu haben, dass sie sich an ein Gespräch über ihre Tante Susan erinnern konnte. Sie hatte es mit einem Studenten geführt, der seine Doktorarbeit über ihre Bücher schrieb und Arden Brill hieß. Sie fügte hinzu, dass ich sie jederzeit anrufen könne, ihre Nummer hätte ich ja, und dann schnitt ihr der Anrufbeantworter mitten im Satz das Wort ab.

Ich hatte ihre Nummer aber nicht. Die hatte TJ. Und als ich ihn anrief, telefonierte er gerade. Als ich ihn darauf auf dem Handy anrief, ging er dran, sah die Nummer nach und gab sie mir durch. Ich wählte sie, und nach dem vierten Klingeln teilte mir eine Stimme vom Band mit, ich sei mit Spirit Voicemail verbunden und könne eine Nachricht für – worauf eine andere Stimme, nämlich ihre eigene, »Lia Parkman« sagte – hinterlassen.

Ich beschloss, später noch einmal anzurufen, und hinterließ keine Nachricht.

Ich duschte und entschied, dass ich mich nicht noch einmal rasieren müsste, und nachdem ich mich angezogen hatte, versuchte ich es wieder unter Lias Nummer, mit dem gleichen Ergebnis. Ich schaute eine Weile Nachrichten, versuchte Lia ein drittes Mal zu erreichen und verließ die Wohnung, um mich zu Fuß auf den weiten Weg zu Jimmy Armstrongs Saloon drüben in der Tenth Avenue zu machen. Ich betrat das Lokal und bestellte an der Bar ein Perrier, als ich jemand meinen Namen rufen hörte und mich umdrehte. Der Mann, der mir zuwinkte, war Manny Karesh, ein Freund aus alten Zeiten, als Jimmys Laden noch gleich um die Ecke von meinem Hotel in der Ninth Avenue war.

Manny stand mit zwei Krankenschwestern, die gerade von ihrem Dienst im Roosevelt kamen, an einem Tisch. Die beiden Frauen tranken Margaritas, und er hatte ein Bier vor sich stehen – ein Dos Equis, wie er sagte, passend zu den mexikanisch angehauchten Drinks der Mädchen. Vielleicht hätte ich ja Lust, auf eine mexikanische Mineralwassersorte umzusteigen, schlug er vor.

Eine der Krankenschwestern sagte, sie hätten eine Frau auf der Station, die in Mexiko Urlaub gemacht und das Wasser dort getrunken hatte. Als Manny wissen wollte, wie es ihr ging, sagte die Schwester: »Wir warten alle darauf, dass sie demnächst stirbt.«

Dann kam Elaine, und wir wurden an unseren Tisch geführt. »Entschuldige bitte die Verspätung«, sagte sie. »Aber vielleicht sollte ich mich lieber entschuldigen, dass ich überhaupt gekommen bin. Du hast den Eindruck gemacht, als hättest du dich an dem Tisch dort drüben ganz wohl gefühlt.«

»Klar«, sagte ich. »Wenn die mich bloß sehen, ist ihr erster Gedanke ›Geriatrie‹.«

»Wäre doch gar nicht so schlecht«, sagte sie. »Vielleicht kriegst du sie sogar rum, dass sie dir einen Einlauf machen. Und überhaupt, wenn das Alter so eine große Rolle für sie spielt, was wollen sie dann von Manny? Er ist doch zwanzig Jahre älter als du.«

»Aber er hat das Herz eines kleinen Jungen.«

»Im Körper eines geilen alten Bocks«, sagte sie und griff nach der Speisekarte.

Sie entschied sich für den Avocadosalat, und ich bestellte das Chili, und während wir auf das Essen warteten, erzählte ich ihr, dass ich Michael den Scheck geschickt hatte. »Ich habe lediglich einen Scheck ausgestellt«, sagte ich, »und einerseits erscheint mir das als zu viel und andererseits als zu wenig, beides gleichzeitig.«

Ich erklärte ihr, dass ich den Scheck auf Michael ausgestellt hatte und dass er einen Scheck über den Gesamtbetrag an Andys Arbeitgeber schicken würde. Sie fragte, ob er überhaupt mitbekommen würde, dass die Hälfte des Gelds von mir war. »Sein Chef?«, fragte ich. »Dem ist egal, von wem das Geld ist. Ach so, aber das hast du nicht gemeint, oder?«

»Michael hat gesagt, er könnte ihm nur fünftausend schicken. Wird er ihm sagen, von wem der Rest ist?«

»Darüber haben wir nicht gesprochen«, sagte ich. »Das kann er handhaben, wie er will.«

Als wir nach Hause kamen, waren drei Nachrichten eingegangen. Die von Lia war immer noch auf dem Anrufbeantworter, gefolgt von einer Nachricht von Danny Boy, der mir vorschlug, irgendwann nach neun im Mother Blue's vorbeizukommen.

Die dritte Nachricht lautete: »Der Teilnehmer, der diese Nachricht erhält, möchte bitte Ira Wentworth anrufen.« Dem war eine Nummer beigefügt, sonst nichts.

Ich fragte Elaine, ob sie jemand kannte, der Ira Wentworth hieß. Das war nicht der Fall, und als ich ihr die Nachricht vorspielte, sagte sie: »Weißt du was? Wir haben gerade eine Reise gewonnen, um uns eine Ferienwohnung auf Grand Cayman Island anzusehen. Nur hört sich die Stimme nicht nach einem Telefonverkäufer an, sondern nach einem Cop.«

Ich spielte die Nachricht noch einmal ab, und mir wurde sofort klar, was sie meinte. Ich wählte die Nummer, und es läutete lange an. Ich wollte schon auflegen, als eine Frau abnahm und sagte: »Bereitschaftsraum, McLaren.«

Ich fragte nach Ira Wentworth, und sie sagte, er sei nicht da. Ob ich eine Nachricht hinterlassen wolle? Ich sagte, ich sei Matthew Scudder und hätte einen Anruf von ihm erhalten. Ob ich meine Nummer hinterlassen wolle? »Die müsste er eigentlich haben«, sagte ich. »Er hat mich angerufen.«

»Du hattest recht«, sagte ich zu Elaine. »Er ist ein Cop, zumindest laut Aussagen einer Person namens McLaren. Die ebenfalls ein Cop ist, weil sie sonst nicht ans Telefon gegangen wäre. Allerdings könnte ich nicht behaupten, dass sie sich wie einer angehört hat.«

»Was könnte er von dir wollen?«

»Keine Ahnung. Sie hat nicht mal gesagt, welches Revier; sie hat nur ›Bereitschaftsraum‹ gesagt, und ich habe nicht daran gedacht, sie zu fragen.«

»Du könntest ja noch mal anrufen.«

»Ich könnte auch sagen, was soll's? Erst mal sehe ich, was Danny für mich hat. Und wenn ich schon dabei bin, kann ich ihn auch noch gleich fragen, was er über Wentworth und McLaren weiß.«

»Wentworth & McLaren. Hört sich an wie ein Architekturbüro. Oder ein Designstudio.«

»Sie sind aber Cops«, sagte ich. »Zumindest hauptberuflich, und das mit dem Design ist nur eine Nebenerwerbsquelle. Aber sei bitte so gut und versuche herauszufinden, worum es geht, wenn er noch mal anruft.«

Als ich ins Mother Blue's kam, spielte die Hauscombo gerade eine stilsichere Version von Miles Davis' »Walking«. Ich setzte mich zu Danny Boy, und als die Nummer zu Ende war, kletterten der Schlagzeuger und der Bassist von der Bühne und gingen an die Bar, und der Pianist spielte eine Thelonious-Monk-Komposition. Auch Danny kannte die Nummer, aber keinem von uns fiel ihr Titel ein. Als das Stück zu Ende war, gesellte sich der Pianist zu seinen Kollegen an der Bar, die Musikbox übernahm, und Danny schenkte sich zwei Fingerbreit Wodka ein und sagte, dass alle das gleiche über Ivanko und Bierman sagten.

»Und das ist, dass es gut ist, dass sie tot sind«, fügte er hinzu. »Alle sind der einhelligen Meinung, dass sie zu der Sorte Leute gehören, die das Verbrechen in Verruf bringen. Vor allem Ivanko, von dem alle bereits vermutet haben, dass er früher oder später etwas in der Art tun würde. Im Nachhinein redet sich natürlich immer leicht, aber in diesem Fall waren sich alle ungewohnt einig.«

»Und Bierman?«

»Also, das ist wirklich interessant«, sagte er. »Deshalb habe ich dich auch angerufen. Über Bierman wusste eigentlich niemand was. Wenn alle froh waren, dass er tot war, dann nur aus dem einen Grund, dass sie wussten, dass er bei diesem Schlachtfest Ivankos Partner war. Die Einzige, die in diesem Punkt anderer Meinung ist, ist Jason Biermans Mutter.«

»Laut TJ«, sagte ich, »ist sie überall im Internet präsent.«

»Auch überall in New York. Sie ist extra hergeflogen, um den Ruf ihres Sohns wiederherzustellen.«

»Ist Bierman nicht aus New York?«

»Woher er – oder auch die Mutter – ursprünglich ist, weiß ich nicht«, sagte Danny Boy. »Aber zurzeit lebt sie in Wisconsin. Von der Stadt habe ich noch nie was gehört, und sie schreibt sich mit zehn oder zwölf Buchstaben, von denen die Hälfte Os sind. Spielt ja auch keine Rolle, denn jetzt ist sie nicht mehr dort. Jetzt ist sie hier.«

»In New York.«

»Im ehemaligen Hotel Peralda, Kennern als Paraldehyde Arms bekannt.«

»Westlich vom Broadway in den Nineties«, sagte ich.

»In der Ninety-seventh Street, und was für ein versifftes Drecksloch das war. Schreiende Babys und pfeifende Kugeln, und die einzigen ruhigen Zimmer waren die, deren Bewohner tot waren. Aber dann, ob du es glaubst oder nicht, hat eine Hotelkette das Haus gekauft und in ein Budget-Hotel für seriöse Reisende umgewandelt. Ich hoffe nur, sie haben es vorher rundum in Plane eingepackt und gründlich ausgeräuchert.«

»Und dort ist sie abgestiegen?«

»Wenn sie inzwischen nicht umgebracht worden ist oder sich als Transvestitennutte neu erfunden hat oder auf einen Güterzug zurück nach Ocomocoloco gesprungen ist. Sie behauptet steif und fest, ihr Sohn war ein guter

Junge und kann unmöglich getan haben, was sie ihm unterstellen. Ihr zufolge sollte ihr Jason den Sündenbock für einen Kerl spielen, den es noch zu finden gilt.«

»Entweder bin ich genauso verrückt wie sie«, sagte ich, »oder die Frau hat recht.«

Danny Boy schenkte sich mehr Wodka ein. »Dann seid ihr wie füreinander geschaffen. Soviel ich gehört habe, hat sie schon mit der Presse gesprochen, aber die Einzigen, die sich mit ihr abgeben, sind irgendwelche Revolverblätter übelster Sorte, die aber in Wirklichkeit nichts anderes von ihr wollen, als dass sie erzählt, wie Jase als kleiner Knirps Fliegen die Flügel ausgerissen und herrenlose Katzen für wissenschaftliche Experimente benutzt hat. Als sie jedoch nicht davon abrücken wollte, ihn als den reinsten Tugendbold hinzustellen, haben sie schnell das Interesse an ihr verloren. Und die Cops wollen natürlich auch nichts von ihr hören. Sie lassen irgendeinen Rookie ihre Aussage zu Protokoll nehmen und komplimentieren sie dann wieder raus.«

»Was man ihnen nicht verdenken kann.«

»Weiß Gott nein. Aber was sie jetzt macht, obwohl sie nicht mal einen Nachttopf zum Reinpissen hat, auch wenn sie im Colonial Inn erwarten, dass man seinen eigenen mitbringt ...«

»So heißt das Paraldehyde jetzt?«

»Ja, und es sagt eigentlich alles über den Laden, solange man sich unter einer Kolonie so etwas wie die Teufelsinsel vorstellt. Was die Frau also macht, und warum ich dich sofort angerufen habe, ist, dass sie einen Privatdetektiv sucht, der ihre Interessen vertritt und den guten Ruf ihres Jungen wiederherstellt. Wie füreinander geschaffen, ihr beide. Wie füreinander geschaffen!«

Wenn das einer von Dannys Abenden im Poogan's gewesen wäre, hätte ich Helen Leich Bierman Watling, die zweimal verwitwete Mutter Jason Biermans, vielleicht nie kennengelernt. Ich hätte überlegt, ob ich sie in ihrem Hotel anrufen sollte, und ich hätte wahrscheinlich auf die Uhr gesehen und gedacht, dass es zu spät war, um sie anzurufen. Wenn ich kein funktionierendes Münztelefon gefunden und beabsichtigt hätte, von zu Hause anzurufen, wäre ich mit noch größerer Wahrscheinlichkeit zu der Überzeugung gelangt, dass es zu spät war, und hätte bis zum nächsten Morgen gewartet.

Bis dahin hätte ich von Ira Wentworth (von Wentworth & McLaren) gehört, und ein Anruf bei einer schrulligen alten Dame aus Wisconsin hätte auf meiner To-do-Liste nicht mehr sonderlich weit oben gestanden. Außerdem hätte ich sie bis spätestens neun Uhr morgens anrufen müssen, denn zu diesem Zeitpunkt verließ sie das Hotel, um ihre Elf-Uhr-Maschine nach Milwaukee zu erwischen, das für alle, die in Oconomowoc lebten, der Flughafen ihrer Wahl war.

Aber das Mother Blue's ist auf Höhe der Nineties in der Amsterdam und nur wenige Minuten vom Colonial Inn, vormals Paraldehyde Arms, entfernt. Ich rief nicht einmal vorher an, sondern ging einfach hin, und der Mann an der Rezeption, der eindeutig zu proper aussah für das Foyer, bestätigte mir, dass Mrs. Watling im Hotel wohnte. Ich griff nach dem Hörer eines Haustelefons, und er stellte mich in ihr Zimmer durch.

»Mrs. Watling, mein Name ist Matthew Scudder«, stellte ich mich vor. »Ich bin Privatdetektiv und würde gern über Ihren Sohn mit Ihnen sprechen.«

»Na, großartig«, sagte sie. »Jetzt kommen Sie wohl alle aus ihren Löchern gekrochen.«

»Wie soll ich das jetzt bitte verstehen?«

»Wahrscheinlich wittern Sie Geld«, sagte sie. »Tut mir leid, wenn ich Sie enttäuschen muss, aber leider kann ich mir die Honorare, die Sie verlangen, nicht leisten.«

Und damit legte sie auf.

»Ich glaube, mit der Verbindung hat etwas nicht gestimmt«, sagte ich zu dem Hotelangestellten. »Könnten Sie mich bitte noch mal durchstellen?«

Als sie dranging, sagte ich: »Mrs. Watling, Sie könnten mich gar nicht engagieren, selbst wenn Sie das wollten. Ich habe bereits einen Klienten, und ich bin der Überzeugung, dass Ihr Sohn tatsächlich unschuldig ist, dass ihm das alles angehängt worden ist und dass ihn ein bisher noch nicht identifizierter Mann getötet hat. Ich bin unten im Foyer, und ich bin gerade zu Fuß hierhergekommen, um mit Ihnen zu reden, aber wenn Sie noch mal auflegen, gehe ich nach Hause, und Sie können mich gern haben.«

Das alles sagte ich in einem Atemzug, denn ich wollte alles unterbringen, bevor sie erneut auflegte, und aus diesem Grund fiel mein Endspurt vielleicht etwas aggressiver aus als beabsichtigt. Kurz dachte ich, sie hätte tatsächlich aufgelegt, weil ich nichts mehr von ihr hörte. Doch dann sagte sie: »Ach, du meine Güte. Da lasse ich mir *endlich* nicht mehr dumm kommen, nachdem ich seit meiner Ankunft in dieser Stadt nur ja niemand auf die Zehen zu steigen versucht habe, und dann suche ich mir anscheinend genau den Falschen aus, um den Hörer auf die Gabel zu knallen. Sind Sie noch dran?«

»Ja, bin ich.«

»Möchten Sie hochkommen?«

KEINE BESUCHE AUF DEN ZIMMERN GESTATTET, verkündete ein Schild. »Das geht, glaube ich, nicht«, sagte ich. »Das ist in diesem Hotel nicht erlaubt.«

»Glauben Sie etwa, die halten mich für eine Prostituierte? Aber egal, in meinem Zimmer wäre sowieso nicht genügend Platz für zwei. Eigentlich nicht mal für einen. Das ist die schlechteste Ausrede für ein Hotel, die ich in meinem ganzen Leben gesehen habe, von drinnen gewohnt erst gar nicht zu reden. Und dafür wollen sie fünfundneunzig Dollar pro Nacht zuzüglich Steuern. Und das soll dann auch noch günstig sein!«

Willkommen in New York, dachte ich.

»Ich muss mich nur noch schnell anziehen«, fügte sie hinzu. »Aber das dauert höchstens eine Minute, dann komme ich zu Ihnen runter.«

Es dauerte länger als eine Minute, aber nicht mehr als fünf, bis sie in einem beigen Hosenanzug und einer knallgelben Bluse aus dem Fahrstuhl kam. »Ich bin total falsch angezogen für New York«, sagte sie. »Brauchen Sie mir gar nicht erst zu sagen.«

»Hatte ich an sich nicht vor.«

»Trotzdem ist es so, und ich weiß es auch. Aber ich werde nicht losrennen und mir massenweise schwarze Sachen kaufen, um nicht so stark herauszustechen – was ich auch dann täte, wenn ich ganz in Schwarz rumlaufen würde.«

Ich hatte nicht vor, ihr zu widersprechen. Sie sah aus wie eine typische Vorstadtmatrone aus dem Mittelwesten, ihr hellbraunes Haar gewissenhaft gestylt, ihr Lippenstift ordentlich aufgetragen, ihre Gesichtsfalten von der Sorte, die man Lachfältchen nennt. Sie war nicht die typische Mutter, die ich mir vorgestellt hatte, aber sie schien ganz gut für die Rolle geeignet, die sie sich übergestülpt hatte oder die ihr vielleicht auch übergestülpt worden war: die Mutter, die fest entschlossen war, den guten Ruf ihres Sohnes zu retten.

Nur dass es um diesen Ruf nicht allzu gut bestellt gewesen war, wie sie mir verriet, als wir uns an einem Ecktisch eines Ninety-sixth-Street-Äquivalents des Morning Star oder des Salonika niederließen. »Jason hat nie wirklich einen Fuß auf den Boden bekommen«, erzählte sie. »Sein Vater war so ziemlich der gutaussehendste Junge in meiner Highschoolklasse – und der witzigste. Aber ihm ging es immer nur um Spaß haben, und Spaß bedeutete für ihn trinken, und trinken bedeutete ... wie auch immer, als Jason vier war, hat er sich aus dem Staub gemacht. Ich habe nie mehr was von ihm gehört, und man hat mir gesagt, ich könnte mich *in absentia* scheiden oder ihn nach sieben Jahren für tot erklären lassen. Aber ich wusste nicht, ob ich das wirklich wollte, das eine oder das andere, und dann war es auch gar nicht mehr nötig, weil er sich irgendwo in Kalifornien mit seinem Auto überschlug, und in seiner Geldbörse war ein Zettel, auf dem stand, wer im Fall seines Todes verständigt werden sollte, und so erfuhr ich es dann.«

In der Schule hatte Jason immer Probleme, erzählte sie, und als sie dann wieder heiratete, kam er mit seinem Stiefvater nicht klar, mit dem auszukommen, gestand sie mir, auch wirklich nicht leicht gewesen war. Jason ließ sich einfach treiben und geriet entsprechend immer wieder in Schwierigkeiten, aber er war niemand, den man als böse bezeichnet hätte. Alles Verletzende oder Böswillige war ihm fern. Es hieß, dass er festgenommen worden war, weil er in der U-Bahn unter einer Sperre durchgeschlüpft war, und das war etwas, was sie sich bei ihm durchaus vorstellen konnte, oder auch Ladendiebstahl in einem Supermarkt oder Kaufhaus, aber was er da getan haben sollte ...

Ich erklärte ihr, dass ich anders an die Sache heranging und jemand zu finden versuchte, dessen Motiv ausdrücklich mit den Hollanders zu tun gehabt hatte. Wenn ich ein Bindeglied finden konnte, jemand im Leben ihres Sohns, der in irgendeiner Weise mit Byrne und Susan Hollander zu tun gehabt hatte, dann konnte ich die einzelnen Punkte vielleicht so verbinden, dass ein sinnvoller Zusammenhang entstand.

Darüber dachte sie eine Weile nach, während sie ihren getoasteten Bran Muffin (»eins der wenigen Dinge, die in New York wirklich besser sind«)

mit Butter bestrich und einen kleinen Bissen davon nahm. Sie trank einen Schluck Eistee, aß mehr von dem Muffin, trank mehr vom Eistee, und dann schaute sie zu mir auf und schüttelte den Kopf.

»Ich weiß schlicht und einfach nicht, wen er kannte oder nicht kannte«, sagte sie. »Er hat mich regelmäßig jede Woche angerufen, das schon. Aber natürlich immer per R-Gespräch. Das habe ich ihm sogar ausdrücklich gesagt, weil er oft nicht das Geld hatte, um mich anzurufen. Ich habe ihm auch sonst regelmäßig ausgeholfen und alle paar Wochen Geld geschickt. Schecks habe ich ihm allerdings keine geschickt, weil es praktisch unmöglich war für ihn, eine Stelle zu finden, wo er einen Scheck von einer Bank aus einem anderen Bundesstaat hätte einlösen können, und ein eigenes Konto, auf das er ihn hätte abbuchen können, hatte er natürlich nicht. Er hatte rein gar nichts.«

Aber zumindest, sagte sie, hatte er sich zu fangen begonnen. Nicht, dass er sein Leben wirklich in den Griff bekommen hätte, davon war er noch ein gutes Stück entfernt, aber immerhin hatte er angefangen, eine aktivere Rolle in seinem Leben zu spielen, statt alles nur völlig passiv auf sich zukommen zu lassen.

»Er hat gearbeitet«, sagte sie. »Drei Stunden am Tag, Montag bis Freitag, für einen Deli Mittagessen ausliefern. Sie haben ihn am Ende jeder Schicht in bar bezahlt. Viel war das zwar nicht, aber er hat auch Trinkgeld bekommen. Und nachts hat er auch gearbeitet, als Ausfahrer für einen Package Store.«

Ich kannte den Begriff nicht, weshalb sie sagte: »Nennen Sie das nicht so? Einen Laden, der verpackte Waren verkauft. Getränke, alkoholische Getränke. Wie nennen Sie so was?«

»Einen Liquor Store oder Getränkemarkt.«

»Da sieht man's mal wieder, typisch New York«, sagte sie. »Da sind wir im Mittelwesten wohl etwas diskreter oder vielleicht auch nur mehr etepetete. Wir nennen so was Package Store. Das haben Sie nicht gewusst, und *ich* habe nicht gewusst, dass man sie auch anders nennen kann, und so haben wir wohl beide etwas dazugelernt.«

Jasons Leben hörte sich nicht gerade nach was Besonderem an, war ihr sehr wohl bewusst. Mit ein paar Gelegenheitsjobs ließ sich nun mal kein

Staat machen. Aber wenn man ihn kannte und wusste, woher er kam, konnte man sehen, dass er zumindest ansatzweise auf dem richtigen Weg war.

»Das letzte Mal, als er Ärger bekommen hat«, sagte sie, »haben sie ihn zu so einer Art Therapeut geschickt, und das muss man New York wirklich lassen, denn Jason hat gesagt, dieser Mann hat ihm geholfen, die Dinge ein bisschen klarer zu sehen: dass er sich ständig selbst im Weg stand und dass das nicht so sein musste. Und von diesem Punkt an begann es mit ihm aufwärts zu gehen.«

Ein paar genauere Angaben wären durchaus hilfreich gewesen. Der Name des Therapeuten zum Beispiel. Vielleicht kannte er die Namen einiger anderer Leute in Jason Biermans neuem Leben. Es hätte auch nicht geschadet, die Namen und Adressen seiner Arbeitgeber zu kennen; aber sie wusste nur, dass der Deli in Manhattan war, was die Sache nicht wirklich einfacher machte. Der Package Store (»oder Liquor Store, ich sollte mir merken, so dazu zu sagen«) hätte überall sein können.

Sie aß ihren Bran Muffin auf und trank ihren Eistee aus, und ich fand, dass mein Kaffeebedarf vorerst gedeckt war. Ich griff nach der Rechnung, und sie fischte eine Geldbörse aus ihrer Handtasche und fragte, wie viel sie mir schuldig sei. Ich sagte, das ginge auf mich. Sie bestand darauf, ihren Anteil zu bezahlen, aber ich sagte, das sei schon in Ordnung so. »Sie sind diejenige, die zu Besuch hier ist«, sagte ich. »Wenn ich das nächste Mal nach Wisconsin komme, dürfen Sie die Rechnung zahlen.«

»Das ist wirklich nett von Ihnen«, sagte sie. »Und das, nachdem ich Ihnen gerade unterstellt habe, sich eine goldene Nase an mir verdienen zu wollen!« Sie hätte schon mit mehreren Privatdetektiven gesprochen, führte sie darauf weiter aus, und einer hätte ihr geraten, wieder nach Hause zu fahren, das Ganze wäre nur Zeitverschwendung, und die anderen wollten einen gesalzenen Vorschuss, bevor sie auch nur einen Finger rührten.

»Zwei Männer wollten zweitausend Dollar«, sagte sie, »und einer sogar zweieinhalb. Ein anderer verlangte zwei- oder dreitausend, wie viel genau, weiß ich nicht mehr, und als ich ihm klarmachte, das wäre zu viel, meinte er, ich sollte ihm tausend geben. Als ich darauf hin und her überlegte, sagte er, wenn ich ihm fünfhundert gäbe, könnte er schon mal loslegen. Ich bekam allerdings mehr und mehr den Eindruck, dass er alles genommen hätte, was ich ihm gegeben hätte, und dass er vermutlich keinen Finger gerührt hätte, sobald er das Geld mal gehabt hätte.«

Ich bestätigte ihr, dass sie das vermutlich völlig richtig sah, worauf sie sich noch einmal unnötigerweise entschuldigte und fragte, ob sie meiner Meinung nach in New York bleiben sollte. Ihr Flug ginge am nächsten Morgen, aber sie könnte noch eine Weile länger in New York bleiben.

Ich sagte ihr, das wäre nicht nötig. Ich gab ihr eine meiner Visitenkarten und notierte mir ihre Adresse und Telefonnummer. Dann begleitete ich sie ins Hotel zurück, obwohl sie mir versicherte, das sei nicht nötig. Ich wartete, bis sie an der Rezeption ihren Schlüssel abgeholt hatte und in den Lift gestiegen war, dann ging ich nach draußen und suchte mir ein Taxi.

Als ich nach Hause kam, sagte mir Elaine, Ira Wentworth hätte zweimal angerufen. Worum es ging, hatte er nicht sagen wollen, nur, dass ich ihn umgehend zurückrufen sollte.

Ich wählte die Nummer, und eine nasale Männerstimme meldete sich. »Bereitschaftsraum, Acker.« Ich nannte ihm meinen Namen und sagte, ich solle Detective Wentworth zurückrufen.

»Er ist gerade nicht da«, sagte Acker, »aber ich weiß, dass er mit Ihnen sprechen will. Bleiben Sie die nächsten zehn Minuten, wo Sie gerade sind?«

»Ich werde heute nicht mehr weggehen. Er hat zwar meine Nummer, aber sicherheitshalber gebe ich sie Ihnen noch mal.«

Er wiederholte sie und legte auf, und ich merkte, dass ich wieder vergessen hatte, mich nach der Nummer des Reviers zu erkundigen. Ich griff nach dem Hörer und hatte bereits meinen Zeigefinger nach der Wiederwahltaste ausgestreckt, drückte aber dann doch nicht darauf.

Ich glaubte zu wissen, welches Revier es war.

Ich legte den Hörer zurück, während ich in meinem Notizbuch nachsah, dann griff ich wieder danach und versuchte es unter einer Nummer, unter der ich es, ohne Erfolg, schon einmal versucht hatte. Es klingelte einmal, zweimal an, und dann nahm jemand ab, ohne etwas zu sagen.

»Ira Wentworth?«, sagte ich.

Die Stimme, die ich schon einmal auf meinem Anrufbeantworter gehört hatte, sagte: »Wer soll das denn sein?«

Kapitel 26

Eine halbe Stunde später rief der Türsteher von unten an, um einen Mr. Wentworth anzukündigen. Ich bat ihn, den Besucher nach oben zu schicken, und wartete im Flur, als er aus dem Lift stieg. Er war Ende dreißig, groß und breitschultrig, mit kantigem Kinn und hoher Stirn. Sein dunkles Haar war glatt nach hinten frisiert.

Er sagte mir seinen Namen, und ich sagte ihm meinen, und wir schüttelten uns die Hände. »Ich habe mich ein bisschen umgehört«, sagte er. »Sie waren also auch mal dabei.«

»Das ist aber schon eine Weile her.«

»Sie hatten eine goldene Dienstmarke.«

Diesem Umstand hatte ich vermutlich den Händedruck zu verdanken. Übers Telefon kann man sich die Hände nicht schütteln, aber selbst wenn es ginge, hätte er es vermutlich nicht getan. Bisher war er mir mit unverhohlenem Argwohn begegnet; offensichtlich hatte er sich nicht erklären können, wieso ich ihn auf Lia Parkmans Handy angerufen hatte. Sobald feststand, dass außer ihren keine Fingerabdrücke darauf waren, hatte er es an sich genommen und trug es seitdem immer bei sich.

So war es dazu gekommen, dass er mich angerufen hatte. Auf der Anrufliste des Handys waren die letzten Anrufe gespeichert, und er hatte nichts weiter tun müssen, als den letzten zu finden, den sie gemacht hatte, und die Wiederwahltaste zu drücken. Er hatte mich angerufen, ohne zu wissen, wer ich war. Deshalb hatte er mich auch in seiner ersten Nachricht, in der er um meinen Rückruf bat, nicht mit dem Namen angesprochen.

Dann hatte ich zurückgerufen und meinen Namen hinterlassen, worauf er wieder zweimal anrief und mir jeweils eine Nachricht hinterließ, und als ich ihn darauf wieder anrief, hatte Charlie Acker es geschafft, ihn zu erreichen, sodass er mich gerade hatte anrufen wollen, als das Handy in seiner Tasche zu läuten begann. Der Anrufer war ich gewesen, und der Umstand, dass ich namentlich nach ihm verlangt hatte, hatte ihn zunächst in einige Verwirrung gestürzt.

Am Telefon war er nicht bereit gewesen, mir zu bestätigen, dass sie tot war. Aber das war mir inzwischen klar geworden. Ich wusste es von dem

Moment an, als ich statt ihrer Stimme seine hörte, und vielleicht hatte ich es schon gewusst, als ich die Nummer gewählt hatte.

»Ein schönes Haus«, bemerkte er. »Von innen habe ich es zwar noch nie gesehen, aber im Vorbeigehen ist es mir schon öfter aufgefallen. Wohnen Sie schon lange hier?«

»Ein paar Jahre. Aber in der Gegend lebe ich schon wesentlich länger.«

»Nicht schlecht«, sagte er. »Man kann zu Fuß in den Park oder zu den Theatern gehen. Sehr bequem.« Auch die Wohnung bewunderte er, als ich ihn in die Küche führte. Elaine war im Schlafzimmer und hatte die Tür geschlossen, aber vorher hatte sie noch eine Kanne Kaffee gemacht, aus der ich jedem von uns eine Tasse einschenkte, bevor ich mich mit ihm an den Küchentisch setzte.

Er probierte den Kaffee und fand ihn ganz hervorragend, und ich fragte ihn nach Lia Parkman, worauf er mir bestätigte, ja, sie ist tot. Ihre Leiche war kurz nach fünf Uhr nachmittags von einer ihrer Mitbewohnerinnen gefunden worden. Sie wohnte in einem Studentenheim in der Claremont Avenue, wo sie sich mit drei anderen Studentinnen eine Wohnung teilte, von denen zwei zur fraglichen Zeit zu Hause gewesen waren. Eine von ihnen hatte an die verschlossene Badezimmertür geklopft, und als keine Reaktion erfolgte, hatte sie die Tür aufgeschlossen und Lia tot in der Badewanne gefunden.

»Die Todesursache ist Ertrinken«, sagte Wentworth. »Darauf deutet das Wasser in der Lunge hin, aber der endgültige rechtsmedizinische Befund steht noch aus. Auf der Kommode stand neben dem Handy eine offene Flasche Wodka Georgi. Auf der Flasche waren nur ihre Fingerabdrücke, sonst keine. Der erste Eindruck, sie kippt sich ein paar hinter die Binde, will dann ein Bad nehmen, wird ohnmächtig und ertrinkt.«

»Ich kann mir nicht vorstellen, dass es so war.«

»Ich auch nicht«, sagte er, »aber wahrscheinlich aus anderen Gründen als Sie. Zuallererst, Spuren an ihrem Hals deuten darauf hin, dass sie erdrosselt wurde. Auch hier warten wir noch auf den rechtsmedizinischen Befund, aber zu denken gibt einem das schon. Dann der Wodka. Aus der Flasche fehlen nur ein paar Zentiliter, und es ist schwer vorstellbar, dass eine gesunde junge Frau von so wenig gleich umkippt. Zugegeben, die Leute reagieren unterschiedlich auf Alkohol, und wenn das Wasser in der Badewanne genügend heiß war, könnte es ein begünstigender Faktor gewesen sein, aber trotzdem ist es äußerst unwahrscheinlich. Natürlich könnte sie schon was getrunken oder irgendwelche Pillen geschluckt haben, bevor sie nach Hause gekommen ist, und der letzte Schluck Wodka hat das Fass zum Überlaufen gebracht. Aber auch hier gilt, dass sich das erst sagen lässt, wenn uns der Obduktionsbefund vorliegt.«

»Hat sie denn grundsätzlich viel getrunken?«

Er nickte zustimmend. »Dazu wollte ich gerade kommen. Laut Aussagen ihrer Mitbewohnerinnen hat sie so gut wie keinen Alkohol angerührt. Vielleicht auf einer Party mal ein Glas Weißwein, aber allein der Umstand, dass sie eine Flasche Wodka zu Hause hatte, kam ihren Mitbewohnerinnen höchst ungewöhnlich vor. Und dann waren da noch die Fingerabdrücke auf der Flasche.«

»Es waren ihre, haben Sie gesagt.«

»Nur ihre. Heißt das, der Verkäufer im Getränkemarkt hat Handschuhe getragen? Außerdem stammen die Abdrücke von ihrer rechten Hand, und sie war Rechtshänderin.«

»Na und?«

»Die Flasche hat einen Drehverschluss. Wenn Sie eine Flasche aufmachen, wie machen Sie das?«

Ich vollführte eine kleine Pantomime mit meinen Händen. Es war lange her, dass ich zum letzten Mal eine Flasche Schnaps aufgemacht hatte, aber es kam jede beliebige Flasche dafür in Frage, auch eine mit Salatdressing. »Ich glaube, ich würde die Flasche in die linke Hand nehmen«, sagte ich, »und den Verschluss mit der rechten aufdrehen.«

»Wenn Sie Rechtshänder sind«, sagte Wentworth, »würden Sie es so machen.«

»Irgendwelche Fingerabdrücke auf dem Verschluss?«

»Nein.« Er griff nach seiner Kaffeetasse, aber sie war leer. Er bat mich nicht um eine zweite, aber ich holte die Kanne und schenkte uns beiden nach. Er grinste. »Ich werde es sicher büßen müssen, so spät noch eine zweite Tasse zu trinken, aber was soll's? Manche Sünden sind die Strafe wert. Mahlen Sie die Bohnen selber?« Das bejahte ich, und er meinte, man könnte den Unterschied schmecken. Dann sagte er: »Da war noch etwas, was mich stutzig gemacht hat. Ihre Kleider.«

»Ihre Kleider?«

»Der Klodeckel war runtergeklappt, und ihre Sachen haben ordentlich zusammengelegt darauf gelegen, alles absolut picobello. Sie geht ins Bad, dreht das Wasser auf, zieht sich aus und steigt in die Wanne.«

»Und?«

»Wo ist ihr Badetuch? Sie teilen sich das Bad, zu viert. Deshalb hat jede ihre eigenen Badetücher, und sie bewahren sie in ihren Zimmern auf. Es gibt zwar ein Handtuch, das alle benutzen, aber um sich nach dem Baden damit abzutrocknen, ist es zu klein. Wie kommt es, dass sie ihr Badetuch vergessen hat?«

»Der viele Wodka«, sagte ich.

»Ja, klar.« Er fuhr sich mit der Hand durchs Haar. »Nichts von all dem ist stichhaltig, aber es genügt mir, um der Sache genauer nachzugehen. Was ich sowieso täte, falls im Obduktionsbefund etwas Interessantes steht. Aber solange wir noch darauf warten, behandle ich die Sache als Mordfall.«

»Ich glaube, damit liegen Sie keineswegs falsch.«

»Das haben Sie bereits gesagt, und ich wüsste zu gern, wie Sie darauf kommen. Außerdem wüsste ich gern, warum Sie der Letzte sind, den sie angerufen hat, und in welcher Beziehung Sie zu ihr gestanden haben.«

»Ich arbeite für Kristin Hollander.«

»Der Name kommt mir irgendwie bekannt vor.«

»Sie ist die Tochter von Byrne und Susan Hollander.«

»Ach, dieses Paar, das Ende Juli bei einem Einbruch ermordet wurde.«

»Ja. Lia Parkman ist Kristins Cousine, Susan Hollanders Nichte.«

»Jetzt aber«, sagte Wentworth. »Warum hat mir das niemand erzählt? Eine der Mitbewohnerinnen hat gesagt, sie wäre wegen eines Todesfalls in der Familie, der sich erst vor kurzem ereignet hat, ziemlich deprimiert gewesen, aber das war ja nicht irgendein Todesfall, das war ein ausgewachsenes Blutbad. Die Täter sind aber schon tot, oder? Dieser Mord und Selbstmord draußen in Coney Island?«

»In der Coney Island Avenue«, korrigierte ich ihn. »Die aber in Midwood ist.«

»Grob stimmt die Richtung jedenfalls. Sie arbeiten also für die Tochter, und ich nehme mal nicht an, dass Sie ihr das Dach neu decken. Was genau machen Sie? Ermittlungen anstellen?«

»Nicht offiziell«, sagte ich. »Aber trotzdem, ich stelle Ermittlungen an.«

»Aus dem Stegreif fällt mir eigentlich nur eine Sache ein, in der Sie ermitteln könnten. Der Fall ist doch abgeschlossen, oder?«

»Ja.«

»Und die Tochter glaubt, dass noch nicht die ganze Wahrheit ans Licht gekommen ist. Oder Sie glauben es oder auch Sie beide. Was davon trifft nun zu?«

»Wir beide glauben es.«

»Und deshalb haben Sie sich mit der Cousine in Verbindung gesetzt? Da müssen Sie mir helfen? Was soll sie mit der Sache zu tun haben?«

Ich brachte ihn im Schnelldurchgang auf den neuesten Stand und führte dabei nur die wichtigsten Punkte auf: den Haustürschlüssel und die Kombination der Alarmanlage. »Lia Parkman hatte einen Schlüssel und kannte die Kombination«, sagte ich. »Heute Nachmittag habe ich mich mit ihr zusammengesetzt und sie gefragt, wer sich den Schlüssel von ihr geborgt haben oder an die Kombination gekommen sein könnte. Sie hat gesagt, ihr fiele niemand ein, aber mir war sofort klar, dass sie mir etwas verschwieg.«

»Manchmal merkt man das.«

»Ich habe es gemerkt«, sagte ich, »konnte aber nicht groß was machen. Vielleicht hätte ich sie unter Druck setzen sollen. Ich musste eine Entscheidung treffen und hielt es für besser, sie in Ruhe darüber nachdenken zu lassen. Ich habe ihr meine Visitenkarte gegeben und sie gebeten, mich anzurufen, falls ihr noch etwas einfiele.«

»Und das hat sie auch gemacht.«

»Wenn ich sofort nach Hause gefahren wäre«, begann ich, führte den Gedanken aber nicht zu Ende. »Bin ich aber nicht, und bis ich dann endlich nach Hause gekommen bin, hatte sie bereits angerufen und eine Nachricht hinterlassen. Ich habe sie sofort zurückgerufen, aber nur ihre Mobilbox dranbekommen.«

»Weil ihr Handy ausgeschaltet war. In diesem Fall wird automatisch die Mobilbox aktiviert. Haben Sie ihr eine Nachricht hinterlassen?«

»Nein, wozu? Ich dachte, ich versuche es einfach so lange, bis ich sie dran bekomme. Und ich habe sie noch ein paar weitere Male anzurufen versucht, immer mit dem gleichen Ergebnis. Ich habe ja nicht mal gewusst, dass es ihr

Handy war. Ich dachte, es wäre das Telefon in ihrem Zimmer und sie wäre nur nicht zu Hause.«

»Diese Collegekids haben kaum noch Festnetzanschlüsse, nur Handys. Ist ja auch wesentlich unkomplizierter, wenn man ständig umzieht.«

»Selbst wenn ich ihr eine Nachricht hinterlassen hätte«, sagte ich, »hätte sie sie nicht mehr erhalten. Zu diesem Zeitpunkt muss er sie bereits umgebracht haben.«

»Er muss unglaublich raffiniert vorgegangen sein«, sagte Wentworth. »Habe ich schon erwähnt, dass zwei ihrer Mitbewohnerinnen zu Hause waren, als es passiert ist? Sie haben gelernt und hatten Musik laufen, aber trotzdem. Er musste ins Haus kommen, dann in die Wohnung und dann in ihr Zimmer. Er muss sie überwältigt, ins Bad geschleppt, ausgezogen und unter Wasser gedrückt haben, bis sie ertrunken ist. Und dann muss er aus der Wohnung gekommen sein, ohne von jemand gesehen zu werden.«

»Wenn er es geschickt angestellt hat«, sagte ich, »und wenn seine Glückssträhne anhält ...«

»Es war durchaus machbar, keine Frage. Und ihm sind ja auch Fehler unterlaufen.«

»Das Badetuch.«

»Unter anderem. Wahrscheinlich ist er davon ausgegangen, dass die Badetücher im Bad waren und man nicht eigens eines dorthin mitnehmen musste. Aber ihr Badetuch hing an einem Haken in ihrem Kleiderschrank, und sie hätte es sicher nicht dort hängen lassen, bevor sie in die Wanne gestiegen ist. Dann noch die Wodkaflasche. Ohne den Alkohol wäre alles wesentlich plausibler – sie stolpert, schlägt sich den Kopf an der Wanne an oder sonst irgendwas und ertrinkt, bevor sie das Bewusstsein wiedererlangt. Das ist wesentlich einleuchtender als ein kleines Nachmittagsbesäufnis mit ein bisschen Georgi, und das bei einem Mädchen, die bekanntermaßen so gut wie nichts trinkt. Und wo ist außerdem die Tüte?«

»Welche Tüte?«

»Haben Sie jemals eine Flasche Schnaps gekauft, ohne dass sie Ihnen in einer Papiertüte ausgehändigt worden ist? Sie müsste die Flasche in der Tüte gelassen haben, bis sie nach Hause gekommen ist, und hat die Tüte sicher nicht schon unterwegs weggeworfen. Und die Fingerabdrücke. Durchaus clever von ihm, die Flasche abzuwischen und ihre Abdrücke daran anzubringen, aber er hat die falsche Hand genommen und nicht an den Verschluss gedacht. Das reicht zwar nicht, um ihn dranzukriegen, aber es ist auf jeden Fall genug, um sich eingehender mit der Sache zu befassen.«

»Finden Sie? Die meisten würden so was gar nicht bemerken.«

»Na ja, ich habe es bemerkt.«

»Sie sind ja auch ziemlich gut in so was«, sagte ich. »Ein bisschen heller als der Durchschnitt.«

Überrascht über das Kompliment, errötete er leicht. »Na, ich weiß nicht. Wenn ich wirklich so toll wäre, könnte ich auch sagen, wer sie umgebracht hat.«

»Lia zufolge«, sagte ich, »heißt er Arden Brill.«

»Doch«, sagte er. »Am ehesten hört es sich an wie Arden. Könnten Sie es vielleicht noch mal abspielen?«

Ich war ins Schlafzimmer gegangen, um den Anrufbeantworter zu holen, aber Elaine wachte auf, als ich ihn ausstecken wollte, und bestand darauf, dass ich das Gerät ließ, wo es war, und Wentworth hereinbrachte. Sie verschwand ins Bad und kam frisch geschminkt und im Bademantel zurück, als wir die Nachricht zum zweiten Mal abspielten. Seitdem hatten wir sie weitere fünf Male abgehört und wurden bei jedem weiteren Mal unsicherer.

»Arden«, sagte Wentworth. »Ist das nicht ein Ort? Arden Forest?«

»Bei Shakespeare«, sagte Elaine. »Aber ich glaube nicht, dass es einen richtigen Wald gibt, der so heißt.«

»Nicht? Meinen Sie, es ist nur ein Fantasiename?«

Niemand war sich ganz sicher, und Wentworth merkte an, dass es in jedem Fall ein ungewöhnlicher Vorname war. Als Nachname, kein Problem. Elizabeth Arden zum Beispiel. Elaine erinnerte sich an die Schauspielerin Eve Arden, aber das war vor Wentworth' Zeit gewesen. Ich drückte auf den Abspielknopf, und wir hörten uns die Nachricht noch einmal an.

»Es könnte auch Auden sein«, sagte Wentworth. »Wie der Lyriker?«

»Oder Alden«, schlug ich vor, »oder vielleicht auch Alton. Beides findet man ab und zu als Vornamen.«

Elaine sah im Telefonbuch nach. Es gab mehrere Brills, aber keinen mit dem Anfangsbuchstaben A. »Das gilt natürlich nur für Manhattan«, sagte sie. »Und wer weiß, wo er wohnt, oder ob er überhaupt im Telefonbuch steht.«

»Es ist wahrscheinlich gar nicht sein richtiger Name«, sagte ich.

Und Wentworth meinte: »Ich würde sagen, wenn es sein richtiger Name ist, ist er wahrscheinlich nicht unser Mann.«

»Moment«, sagte Elaine. »Vielleicht habe ich da ja was nicht richtig mitbekommen, aber wenn es tatsächlich einen englischen Literaturwissenschaftler gibt, der Arden Brill heißt, würde das nicht bedeuten, dass das Mädchen gelogen hat? Das verstehe ich nicht recht.«

Wentworth schüttelte den Kopf. »Gehen wir mal davon aus, dass sie uns nichts vorgemacht hat. Aus welchem Grund hätte sie das auch tun sollen? Nein, sie hat die Wahrheit gesagt. Ein Mann hat ihr erzählt, er heißt Arden Brill und schreibt eine Doktorarbeit über ihre Tante. Wenn es nun diese Person tatsächlich gibt, hat nicht nur sie die Wahrheit gesagt, sondern auch er. Er heißt wirklich Brill, und er schreibt diese Doktorarbeit oder was auch immer tatsächlich. Dann ist er sauber.«

»Und wenn es niemand gibt, der so heißt …«

»Dann ist er ein Betrüger«, sagte ich, »und hat sich an Lia rangemacht, um sich ihren Schlüssel nachmachen lassen zu können und eine Möglichkeit zu finden, die Alarmanlage auszuschalten. Wenn es diesen Brill also gibt, wollte jemand anders Lia Parkman umbringen. Und wenn es keinen echten Brill gibt, ist das der Mann, den wir suchen.«

»Was uns enorm hilft«, bemerkte Wentworth, »weil wir nicht den blassesten Schimmer haben, wer er ist.«

Nachdem Wentworth sich mit dem Versprechen verabschiedet hatte, sich bei uns zu melden, wenn er mehr wusste, brachte Elaine eine weitere Möglichkeit zur Sprache. »Es könnte durchaus einen Arden Brill geben, und er könnte auch eine Doktorarbeit schreiben. Aber das heißt nicht, dass er notwendigerweise der Mann ist, der sich mit Lia Parkman in Verbindung gesetzt hat.«

»Mach ruhig weiter.«

»Na ja, nehmen wir mal an, ich will mir dein Vertrauen erschleichen. Ich denke mir diese Geschichte über meine Doktorarbeit und deine Tante aus, bla bla bla. Aber jetzt mal angenommen, du prüfst das nach? Deshalb nehme ich dafür den Namen von jemand, den es tatsächlich gibt, irgendeinen Akademiker, dem sie normalerweise nie über den Weg laufen würde. Und wenn sie sich nach ihm erkundigt, ja, dann gibt es einen Arden Brill im Institut für Englische Literatur, und er schreibt tatsächlich gerade an einer Doktorarbeit, die sich wahrscheinlich mit Vogelmetaphern in der Lyrik Robinson Jeffers' beschäftigt und absolut nichts mit Susan Hollander zu tun hat, was ihr aber niemand sagen wird. Verstehst du, worauf ich hinauswill?«

»Natürlich.«

»Erscheint dir das sinnvoll?«

»Unter Umständen ja.«

»Denn wenn es *keinen* Sinn ergibt«, fuhr sie fort. »Wenn sein Name *nicht* Arden Brill ist, warum sollte er sich dann so einen ungewöhnlichen Namen ausdenken?«

Kapitel 27

Ich rasierte mich gerade, als das Telefon klingelte. Es war ein Officer Tillis vom Twenty-sixth Precinct, der fragte, ob ich aufs Revier kommen könnte, um meine Aussage im Fall Lia Parkman zu Protokoll zu geben. Das könnte ich, sagte ich und trank erst noch eine Tasse Kaffee, bevor ich die U-Bahn zur 125th Street nahm.

Die Wache befindet sich in der 126th Street, eineinhalb Straßen westlich vom Broadway. Ich ging zu Fuß hin und landete in einem Zimmer, das bis auf einen Metallschreibtisch und ein gerahmtes Foto des Bürgermeisters an der Wand vollkommen leer war. Darüber hatte jemand mit Tape eine aus einem American-Express-Magazin ausgeschnittene Schlagzeile befestigt: KENNEN SIE MICH?

Sie gaben mir einen Block und ließen mich meinen eigenen Stift benutzen, und ich schrieb eine *Reader's Digest*-Fassung meiner Beziehung zu Lia Parkman. Von meiner ersten Begegnung mit dem Mädchen und ihrem Verdacht gegen ihre Cousine hatte ich Wentworth nichts erzählt. Warum noch zusätzlich zu der allgemeinen Verwirrung beitragen? Abgesehen davon war meine Darstellung des Sachverhalts jedoch einigermaßen vollständig. Ich las sie noch einmal durch und unterschrieb sie, worauf sie mich wieder nach Hause schickten.

Gegenüber vom 26. Revier ist eine Episkopalkirche, und wenn ihre Türen offen gewesen wären, wäre ich vermutlich hineingegangen. Stattdessen ging ich zur U-Bahnstation zurück und weiter zur La Salle und dann eine Straße in Richtung Westen zur Claremont Avenue. Ich wusste nicht, in welchem Haus Lia gewohnt hatte, aber ich musste nicht allzu viele Leute fragen, bis ein verschlafen dreinschauender Waschsalonangestellter auf das Mietshaus an der Ecke zeigte. Ich stellte mich auf die gegenüberliegende Straßenseite und betrachtete es, ein sechsstöckiger Backsteinwürfel mit Pseudo-Tudor-Verzierungen. Ich ging nicht hinein und versuchte auch nicht, mit einer ihrer Mitbewohnerinnen zu sprechen. Es wurden offizielle Ermittlungen angestellt, und dabei hatte ich nichts verloren. Ich wollte das Haus nur mal aus der Nähe sehen, und ich fand, das war nah genug.

Ich ging zum Broadway zurück. Ein Stück die La Salle Street hinauf war ein westafrikanisches Restaurant, und ich nahm mir vor, es mal auszuprobieren. Vorerst hatte ich das Salonika im Sinn, das nur zwei Straßen weiter war. Ich hatte Hunger und hatte bisher außer dieser einen Tasse Kaffee noch nichts zu mir genommen, aber obwohl ich dort genauso gut hätte essen können wie sonst irgendwo, hatte ich keine Lust, mit einem Geist am Tisch zu sitzen. Ich machte mir wegen Lias Tod keine Vorwürfe, die machte ich dem Dreckskerl, der sie umgebracht hatte, aber dennoch konnte ich nicht umhin, mich zu fragen, ob die Sache einen anderen Verlauf genommen hätte, wenn ich am Nachmittag zuvor etwas entschlossener agiert hätte.

Und wenn ich das getan und sie mir erzählt hätte, was sie später meinem Anrufbeantworter erzählt hatte? Wäre sie nicht trotzdem nach Hause gegangen, und hätte er ihr nicht trotzdem einen Besuch abgestattet? Und hätte es nicht genauso geendet?

Ich fuhr nach Downtown zurück und frühstückte im Morning Star.

Als ich nach Hause kam, wartete eine Nachricht auf mich, ich solle Ira Wentworth anrufen. Diesmal verzichtete ich auf die Abkürzung, Lia Parkmans Handy anzurufen. Ich rief auf der Wache an, und er meldete sich auf seinem eigenen Apparat. Ich sagte ihm, dass er sich offensichtlich mächtig reinhängte.

»Ich habe gestern Abend noch ziemlich lang über der Sache gesessen«, sagte er, »und bin heute Morgen schon früh zum Dienst gekommen. Ich wollte sehen, ob ich den Jungs in der Rechtsmedizin wegen des Obduktionsbefunds ein bisschen Dampf machen kann. Inzwischen habe ich den Befund. Die Verletzungen am Hals dürften von einem Würgegriff stammen. Die Todesursache ist definitiv Ertrinken, Wasser in der Lunge und was sonst alles dazugehört. Der Blutalkohol ist nahezu null. Geringfügige Mengen Wodka im Magen, noch nicht vom Blut absorbiert, weil sie so kurz nach der Zusichnahme gestorben ist. Mit dem Wodka kam er sich wohl besonders schlau vor, womit wir schon den dritten Missklang hätten.«

Er war sich auch vorher schon besonders schlau vorgekommen, mit dem Messingriegel, den er an der Innenseite von Biermans Tür angebracht hatte.

»Und das wird Ihnen besonders gefallen«, fuhr Wentworth fort. »Auf der Gesichtshaut waren Spuren von – irgend so ein kilometerlanger Name einer Chemikalie, die auszusprechen ich nicht mal versuchen werde, aber sie wird bei Tränengassprays wie Mace häufig als Treibmittel verwendet.«

»So hat er sie also außer Gefecht gesetzt.«

»Erst eine Ladung Tränengas und dann gewürgt«, sagte Wentworth. »Und dann hat er sie in die Badewanne gelegt und ertränkt. Muss ziemlich schnell gegangen sein.«

»Und lautlos.«

»Das allerdings, denn ihre Mitbewohnerinnen haben währenddessen nur ein paar Meter weiter in ihren Zimmern gesessen. Das arme Ding.«

»Sie hatte ein Vollstipendium«, sagte ich, »und hat ein Ferienseminar über die Französische Revolution belegt.«

»Vielleicht hatte sie einen Kommilitonen, der Arden Brill heißt. Würde uns die Sache ein wenig erleichtern, oder?«

Es gab aber keinen Arden Brill. Wentworth rief eine Stunde später an, um mir das zu sagen. An der Columbia waren keine Brills immatrikuliert, auch nicht an NYU, CUNY oder sonst einem der Colleges, in denen er sich erkundigt hatte.

In den Telefonbüchern von New York und den drei umgebenden Bundesstaaten standen einige Brills, proportional etwa ebenso viele, wie wir im Telefonbuch von Manhattan gefunden hatten. Keiner allerdings mit dem Vornamen Arden oder zumindest einem ähnlich klingenden – auch kein Alden, Alton oder Auden. Er hatte zwei Streifenpolizisten zum Telefondienst abkommandiert, damit sie sämtliche Brills durchtelefonierten und einen Arden Brill zu finden versuchten. Es war eine undankbare Aufgabe, unerträglich stumpfsinnig, und er erwartete sich auch nichts davon.

»Er hat sich den Namen ausgedacht«, sagte er. »Und sie hat ihn weitergegeben und wurde deswegen umgebracht. Das beweist zumindest eines, wenn auch nicht vor Gericht.«

»Und das wäre?«

»Es beweist, dass Sie, was die Hollanders angeht, richtig liegen. Wir hätten den Fall nie zu den Akten legen dürfen, obwohl natürlich klar ist, warum wir es getan haben.«

Ich fragte, ob er versuchen würde, den Fall neu aufrollen zu lassen.

»Sie meinen, ob ich jemand, den ich nicht kenne, anrufe und ihm sage, dass er Scheiße gebaut hat? Das ist nicht, wie man Freunde gewinnt und Einfluss auf andere ausübt.«

»Aber es könnte dazu beitragen, dass Kristin Hollander unter Polizeischutz gestellt wird.«

»Die Cousine. Halten Sie das für notwendig?« Er beantwortete sich seine Frage selbst. »Beide Eltern und eine Cousine. Da sollte tatsächlich jemand auf sie aufpassen. Da fällt mir ein, sie steht auf meiner Liste derjenigen Personen, mit denen ich dringend sprechen sollte.«

»Ist sie schon verständigt worden?«

»Von mir nicht. Ihre nächste Angehörige ist ihre Mutter, und die konnte bisher noch niemand erreichen. Identifiziert hat die Leiche eine Mitbewohnerin.«

»Dann verständige ich Kristin«, bot ich ihm an, »und sage ihr bei dieser Gelegenheit auch, dass Sie sich demnächst bei ihr melden werden.«

»Das wäre nett.«

»Und dass sie außer Ihnen niemand ins Haus lassen soll.«

»Ich werde sie auf jeden Fall selbst aufsuchen«, sagte er. »Und was die Neuaufnahme des Verfahrens angeht, möchte ich mich vorerst ausschließlich darauf konzentrieren, diesen Kerl zu fassen. Sobald wir ihn für Parkman am Kragen haben, kriegen wir ihn auch für die Hollanders.«

»Und für die zwei in Brooklyn.«

»Ja, die habe ich ganz vergessen. Wie viele sind das insgesamt, fünf? Er sieht mehr und mehr wie ein Spitzenkandidat für die Todesstrafe aus, obwohl ich nicht darauf wetten würde. Trotzdem, fünfmal lebenslang müsste ihn eine Weile aus dem Verkehr ziehen. Bloß bräuchten wir allmählich ein paar Anhaltspunkte, wer er ist und wo wir ihn finden können.«

»Sie werden ihn finden«, sagte ich. »Er ist zwar gut, aber um auf Dauer unerkannt zu bleiben, kommt er sich zu schlau vor.«

»Diesen Eindruck habe ich auch«, sagte Wentworth. »Er hat übrigens noch einen Bock geschossen. Außer der Wodkaflasche.«

»Was?«

»Sie haben ihr doch Ihre Visitenkarte gegeben?«

»Ja.«

»Sie muss sie also irgendwo liegen gehabt haben, als sie Ihre Nummer gewählt hat. Aber wo ist sie?«

»Weg, schätze ich.«

»Und sie ist nicht von allein weggelaufen. Ein weiterer Punkt, der bestätigt, was wir bereits wissen: dass sie nicht von selbst unter die Wasseroberfläche gerutscht und ertrunken ist. Aber es sagt uns auch noch etwas anderes.«

»Und das wäre?«

»Na ja, er hat die Visitenkarte eingesteckt. Er weiß also, wer Sie sind.«

Kristin hatte weder in eine Zeitung geschaut noch Nachrichten gehört, weshalb es mir zufiel, ihr mitzuteilen, dass ihre Cousine tot war. Es wäre vielleicht besser gewesen, wenn ich sie persönlich aufgesucht hätte, aber es war mir wichtiger, die Zeit zu sparen, die ich gebraucht hätte, um zu ihr zu fahren. Deshalb konnte ich ihr Gesicht nicht sehen, als ich ihr die Nachricht überbrachte.

»Er hat es wie einen Unfalltod hinzustellen versucht«, sagte ich. »Aber das ist ihm nicht besonders gut gelungen. Außerdem leitet die Ermittlungen ein verdammt guter Cop. Er heißt Ira Wentworth und wird sich demnächst bei Ihnen melden.«

»Er will mit mir reden?«

»Ja.«

»Aber ich weiß doch gar nichts darüber«, sagte sie. »Was könnte ich ihm erzählen, was er nicht schon längst weiß.«

Wahrscheinlich nichts, gab ich zu, aber davon würde er sich selbst überzeugen wollen. Ich sagte ihr, dass er vielleicht einen Vorgesetzten dazu bewegen könnte, sie unter Polizeischutz stellen zu lassen, und dass sie dieses Angebot annehmen sollte, wenn er es ihr vorschlug. »Ich glaube zwar nicht, dass Sie etwas zu befürchten haben«, sagte ich, »aber andererseits dachte ich auch nicht, dass Ihrer Cousine Gefahr drohen könnte, und wie sich herausgestellt hat, habe ich mich getäuscht. Aber zunächst möchte ich Sie dringend bitten, außer Detective Ira Wentworth niemand in die Wohnung zu lassen.« Ich beschrieb ihn ihr und schärfte ihr ein, sich unbedingt seinen Ausweis zeigen zu lassen. »Und können Sie Ihre Anrufe filtern? Das würde ich Ihnen jedenfalls empfehlen, und sei es auch nur, um sich die Presse vom

Hals zu halten. Es ist sowieso ein Wunder, dass sie noch nicht herausgefunden haben, dass Lia Ihre Cousine war. Aber sie werden es noch schnell genug herausbekommen, und dann werden sie Sie mit Anrufen bombardieren und Ihre Haustür belagern. Reden Sie nicht mit Ihnen und gehen Sie nicht an die Tür.«

»Gut.«

»Das meine ich wirklich, Kristin. Es ist nämlich nicht nur, dass sie Ihnen auf die Nerven gehen und Ihre Zeit stehlen werden. Es ist auch nicht auszuschließen, dass einer der Reporter der Mann ist, der Ihre Cousine ermordet hat.«

»Und meine Eltern.«

»Ja.«

»Ich lasse niemand herein. Ach.«

»Ja, was?«

»Eigentlich wollte heute Nachmittag jemand vorbeikommen.«

»Wer?«

»David Hamm. Der Mann, der mich damals nach Hause gefahren hat, als ich meine Eltern ... als es passiert ist.«

Er hatte auf der Straße gewartet, bis sie ins Haus gegangen war.

»Er kann es aber nicht gewesen sein«, fügte sie in Vorwegnahme meines Gedankengangs hinzu, »denn er war den ganzen Abend da, im Haus meines Freunds. Und die Polizei hat ihm gründlich auf den Zahn gefühlt, bevor sie die zwei Toten in Brooklyn gefunden haben.«

»Wer hat den Vorschlag gemacht, dass er heute Nachmittag vorbeikommt?«

»Er hat mich angerufen, und ich habe ihn eingeladen. Er hat davor schon mal angerufen, nach der Beerdigung, er hat sehr betroffen gewirkt und ...«

Sie sprach nicht weiter, und ich sagte: »Rufen Sie ihn an und sagen Sie ihm, es wäre was dazwischengekommen, Sie wären nicht zu Hause und könnten sich nicht mit ihm treffen.«

»Gut.«

»Wenn er noch mal anruft, gehen Sie nicht dran, und rufen Sie nicht zurück.«

»Aber ... na gut, wenn Sie meinen.«

»Rufen Sie ihn jetzt gleich an, und dann rufen Sie mich noch mal an.«

»Gut.«

Es gab vermutlich nichts an ihm auszusetzen. Er hätte nicht an zwei Orten gleichzeitig sein können, und die Polizei hatte ihn im Anfangsstadium der Ermittlungen bestimmt auf Herz und Nieren geprüft. Aber das war mir egal. Ich wollte nicht, dass er – oder sonst jemand – auch nur in ihre Nähe kam.

Ich fragte mich bereits, wieso sie so lange brauchte, doch dann klingelte das Telefon, und sie sagte, sie hätte ihm abgesagt, und wollte wissen, ob es sonst noch etwas gäbe.

»Ja«, sagte ich. »Es gibt tatsächlich noch was. Kennen Sie jemand, der Arden Brill heißt?«

»Arden Brill?«

»Ja. Sagte Ihnen der Name etwas?«

»Nein. Sollte er das denn?«

»Hat sich kürzlich oder auch schon vor längerer Zeit jemand mit Ihnen in Verbindung gesetzt und als Grund dafür angegeben, dass er seine Doktorarbeit über Ihre Mutter schreiben wollte?«

»Über meine Mutter?«

»Ja, über ihre Bücher.«

»Meine Güte, nein. Das kann ich mir, ehrlich gesagt, auch nicht vorstellen. Meine Mutter hat ihre Schriftstellerei natürlich sehr ernst genommen, und ich glaube auch, dass sie eine gute Schriftstellerin war, aber sie war bestimmt nicht so bedeutend, dass jemand eine Dissertation über sie schreiben würde.«

»Aber für ihre Arbeit hätte sich schon jemand interessieren können.«

»Das ja, auf jeden Fall. Sie war ja auch eine interessante Autorin. Warum hätte sich also nicht jemand für sie interessieren sollen?«

»Könnten Sie mal nachsehen, ob sie irgendwelche Schreiben von einem Arden Brill erhalten hat?«

»Ist das der Mann, der …«

»Ich glaube nicht, dass es ihn gibt«, sagte ich, »aber ich glaube, es ist ein Name, den er verwendet hat.«

»Ich könnte in ihren Unterlagen nachsehen«, sagte sie. »Sie hat ihre gesamte Korrespondenz in einem Aktenschrank in ihrem Arbeitszimmer aufbewahrt, und dort liegen auch noch alle möglichen anderen Papiere. Die könnte ich mal durchsehen. Und in ihrem Computer könnte ich auch nachsehen, ob der Name irgendwo auftaucht. Der Vorname ist A-R-D-E-N und der Nachname B-R-I-L-L? Ich rufe Sie sofort an und gebe Ihnen Bescheid, wenn ich was finde.«

Davor hatte ich TJ ein paarmal zu erreichen versucht, aber er war unterwegs. Beim zweiten Mal kam mir der Gedanke, dass ich es vielleicht auf seinem Handy probieren sollte – daran denke ich erst einmal nie –, aber auch darauf ging er nicht dran. Nach meinen Telefonaten mit Kristin versuchte ich es noch einmal, und diesmal meldete er sich sofort.

Über Lia wusste er bereits Bescheid. Er war auf dem Columbia-Campus gewesen, wo eine Menge widersprüchlicher Geschichten kursierten – dass sie das jüngste Opfer des Mannes war, dem die Boulevardpresse den Namen »Studentenheimvergewaltiger« verpasst hatte; dass sie Selbstmord begangen hatte; dass der Freund einer ihrer Mitbewohnerinnen sie versehentlich bei irgendwelchen Sexspielchen in der Badewanne getötet hatte.

»Das Letzte stimmt«, sagte ich. »Das mit der Badewanne.« Ich erzählte ihm, was tatsächlich passiert war, dann fragte ich ihn, ob er zu Hause wäre.

»Du hast mich grade angerufen«, sagte er, »und ich bin ans Telefon gegangen. Wo sollte ich sonst sein?«

»Du könntest weiß Gott wo sein. Ich habe dich doch auf deinem Handy angerufen.«

»Ach so, klar«, sagte er. »Hast du's doch mal gemacht.«

»Klar, was denn sonst ...«

»Du hast vollkommen recht. Ich telefoniere ja grade damit.«

»Als ich es vorher schon mal probiert habe, bist du nicht drangegangen.«

»Ich hab's abgestellt, als ich in der Vorlesung war. Die Profs werden total sauer, wenn mitten im Satz das Handy irgendeines Idioten zu läuten anfängt.«

»Jedenfalls bist du jetzt zu Hause. Bleib dort. Ich komme gleich rüber.«

»Ich kann's kaum erwarten.«

»Dann reiß dich noch so lange zusammen«, sagte ich. »Und fang schon mal an, nach Arden Brill zu suchen, während du wartest.«

Es gab einen Arden Brill in Ireka, Kalifornien, und einen Arlen Brill in Gadsden, Alabama, und ihre Namen erschienen ohne großes Zutun seinerseits auf dem Bildschirm. Ich war beeindruckt, aber er schüttelte stirnrunzelnd den Kopf.

»So finde ich ihn nicht«, sagte er. »Und selbst wenn, nützt es uns nichts. Das ist kein Typ, der eben mal aus Kalifornien rübergeflogen ist, um ein paar Leute abzumurksen. Der Typ, nach dem wir suchen, ist von hier.«

»Das auf jeden Fall, aber ...«

»Und er heißt auch nicht wirklich Arden Brill.«

»Trotzdem«, sagte ich. »Es ist ein Anfang, und sonst haben wir nichts.« Er nickte. »Was du vorhin gesagt hast, und was auch Elaine gesagt hat. Warum nimmt er einen Namen wie Arden Brill?«

»Das ist die große Frage.«

»Vielleicht ist das der Punkt, an dem wir nachhaken sollten.«

»Und wie?«

»Ich will mal kurz was ausprobieren.« Er beugte sich über die Tastatur. »Wird aber ein bisschen dauern. Du kannst dich ja in der Zwischenzeit allein unterhalten.«

Ich schaltete den Fernseher ein, stellte aber den Ton ab, damit TJ nicht gestört wurde. Als ich mich dabei ertappte, dass ich von Judy Fortins Lippen abzulesen versuchte, gab ich auf und schaltete ihn wieder aus. Ich griff nach einer Zeitschrift und erwischte eine, die sich *MacAddict* nannte und vermutlich nicht auf Leute abzielte, die sich regelmäßig mit Happy Meals und Egg McMuffins vollstopften, sondern auf User von Macintosh-Computern. Ich versuchte gerade einen Artikel zu finden, bei dem ich mehr als nur Bahnhof verstand, als TJ sagte: »Arden Brill.«

»Hast du was gefunden?«

»Er hätte sich auch Abe nennen können«, sagte er. »Außer das war ihm zu ethnisch. Oder AA. Aber dann hättest du wahrscheinlich bei einem deiner Treffen nach ihm zu suchen angefangen.«

»Was redest du da eigentlich?«

»Ich rede von Arden Brill. Er hätte sich auch Carl Young nennen können, aber dann hätten wir lange suchen können, weil wir nie rausgekriegt hätten, wie er es buchstabiert hat. Du checkst nicht, was ich meine, oder?«

»Nein, nicht mal annähernd.«

»Die Sache ist die«, fuhr er fort. »Als ich den Namen Brill gehört habe, ist er mir irgendwie bekannt vorgekommen. Da ist zum Beispiel Steven Brill, der Gründer von Court TV.«

»Den können wir, glaube ich, ausschließen.«

»Schon klar. Aber da war noch ein anderer Brill, der mir irgendwie durch den Kopf gespukt ist, aber wegen Steven und Arden habe ich es nicht gleich gecheckt. Und als ich Brill gegoogelt habe, habe ich ungefähr eine Million Treffer gekriegt, von denen die meisten mit Contentville zusammenhingen. Das ist das Internetportal, das er gegründet hat. Steven Brill, meine ich.«

»Und?«

»Ich drucke dir das mal aus«, sagte er, »dann kannst du es selbst lesen.«

»Wenn es genauso gut verständlich ist wie dieses Heft hier ...«

»Nein«, sagte er und tippte kurz. »Es ist ganz einfach. Du wirst schon sehen.«

Er machte den Drucker an, und weniger als eine Minute später schob sich ein Blatt Papier in das Druckerfach. TJ griff danach und reichte es mir.

Ich las:

BRILL, Abraham Arden, 1874-1948. Geboren in Österreich, kam im Alter von 13 allein in die USA, danach wohnhaft in New York City. Abschluss an der NYU 1901, MD Columbia University 1903. Studierte anschließend bei C.G. Jung in der Schweiz, kehrte 1908 in die USA zurück. Ein früher Befürworter der Psychoanalyse, übersetzte Brill als einer der ersten Freud und Jung ins Englische und setzte sich mit Nachdruck für die Verbreitung ihrer Theorien in den Vereinigten Staaten ein. Er unterrichtete viele Jahre an NYU und Columbia; zu seinen bekanntesten Publikationen gehören *Psychoanalysis, Its Theories and Application* (1912) und *Fundamental Conceptions of Psychoanalysis* (1921).

»Könnte ein Zufall sein«, sagte TJ.

»Nein.«

»Man findet seine Bücher immer noch auf Leselisten. Das war, wo's bei mir geklingelt hat. Aber das Arden war schuld, dass der Groschen nicht gleich gefallen ist. Normalerweise läuft er unter A.A. Brill oder Abraham Brill.«

Er hatte den Ghettoslang aufgegeben und hörte sich jetzt an wie jemand, der sich tatsächlich mit Freud und Jung – und Abraham Brill – auskannte.

»Das ist kein Zufall«, sagte ich.

»Kann eigentlich keiner sein, oder?«

»Er hat den Namen gewählt, weil er ihm was gesagt hat und weil er sicher war, dass er ihr nichts sagen würde.«

»Lia, meinst du.«

»Niemand außer ihr sollte diesen Namen jemals hören. Er ist in Lias Studentenheim gegangen und hat sie umgebracht, um sie daran zu hindern, ihn jemand anders zu sagen. Er ist zu spät gekommen, aber viel hätte nicht gefehlt. ›Arden Brill‹ waren die letzten zwei Wörter, die sie gesprochen hat.«

»Nur gut, dass dein Anrufbeantworter an war.«

»Wenn ich zu Hause gewesen wäre, als sie angerufen hat ...«

»Zum Glück warst du das nicht.«

»Wie kommst du denn darauf?«

»Weil sie wahrscheinlich gesagt hätte, dass ihr was eingefallen ist und dass es wichtig sein könnte. Und dann hättest du gesagt: ›Nein, nicht am Telefon. Treffen wir uns doch in zwanzig Minuten im Salonika.‹ Bloß hättest du dort lange warten können, weil sie schon in der Badewanne getrieben wäre, und du hättest den Namen Arden Brill nie zu hören bekommen.«

Darüber dachte ich kurz nach und sagte schließlich, dass das möglich wäre.

»Oder«, sagte er, »sie hört deine Stimme und ist plötzlich ganz durcheinander und legt auf.«

»Das hätte sie auch beim Anrufbeantworter tun können.«

»Hat sie aber nicht«, sagte er.

»Wenn ich sie im Salonika etwas hartnäckiger ausgequetscht hätte ...«

»Hätte sie es dir vielleicht schon dort gesagt.«

»Vielleicht.«

»Vielleicht aber auch nicht«, sagte er. »Vielleicht hätte sie erst recht dichtgemacht und auch später nicht angerufen, wenn du sie zu penetrant gelöchert hättest.«

»Vielleicht.«

»Und er wäre pünktlich aufgetaucht«, fuhr er fort, »und sie wäre genauso tot, wie sie das jetzt ist, völlig unabhängig davon, ob wir sie nun angerufen hätten und gestern zu ihr raufgefahren wären oder nicht. So haben wir jetzt wenigstens einen Namen, Arden Brill, während wir sonst gar nichts hätten.«

»Arden Brill«, sagte ich.

»Glaubst du, er ist unser Mann?«

»Wer denn sonst?«

»Ja.« TJ nickte. »Wahrscheinlich.«

»Je länger ich darüber nachdenke, desto offensichtlicher erscheint es mir. Dabei war ich im selben Raum mit diesem Dreckskerl und habe nicht den leisesten Verdacht geschöpft. Herrgott noch mal, es war seine Pistole. Dieser Dreckskerl hat seine eigene Pistole verwendet!«

Kapitel 28

Er sitzt da und beobachtet, wie die Lichter der Stadt an- und ausgehen, an und aus. Es ist erst Nachmittag, aber in seinem Computer ist es immer Nacht, und sein Bildschirmschoner ist unermüdlich. Büro- und Wohnungslichter gehen an und aus, und nach und nach verändern die Häuser ihr Aussehen, sie bekommen zusätzliche Etagen, verlieren Etagen, werden breiter oder schmaler. Der Gedanke dahinter ist natürlich, dass jeder winzige Teil des Bildschirms mal an die Reihe kommt, dunkel zu werden, damit keine besonders häufig aktivierte Stelle vor den anderen ausbrennt.

Ist das wirklich ein Problem? Können Computerbildschirme überhaupt ausbrennen? Behält angesichts des rasanten technischen Fortschritts überhaupt noch jemand ein Gerät so lange, dass sich Abnutzungserscheinungen bemerkbar machen?

Wahrscheinlich nicht. Jedes Jahr – alle sechs Monate – werden die neuen Computer schneller und leistungsstärker und kosten weniger als die Vorgängergeneration. Bald wird auch er seinen Computer austauschen. Er ist noch völlig in Ordnung und macht alles, was er von ihm erwartet, aber er wird ihn durch einen PC ersetzen, der neuer-besser-schneller ist ... und er wird brav seinen Bildschirmschoner auf der neuen Festplatte installieren.

Alles nur, damit er zusehen kann, wie die Lichter an- und ausgehen ...

Er senkt einen Finger, drückte auf eine Taste, und der Bildschirmschoner verschwindet. Er drückt auf andere Tasten, klickt mit der Maus, und in wenigen Augenblicken (beim Nachfolgemodell wird es bestimmt noch schneller gehen) ist er online.

Er checkt seine Emails, geht sie rasch durch, löscht die Junkmails, beantwortet eine Nachricht, die beantwortet werden muss, behält sich den Rest für später vor. Öffnet die Favoriten, klickt auf Newsgroups: ACSK.

Auf dem Bildschirm erscheint seine Newsgroup alt.crime.serialkillers. Er scrollt die Liste mit neuen Nachrichten hinunter. Im Jason-Bierman-Thread gibt es vier. Er liest sie, aber es ist nichts Interessantes dabei. Das hat er in Threads häufig genug beobachtet. Nach ein paar Tagen läuft sich das Thema tot, weil die Leute Antworten auf die vom Thema abweichenden Posts von jemand anders posten, und andere reiten immer nur auf ihrem einen Lieblingsthema herum – für oder gegen die Todesstrafe zum Beispiel oder die Einschränkung der individuellen Freiheit durch den Staat oder die Neue Weltordnung. Es gibt eine Möglichkeit, Nachrichten der nervigsten Mitglieder zu unterdrücken. Man setzt ihre Namen auf seine Killfile, und ihre Posts erscheinen nie mehr auf dem Bildschirm. Aber das hat er bisher noch nicht getan. Aber vielleicht bald.

Über Lia Parkman gibt es nichts.

Woher auch? Wenn alles nach Wunsch läuft, glauben alle, die Kleine hat zu viel getrunken und darüber ganz vergessen, dass man Kiemen braucht, um unter Wasser zu atmen. Auf Dauer wird das allerdings möglicherweise nicht Bestand haben, je nachdem, wie gut der Rechtsmediziner ist und ob er einen guten Tag erwischt hat oder nicht. Wenn sie etwas von ihrem Geschäft verstehen und genau hinsehen, werden sie wahrscheinlich merken, dass jemand nachgeholfen hat.

Augen, die aus dem Wasser starren ...

Doch selbst wenn sie es merken, wird ihm klar, werden sie nicht herausbekommen, wer es war. So soll es auch sein, so will er es haben, und trotzdem hat die Sache einen kleinen Haken.

Es wird nicht auf Biermans Konto gehen.

Bierman wird für die Newsgroup uninteressant werden. An sich gehört er sowieso nicht hierher, er ist schwerlich ein Massenmörder und ein Serienkiller schon gar nicht. Er hat drei Opfer, alle am selben Tag getötet, eins davon zwar Meilen von den anderen entfernt, aber alle im selben Tatzusammenhang ermordet.

Deshalb ist es völlig in Ordnung, dass er aus dem öffentlichen Bewusstsein verschwindet und in Vergessenheit gerät.

Dabei steckt sehr wohl ein richtiger Serienmörder hinter der Sache, aber niemand ahnt es. Niemand hat auch nur die leiseste Ahnung!

Nennen wir ihn – jedenfalls bis auf Weiteres –, nennen wir ihn Arden Brill. Es war ein Fehler, sich den Namen dieses verstaubten alten Freudianers zuzulegen, aber was soll's? Wenn sich der ermittelnde Beamte in seiner Freizeit nicht gerade mit überholtem psychoanalytischem Gewäsch beschäftigt, wird ihm der Name nichts sagen. Warum ihn also nicht verwenden, und sei es nur in der Privatsphäre seines eigenen Kopfs?

Arden Brill hat nicht drei Menschen getötet, sondern fünf. Zweimal hat er in der West Seventy-fourth Street zugeschlagen, zweimal in der Coney Island

Avenue (im Abstand von sieben Stunden, womit es eigentlich zwei separate Vorfälle sind), und jetzt kann er noch ein fünftes Opfer in der Claremont Avenue vorweisen.

Und niemand weiß es?

Er lässt den Blick über den Computerbildschirm wandern. Am unteren Rand des Newsgroup-Fensters ist ein Button, in dem Neue Nachricht *steht. Er klickt ihn an, und es öffnet sich ein neues Fenster, das nur darauf wartet, eine Nachricht für* alt.crime.serialkillers *entgegenzunehmen.*

In die Themenzeile schreibt er: BIERMAN UNSCHULDIGES OPFER.

Nein, nur die allergrößten Idioten verwenden ausschließlich Großbuchstaben. Es ist das Newsgroup-Äquivalent zu Schreien. Er löscht es, versucht es noch einmal: Bierman unschuldiges Opfer.

Schon besser.

Er schaut auf den Bildschirm und beginnt zu tippen:

Jason Bierman hat nie jemand getötet. Er musste nur als Sündenbock für einen Killer herhalten, von dem keiner von euch etwas weiß. Dieser Mann heißt Arden Brill.

Er löscht den letzten Satz und schreibt weiter:

... Ich bin dieser Mann, und ihr könnt mich Arden Brill nennen. Ich habe fünfmal getötet. Bierman war mein erstes Opfer, die Hollanders Nummer zwei und drei. Carl Ivanko war das vierte. Ihr habt alle diese Morde Jason Bierman zugeschrieben, aber er hat nicht einmal etwas von einem seiner angeblichen Opfer gehört, geschweige denn eines von ihnen gesehen!

Mein fünftes Opfer ist Lia Parkman, und ihr habt noch nie etwas von ihr gehört, aber das werdet ihr noch. Ich habe sie in einer Badewanne ertränkt, sie an ihren Titten festgehalten und zugesehen, wie sie um ihr Leben gekämpft hat.

Aber sie hat sich nicht gewehrt. Er ist nicht einmal ganz sicher, ob sie überhaupt noch einmal zu Bewusstsein gekommen ist. Ihre Augen waren zwar offen, aber heißt das zwangsläufig, dass sie mitbekommen hat, was mit ihr passiert ist? Vielleicht sollte er den letzten Satz umformulieren:

... Ich habe sie in einer Badewanne ertränkt, sie an ihren reizenden kleinen Titten festgehalten und zugesehen, wie die Luftblasen an die Wasseroberfläche gestiegen sind, als alles Leben aus ihr entwichen ist.

Schon besser. Es entsprach sogar genau dem tatsächlichen Ablauf. Ihre

Titten als reizend und klein zu bezeichnen war nicht unbedingt klinisch, aber mangelnde Wahrhaftigkeit konnte ihm niemand vorwerfen.

Ich töte nicht wegen des damit verbundenen Kicks. Ich habe ein Motiv, und es ist absolut logisch. Ich werde von meinen Verbrechen enorm profitieren.

Nein, nicht Verbrechen. Er löscht »Verbrechen« *und fährt fort:*

» ... von meinen Taten enorm profitieren, womit sie mich vielleicht als Serienmörder disqualifizieren. Dennoch, auch wenn alles, was ich tue, von Profitstreben motiviert ist, kann ich nicht leugnen, dass ich den Akt des Tötens auf eine Art befriedigend finde, die ich mir nie hätte vorstellen können. Ich genieße es vor dem Akt, während des Akts und nach dem Akt.

Er hält inne und formuliert seine Gedanken:

Ich habe sowohl Männer als auch Frauen getötet. Männer zu töten, würde ich sagen, verschafft mir in stärkerem Maß das Gefühl, etwas geleistet zu haben. Was allerdings das Vergnügen an der Sache angeht, geht nichts über das Töten einer Frau.

Nein, das bedarf einer geringfügigen Korrektur:

Geht nichts über das Töten einer attraktiven Frau.

Er sitzt da, blickt auf das Geschriebene, nickt zustimmend. Seine Uhr piepst und zeigt ihm an, dass es zehn Minuten vor der vollen Stunde ist.

Er zieht den Cursor mit der Maus auf den Post-Button.

Nein, lieber doch nicht.

Er bewegt die Maus, klickt auf Abbrechen. Die Nachricht verschwindet un-abgesendet vom Bildschirm. Ein paar weitere Klicks, und er ist offline. Sein Bildschirmschoner ist wieder zurück, und die Lichter gehen an und aus, an und aus ...

Kapitel 29

»Noch mal von vorne«, sagte Wentworth. »Der Arzt heißt Nadler?«

»Ja, Seymour Nadler.«

»Und er ist Psychiater?«

»Offiziell approbiert«, sagte ich.

»Ein Schüler Sigmund Freuds.«

»Das weiß ich nicht.«

»Und vielleicht auch Brills«, sagte er. »A.A. Brills. Möglicherweise hat er sogar bei ihm studiert.«

»Das geht zeitlich nicht«, sagte ich. »Brill ist 1948 gestorben.«

»War Nadler damals überhaupt schon geboren?«

»Nein«, sagte ich. »Er ist um die Vierzig.«

»Und die Pistole, die Tatwaffe, hat ihm gehört?«

»Ja.«

»Sie war registriert, und er hatte einen Waffenschein dafür.«

»Für seine Praxis und seine Wohnung. Außerhalb davon durfte er sie jedoch nicht mit sich führen.«

»Er hat sie wann gekauft? Letztes Jahr? Hat er einen Grund angegeben?«

»Seinen eigenen Aussagen zufolge«, sagte ich, »hatte er einen Patienten, der ihm nicht ganz geheuer war.«

»Klar, warum nicht?«, sagte Wentworth. »Ich habe einen Patienten, der mir nicht ganz geheuer ist. Da liegt es doch nahe, dass ich mir eine Kanone zulege, um ihn erschießen zu können. Warum sich da überhaupt noch die Mühe machen, ihn zu therapieren? Aber ich nehme mal an, er ist nicht dazu gekommen, diesen Patienten zu erschießen.«

»Er hat gesagt, der Mann hat Selbstmord begangen.«

»Hat er sich erschossen?«

»Nein, er ist aus dem Fenster gesprungen, oder vielleicht auch vom Dach eines Hauses.«

»Stimmt diese Geschichte?«

»Der Selbstmord des Patienten? Keine Ahnung. Er hat mir seinen Namen nicht gesagt, und ich habe keinen Grund gesehen, ihn danach zu fragen.«

»Sie haben ihn nicht verdächtigt.«

»Nein, überhaupt nicht. Dass so jemand drei Menschen mit einer registrierten Waffe erschießt und sie am Tatort zurücklässt? Der Mann hatte jede Menge Diplome an den Wänden hängen. Wahrscheinlich ist sein IQ mindestens so hoch wie seine Körpertemperatur, in Fahrenheit wohlgemerkt.«

Wentwort wollte etwas sagen, tat es dann aber doch nicht. An der Ecke hatte der Kleinlaster eines Eisverkäufers geparkt, und die Mister-Softee-Musik beschallte uns erbarmungslos. Wentworth sagte: »Entschuldigung«, stand auf und ging zu dem Eisverkäufer.

»Kaum hört er die Musik«, sagte TJ, »muss er ein Eis haben. Sicher alles nur, weil er als Kind so konditioniert worden ist.« Er schaute über die Straße und dann etwa zehn Stockwerke nach oben. »Wenn du Probleme mit dieser Diagnose hast, wird dir Dr. Nadler das Ganze sicher noch genauer ausbuchstabieren.«

Wir saßen auf einer Bank auf der Ostseite der Central Park West, direkt gegenüber dem Haus, in dem sich Seymour Nadlers Praxis befand. Hinter uns war eine anderthalb Meter hohe Steinmauer, und dahinter begann der Park. Ich hatte Wentworth auf der Wache eine Nachricht hinterlassen, und er hatte mich angerufen, sobald er aus Kristins Haus gekommen war. Er hatte ausführlich mit ihr gesprochen und ihr ebenfalls eingeschärft, was ich ihr bereits geraten hatte: Nehmen Sie keine Anrufe entgegen, öffnen Sie niemand die Tür. Unter Polizeischutz stand sie vorläufig noch nicht, aber er hatte einen entsprechenden Antrag gestellt und rechnete damit, dass er in Bälde genehmigt würde.

Ich schaute zu dem Eiswagen und sah Wentworth mit dem Mister-Softee-Mann reden. Wenig später fuhr der kleine Lkw los, überquerte die Kreuzung und parkte eine Straße weiter. Wentworth kehrte zwar mit leeren Händen zurück, aber auf seinen kantigen Zügen lag ein triumphierendes Grinsen.

»Ich habe ihm gesagt, er soll sich woanders hinstellen«, erklärte er. »Wozu hat man schließlich ein Goldschild, wenn man damit nicht mal Mister Softee zum Teufel jagen kann?«

»Genau das wollte ich immer werden, als ich noch klein war«, sagte TJ.

»Was, Mister Softee? Oder ein Typ mit einem Goldschild?«

»Mister Softee natürlich. Man braucht nur mit seiner Glocke zu läuten, und schon kommen alle Kinder angerannt, wie beim Rattenfänger.«

»Das würde dir wohl gefallen, hm?«

»Jedenfalls hab ich mir das richtig toll vorgestellt, als ich noch klein war. Überall, wo du hinkommst, freuen sie sich, dich zu sehen.«

»Nur die Eltern nicht«, sagte Wentworth. »Und auch niemand, der sich konzentrieren muss. Stell dir mal vor, den ganzen Tag in dieser Karre zu sitzen und ständig dieses Gedudle über sich ergehen lassen zu müssen.« Er schüttelte den Kopf. »Erst wollte er nicht wegfahren. ›Aber das ist doch mein Platz‹, hat er gejammert. Als ob ihn eine Straße weiter niemand finden würde. ›Das ist *mein* Platz‹, habe ich darauf gesagt, und dann hat er's wohl geschnallt.«

»Es ist zwar nur ein kleiner Sieg«, sagte ich, » aber zumindest schon mal etwas, was wir auf der Habenseite verbuchen können.«

»Allerdings«, sagte Wentworth. »Schauen Sie mich doch an, ich habe Mister Softee das Fürchten gelernt. Glauben Sie, so sagt seine Frau auch zu seinem Schniedel? Hoffen wir mal, lieber nicht.«

Auf dem Gehsteig flitzte ein etwa zwölfjähriges Mädchen auf Rollerblades an uns vorbei. »Eigentlich ist Skaten auf dem Gehsteig verboten«, sagte er. »Aber diesmal will ich es ihr noch durchgehen lassen. Mit Mister Softee habe ich mein Soll bereits erfüllt. Aber jetzt, bestimmt wollen Sie wieder auf Ihren Freund Nadler zurückkommen.«

»Unbedingt.«

»Er hat also die Pistole letztes Jahr gekauft und in seiner Schreibtisch-schublade weggeschlossen. Im März dieses Jahres gehen er und seine Frau abends aus, und als sie zurückkommen, hat jemand bei ihnen eingebrochen. Er erstattet Anzeige und reicht bei seiner Versicherung eine Verlustanzeige ein. Ist so weit alles richtig?«

Ich nickte.

»Dann schaut er zwei, drei Tage später in die Schublade und merkt, dass die Pistole weg ist. Hat er gesagt, warum er nachgesehen hat?«

Ich schüttelte den Kopf.

»Ist ja auch nachvollziehbar. Er sitzt an seinem Schreibtisch, er denkt über den Einbruch nach und dann kommt ihm ein Gedanke: Angenom-men, ich wäre zu Hause gewesen, was hätte ich gemacht? Meine Pistole rausgeholt? Er schaut also nach der Pistole, und sie ist nicht mehr da. Er hat den Diebstahl doch gemeldet?«

»Ja.«

»Aber auf die Verlustmeldung für die Versicherung hat er sie nicht gesetzt.«

»Sie nachträglich draufzusetzen war ihm zu umständlich«, sagte ich. »Außerdem war er nicht sicher, ob er überhaupt etwas rückerstattet bekommen hätte, weil sie nicht auf der Inventarliste stand. Das ist mir damals durchaus einleuchtend erschienen.«

»Das ist es auch jetzt noch, zumal das Ganze nicht einer gewissen Peinlichkeit entbehrt. ›Ich habe mir zu meinem Schutz und dem meiner Familie eine Pistole zugelegt, und die Einbrecher haben sie mitgenommen.‹ Er ist zwar gesetzlich verpflichtet, den Verlust der Polizei zu melden, aber niemand zwingt ihn, auch die Versicherung zu informieren. Das ist seine Sache.«

»Richtig.«

»Gut, dann überspringen wir jetzt im Schnellvorlauf ein paar Monate«, sagte er. »Es ist Ende Juli, Anfang August, die Hollanders werden ermordet, und wenige Stunden später diese zwei Typen in Brooklyn.«

»Bierman und Ivanko.«

»Und die Pistole bleibt am Tatort zurück, was sie mehr oder weniger muss, weil es ja wie ein Selbstmord aussehen soll. Und eine ballistische Untersuchung ergibt, dass die Tatwaffe dieselbe Pistole vom Kaliber zweiundzwanzig ist, die unserem Dr. Nadler gestohlen worden ist. Es war doch eine Zweiundzwanziger?«

»Ja.«

»Und jetzt der Einbruch. Hat er ihn nur vorgetäuscht?«

»Wahrscheinlich nicht«, sagte ich. »Aber völlig auszuschließen ist es nicht. Er fährt mit seiner Frau im Lift nach unten, dann fällt ihm ein, dass er die Eintrittskarten auf der Kommode liegengelassen hat.«

»Deshalb fährt er wieder nach oben, zieht ein paar Schubladen raus, leert sie auf den Boden, greift sich ein paar Schmuckstücke und was dann? Ins Theater nimmt er sie doch wohl nicht mit.«

»Nein, er steckt alles in zwei Kopfkissenbezüge, die er vom Bett abgezogen hat«, sagte ich. »Er geht schnell in sein Sprechzimmer, verstaut alles in einem Schrank und fährt wieder nach unten.«

»Und dann fährt er mit seiner Frau in die Stadt. Kommt nach Hause, meldet den Einbruch. Es könnte durchaus so gewesen sein, aber man käme nicht auf die Idee, dass er es so gemacht hat.«

»Ich tippe mal«, sagte ich, »der Einbruch ist genauso abgelaufen, wie er es in seiner ersten Anzeige geschildert hat. Sie sind durch die Wohnung gegangen, haben alles, was er in der Verlustmeldung angegeben hat, in zwei Kopfkissenbezüge gestopft und mitgenommen. Und zwei Tage später kommt ihm eine Idee, wie er am besten an eine Pistole kommt, die nicht auf ihn zurückverfolgt werden kann, und das ist die ideale Möglichkeit. Er meldet seine eigene Pistole als gestohlen, und als sich später herausstellt, dass sie ursprünglich ihm gehört hat, sagen sie sich, ach ja, stimmt, sie wurde bei einem Einbruch gestohlen, hat er ja schon vor Monaten gemeldet.«

Wentworth nickte bedächtig und ließ sich alles durch den Kopf gehen. »Was mir daran gefällt«, sagte er schließlich, »ist, dass es richtig raffiniert ist und dass wir bereits wissen, dass sich unser Freund viel darauf zugutehält, besonders raffiniert zu sein.« Zu TJ sagte er: »Solltest du jemals beschließen, ein krummes Ding zu drehen, dann versuch bloß nicht, besonders raffiniert zu sein, ja? Dreimal darfst du raten, in was du dann trittst.«

»Auf die Zehen von Mister Softee«, sagte TJ.

Wentworth wandte sich wieder mir zu. »Glauben Sie, nur aus diesem Grund hat er sich die Pistole überhaupt zugelegt? Glauben Sie, er hat so weit vorausgedacht?«

Das hatte ich mich auch schon gefragt. »Durchaus möglich«, sagte ich. »Angenommen, er will sich eine Waffe zulegen. Er ist ein Therapeut in der Upper West Side, da kommt er schwer an Leute ran, die nichtregistrierte Schusswaffen zu verkaufen haben. Er könnte in einen anderen Bundesstaat fahren und sich auf einer Waffenmesse eine besorgen, aber käme er überhaupt auf so eine Idee?«

»Demnach hat er also schon lange im Voraus geplant, wofür er die Pistole verwenden will.«

»Wenn dem so ist«, sagte ich, »hat er den Einbruch vorgetäuscht. Er konnte schlecht nur Däumchen drehend rumsitzen und darauf warten, dass genau zum richtigen Zeitpunkt jemand auftaucht und seine Wohnung ausräumt. Außer er war sich noch nicht über sein genaues Vorgehen im Klaren, insbesondere was den Selbstmord angeht. Wenn keine Waffe gefunden wird, braucht er sich keine Gedanken zu machen, ob sie auf ihn zurückverfolgt werden kann.«

»Und dann kommt es zu dem Einbruch, und er ist wie ein Geschenk Gottes.«

»Also, ich glaube«, sagte ich, »dass er wusste, wen er töten wollte und warum er sie töten wollte. Nur wusste er noch nicht, wie, und dann hat der Einbrecher, der seine Wohnung ausgeräumt hat, diese Frage für ihn geklärt.«

»Indem er aus seiner registrierten Pistole eine mögliche Mordwaffe gemacht und ihn auf die Idee gebracht hat, den Mord mit einem fingierten Einbruch zu vertuschen.«

»Und er hat sogar gesehen, wie so ein Einbruch abläuft. Die Sache mit den Kopfkissenbezügen zum Beispiel. Ich dachte zuerst, die gleiche Vorgehensweise bei den beiden Einbrüchen, bei Nadler und bei den Hollanders, wäre Zufall. Und dann kam mir der Gedanke, hm, Ivanko bricht bei Nadler ein und behält die Pistole, und dann nimmt er sie mit, als er bei den Hollanders einbricht.«

»Er wird Opfer eines Einbruchs«, sagte Wentworth, »und er schaut sich alles ab, als er selbst einen Einbruch inszeniert. Und dann verwendet er seine eigene Pistole, weil er es schon vorher so hingedreht hat, dass sie nicht mehr mit ihm in Verbindung gebracht werden kann. Wirklich verdammt raffiniert, unser Freund.«

Kapitel 30

»Peter«, sagt er mit einem strahlenden Lächeln und tritt von der Tür zurück. »Kommen Sie rein. Wie immer auf die Minute pünktlich.«

»Zwanghaft«, sagt Peter Meredith grinsend.

Es ist eine Anspielung auf einen Witz, den er den fünf vor ein paar Monaten bei einer Gruppensitzung erzählt hat. Analytiker, erklärte er ihnen, unterteilen ihre Patienten anhand des Zeitpunkts, zu dem sie zur Therapie erscheinen, in zwei Gruppen. Diejenigen, die regelmäßig zu früh kommen, sind ängstlich, während die regelmäßig zu spät Kommenden aggressiv sind.

Und dann hatte er gewartet, weil er wusste, dass jemand die entscheidende Frage stellen würde. Vorhersehbarerweise war es Ruth Ann gewesen, die ihm entgegenkam. Und was ist mit denen, die pünktlich sind?, hatte sie gefragt. Das sind die Zwanghaften, hatte er geantwortet.

Er grinst Peter an, macht einen Schritt auf ihn zu und umarmt ihn. Der Leibesumfang des Mannes ist beachtlich. Er hat kein Pfund abgenommen, er wird nie ein Pfund abnehmen, aber in jeder anderen Hinsicht macht er große Fortschritte.

Bring jemand bei abzunehmen, denkt er, und er wird dich lieben, bis er wieder zunimmt. Bring jemand bei, sich selbst zu lieben, egal, wie viel er wiegt, und er wird dich immer lieben.

Und ist das nicht das Entscheidende?

»So«, sagt er. »Couch oder Sessel? Was meinen Sie?«

»Nein, nein«, sagt Peter, beflissen wie eh und je. Er spricht mit Wiener Akzent weiter, streicht mit Daumen und Zeigefinger einen imaginären Bart. »Nein, Herr Doktor. Nicht, was ich meine. Was Sie meinen.«

Sie lachen beide, und er sagt: »Die Couch, würde ich sagen. Ja, heute die Couch, Peter.«

Peter setzt sich auf die Couch und zieht die Schuhe aus, dann streckt er sich darauf aus und nimmt die Füße hoch. Als er Peter so sieht, fragt er sich kurz, ob die Couch sein Gewicht aushalten wird, wird sich aber sofort der Absurdität seiner Befürchtungen bewusst. Die Couch ist so ausgelegt, dass drei Personen gleichzeitig darauf sitzen können, drei Personen, deren Gesamtgewicht doppelt so hoch sein könnte wie das von Peter Meredith. Außerdem trägt die Couch

Peters Gewicht schon seit Monaten. Er ist nicht erkennbar schwerer geworden und die Couch nicht weniger stabil. Und doch reagiert er, der Besitzer der Couch, jedes Mal mit der gleichen unbegründeten Befürchtung, wenn Peter sich darauf niederlässt.

Faszinierend, der menschliche Geist. Und das gilt für den eigenen nicht weniger als für den irgendeines anderen Menschen.

»Und, Peter? Bequem so?«

»Ja, wunderbar, Doc.«

»Sehr entspannend, oder? Sich hinzulegen und die Augen zu schließen? Ängste und Sorgen kommen einfach in einem hoch und verfliegen.«

Seine Stimme ist einlullend und tröstlich. Aber er hypnotisiert Peter nicht, obwohl er das früher öfter getan hat. Trotzdem hat seine Stimme, sein Tonfall etwas Hypnotisches. Davon wird sein Patient nicht völlig wegtreten, aber es wird ihm helfen, sich zu entspannen und zu öffnen.

»So«, beginnt er. »Wie geht es mit dem Haus voran?«

»Ach ja, das Haus«, sagt Peter.

Weiß Gott, ach ja. Sie arbeiten Tag und Nacht an dem Haus in der Meserole Street, und Peter kann stundenlang ohne Punkt und Komma darüber reden. Es ist nicht wirklich nötig, ihm dabei zuzuhören. Eins der gemeinen kleinen Geheimnisse seiner Profession ist, dass man seinen Patienten nicht immer zuhört. Manchmal schweift man beinahe zwangsläufig in Randbezirke tangentialen Denkens ab oder schläft sogar ein. Und er kann sich nichts Vergeblicheres vorstellen, als gegen den Schlaf anzukämpfen. Da ist es wesentlich besser, sich von dem neurotischen Gefasel einlullen zu lassen und sich ihm in Würde und Dankbarkeit zu ergeben.

Denn zu dem gemeinen kleinen Geheimnis gehört auch die erfreuliche kleine Wahrheit, dass es nicht darauf ankommt, dass der Therapeut zuhört, sondern dass es der Patient sagt. Natürlich könnte er die passende Einsicht beisteuern und den Patienten in die richtige Richtung lenken, aber wer kann schon sagen, ob er/sie nicht von selbst dorthin findet?

Das erinnert ihn an eine Frau, der wegen ihrer Allergien dazu geraten worden war, ihren Hund wegzugeben. Sie suchte einen Allergologen auf, ließ unzählige Injektionen und die Härten einer Eliminationsdiät über sich ergehen, alles ohne Erfolg; ihre Augen begannen zu tränen, ihre Nase zu laufen und ihre Kehle zu jucken, sobald sie nur in die Nähe des Tiers kam. Sie kam zu ihm in der Hoffnung, diese Reaktionen könnten psychisch bedingt sein. Vielleicht gelang ihm, was der Allergologe nicht geschafft hatte.

Und was hatte er getan? Natürlich hatte er das Problem gelöst. Er hatte sie gebeten, den Hund in die Praxis mitzubringen, und ihr erklärt, er kenne genau die richtige Person, die das Tier bei sich aufnehmen könne, einen guten Freund von ihm, der gerade dabei war, nach Wyoming zu ziehen. Der Hund hätte dort auf dem Land unbegrenzten Auslauf, und vor allem wäre er dort ein paar tausend Meilen entfernt, sodass sie nicht in Versuchung geraten würde, ihn zu besuchen oder gar zurückhaben zu wollen.

Der Hund war ein King-Charles-Spaniel mit ausdrucksstarken, wachen Augen und stolzer Haltung. Sobald sein Frauchen seine Praxis verlassen hatte, verpasste er ihm eine für einen Menschen gedachte Morphiumspritze, die dem Problem ein für alle Mal ein Ende machte. Dann stopfte er ihn in einen Koffer und nahm ihn zu einem letzten Spaziergang im Park mit. Er stellte den Koffer ab und ging weg, um die Enten zu beobachten, und als er zurückkam – wer hätte das gedacht? –, hatte ein strebsamer junger Mann mit seinem Koffer das Weite gesucht. Und was für eine nette Überraschung es wohl gewesen war, als er endlich die Schlösser aufbekam!

Dann schickte er die Frau zu FAO Schwarz, um sich einen Teddybär auszusuchen. Sie konnte ihn mit der gleichen Zuneigung duschen, die sie dem Hund hatte zukommen lassen, und sich einbilden, dass ihre Liebe erwidert wurde – mit etwa ebenso viel Berechtigung wie bei einem lebenden Haustier. Sie musste ihn nicht ausführen oder füttern, sie musste nichts wegputzen, wenn er irgendwo sein Geschäft machte, und das Schönste war, das Ding war auch garantiert hypoallergen.

Und jetzt hat sie, wen wundert's, die Wohnung voller Stofftiere. Schließlich kann man so viele Kuscheltiere haben, wie man will, ohne dass sich die anderen Hausbewohner wegen des Lärms oder des Gestanks beschweren. Und sie hält ihn, wer könnte schon das Gegenteil behaupten, für ein Genie.

Und sie liebt ihn!

Und, fragt er sich ein zweites Mal, ist das nicht, worum es letztlich geht? Niemand macht diesen Job des Geldes wegen. Dafür bekommt man nicht annähernd genug bezahlt, obwohl die Leute glauben, man würde sich dumm und dämlich verdienen, weil man hundert Dollar die Stunde dafür bekommt, sich Träume und Ängste und Kindheitserinnerungen anzuhören (oder auch nicht).

Als ob man damit auf einen grünen Zweig käme und vor allem, als ob man es stehlen würde!

Aber wie viele Patienten kann man schon behandeln? Fünfzehn pro Woche? Zwanzig? Und wie viele zahlen tatsächlich hundert Dollar für eine Stunde? Peter und seine Freunde zum Beispiel, sie zahlen alle nur sechzig Dollar für eine Sitzung. Bei der Gruppentherapie, wenn er mit allen fünf zusammen arbeitet, nimmt er von jedem fünfundzwanzig Dollar, sodass er auf 125 Dollar pro Stunde kommt.

Jedenfalls muss man sich gewaltig reinhängen, um auf hundertzwanzigtausend Dollar im Jahr zu kommen, und was ist das im New York des 21. Jahrhunderts schon? Fast jedes andere medizinische Fachgebiet ist mit Sicherheit lukrativer. Von den plastischen Chirurgen und Anästhesisten einmal gar nicht zu reden. Selbst stinknormale Allgemeinärzte schieben in ein, zwei Stunden so viele Patienten durch wie er in einer ganzen Woche.

Hunderttausend Dollar. Die großen Anwaltskanzleien bieten irgendwelchen Jüngelchen frisch von der Uni 150.000 Dollar Einstiegsgehalt! Nein, das Geld kann man vergessen. Was er macht, kann man nicht wegen des Geldes machen. Man muss es wegen der Liebe machen.

Und damit ist natürlich wirklich Geld zu verdienen.

Es kommt zu einem peinlichen Moment, als er merkt, dass Peter zu reden aufgehört hat und in seinem Schweigen eine gewisse Erwartung mitschwingt. Hat er eine Frage gestellt?

»Hmmmm«, murmelt er und beugt sich vor, als dächte er darüber nach. »Seien Sie so gut, Peter, und sagen Sie das noch mal, Wort für Wort, im selben Ton wie eben. Ginge das?«

»Ich kann es versuchen«, sagt Peter.

Und Gott sei Dank tut er das. Und es ist eine Frage, genau, wie er vermutet hat, und nachdem Peter sie ein zweites Mal ausgesprochen hat, beantwortet er sie sich auch gleich selbst. Ein Durchbruch, dank seiner eigenen genialen Unaufmerksamkeit.

Sie halten ihn für ein Genie. Und wer will schon behaupten, dass sie sich täuschen?

»Peter«, sagt er. »Ich muss gerade an Kristin denken.«

»Oh.«

»Sicher haben Sie doch auch an sie gedacht.«

»Ein bisschen.«

»Haben Sie noch Kontakt mit ihr?«

»Ich habe sie nach dieser Geschichte mit ihren Eltern angerufen. Aber das habe ich Ihnen, glaube ich, erzählt.«

»Ja, haben Sie, glaube ich.«

»Und ich bin froh, dass ich es getan habe, Doc. Das gehört sich einfach. Ich wollte es auch, aber zuerst hatte ich, na ja ...«

»Angst?«

»Ja, natürlich, nennen wir es ruhig beim Namen. Ich habe mich gefürchtet. Ich hatte Angst.«

»Würden Sie jetzt vielleicht lieber sitzen, Peter?«

»Ja, ich glaube schon.«

»Gut. Nehmen Sie den Sessel. Sie hatten Angst, sie anzurufen, aber Sie haben sie trotzdem angerufen, und jetzt sind Sie froh, es getan zu haben.«

»Ja.«

Er steht auf, legt die Hände aneinander, schaukelt auf den Fersen. »Peter«, sagt er, »wenn zwei Menschen eine spezielle Beziehung zueinander haben, wenn ihrer Zweisamkeit eine ganz besondere Art von Magie innewohnt, dann ist das etwas ganz Außergewöhnliches.«

»Ich weiß.«

»Diese Magie habe ich zwischen Ihnen und Kristin immer gespürt.«

»Ich auch, aber ...«

»Aber Sie haben sich getrennt. Sie sind nach Williamsburg gezogen, und sie ist ins Haus ihrer Eltern zurückgekehrt.«

»Ja.«

»Und das war unvermeidlich. Sie haben sich den anderen verpflichtet gefühlt, Marsha und Lucian und Kieran und Ruth Ann.«

»Und, nicht zu vergessen, Ihnen.«

»Na ja.« Sein Lächeln ist mild, bescheiden. »Mir nur insofern, als ich in

Ihrem Bewusstsein Ihre besten Interessen verkörpere. Mit den anderen teilen Sie ein gemeinsames Ziel, und was wir gemeinsam herausgefunden haben, ist, dass Kristin dieses Ziel nicht mit Ihnen geteilt hat.«

»Jedenfalls nicht so wie die anderen.«

»Sie fünf«, sagt er, »Sie sind eine Familie, Peter.«

»Ja, das sind wir.«

»Das Haus ist ideal für Sie. Sie haben ein Stockwerk, Marsha und Lucian haben ein Stockwerk, Ruth Ann und Kieran haben ein Stockwerk. Aber Sie arbeiten zusammen, Sie schaffen sich diesen Lebensraum selbst.«

»Ja.«

»Als Familie.«

Familie ist das Zauberwort. Im richtigen Tonfall ausgesprochen, kann es Peter zu Tränen rühren.

»Kristin hatte eine eigene Familie«, fährt er fort. »Und sie war noch nicht bereit, ihr Nest gegen ein anderes zu tauschen. Sie haben die richtige Entscheidung getroffen, Peter.«

»Ich weiß.«

»Und sie hat ebenfalls die richtige Entscheidung getroffen.«

»Auch das weiß ich inzwischen. Zuerst war ich mir nicht sicher, aber jetzt weiß ich, dass Sie recht haben.«

»Aber ihre Situation ist jetzt ein andere.«

»Weil ...«

»Weil sie ihre Familie verloren hat.«

»Eine schreckliche Geschichte.«

Was für eine Art mit Worten dieser Bursche hat! »Eine schreckliche Geschichte«, wiederholt er. »Was bekommen wir im Leben, Peter?«

»Was wir bekommen?«

»Sie kennen die Antwort, Peter.«

»Wir bekommen, was wir bekommen.«

»Ganz genau. Wir bekommen, was wir bekommen, und was wir damit anfangen, macht es zu Glück oder Pech. Sie und Kristin gehören zusammen.«

»Das dachte ich eigentlich immer.«

Dachte, stellt er fest, nicht denke. Was soll das denn?

»Ich finde, Sie sollten sie anrufen«, setzt er nach. »Ich finde, Sie sollten sie besuchen; ich finde, Sie sollten ihr in ihrer Stunde der Not beistehen.« Hat er *das tatsächlich gesagt? Egal.* »Sie haben breite Schultern, Peter, und das ist, was sie jetzt braucht, und genauso braucht sie es auch, wieder Teil einer Familie zu sein.«

»Aber ...«

Er wartet. Seine Hand wandert an seinen Hals, und seine Finger ertasten die Rhodochrositscheibe. Er streicht darüber, spürt ihre kühle Glätte.

»Ich habe eine Frau kennengelernt, eine Bildhauerin. Sie wohnt in der Wythe Avenue in Northside Williamsburg. Sie ist wirklich nett, und ihre Werte sind die gleichen wie meine, wie unsere, und ich dachte, vielleicht ...«

Die Worte verlieren sich im Nichts. Er berührt wieder die rosafarbene Stein-scheibe und denkt: Klarheit. *Er wartet einen Moment, dann sagte er:* »Rück-schritt.«

»Wie bitte?«

Er ist aufgestanden, geht auf und ab, dreht sich zu Peter Meredith um und sagt: »Ein Rückschritt ist das, Peter! Sie machen einen Rückschritt! Nicht mehr und nicht weniger.«

»Finden Sie das wirklich?«

Das finde ich nicht nur, das weiß *ich. Stehen Sie auf! Los, machen Sie schon! So, und jetzt sehen Sie mich an. Gut. Und jetzt schließen Sie die Augen. Strecken Sie die Hände von sich, mit den Handflächen nach oben. Gut. Sind Sie bereit?«*

»Ähm, ich glaube schon.«

»Nehmen Sie Ihre Gefühle für Kristin in Ihre rechte Hand. Spüren Sie ihr Gewicht, ihre Substanz. Spüren Sie es?«

»Ja.«

»Und jetzt legen Sie das, was Sie für diese Bildhauerin empfinden, in die andere Hand. Ja! Spüren Sie den Unterschied?«

»Ja.«

»Öffnen Sie die Augen, Peter. Welche Hand ist schwerer?«

»Diese.«

»Der Körper lügt nicht. Er spürt das Gewicht der einen, die fehlende Substanz der anderen. Und jetzt sagen Sie mir, wo liegt Ihre Bestimmung?«

»Bei Kristin?«

»Fragen Sie mich das, oder sagen Sie es mir?«

»Sie liegt bei Kristin.«

»Was liegt bei Kristin?«

»Meine Bestimmung.«

Er geht auf ihn zu und umarmt ihn. »Peter«, sagt er, »ich bin so stolz auf Sie. Sie machen sich keine Vorstellung, wie stolz ich auf Sie bin.«

Als sich die Tür schließt, dreht er mit einem tiefen Seufzer am Knopf der Innenverriegelung. Er hätte Peter Meredith umbringen können, er hätte nur die Hand auszustrecken gebraucht, um ihn zu töten. Eine Bildhauerin, die in irgendeinem Loch in der Whythe Avenue mit Lehm herumknetete und seine bescheuerten Werte mit ihm teilte.

Man muss diesen Leuten bis ins Kleinste sagen, was sie tun sollen. Wirklich bis ins Kleinste!

Kapitel 31

»Was allerdings enorm hilfreich wäre«, sagte Ira Wentworth, »wäre irgendein klitzekleiner Beweis. Etwas, womit ich zu einem Richter gehen könnte, um einen Durchsuchungsbeschluss zu bekommen.«

»Sie wollen alles auf dem Silbertablett serviert bekommen«, sagte ich.

»So bin ich nun mal«, sagte er. »Immer für die einfachen Lösungen. Ich kann mich noch gut erinnern, wie mir mein Vater Billardspielen beigebracht hat. ›Junge‹, hat er gesagt, ›loche immer die einfachen Kugeln. Das Über-Bande-Spielen und die Kombinationen überlässt du lieber den Jungs mit reichen Vätern.‹«

»Ein weiser Rat.«

»Ja«, sagte er, »bloß habe ich ihn nicht von meinem alten Herrn bekommen, der meines Wissens sein ganzes Leben lang kein Queue in die Hand genommen hat. Ich habe ihn von einem Typen, mit dem ich Pool gespielt habe, bekommen, nachdem ich eine Drei-Kugel-Kombination verbockt habe.« Er schüttelte wehmütig den Kopf. »Sie sah so verlockend aus, dass ich nicht widerstehen konnte.«

»Und darüber sind Sie nie hinweggekommen«, sagte ich.

»Nie«, sagte er und stand auf. »Aber ich bin noch jung. Es besteht noch Hoffnung. Ich werde mal zu wühlen anfangen. Mal sehen, was ich über diesen sauberen Seelenklempner finden kann. Vielleicht haben wir Glück, und es gibt bereits eine Akte über ihn. Vielleicht frage ich ihn auch, wo er gestern war, und er wird knallrot und legt ein Geständnis ab.«

Wir schüttelten uns alle drei die Hände, und er ging in Richtung Uptown los. »Wentworth hat echt was drauf«, sagte ich zu TJ.

Als er darauf nichts erwiderte, drehte ich mich zu ihm. Er hatte die Augen mit der Hand gegen die Nachmittagssonne beschattet und schaute über die Straße. Nach einer Weile sagte er: »Ich dachte, ich hätte gerade jemand gesehen, aber er ist es nicht.«

»Wen? Nadler?«

»Ich habe ihn noch nie gesehen, woher sollte ich ihn also kennen?«

»Woher willst du dann wissen, dass er's nicht ist?«

»Häh?«

»Nichts«, sagte ich. »Ich gehe jetzt nach Hause. Was hast du noch vor?«

»Wahrscheinlich fahre ich zur Columbia hoch. Mich ein bisschen umhören, was über Lia geredet wird.«

Ich ließ mir auf dem Heimweg Zeit und überlegte, was ich Sinnvolles tun könnte, und als ich zu Hause ankam, sagte Elaine, ich käme genau rechtzeitig.

»Um ins Kino zu gehen«, sagte sie. »Im Laden war nichts los, deshalb habe ich ihn früher zugemacht und beschlossen, mal an einem Werktagnachmittag ins Kino zu gehen. Etwas Dekadenteres kann ich mir eigentlich nicht vorstellen.«

»Was für ein behütetes Leben du geführt haben musst.«

»Genau das ist der Punkt«, sagte sie. »Hast du Lust mitzukommen?«

»Was willst du dir ansehen?«

»Im Worldwide Cinema läuft ein Adam-Sandler-Film.«

»Das ist doch wohl nicht dein Ernst?«

»Wieso denn? Er ist bestimmt witzig. Und der Eintritt kostet nur drei Dollar. Das ist unsere Belohnung dafür, dass wir ihn beim ersten Mal verpasst haben.«

»Ihn verpasst zu haben war schon Belohnung genug«, sagte ich.

Sie schaute auf die Uhr. »Wir haben noch siebzehn Minuten Zeit. Glaubst du, wir schaffen es in siebzehn Minuten zur Fiftieth, Ecke Eighth.«

»Ja«, sagte ich. »Leider.«

Als wir nach Hause kamen, hatte mir Kristin eine Nachricht hinterlassen, ob ich sie zurückrufen könnte. Das tat ich, und als mich ihr Anrufbeantworter aufforderte, eine Nachricht zu hinterlassen, nannte ich meinen Namen und sagte, es handle sich um einen Rückruf. »Gehen Sie bitte dran, wenn Sie zu Hause sind«, sagte ich. »Andernfalls rufen Sie mich an, sobald Sie meine Nachricht erhalten. Ich müsste den Rest des ...«

Abends zu Hause sein, wollte ich weitersprechen, aber sie nahm ab und sagte: »Mr. Scudder? Entschuldigung, ich war gerade nebenan. Der Grund, weshalb ich angerufen habe, na ja, vermutlich hätte ich Sie nicht damit belästigen sollen ...«

»Worum geht es, Kristin?«

»Also, ich habe vorhin einen Anruf bekommen. Von Peter.«

»Peter Meredith?«

»Ja, von ihm. Ich stand gerade neben dem Anrufbeantworter, als er anrief, und ich dachte, na ja, was soll schon so schlimm daran sein dranzugehen?«

»Und sind Sie drangegangen?«

»Nein, weil Sie gesagt haben, das soll ich nicht.«

»Gut.«

»Aber ein komisches Gefühl hatte ich schon dabei. Ich habe in letzter Zeit jede Menge Anrufe von Leuten bekommen, die ich nicht kenne, von Zeitungsreportern zum Beispiel, und deren Nachrichten lösche ich einfach, und damit hat es sich. Deretwegen mache ich mir keine Gedanken.«

»Es gibt auch keinen Grund, weshalb Sie das sollten. Sie werden Sie weiter belästigen, aber sie werden Sie weniger belästigen, wenn Sie sie nicht ermutigen.«

»Schon klar. Aber bei Peter ist es was anderes.« Sie hielt inne, um Atem zu holen, bevor sie fortfuhr: »Er möchte, dass ich ihn zurückrufe.«

»Das halte ich für keine gute Idee.«

»Warum nicht?«

Ich gab ihr zwar eine Antwort, aber wenn ich ihr einen Grund hätte nennen können, wäre sie möglicherweise überzeugender gewesen. Ich wollte einfach nicht, dass sie mit ihm sprach, ohne erklären zu können, warum. Ich fürchtete keineswegs, Nadler könnte sich in eine Handvoll elektrischer Impulse verwandeln und durch die Telefonleitung auf sie schießen, trotzdem wollte ich nicht, dass sie mit einem Exfreund oder sonst jemand telefonierte.

»Na schön«, sagte sie schließlich, und ich wusste nicht, was das bedeutete. Letzten Endes war es natürlich ihr überlassen. Wenn ich nicht gerade ihre Telefonanschlüsse aus der Wand riss, konnte ich sie nicht daran hindern, einen Anruf entgegenzunehmen, wenn sie das wollte.

»Ach, und dieser Polizist war hier«, sagte sie. »Officer Wentworth?«

»Detective Wentworth.«

»Oh, ist das ein Fauxpas, ihn mit Officer anzusprechen, wenn er

Detective ist? Nicht, dass ich das getan habe. Soviel ich mich erinnere, habe ich ihn nie mit etwas angesprochen. Er hat einen sympathischen Eindruck gemacht.«

»Ja, er ist in Ordnung«, sagte ich.

»Er meinte, er wollte ein paar Polizisten abstellen, um das Haus zu bewachen, aber ich würde es gar nicht merken, dass sie da sind. Natürlich gehe ich trotzdem ab und zu ans Fenster und linse nach draußen, und ich kann tatsächlich niemand sehen, aber er hat natürlich auch gesagt, dass ich das nicht könnte. Vielleicht sind sie also da, vielleicht aber auch nicht.«

»Sie können unbesorgt sein.«

»Wahrscheinlich wird nicht von mir erwartet, dass ich ihnen Milch und Kekse bringe«, sagte sie. »Insofern ist es vermutlich egal, ob sie da sind oder nicht. Oder genauer, ob ich *weiß*, ob sie da sind oder nicht.«

»Ich weiß, was Sie meinen.«

»Danke. Es ist schon etwas eigenartig, sich so einzuigeln. Vorhin wollte ich mir eigentlich eine Pizza bestellen, aber ich wusste nicht recht, ob ich das sollte, weil Sie doch gesagt haben, ich sollte niemand die Tür öffnen. Ist es in Ordnung, einem Pizzaausfahrer zu öffnen?«

Langsam wurde mir klar, wie nervig es sein musste, jemand zu bewachen, der in einem Zeugenschutzprogramm war. Während ich noch überlegte, was ich antworten sollte, sagte sie: »Aber egal, ich habe genügend zu Hause. Wahrscheinlich mache ich Sie schon total verrückt. So ist es doch, oder? Sagen Sie es mir ruhig, wenn es so ist.«

»Nein, überhaupt nicht. Ich weiß, wie schwer es für Sie ist.«

»Es ist nur, dass ich mich hier total einbunkere und nichts zu tun habe, als meinem eigenen Kopf zuzuhören. Ah, jetzt fällt mir wieder ein, was ich Ihnen sagen wollte!«

»Was?«

»Fast hätte ich es vergessen. Sie wollten doch, dass ich nachsehe, ob irgendetwas fehlt? Etwas, das beim Einbruch weggekommen ist und das ich nicht zurückbekommen habe?«

»Und? War da was?«

»Ich glaube schon«, sagte sie, »aber ich weiß nicht, ob es etwas zu bedeuten hat. Es ist nämlich nichts Wertvolles. Wenn es also fehlt, heißt das nicht unbedingt, dass es jemand absichtlich genommen hat. Es könnte auch nur verlorengegangen sein.«

»Was ist es, Kristin?«

»Wissen Sie, was Rhodochrosit ist?«

»So eine Art Edelstein?«

»Die korrekte Bezeichnung ist, glaube ich, Halbedelstein. Aber vielleicht nicht mal das. Er ist rosa, aber ... wissen Sie, was? Kommen Sie doch vorbei, dann zeige ich ihn Ihnen.«

»Wenn er fehlt«, fragte ich, »wie wollen Sie ihn mir dann zeigen?«

»Weil es ein Ohrring ist«, sagte sie.

»Ach so.«

»Nur deshalb habe ich gemerkt, dass er fehlt. Weil nur noch einer da ist.«

»Verstehe.« Ich schaute auf die Uhr. Ich hatte überlegt, ob ich zu einem Treffen gehen sollte, aber das war nicht so wichtig. »Ich komme gleich vorbei«, sagte ich. »Und vergewissern Sie sich erst, dass auch wirklich ich es bin, bevor Sie die Tür öffnen.«

»Keine Sorge, mache ich. Ach, und noch was, Mr. Scudder. Glauben Sie ... nein, lassen Sie nur, das ist ja lächerlich.«

»Sagen Sie es trotzdem.«

»Na ja«, rückte sie mit der Sprache heraus, »könnten Sie mir vielleicht eine Pizza mitbringen?«

Ich hatte den Stein schon mal gesehen, in Schaufenstern, aber ich hatte nicht gewusst, wie er hieß. Es war Rhodochrosit, erklärte sie mir, und er war nicht wertvoll, dafür war er zu weich und zerbrechlich, aber sie fand ihn hübsch.

»Ja, wirklich sehr schön«, pflichtete ich ihr bei und drehte den Ohrring auf die Rückseite, um ihn aus verschiedenen Blickwinkeln zu untersuchen. Der Stein war glatt und fühlte sich kühl an, der Clip war aus Silber.

»Ich habe sie ihr gekauft, als ich noch in Wellesley war«, sagte sie. »Aber ich habe sie hier in New York gekauft, in einem kleinen Laden in der Macdougal Street, den es inzwischen allerdings nicht mehr gibt; wahrscheinlich hat er sich nicht mehr rentiert. Sie waren nicht teuer. Fünfunddreißig Dollar vielleicht. Auf jeden Fall keine fünfzig. Ich habe sie ihr zum Geburtstag geschenkt.«

»Und sie hatte noch beide, als ...«

»Soviel ich weiß, ja. Aber Ohrringe verliert man bekanntlich leicht. Vor allem welche mit Clip. Sie hatte sich Ohrlöcher stechen lassen, und die meisten ihrer Ohrringe waren so zu befestigen, aber diese hier gab es nur mit Clips, und sie haben mir sehr gut gefallen, und manchmal trug sie auch Clips. Aber man verliert sie schneller. Und es könnte natürlich sein, dass sie mir nicht erzählt hat, dass sie einen verloren hat, weil sie von mir waren. Oder vielleicht hat sie es auch nur nicht erwähnt.«

Wir saßen in der Küche, und zwischen uns lag ein offener Pizzakarton auf dem Tisch. Sie hatte bereits zwei Schnitten gegessen und machte sich gerade über die dritte her. »Wenn man Lust auf eine Pizza hat«, sagte sie, »gibt es einfach keinen wirklichen Ersatz dafür.«

Mir war nicht unbedingt nach einer, aber abgesehen von einer Handvoll von dem Popcorn, das Elaine für den Adam-Sandler-Film gekauft hatte, hatte ich seit dem Frühstück nichts mehr gegessen. Die Pizza war nicht übel.

Nachdem ich das zum Ausdruck gebracht hatte, hielt ich den Ohrring ans Licht. »Dürfte ich den mitnehmen?«

»Sicher. Glauben Sie denn ...«

»Dass er ihn genommen hat? Wahrscheinlich nicht. Aber wenn er ihn bei sich hat, wenn er gefasst wird, würde ich gern hören, was für eine Erklärung er dafür hat.«

Kapitel 32

Sobald ich zu Hause ankam, rief ich Wentworth an, worauf man mir versprach, die Nachricht an ihn weiterzuleiten. Ich weiß nicht, wann sie das taten, aber er meldete sich am nächsten Morgen bei mir.

In seiner Stimme schwang etwas mit, was mir bis dahin noch nicht darin aufgefallen war. Ich führte es auf die Uhrzeit zurück und berichtete ihm von meinen neuen Erkenntnissen. Er schwieg eine Weile, dann sagte er: »Ein Ohrring.«

»Einer von zweien. Vielleicht hat es nichts zu besagen, aber vielleicht wollte er auch ein Andenken.«

»Nadler, meinen Sie?«

»Natürlich.«

»›Natürlich‹. Die Sache hat nur einen Haken. Nadler war's nicht.«

»Wieso?«

»Ich bitte Sie, Seymour Nadler ist ein angesehener Psychiater, der noch nicht mal bei Rot über die Straße gegangen ist.«

»Überrascht Sie das etwa? Uns war doch von Anfang an klar, dass er eine seriöse Fassade haben würde und ...«

»Er hat auch ein seriöses Alibi. Ich habe gestern mit ihm gesprochen – ein paar Stunden nachdem wir miteinander geredet haben.«

»Und?«

»Eigentlich würde ich gern persönlich mit ihm sprechen. *Mano a mano*, wenn Sie verstehen? Aber ich kann mir nicht vorstellen, dass mir mein Lieutenant das Flugticket genehmigt.«

»Was für ein Flugticket?«

»Nach Martha's Vineyard. Dort sind er und Mrs. Nadler nämlich seit acht Tagen. Es war schon schwer genug, von seinem Telefondienst die Nummer zu bekommen. Wahrscheinlich habe ich mich durchgeknallt genug angehört, um als einer seiner Patienten durchzugehen, aber irgendwann konnte ich sie dann doch davon überzeugen, dass ich was noch Schlimmeres bin, nämlich durchgeknallt genug, um ein Detective des New York City Police Department zu sein.«

»War er die ganze Zeit dort oben?«

»Seit gestern vor einer Woche. Sie fahren jedes Jahr rauf, er und seine Frau, immer in den letzten zwei Augustwochen. Die meisten Therapeuten nehmen sich den ganzen Monat frei, aber er nur zwei Wochen im August. Und im Februar fliegen sie zwei Wochen in die Karibik.«

»Dann ist er eben kurz nach New York zurückgekommen«, sagte ich.

»Anders geht es gar nicht. Er fliegt hier runter, tötet Lia Parkman und nimmt den nächsten Flieger zurück.«

»Ob Sie's glauben oder nicht, an diese Möglichkeit habe ich auch schon gedacht. Ich hielt es zwar für ziemlich unwahrscheinlich, aber ich habe trotzdem ein bisschen herumtelefoniert. Es gibt da eine kleine Fluggesellschaft, sie bieten Flüge zwischen dem Teterboro Airport und dem Vineyard an. Sie waren äußerst hilfsbereit, wahrscheinlich hat das Personal nicht so wahnsinnig viel zu tun, jedenfalls haben sie die Passagierlisten für mich durchgesehen. Nadler und seine Frau sind genau zu dem Termin hochgeflogen, den sie mir genannt haben, und ihr Rückflug ist für heute in einer Woche gebucht. Und dieser Flug gestern vor einer Woche ist der einzige, den er genommen hat.«

»Außer er ist unter einem anderen Namen geflogen.«

»Heutzutage wollen sie überall Lichtbildausweise sehen, sogar solche popligen kleinen Gesellschaften. Und so ein Laden hat schwerlich mehr als acht Angestellte, wie will also bei denen jemand innerhalb von wenigen Tagen unter zwei verschiedenen Namen fliegen?«

»Dann hat er eben eine andere Möglichkeit gefunden, nach New York zu kommen«, sagte ich.

»Weil es so gewesen sein muss.«

»Ja.«

»Weil er derjenige war, der Parkman getötet hat, und Sie das zufällig sicher wissen.«

Ich sagte nichts.

»Es hat sich mit Sicherheit sehr gut angehört«, sagte er, »wie Sie mir alles auseinanderklamüsert haben, und dann auch noch der Junge, der immer genau an den richtigen Stellen bedeutungsschwer genickt hat. Es hat sich alles so gut angehört, dass mir erst, als sich herausgestellt hat, dass er es unmöglich gewesen sein kann, klar geworden ist, dass es von Anfang an keinen konkreten Grund gegeben hat, um ihn überhaupt zu verdächtigen. Können

Sie ihn etwa ganz konkret mit der Tatwaffe in Verbindung bringen? Ich bitte Sie, dass es seine Pistole war, stand von Anfang an fest. Das haben wir schon die ganze Zeit gewusst. «

»Moment, jetzt warten Sie erst mal ...«

»Nein, Sie warten erst mal. Vor lauter schönen Theorien ist mir völlig entgangen, dass es absolut nichts gibt, was einen Zusammenhang zwischen ihm und den Leuten herstellt, die er angeblich umgebracht hat. Wie soll er ausgerechnet auf die Hollanders gekommen sein? Weil sie Geld haben? Geld hat er auch selbst, er steht finanziell nicht schlecht da. Zwei Wochen im Vineyard, zwei Wochen auf Virgin Gorda – der Mann lebt nicht von der Hand in den Mund. «

»Das heißt nicht, dass er nicht mehr möchte. «

»Trotzdem, stellen Sie mir irgendeinen Zusammenhang her! Kannte er die Hollanders? Kannte er diese beiden Penner in Brooklyn, ich kann mir ihre Namen einfach nicht merken ...«

»Bierman und Ivanko. «

»Okay, kannte er sie? Kannte er Lia Parkman? Auf irgendjemand trifft das alles zu, irgendjemand kannte alle diese Leute und hatte einen Grund, sie umzubringen, aber ich sehe keinen Grund anzunehmen, dass es Nadler war. Weil sich der Täter den Namen eines toten Seelenklempners als Decknamen ausgesucht hat und weil auf eine solche Idee nur ein Seelenklempner kommen kann? Und weil Nadler einer ist, muss er es gewesen sein? Verstehen Sie eigentlich, was ich sage? «

Laut und deutlich, versicherte ich ihm. Ich fragte ihn lieber nicht, was ich mit dem Ohrring tun sollte. Ich hatte Angst, er könnte es mir sagen.

Hin und wieder nehmen Elaine und ich uns einen Leihwagen und fahren ein paar Tage aufs Land, und das letzte Mal, als wir das getan haben, habe ich uns einen Rand McNally-Autoatlas besorgt. Normalerweise vergesse ich den Atlas immer und lasse ihn im Auto liegen, wenn ich es zurückgebe, aber diesen hatte ich behalten, und jetzt schlug ich darin Martha's Vineyard nach, das vor Nantucket an der Küste von Massachusetts liegt. Mir fiel sofort auf, dass man nicht fliegen musste, um von der Insel aufs Festland zu kommen. Man konnte auch mit der Fähre übersetzen und sich dann ein Auto mieten.

Weil er es gewesen sein musste, oder?

Ich stellte den Autoatlas ins Regal zurück und holte mir eine frische Tasse Kaffee. Es führte kein Weg daran vorbei, Wentworth' Einwände waren nur zu berechtigt. Aber es musste eine Verbindung geben, irgendeinen Grund, weshalb Nadlers Wahl auf die Hollanders gefallen war. Das Motiv war Geld, dessen war ich mir ziemlich sicher, aber warum *ihr* Geld? Warum hatten ausgerecht beim Anblick dieses speziellen Stadthauses sofort die Dollarzeichen in seinen Augen aufgeleuchtet? Wie war er darauf gekommen, dass eine Möglichkeit bestand, es in seinen Besitz zu bringen?

Ich griff nach dem Telefon und rief Kristin an. Sie musste direkt neben dem Apparat gestanden haben, denn sie nahm sofort ab, sobald ich meinen Namen sagte.

»Er hat wieder angerufen«, sagte sie, bevor ich ein Wort herausbekam.

Da ich nichts als Nadler im Kopf hatte, sagte ich: »Aus Martha's Vineyard?«

»Wie bitte?«

»Entschuldigung. Wer hat noch mal angerufen?«

»Peter, und er hat aus Brooklyn angerufen. Ich habe mich richtig mies gefühlt, ihm zuzuhören, wie er auf Band gesprochen hat, und nicht dranzugehen. Ich dachte eigentlich, dass er es auch jetzt wieder wäre.«

Wäre sie dann drangegangen? Ich stellte ihr die Frage nicht. Vielleicht hatte ich Angst, wie ihre Antwort ausfallen könnte.

Stattdessen sagte ich: »Kann sein, dass ich Sie das schon mal gefragt habe, aber kennen Sie einen Dr. Nadler.«

»Irgendwie kommt mir der Name bekannt vor«, sagte sie.

»Es hat keine Eile, Kristin. Denken Sie in Ruhe nach.«

»Ach, jetzt fällt es mir wieder ein, und ja, Sie haben ihn schon mal erwähnt. Er ist der ursprüngliche Besitzer der Pistole, stimmt's? Der Pistole, die sie benutzt haben.«

»Und das ist das einzige Mal, dass Sie den Namen gehört haben?«

»Soweit ich mich erinnern kann, ja. Warum?«

»Ich möchte nicht neugierig sein«, sagte ich. »Aber waren Sie mal bei einem Psychotherapeuten? Haben Sie mal eine Therapie gemacht?«

»In meinem ersten Jahr in Wellesley hatte ich mal eine Sitzung«, sagte sie. »Ich habe eins meiner Seminare verbockt, und sie hatten damals eine

Regel, dass man den Schultherapeuten aufsuchen musste, um nicht zurückgestuft zu werden. Aber das war eine Frau, und sie hieß nicht Nadler.«

»Und Ihre Eltern? Hat einer von ihnen einmal eine Therapie gemacht?«

»Nicht, dass ich wüsste. Wahrscheinlich hätten sie es getan, wenn sie es für nötig gehalten hätten. Und ich weiß, dass meine Mom nach Seans Tod etwas verschrieben bekommen hat. Ein Antidepressivum oder ein Beruhigungsmittel, was genau, weiß ich nicht mehr. Aber das war, glaube ich, nur unser Hausarzt.«

Ich fand noch andere Möglichkeiten, auf derselben Frage herumzureiten, ohne einen Schritt weiterzukommen. Dann fragte sie mich noch einmal wegen Peter und ob sie mit ihm sprechen könnte.

Das brachte mich auf eine andere Idee. »Die Person, bei der Sie mal zur Beratung waren«, sagte ich. »Wissen Sie noch, wie sie hieß?«

»In Wellesley? Keine Ahnung, und überhaupt, was soll das groß ...«

»Nein, die Person, die Sie zusammen mit Peter aufgesucht haben.«

»Ach, der. Ich weiß nicht mehr, wie er hieß. Nadler jedenfalls nicht, da bin ich ganz sicher.«

»Wirklich?«

»Ja, absolut. Wie hieß er doch gleich wieder? Peter hat ihn immer nur Doc genannt. Ich könnte Peter anrufen und ihn fragen.«

»Nein, schon gut. War seine Praxis in der Central Park West?«

»Nein, in einem Bürogebäude am Broadway, Ecke ... ich weiß es wirklich nicht mehr. Irgendwo unterhalb der Fourteenth Street. Wir sind von unserer damaligen Wohnung zu Fuß hingegangen, und die war in Alphabet City. Es war also ziemlich weit, aber nicht annähernd so weit wie zur Central Park West.«

»Mhm.«

»Ich kann mich nicht mehr an seinen Namen oder seine Adresse erinnern«, sagte sie, »aber Peter weiß sie bestimmt noch.«

»Egal«, sagte ich, »nicht so wichtig.«

»Aber natürlich erinnere ich mich noch an Sie«, sagte Helen Watling. »Sie haben mir einen Bran Muffin spendiert.«

»Demnach muss er noch besser gewirkt haben als einer mit Ginkgo.«

»Wieso besser als einer mit … ach so, fürs Gedächtnis! Also, wofür ein Bran Muffin am besten ist, darüber möchte ich mich jetzt mal lieber nicht auslassen.«

Das sollte mir nur recht sein. »Aber stellen wir doch Ihr Gedächtnis noch weiter auf die Probe«, sagte ich. »Sie haben erwähnt, dass Ihr Sohn eine Therapie gemacht hat.«

»Na ja, er *war mal* bei einem Therapeuten. Aber ob er öfter hingegangen ist, weiß ich nicht.«

»Aber es hat ihn weitergebracht.«

»Diesen Eindruck hatte ich zumindest. Ich bin fest davon überzeugt, dass er auf dem besten Weg war, sein Leben in den Griff zu kriegen. Als Mutter will man das natürlich immer glauben, aber …«

»Hat Jason zufällig mal den Namen dieses Therapeuten fallen gelassen?«, fragte ich.

»Den Namen des Therapeuten?«

»Oder haben Sie mal etwas von dem Mann gehört?«

»Also, Letzteres mit Sicherheit nicht. Aber Jason hat seinen Namen bestimmt mal erwähnt. Und ich nehme übrigens tatsächlich Ginkgo, aber offensichtlich nicht genug, denn der Name fällt mir einfach nicht mehr ein.«

»Hat ihn Jason vielleicht einmal in einem Brief …«

»Schön wär's, Mr. Scudder! Aber leider glaube ich nicht, dass mir Jason jemals einen Brief geschrieben hat, seit er zu Hause ausgezogen ist. Wenn ich was von ihm gehört habe, dann nur am Telefon.«

»Dann hat er Ihnen also am Telefon von ihm erzählt?«

»Ja.«

»Vielleicht könnten Sie sich ja an den Klang seiner Stimme erinnern, Mrs. Watling. Er telefoniert mit Ihnen und erzählt Ihnen von seinem Therapeuten …«

»Ach, Mr. Scudder, jetzt bringen Sie mich zum Weinen.«

»Das tut mir leid.«

»Es ist fast, als könnte ich seine Stimme hören. Ich wollte vorhin schon sagen, dass ich es schade finde, dass er nicht der Typ war, der Briefe schreibt, denn es wäre wirklich schön, einen Brief von ihm zu haben. Aber wissen Sie, was ich am liebsten hätte? Eine Tonbandaufnahme. Es wäre wirklich schön, wenn ich seine Stimme richtig hören könnte und sie mir nicht bloß vorstellen müsste.«

Ich weiß nicht, wie es dazu kam, aber plötzlich hatte ich einen Kloß im Hals. Ich schluckte ihn hinunter und fragte sie, ob Jason jemals einen Dr. Nadler erwähnt hatte.

»Dr. Nadler«, sagte sie ernst.

»Seymour Nadler.«

»Seymour Nadler. Nein, das ist sicher nicht der Name, den Jason mir gesagt hat.«

»Ganz sicher?«

»Ja. Der Name liegt mir sogar auf der Zunge, Mr. Scudder, aber ich bekomme ihn nicht richtig zu fassen. Was ich aber mit Sicherheit sagen kann, ist, dass er nicht Seymour Nadler hieß.«

»Aber der Name liegt Ihnen auf der Zunge.«

»Das bilde ich mir jedenfalls ein. Aber was nützt es schon, wenn er mir nicht einfällt?« Sie seufzte frustriert. »Es war ein fröhlicher Name.«

»Ein fröhlicher Name?«

»Ich weiß noch, dass ich das dachte. Nicht, dass der Name fröhlich war, aber dass er sich nach einer fröhlichen Person angehört hat. Und da ich nur seinen Namen kannte ...«

»Muss es ein fröhlicher Name gewesen sein.«

»Das möchte man eigentlich meinen.«

»Irgendwas wie Happy oder Lucky? Was für eine Art von fröhlichem Namen war es?«

»Nein, nicht in so einem Sinn. Ich bin wirklich fürchterlich, finden Sie nicht? Sicher tut es Ihnen schon leid, mich angerufen zu haben.«

»Nein, überhaupt nicht, Mrs. Watling.«

»Der Name hatte einfach was Positives, mehr nicht. Ein optimistischer Name. Mein Gott, was rede ich da, ich mache ja alles nur noch schlimmer. Und Sie kostet es bestimmt ein Vermögen, aus New York hier anzurufen.«

»Machen Sie sich deswegen mal keine Gedanken«, sagte ich. »Lassen Sie sich ruhig Zeit und warten Sie einfach, ob Ihnen der Name einfällt. Manchmal, wenn man aufhört, ständig an etwas zu denken ...«

»Ich weiß genau, was Sie meinen.«

»Rufen Sie mich einfach an, wenn er Ihnen noch einfällt.« Ich gab ihr meine Nummer, obwohl sie mir versicherte, meine Visitenkarte noch zu haben. »Und wenn ich nichts von Ihnen höre, rufe ich Sie in ein paar Tagen noch mal an. Sicherheitshalber.«

Ein fröhlicher Name, ein optimistischer Name. Was sollte ich mir darunter bloß vorstellen?

Kapitel 33

Die Frau treibt ihn noch in den Wahnsinn.

Sie ist der Typ Patient, den er sich eigentlich warmhalten sollte. Sie kommt zweimal die Woche, dienstags und freitags, um zehn Uhr vormittags, eine Stunde, die normalerweise schwer zu füllen ist. Und sie bezahlt das volle Honorar, einhundert Dollar die Stunde, zweihundert die Woche, zehntausend im Jahr, und, was das Erstaunlichste ist, sie zahlt bar. Jedes Mal ein knackiger neuer Schein, von dem ihm Benjamin Franklins onkelhaftes Porträt entgegenstrahlt. Sie ist eine Domina und lässt sich von den Männern, die sie verbal und physisch misshandelt, ebenfalls bar bezahlen.

Eigentlich scheint sie denkbar ungeeignet für die Rolle. Sie ist eine zierliche, kleine, zweiundvierzig Jahre alte Frau, die sich für die Sitzungen bei ihm in der Regel sehr unterstapelig kleidet und häufig, wie auch heute, in Sportkleidung und Laufschuhen erscheint und anschließend im Central Park eine Runde joggen geht. Sie ist nicht geschminkt und hat ihr langes schwarzes Haar mit einem fusseligen gelben Gummi zu einem Pferdeschwanz gebunden.

Bei der Arbeit, hat sie ihm erzählt, trägt sie viel schwarzes Leder.

Man könnte meinen, sie hätte wegen ihres Berufs interessante Geschichten zu erzählen, aber weit gefehlt. Ihre Stimme ist durchdringend und praktisch unmöglich auszublenden, sodass an Einschlafen nicht zu denken ist, und sie ist hoffnungslos neurotisch, außerstande, auch nur die belanglosesten Entscheidungen zu treffen, ohne sich endlos den Kopf darüber zu zerbrechen. Sie jammert, sie lamentiert, sie wiederholt sich. Aber, zumindest das, sie betet ihn an und ist fest davon überzeugt, dass er ihr das Leben rettet, was er vielleicht tatsächlich tut.

Darin ist er tatsächlich ziemlich gut.

Als seine Uhr piepst, steht er auf und sagt ihr, dass ihre Zeit um ist. Ebenso auf Gehorsam gepolt wie ihre Kunden, verstummt sie mitten im Satz. Und im Handumdrehen ist sie zur Tür hinaus, und er steckt einen jungfräulichen Hundertdollarschein – er nennt ihn gern grüne Liebe – in seine Geldbörse.

Zehn vor elf. Der nächste Termin ist erst um zwei. Er wendet sich dem Computer zu, wendet sich wieder von ihm ab, greift nach dem Telefon.

*   *   *

»Peter«, sagt er, »was hat das zu bedeuten? Ich verstehe das nicht.«

»Ich habe ihr eine Nachricht hinterlassen, Doc.«

»Sie haben ihr eine Nachricht hinterlassen.«

»Ja, auf ihrem Anrufbeantworter. Ich habe sie gebeten, mich zurückzurufen, ich habe ihr klargemacht, dass ich sie unbedingt sprechen möchte. Aber sie hat nicht zurückgerufen.«

»Und Sie haben ihr diese Nachricht gestern hinterlassen?«

»Ja, gestern Nachmittag.«

»Und sie hat nicht zurückgerufen.«

»Nein. Vielleicht ist sie verreist.«

»Das kann ich mir nicht vorstellen, Peter.«

»Nicht?«

»Ich bin sicher, sie ist in New York, in ihrem Haus, und sie fühlt sich sehr einsam und verlassen.«

»Okay.«

»Und höchstwahrscheinlich ist sie auch deprimiert und niedergeschlagen, in ihrer Situation eine völlig verständliche Reaktion. Sie hatte einige bittere Verluste. Und sie fängt erst an, sich des wahren Ausmaßes des ersten von all diesen Verlusten bewusst zu werden.«

»Des ersten von all diesen Verlusten?«

»Des Verlusts Ihrer Liebe, Peter. Sie beide haben sich aus Gründen getrennt, die Ihnen damals vielleicht unausweichlich erschienen sind, und prompt hat das für sie ein Unglück nach dem anderen nach sich gezogen.«

»Ach so.«

»Verstehen Sie langsam, was ich meine?«

»Ich glaube schon.«

»Sie müssen Ihren Widerstand brechen, Peter. Sie rufen sie nicht bloß einmal an. Sie rufen sie so lange an, bis Sie eine Antwort erhalten.«

»Sie möchten, dass ich sie weiter anrufe?«

»Ich glaube, das müssen Sie sogar.«

»Dann mache ich das, Doc.«

»Was bekommen Sie, Peter?«

»Man bekommt, was man bekommt.«

»Ganz genau. Sie ergreifen die Initiative und akzeptieren das Resultat.

Aber die Art, wie man die Initiative ergreift, bestimmt das Resultat. Peter, wenn ihr Anrufbeantworter Sie das nächste Mal auffordert, eine Nachricht zu hinterlassen, möchte ich, dass Sie sich vorstellen, wie Kristin direkt neben dem Gerät steht. Und dann sprechen Sie nicht zu dem Gerät. Sprechen Sie direkt zu Kristin. Stellen Sie sich vor, wie sie jedes einzelne Wort aufsaugt, das Sie zu ihr sagen.«

»Gut.«

»Sagen Sie ihr, sie soll ans Telefon gehen. Bringen Sie sie dazu, den Hörer abzunehmen.«

»Ja, Doc.«

»Und rufen Sie mich an, sobald Sie mit ihr gesprochen haben.«

Er sitzt am Computer, als das Telefon klingelt. An diesem Morgen gibt es überhaupt nichts Interessantes auf alt.crime.serialkillers, aber er hat mehrere Internetseiten gefunden, die sich mit verschiedenen Aspekten des Themas befassen, und auf einer davon ist er gerade. Was er dort liest, ist interessant, geradezu faszinierend, und er ist versucht, den Anruf auf den Anrufbeantworter gehen zu lassen, aber er weiß, es ist Peter Meredith.

Und natürlich ist er es, und er ruft an, um einen Erfolg zu melden.

Erfolg und Versagen.

»Ich habe getan, was Sie gesagt haben, Doc«, beginnt er, »und es hat geklappt. Statt zum Anrufbeantworter zu sprechen, habe ich zu Kristin gesprochen, als ob sie jedes Wort, das ich sage, hören könnte. Und ich habe nicht aufgehört, sondern habe einfach weitergeredet, als ob wir ein langes einseitiges Gespräch führen würden. Ich habe Verschiedenes von dem gesagt, worüber wir gestern gesprochen haben, über Familie und dass wir füreinander bestimmt sind und, na ja, ich habe einfach ständig weitergeredet.«

»Und?«

»Und damit habe ich sie wahrscheinlich rumgekriegt. Jedenfalls hat sie abgenommen, und wir haben geredet.«

»Wann treffen Sie sich mit ihr?«

»Gar nicht.«

»Was heißt, gar nicht?«

Sie will ihn nicht sehen, sagt Peter. Sie hat positive Gefühle für ihn, gute

Erinnerungen an ihre gemeinsame Zeit, aber für sie ist die Sache erledigt. Sie will ihr eigenes Leben leben, und er hat sein Leben, in dem Haus in Williamsburg, und sie wünscht ihm alles Gute für dieses Leben, aber sie will es nicht mit ihm teilen.

»Und, Doc«, sagt Peter, »ich bin wirklich froh, dass Sie mich dazu gebracht haben, sie anzurufen. Sie wissen einfach immer, was gut für mich ist?«

»Ach ja?«

»Ja, weil ich ungeheuer erleichtert bin. Ich bin jetzt endgültig über die Sache hinweggekommen, Doc, endlich. Als sie gesagt hat, zwischen uns wäre nichts mehr, dass sie null Interesse daran hätte, unsere Beziehung noch einmal aufleben zu lassen, war ich einfach nur erleichtert. Als ob ich jetzt mit meinem Leben weitermachen könnte, wie ich das bisher nicht gekonnt habe.«

Du blöder Idiot, *denkt er. Aber er sagt:* »Das ist ja großartig, Peter. Ich bin stolz auf Sie.«

»Das habe ich alles nur Ihnen zu verdanken, Doc.«

»Nein, das haben Sie nur sich selbst zu verdanken, Peter«, sagt er automatisch und denkt, Ja, du hast es wirklich geschafft, du dämlicher Fettsack. Du bist mit beiden Füßen voll in die Scheiße getreten.

»Alles, was Sie gesagt haben: dass wir füreinander bestimmt sind und so. Es war, als wären das meine ureigensten Gedanken, aber das ist mir erst klar geworden, als ich sie ausgesprochen habe und sie sie abgeschmettert hat. Und das hat mich von ihnen befreit. Ich glaube ...«

»Ja?«

»Ich weiß, Sie finden, Caroline ist nur eine Lückenbüßerin, aber sie ...«

»Die Bildhauerin?«

»Ja.«

»Aus der Wythe Avenue?«

»Ja.«

»Sie wollen das weiter verfolgen?«

»Ja, außer Sie halten das für keine gute Idee.«

Mein Gott, *fühlt er sich ausgelaugt.* »Es kann, glaube ich, sicher nicht schaden, es zu versuchen, Peter. Wenn nichts daraus wird, tja, jede gescheiterte Beziehung ist die Vorstufe zu einer geglückten Beziehung.« *Er holt tief Luft.* »Aber jetzt machen Sie sich lieber wieder an die Arbeit an Ihrem Haus.«

Die Dusche prasselt auf ihn herab. In diesem Haus ist der Wasserdruck sehr hoch, wesentlich höher als im letzten. Er lässt das Wasser auf seinen Nacken klatschen und spürt, wie sich die Verspannung allmählich löst. Er hat schon nach dem Aufstehen geduscht, Duschen ist das Erste, was er jeden Morgen macht, aber nicht selten duscht er an einem Tag auch ein zweites und drittes Mal, insofern ist das jetzt völlig normal.

Man bekommt, was man bekommt.

Arzt, heile dich selbst. Gilt dieser Spruch, den er seinen Patienten immer wieder einbläut, nicht auch für ihn selbst? Du bekommst, was du bekommst, und alles, was dir passiert, ist eine Gelegenheit.

Du kannst mit einem Teelöffel oder einem Eimer ans Meer gehen. Dem Meer ist das völlig egal.

Peter ist der vollkommen Falsche für Kristin. Das war sein spontaner Eindruck gewesen, als er der Frau zum ersten Mal begegnet ist. Dieser Inbegriff der privilegierten höheren Tochter – was wollte jemand wie sie mit diesem gemütlichen Dicken?

Und deshalb hatte er ihre Trennung angeleiert, um jedoch jetzt einsehen zu müssen, dass das ein Fehler gewesen war. Sie sollten zusammen sein. Während Peter sich in dieser Bruchbude von einem Haus in Brooklyn den Buckel krumm schuftete, residierte Kristin in diesem Juwel von einem Brownstonehaus, das angesichts der schwindelerregenden Entwicklung auf dem New Yorker Wohnungsmarkt beständig an Wert gewann. Nachdem inzwischen ihre lästigen Eltern aus dem Verkehr gezogen sind, sodass das Haus und alles andere Kristin gehört, wäre es da nicht wünschenswert, dass Peter sich noch einmal nützlich macht ...

Er steigt aus der Dusche, trocknet sich ab. Trägt Deodorant auf, tupft sich etwas Eau de Toilette auf die Wangen.

Wirklich interessant, denkt er, wie der Verstand Gründe hat, über die er nichts weiß. Er hätte alles für Peter arrangiert, damit er das Herz der holden Maid erobern und in die Burg hätte einziehen können. (Und Peter wäre ihm dafür natürlich zutiefst dankbar gewesen und hätte ihn nur umso mehr geliebt. Und wenn die Burg Peter ganz allein gehört hätte, klar, dann hätte er ihm diese Dankbarkeit auf die denkbar konkreteste Art und Weise bewiesen.)

Aber warum sich so viel Mühe machen? Schon die ganze Zeit – und das muss ihm, wenn auch unbewusst, von Anfang an klar gewesen sein – schon die ganze Zeit hat er dieses Festmahl nicht für Peter, sondern für sich selbst vorbereitet. Er ist derjenige, der die holde Maid erobern wird, er derjenige, der die Burg besitzen wird.

Wie konnte er jemals etwas anderes gedacht haben?

Er schlüpft in frische Sachen, entscheidet sich für ein tiefblaues Hemd und eine rote Krawatte. Die Krawatte ist gebunden, und er greift nach seinem Sakko, als ihm das Amulett einfällt, der Talisman, die Rhodochrositscheibe, die seine Wahrnehmung schärft und seine geistige Klarheit steigert.

Soll er sich über sich ärgern, weil er sie zunächst vergessen hat, oder soll er sich gratulieren, dass er doch noch daran gedacht hat? Es liegt ganz an ihm – dem Meer ist es egal.

Er beschließt, sich zu gratulieren. Er legt das Sakko beiseite, lockert den Krawattenknoten, knöpft seinen Hemdkragen auf und hängt sich die Goldkette um den Hals.

Er sieht eine Telefonnummer nach und wählt sie. Die Stimme seines Schicksals: »Im Moment kann niemand Ihren Anruf entgegennehmen. Bitte hinterlassen Sie nach dem Pfeifton eine Nachricht.«

Und was für eine Stimme es ist, ihre, nicht die des Geräts – kühl, souverän und so vielversprechend.

Er wählt eine andere Nummer. Ein Mann meldet sich, und er erkennt die Stimme als die Lucians. »Ich bin's, Doc«, sagt er. »Ist Ruth Ann gerade zu sprechen?« Und als er mitgeteilt bekommt, dass sie gerade zum Baumarkt gefahren ist: »Macht nichts. Aber könnten Sie ihr vielleicht was ausrichten. Ich habe heute alle Termine abgesagt. Sie hätte eigentlich um zwei einen, deshalb sagen Sie ihr bitte, sie soll mich einfach anrufen, dann schiebe ich sie ein andermal dazwischen.«

Auf dem Weg nach draußen streicht er sich über die Wange, hält dann die Hand an die Nase und atmet den Duft seines Parfüms.

*   *   *

Was für ein schönes Haus!

Diesmal ist er zu Fuß hergekommen. Er steht auf der anderen Straßenseite und nimmt sein künftiges Heim in Augenschein. Und es ist nichts Neues für ihn, es unter diesem Gesichtspunkt zu betrachten. In seinem Innern, als er diesen Barbaren Ivanko dabei beobachtet hat, wie er Schubladen ausgeleert und Tische umgekippt hat, hat er ihn darauf hinweisen wollen, das Haus und seine Einrichtung nicht zu beschädigen.

Und hat es ihn nicht gestört, dass das Blut der Frau den Teppich versaut hat, als er ihr die Kehle durchgeschnitten hat?

Nein, eigentlich nicht, muss er zugeben. Daran hat er damals keinen einzigen Gedanken verschwendet. Er ist so sehr in dem Akt selbst aufgegangen, dass er nicht an die Konsequenzen gedacht hat. Hinterher hat er es jedoch bedauert, dass der Teppich wegen des Bluts nicht mehr zu gebrauchen ist.

Sein Teppich.

Wie umständlich ihm seine ursprünglichen Pläne jetzt erscheinen! Eine Wiedervereinigung von Peter und Kristin und eine Hochzeit. Peter zieht ein und dann, nachdem genügend Zeit verstrichen ist, stößt Kristin ein Unglück zu. Und Peter, der nur noch zu seinen Freunden und dem Haus in der Meserole Street zurück will, vermacht ihm das Haus als Zeichen seiner Liebe für die Stiftung, die er gründen wird.

Und wenn das nicht klappen sollte, nimmt sich Peter, untröstlich über den Tod der Liebe seines Lebens, das eigene Leben – nachdem er seinen ganzen Besitz dem Mann vermacht hat, der immer für ihn dagewesen ist.

Aber was soll dieser Quatsch überhaupt? Er wird das Mädchen selbst heiraten. Er wird Peters Gefühle sehr raffiniert manipulieren müssen, um ihn so verrückt nach der Bildhauerin aus der Wythe Avenue zu machen, dass er deswegen nicht den geringsten Groll gegen ihn hegen wird. Die fünf könnten zu den Hochzeitsgästen gehören – sogar sechs, wenn man die Bildhauerin dazu rechnet, und warum sollte sie auch außen vor bleiben?

Und dann besteht auch kein Grund zur Eile, die Sache zum Abschluss zu bringen. Kristin wird eine Trophäe sein, mit deren Emotionen zu spielen sicher interessant sein wird. Erst wenn er sie überbekommt, wird ihr etwas zustoßen müssen, und wenn es so weit ist, wird sie bestimmt eines natürlichen Todes sterben. In ihrer unermesslichen Vielfalt stellt uns die Natur einen reichen Schatz an natürlichen Substanzen zur Verfügung, die einen nicht minder natürlichen Tod herbeiführen können.

Mit einem Lächeln auf den Lippen überquert er die Straße. Er steigt die Eingangstreppe hinauf, bleibt vor der Tür stehen. Seine Finger betasten seinen Krawattenknoten und überprüfen seinen Sitz, und einer gleitet unter sein Hemd, um ganz kurz die rosa gefleckte Scheibe zu berühren. Er streckt einen Finger aus und klingelt.

Steht da und wartet.

Wartet ...

Er schiebt eine Hand in seine Tasche, holt einen Schlüsselbund heraus. Er findet den richtigen und steckt ihn in das Schloss. Er lässt sich problemlos hineinschieben, er passt perfekt, aber er lässt sich nicht drehen.

Ist ja auch verständlich. Es ist zu einem Einbruch gekommen, und zu einem brutalen Mord an ihren Eltern. Da ist es nur vernünftig von ihr, das Schloss auszuwechseln.

Dieses Miststück. Diese miese Fotze.

Er ist selbst erstaunt über seine Reaktion. Er spürt die Wut und macht einen Schritt zu Seite, um sie zu analysieren, zu bewerten. Sie steht in keinerlei Verhältnis zu dem Umstand, dass sie das Schloss ausgetauscht hat, etwas, das er intellektuell bereits als etwas Logisches und zu Erwartendes akzeptiert hat. Folglich hat seine Wut nichts mit dem Türschloss zu tun oder mit der Tatsache, dass auf sein Klingeln hin niemand öffnen gekommen ist.

Druck. Er steht unter Druck, und er muss ihn ablassen.

Zum Glück lässt sich das problemlos bewerkstelligen.

Der Massagesalon ist in der Amsterdam Avenue, eine Etage über einem Nagelstudio. Beide Etablissements befinden sich im Besitz von Koreanern und werden auch von solchen betrieben. Er steigt die Stufen hinauf, und ein kahlköpfiger Koreaner hinter einem Schreibtisch nimmt zwei Zwanzigdollarscheine von ihm entgegen und deutet auf eine Tür.

Das Mädchen ist klein, zierlich, mit einem platten Gesicht und einem Leberfleck auf beiden Seiten ihres kleinen Munds. Einer ginge als Schönheitsfleck durch, zwei verlangen nach einem Schönheitschirurgen. Wenn sie eine Patientin von ihm wäre ...

In Wirklichkeit ist jedoch er ihr Kunde, und als er sich auszieht, nimmt sie seine Sachen und hängt sie in einen Metallspind. Sie trägt ein rot-oranges Chemisekleid, leicht an- und auszuziehen, und sie scheint ihn nicht zu verstehen, als er sie bittet, es abzulegen. Er stellt seinen Wunsch pantomimisch dar, und jetzt versteht sie, schüttelt lächelnd den Kopf und deutet auf den Tisch.

Er legt sich rücklings auf den Tisch, und sie beugt sich über ihn und knetet die Muskeln seiner Schultern und Oberarme. Ihre Hände sind klein, ihre Arme dünn, und er bezweifelt, dass viel Kraft in ihnen steckt. Das Mädchen könnte ihm nicht einmal eine richtige Massage geben, selbst wenn ihr Leben davon abhinge.

Interessante Redewendung ...

Ihre Berührungen werden vorsichtiger und behutsamer, und sie streichelt seinen Brustkorb und seinen Bauch. Er schwillt an, und ihre Finger flattern kaum spürbar über seine Erektion.

»So gloß«, sagt sie und seufzt. Sie berührt ihn erneut, hauchzart, und fragt: »Sie wollen spessial Massas'?«

»Spezialmassage«, übersetzt er. »Ja, das ist, was ich will.«

»Ahti Dolla.«

»Okay.«

»Fümfi jetz.«

Er erhebt sich vom Tisch, geht zum Schrank, nimmt seine Geldbörse aus der Hosentasche. Er gibt ihr den knackigen Hunderter, den er gerade von der Domina bekommen hat – was man anderen Gutes tut, kommt irgendwann zurück. Als sie nach Wechselgeld zu suchen beginnt, hält er sie zurück und gibt ihr mit einer Mischung aus Worten und Pantomime zu verstehen, dass sie die hundert Dollar behalten kann und dass er möchte, dass sie das Kleid auszieht.

Und mit einer einzigen Bewegung ist es runter. Sie hat einen Jungmädchenkörper, vollkommen haarlos bis auf den zarten Flaum zwischen ihren Beinen. Kleine kindliche Brüste.

Sie berührt sein Amulett. »Du noch tlagen.«

»Ja.«

»Sön.«

Er nimmt es ab und hängt es ihr um den Hals. Die Rhodochrositscheibe schwebt jetzt zwischen ihren Brüsten.

Sie kichert entzückt.

Und er lässt sich wieder auf den Tisch zurücksinken, und mit einem Ge-
schick, das ihr Alter Lügen straft, macht sie, was er von ihr will. Sie nimmt
dazu ihre Hände und am Schluss ein Kosmetiktuch. Sein Orgasmus ist inten-
siv, seine Ejakulation üppig, aber trotzdem bleibt er dabei seltsam unbeteiligt.
In gewisser Weise steht er neben sich und beobachtet alles ohne großes Interesse.

Er erhebt sich vom Tisch, und sie reicht ihm seine Sachen, beobachtet ihn
beim Anziehen. Bevor er sein Hemd zuknöpft, hält er ihr die Hand hin und
deutet auf das Amulett.

Sie kichert, schließt beide Hände um die rosafarbene Steinscheibe, drückt sie
an ihr Herz. »Behalten?«

Er schüttelt den Kopf, und sie kichert erneut. Sie hat nie ernsthaft erwartet,
er könnte sie ihr schenken, und sie ist nicht überrascht, als er die Hand aus-
streckt, um sie an sich zu nehmen. Sie lächelt und kichert auch noch, als sich
seine Hände um ihren Hals legen.

Kapitel 34

In der Nacht hatte ich einen Traum, einen schrecklichen. Ich träumte, dass ich schlief und dass Michael anrief. Er riss mich aus dem Schlaf und sagte, dass sein Bruder Andy gestorben sei. *Davon* wurde ich dann tatsächlich wach, und ich setzte mich mit derselben beängstigenden Ungewissheit auf, die für das Erwachen aus einem Sufftraum typisch ist: Klar, ich weiß natürlich, dass es nur ein Traum war, aber habe ich wirklich etwas getrunken? Ist mein Sohn wirklich tot?

Zu diesem Zeitpunkt hatte ich nur etwa eine Stunde lang geschlafen, und weil ich müde war, schlief ich wieder ein und geriet der Reihe nach in alle möglichen Varianten des gleichen bescheuerten Traums. Wahrscheinlich wollte ich einfach in den Traum zurückkehren und ihn festhalten, damit er sich auf eine Art, mit der ich leben konnte, von selbst auflöste. Aber dazu kam es nicht.

Ich schlief ziemlich lang, und als ich schließlich aufwachte, wusste ich, dass es ein Traum gewesen war. Ich wusste auch, dass er nicht mehr zu besagen hatte, als dass ich mir wegen meines jüngeren Sohns Sorgen machte und mir die zweite Schnitte Pizza lieber hätte sparen sollen. Die bösen Vorahnungen, die der Albtraum nach sich zog, konnte ich jedoch nicht abschütteln. Er verfolgte mich auch während des Frühstücks und meiner zweiten Tasse Kaffee. Als ich danach Nachrichten schaute und Zeitung las, gelang es mir, ihn zu verdrängen, aber ganz weg war er nicht. Er blieb weiter in der Wohnung.

Ich griff nach dem Telefon und rief Kristin an. Es war besetzt. Das Besetztzeichen hatte etwas Nerviges, was Absicht sein musste, weil sie es sonst anders klingen ließen. Und speziell dieses störte mich noch mehr als üblich, weil ihr Anschluss nicht besetzt sein sollte. Sie sollte nicht telefonieren. Nachdem sich mein Ärger etwas gelegt hatte, wurde mir klar, dass das Besetztzeichen nicht unbedingt bedeutete, dass sie mit jemand telefonierte. Es konnte auch bedeuten, dass ihr gerade jemand eine Nachricht auf dem Anrufbeantworter hinterließ – Peter Meredith zum Beispiel, der ihr fünfzig Gründe aufzählte, warum er unbedingt mit ihr sprechen musste. Vielleicht hatte sie auch genug von den Journalisten bekommen, die ständig anriefen, und einfach den Hörer von der Gabel genommen. Allerdings wollte ich nicht, dass sie das tat, weil ich sie, wenn nötig, jederzeit erreichen können wollte. Aber das hatte ich ihr nicht ausdrücklich gesagt. Hätte ich ihr noch mehr Anweisungen erteilt, hätte man denken können, sie arbeitete für mich ...

Ich versuchte es noch einmal unter ihrer Nummer, aber es kam wieder das Besetztzeichen. Ich ging ins Bad und begutachtete mich im Spiegel. Eigentlich musste ich mich noch nicht rasieren, aber so hatte ich wenigstens etwas zu tun.

Als ich Kristin das nächste Mal anzurufen versuchte, kam ich durch, und der Anrufbeantworter schaltete sich ein. Ich hörte mir ihre Ansage an und sagte: »Kristin, hier ist Matt Scudder. Gehen Sie bitte dran. Ich muss mit Ihnen sprechen.« Ich wartete, und als sich nichts tat, sagte ich mehr oder weniger noch einmal das Gleiche und fuhr fort, mich eine Weile zu wiederholen. Dann gab ich auf, bat sie, mich zurückzurufen, gab ihr meine neue Nummer, wiederholte sie und legte das Telefon in die Feststation.

Ich ging in die Küche, um mir eine weitere Tasse Kaffee einzuschenken, merkte dann aber, dass das so ziemlich das Letzte war, was ich jetzt brauchte, und überlegte, ob ich sie trotzdem trinken sollte. Ist doch vollkommen egal, entschied ich und ging ins Wohnzimmer zurück, und im selben Moment klingelte das Telefon.

Ich nahm ab, und es war Michael. Mir sank das Herz in die Hose, aber ich hatte mich rasch wieder gefangen, und dann sagte Michael, er wolle mir nur sagen, dass alles nach Plan gelaufen sei. Andys Chef habe den Scheck akzeptiert und sogar den Beleg zurückgeschickt, den beizulegen ihm noch eingefallen sei. Und Andy selbst hatte seine Sachen gepackt und in Tucson die Zelte abgebrochen, zum Glück nicht als Flüchtiger vor dem Gesetz, sondern als junger Mann, der in einer verheißungsvolleren Umgebung sein Glück versuchen wollte.

»Ich hoffe nur, dass ihm nicht irgendwann die Wohnorte ausgehen«, sagte Michael.

»Weiß er, von wem das Geld ist?«

»Ich habe es ihm jedenfalls nicht gesagt.«

Das beantwortete meine Frage nicht, aber ich hakte nicht weiter nach. Ich erkundigte mich nach June und Melanie und er nach Elaine, und dann wussten wir nicht mehr, was wir sagen sollten. Ich hätte ihm gern von meiner Arbeit erzählt und konnte mir gut vorstellen, dass er umgekehrt gern über seine gesprochen hätte. Stattdessen wünschten wir uns alles Gute und bestellten Grüße an diesen und jenen und sagten Wiedersehen und hängten auf.

Ein paar Minuten später merkte ich, dass Kristin nicht zurückgerufen hatte. Wie hätte sie das auch tun sollen, während ich mit Michael telefonierte? Ich wählte wieder ihre Nummer, bekam erneut den Anrufbeantworter dran und bat sie mehrere Male dranzugehen, wenn sie zu Hause wäre.

Als sie das nicht tat und fünf Minuten ohne einen Anruf von ihr oder sonst jemand vergingen, gelangte ich zu der Überzeugung, dass etwas nicht stimmte.

Ich bin nicht sicher, wie rational das alles war. Ich weiß nicht, wie viel davon eine Folge der Umstände war und wie viel eine Kombination aus meinem Traum und Michaels Anruf. Aber ich war sicher, dass etwas nicht stimmte und dass ich unbedingt etwas dagegen tun musste.

Ich rief Wentworth an, und ausnahmsweise erwischte ich ihn an seinem Schreibtisch. »Hier Scudder«, sagte ich. »Ich wollte nur wissen, ob Kristin Hollander bewacht wird.«

»Einen entsprechenden Antrag habe ich gestellt«, sagte er.

»Dass Sie ihn gestellt haben, weiß ich. Aber was ich wissen wollte ...«

»Augenblick«, sagte er und legte das Telefon beiseite. Ich stand da und trat von einem Fuß auf den anderen. Er kam wieder ans Telefon und sagte, der Antrag sei noch nicht genehmigt.

Ich wollte etwas sagen, aber ich hätte mit mir selbst gesprochen. Er war nicht mehr am Apparat. Ich hörte das Freizeichen und versuchte wieder Kristin, aber bevor sich der Anrufbeantworter einschaltete, legte ich das Telefon in die Feststation und machte mich auf den Weg.

Ich bekam sofort ein Taxi. Der Fahrer dürfte der einzige Taxifahrer von New York gewesen sein, der schon bei Gelb anhielt, weshalb die Fahrt länger als üblich dauerte. Aber ich zwang mich, es mir bequem zu machen und mich nicht aufzuregen. Als wir in die Seventy-fourth Street bogen, hatte ich mich weit genug beruhigt, um zu merken, dass ich überreagierte. Das Taxi hielt an, und ich bezahlte den Fahrer und stieg die Treppe hinauf und klingelte.

Sie brauchte nicht lang, obwohl es mir wahrscheinlich länger vorkam, als es tatsächlich dauerte. Ich hörte die Abdeckung des Spions zurückfallen und sagte für den Fall, dass Alter und Aufregung mich unerkennbar gemacht hatten, meinen Namen. Und dann öffnete sie die Tür.

Mir fiel ein Stein vom Herzen, und gleichzeitig kam ich mir vor wie der letzte Idiot. Ich wollte mich schon entschuldigen – wofür, bin ich nicht ganz sicher –, aber sie kam mir zuvor.

»Es tut mir leid«, sagte sie. »Sie haben sich wahrscheinlich Sorgen gemacht, mir könnte etwas zugestoßen sein. Deshalb sind Sie hergekommen, oder?«

»Sie sind nicht ans Telefon gegangen.«

»O Gott«, seufzte sie und sank gegen mich. Sie begann zu schluchzen, und ich hielt sie kurz. Dann nahm ich sie an den Oberarmen und richtete sie wieder auf. »Es tut mir leid«, sagte sie noch einmal. »Lassen Sie mir bitte kurz Zeit.«

Damit drehte sie sich um und verschwand ins Haus, und als sie ein, zwei Minuten später zurückkam, war von den Tränen nichts mehr zu sehen, und sie hatte sich wieder im Griff. »Ich habe etwas getan, was ich nicht hätte tun sollen«, begann sie. »Peter hat angerufen, es muss das dritte oder vierte Mal gewesen sein, und er hat über den Anrufbeantworter mit mir gesprochen. Es war, als würden wir uns richtig unterhalten, außer dass nur er geredet hat und ich den Hörer nicht abgenommen habe.«

»Und dann haben Sie abgenommen.«

»Ich konnte nicht anders. Ich habe wegzugehen versucht, aber ich konnte nicht. Es war, als würde ich den Hörer auf die Gabel knallen oder sogar noch Schlimmeres. Ich weiß, es ist irgendwie nicht nachvollziehbar, aber ich habe abgenommen.«

»Ist ja nicht weiter schlimm.«

»Er hat immer weiter davon geredet, dass wir füreinander bestimmt sind und dass er mir, wie alle anderen auch, beistehen wollte, und dann wurde mir einfach alles zu viel.«

»Füreinander bestimmt«, sagte ich.

»Und mir wurde klar, die einzige Möglichkeit, dem ein Ende zu machen, wäre, ihm endgültig reinen Wein einzuschenken. Deshalb habe ich ihm gesagt, er soll sich das mit dem Füreinander-Bestimmt-Sein abschminken und mich lieber vergessen, weil ich mein eigenes Leben leben will und weil in dem Leben, das ich mir vorstelle, kein Platz für ihn ist.« Sie runzelte die Stirn. »Das klingt furchtbar kalt und gefühllos, finden Sie nicht? Würde jemand mit mir so reden, würde ich mich wahrscheinlich am liebsten umbringen. Aber er hat es ganz anders aufgenommen.«

»Ja?«

»Er meinte, er wäre mir wirklich dankbar, dass ich meine Gefühle so offen zum Ausdruck gebracht hätte. Er sagte, es hülfe ihm, eine Menge Illusionen als solche zu erkennen. Er sagte, es hätte etwas Befreiendes für ihn.«

»Und Sie glauben, das hat er auch tatsächlich so gemeint?«

»Sie kennen Peter nicht. Wenn er es nicht gemeint hätte, hätte er es nicht gesagt.«

Aber sie hätten sehr lange miteinander geredet, fuhr sie fort, und deshalb wäre vermutlich so lange bei ihr besetzt gewesen. Und als sie schließlich aufgelegt hatte, hätte sie sich total ausgelaugt gefühlt und beschlossen, sich mit der neuesten *Vanity Fair* in die Badewanne zu legen und sich im Elend von jemand anders zu suhlen. Doch gerade als sie in die Wanne steigen wollte, begann das Telefon wieder zu klingeln, und sie dachte, es könnte Peter sein, aber sie wollte nicht noch mal mit ihm sprechen. Und wenn es nicht Peter war, war es irgendein Reporter, und egal, wer es war, sollte sie sowieso nicht ans Telefon gehen, weshalb sie sich einfach in die Wanne legte.

Und als sie sich in dem warmen Wasser entspannte und von einem Mord an einem Promi in Connecticut las, der auch nach dreißig Jahren noch nicht aufgeklärt war, klingelte das Telefon erneut. Wieder ließ sie den Anruf auf den Anrufbeantworter gehen und blieb einfach, wo sie war.

»Und dann stieg ich aus der Wanne, zog mich an, kam hier runter und spielte die Nachrichten ab«, fuhr sie fort. »Und sie waren beide von Ihnen, und Sie haben sich wirklich besorgt angehört, weshalb ich sofort nach dem Telefon gegriffen und Sie anzurufen versucht habe, aber ich habe nur Ihren Anrufbeantworter drangekommen.«

»Da bin ich wahrscheinlich schon losgegangen.«

»Und jetzt sind Sie hier und sind völlig umsonst hergekommen, und das tut mir furchtbar leid.«

»Ach was, alles nur halb so wild. Daran bin ich mindestens genauso schuld wie Sie. Außerdem hat es mich aus der Wohnung gescheucht, und das ist eher sogar gut.«

»Wie das denn?«

»Gestern Nacht hatte ich einen schlechten Traum, der sich um einen meiner Söhne gedreht hat«, sagte ich. »Er war vollkommen unbegründet, und es ist nichts passiert, aber manchmal kann man solche Träume einfach nicht abschütteln, ohne einen Ortswechsel vorzunehmen.«

»Ich weiß, was Sie meinen.«

»Ja, das kennen Sie bestimmt auch.«

»Wenn sonst nichts ist«, sagte sie leicht verlegen. »Es war wirklich nett von Ihnen, sofort herzukommen, aber zum Glück ist ja nichts passiert, und, ähm, eigentlich wollte ich oben noch verschiedene Unterlagen durchgehen. Und Sie haben sicher auch noch zu tun, und, äh …«

»Sie haben völlig recht«, sagte ich. »Ich gehe lieber wieder. Es ist nur, dass ich kein gutes Gefühl dabei habe, Sie allein hier zu lassen.«

»Selbst wenn ich Ihnen verspreche, nicht ans Telefon zu gehen? Wenn Sie's allerdings sind, gehe ich sofort dran. Außerdem habe ich doch zwei Schutzengel, die da draußen auf mich aufpassen.«

»Wie bitte?«

»Mein Polizeischutz«, sagte sie. »Ich habe sie zwar noch immer nicht gesehen, aber es ist gut zu wissen, dass sie da sind.«

Sollte ich sie in diesem Glauben lassen? Und wenn sie nun in der festen Überzeugung, dass ihre Schutzengel auf sie aufpassten, einfach zur Tür rausmarschierte?

Ich sagte: »Ich habe mit Wentworth gesprochen. Sein Antrag ist noch nicht genehmigt worden.«

»War das denn nicht nur noch reine Formsache?«

»Manche Reviere nehmen es da wahrscheinlich genauer als andere«, sagte ich. »Beziehungsweise manche Revierleiter oder was für ein Bürohengst sonst für so was zuständig ist. Dürfte ich kurz Ihr Telefon benutzen?«

»Selbstverständlich«, sagte sie und grinste plötzlich. »Ich darf es nicht benutzen, aber Sie schon.«

Ich habe vier Nummern für Ballou, aber um diese Uhrzeit war ich nicht sicher, ob er unter einer von ihnen erreichbar wäre. Aber unter der dritten, unter der ich es versuchte, ging er dran. Ich erklärte ihm in fünf Sätzen, was ich von ihm wollte, und alles was er wissen wollte, war die Adresse.

»Ein Freund von mir«, erklärte ich Kristin. »Er wird hier im Haus bei Ihnen bleiben, und Gott steh jedem bei, der hier reinzukommen versucht.« Und dann erzählte ich ihr ein wenig über meinen Freund Mick Ballou und beobachtete, wie sie immer größere Augen bekam.

Wir saßen in der Küche und warteten darauf, dass er klingelte, als sie sagte: »Ach, fast hätte ich's vergessen. Wenigstens etwas habe ich richtig gemacht, als ich mit Peter gesprochen habe.«

»Wenn Sie ihn auf Dauer abgewimmelt haben, haben Sie einiges richtig gemacht, würde ich sagen.«

»Darüber hinaus habe ich auch noch seinen Namen herausgefunden.« Ich muss sie wohl ziemlich verständnislos angesehen haben, denn sie fügte hinzu: »Nein, nicht Peters Namen. Erinnern Sie sich nicht mehr? Sie wollten doch wissen, wie der Mann hieß, bei dem wir zur Paartherapie waren. Alle haben ihn immer nur Doc genannt. Und als ich Peter gefragt habe, wie Doc richtig heißt, konnte er kaum glauben, dass ich das nicht mehr wusste. In seinem Leben hat Doc allerdings auch eine wesentlich wichtigere Rolle gespielt als in meinem. Aber wie auch immer, er heißt Adam, und ich bin ganz sicher, dass ich das nie gewusst habe. Ich erinnere mich nur, dass er mir als Doc vorgestellt wurde.«

»Adam.«

»Und wie war Dr. Nadlers Vorname? Sheldon?«

»Seymour.«

»Da war ich ja relativ nahe dran. Aber trotzdem, nicht Adam.«

»Nein«, sagte ich. »Und alle haben ihn Doc genannt? Alle seine Patienten?«

Sie schüttelte den Kopf. »Nur Peter und seine Freunde. Vielleicht haben ihn auch seine anderen Patienten so genannt, aber das weiß ich nicht. Ich weiß es nur von Peter und den vier Künstlern, mit denen wir das Haus in Williamsburg renovieren wollten.«

»Sie haben alle diesen Adam gekannt?«

»Ja, sie waren alle seine Patienten. Ich glaube, sie haben sich bei der Gruppentherapie kennengelernt.«

»Mhm.«

»Als Peter damit anfing, dass wir füreinander bestimmt sind«, fuhr sie fort, »und auch bei allem, was er mir sonst noch erzählt hat, war mir sofort klar, dass er nur nachplapperte, was Adam ihm eingeimpft hat. Das war ein weiterer Grund, warum ich froh war, dass wir uns getrennt haben. Adam war bestimmt gut für Peter, wahrscheinlich war er für alle fünf gut, aber ich konnte sie bereits vor mir sehen, wie sie alle kleine Adam-Breit-Klone wurden.«

»Adam Breit.«

»Ja.«

»Könnten Sie ihn mir beschreiben?«

»Ach, du meine Güte. Ich habe ihn nur bei den Beratungsgesprächen kennengelernt, und bei denen haben Peter und ich uns fast die ganze Zeit nur gegenseitig angesehen. Oder uns nicht angesehen. Aber ich kann's ja mal versuchen. Er ist etwa so groß wie Sie, nur ein bisschen schmaler vielleicht, na ja, und er sieht irgendwie ganz normal aus. Nicht sehr hilfreich, hm?«

»Könnte ich noch mal kurz telefonieren«, sagte ich und griff nach dem Telefon. Ich fand die Nummer, die ich brauchte, in meinem Notizbuch und wählte sie. Die gewünschte Person meldete sich. »Hier ist noch mal Matthew Scudder, Mrs. Watling. Ich rufe wegen des Namens des Therapeuten an.«

»Er ist mir leider immer noch nicht eingefallen«, sagte sie. »Tut mir wirklich leid.«

»Ein heiterer, optimistischer Name, haben Sie gesagt.«

»Ja, aber ich kann ...«

Ich war nicht vor Gericht, und niemand konnte mir vorhalten, ich stellte dem Zeugen Suggestivfragen. »Könnte er Adam Breit geheißen haben?«

»Ja!«

»Sind Sie sicher. Ich möchte nicht ...«

»Ja, so hat er geheißen! Das mit dem Adam könnte ich nicht beschwören, aber Breit hat er hundert Prozent geheißen. Wie in *bright*, hell und sonnig, hell und heiter, taghell. Ich kann beim besten Willen nicht verstehen, warum mir sein Name nicht mehr eingefallen ist. Inzwischen erscheint er mir so offensichtlich.«

Ich bedankte mich bei ihr und versprach, ihr Bescheid zu geben, wenn bei der Sache etwas herauskam. Dann setzte ich mich auf einen Stuhl, und wir warteten auf Mick Ballou.

Kapitel 35

Er verlässt den kleinen Raum mit einem Lächeln auf den Lippen, und über seine Schulter hinweg sagt er: »*Dann bis nächstes Mal.*« *Er zieht die Tür hinter sich zu, nickt und lächelt sich an dem Koreaner vorbei, der mit ausdrucksloser Miene den Schreibtisch bemannt, und er lächelt weiter, bis er die Treppe hinuntergestiegen ist und das Gebäude verlassen hat. Er steuert rasch auf die nächste Ecke zu, biegt rechts ab und geht zügig weiter, aber nicht so schnell, dass er Aufmerksamkeit erregen würde.*

Es besteht kein Grund zur Eile. Niemand wird ihre Tür öffnen, jedenfalls nicht sofort. Sie werden warten, bis sie von selbst herauskommt. Und wenn sie die Geduld verlieren und klopfen und schließlich die Tür öffnen, weil sie nicht auf das Klopfen reagiert, werden sie nur einen leeren Raum vorfinden. Sie muss das Zimmer unbemerkt verlassen haben und ins Bad gegangen sein, werden sie denken.

Irgendwann wird natürlich jemand den Metallspind öffnen, in den er ihre Leiche mit den Pantoffeln und dem rot-orangen Kleid gestopft hat.

Niemand schenkt ihm Beachtung, und umgekehrt schenkt auch er niemand Beachtung; als er an der Columbus Avenue an der roten Ampel wartet, ist er so in Gedanken versunken, dass sie zweimal auf Grün schaltet, bevor er merkt, dass er über die Straße gehen kann.

Er hat eine Offenbarung gehabt, und er muss sie unbedingt schriftlich festhalten. Möglicherweise ist sie von wissenschaftlicher Bedeutung, obwohl das eigentlich nichts zur Sache tut.

In seinem Haus lächelt er dem Türsteher zu, und er lächelt einem Mitbewohner zu, der aus dem Lift kommt. Ein Nicken hier, ein Lächeln da.

Als der Lift nach oben schwebt, finden seine Finger ihren Weg zu der kühlen rosafarbenen Steinscheibe, die er um seinen Hals trägt.

Er sitzt an seinem Schreibtisch und schaut auf den Bildschirm seines Computers, auf dem die endlose Evolution des nächtlichen New York abläuft. Aber er hat jetzt keine Zeit, sie zu beobachten. Er drückte auf eine Taste, und der Bildschirmschoner verschwindet.

Er loggt sich nicht ein, sondern öffnet Word und wählt im Menü Neu *aus. Auf dem Bildschirm erscheint eine leere Seite. Er blickt eine Weile darauf und erinnert sich, wie sich die Hände des Mädchens auf ihm angefühlt haben, erinnert sich, wie sich seine Hände auf ihr angefühlt haben.*

Seine Finger bewegen sich, und auf dem Bildschirm erscheinen Wörter:

Was den Typus Serienkiller angeht, dessen Handlungen von dem Verlangen nach dem Kitzel des Akts als solchem motiviert sind, hat man lange angenommen, dass es sich hierbei um eine, wahrscheinlich ursächliche, Verirrung des Sexualtriebs handelt. Die fragliche Person ist nicht zu einem normalen Sexualakt in der Lage, weshalb für so jemanden der Reiz, den er im Akt des Tötens erlebt, der Reiz sexueller Erfüllung ist.

Meine Forschungsergebnisse deuten darauf hin, dass dem nicht unbedingt so sein muss.

Nehmen wir einen jungen Mann, den wir im Weiteren A nennen werden. Erst vor Kurzem hat mir A anvertraut ...

Er hält inne, blickt stirnrunzelnd auf den Bildschirm. Später, wenn er sich zur Veröffentlichung entschließt, kann er es so zurechtfrisieren. Aber vorerst ist eine direktere Herangehensweise besser dazu geeignet, die Wörter und Gedanken festzuhalten. Er löscht den Absatz, der mit Nehmen wir einen jungen Mann *beginnt und fährt folgendermaßen fort:*

Ich hatte heute das Bedürfnis nach sexueller Triebabfuhr und suchte ein Etablissement auf, in dem das Gewünschte gegen Bezahlung in einer entspannten und vermutlich hygienischen Umgebung bereitgestellt wurde. Als Masseuse getarnt, besorgte es mir eine Kindfrau asiatischer Abstammung anerkennenswert gekonnt mit der Hand. Ich wurde steinhart, sobald sie mich berührte, und mein Orgasmus war sehr intensiv. Meine Performance (wenn dieser Begriff in diesem Zusammenhang angebracht ist, denn ich habe nichts anderes getan, als mit geschlossenen Augen auf dem Tisch zu liegen und mir nicht einmal die Mühe zu machen, sie anzusehen, obwohl ich ihr zusätzlich etwas gegeben hatte, damit sie sich auszog, oder die Hand auszustrecken, um ihre Porzellanhaut zu berühren) – meine Performance ließ also nichts zu wünschen übrig. Ich war mit dem Wunsch – mit dem starken Bedürfnis – nach sexueller Erleichterung in diesen Raum gekommen, und ich hatte mir diese Erleichterung verschafft.

Und das war befriedigend. Das klatschnasse Kleenex, das sie so beiläufig in den Eimer warf, war stummes Zeugnis meiner Befriedigung.

Und doch war ich nicht befriedigt. Den Orgasmus hätte genauso gut jemand anders haben können. Mochte ich auch sexuell befriedigt sein, blieb etwas anderes in mir gänzlich unbeteiligt.

Ich wusste nicht einmal, was ich tun würde, bis ich es tat. Ich hatte mich schon fast ganz angezogen, als es mich überkam, und mir war sofort klar, dass das war, wonach ich mich sehnte, was ich brauchte, was mich überhaupt erst in dieses schäbige kleine Zimmer geführt hatte. Und so legte ich meine Hände um ihren Hals und drückte zu.

Sie gab keinen Laut von sich. Bevor sie überhaupt merkte, wie ihr geschah, schnitt ich ihr die Luftzufuhr ab und hob sie vom Boden hoch. Ihre kleinen Füße strampelten in der Luft, und einer ihrer Pantoffeln flog davon. Ihre Augen starrten in meine, und als ich sie sterben sah, spürte ich, wie etwas – Kundalini? Lebensenergie? – durch meine Hände in mich eindrang, meine Arme hinaufschoss und mich vollständig erfüllte.

Während all das passierte, spürte ich nichts, was ich als sexuell bezeichnen würde, ebenso wenig reagierte mein Körper sexuell. Ich bekam keine Erektion, und in meinen Lenden regte sich nichts.

Andererseits hatte ich danach ein Gefühl der Befriedigung und Erfüllung, das wesentlich umfassender und dauerhafter war als das nach meinem Orgasmus. Das war eindeutig, was ich gesucht hatte, obwohl ich mir dessen nicht bewusst gewesen war, bis ich die Hände ausstreckte und dieses reizende junge Ding am Hals packte. Ich war nicht ausgelaugt, wie man das manchmal nach dem Sexualakt ist, sondern eher belebt, und meine Fähigkeit, klar zu denken und überlegt zu handeln, war in keiner Weise eingeschränkt. Ich machte, wohl gemerkt, nicht nur sauber und verstaute ihre Leiche zusammen mit ihrem Kleid und den Pantoffeln, die sie vor lauter Strampeln verloren hatte, an einem Ort, an dem sie nicht so rasch entdeckt würde, nein, ich besaß sogar die Geistesgegenwart, mit ihrem Kleid alle Fingerabdrücke wegzuwischen und die 100 Dollar Trinkgeld, die ich ihr gegeben hatte, aus ihrer Geldbörse zu nehmen. (Außer meinen 100 Dollar enthielt sie drei Zwanziger und einen Zehner, die ich ebenfalls an mich nahm, sodass ich unter Abzug der 40 Dollar, die ich am Empfang gezahlt hatte, mit meinem

Besuch 30 Dollar verdient hatte, was in Relation zum Zeitaufwand im Vergleich mit meinem Therapeutenhonorar gar nicht so schlecht ist!)

Die letzte Zeile entlockt ihm ein Grinsen. Wenn es an der Zeit ist, seine Erkenntnisse zu veröffentlichen – und das hat er sich fest vorgenommen –, wird er einiges redigieren müssen. Es wird irgendein anonymer Patient sein, der ihm das alles anvertraut. Hat es andererseits nicht auch gewisse Vorzüge, das Material direkt und authentisch zu präsentieren? Wie die Dinge stehen, ist sein Bericht eine Aussage in Ich-Form, die jemand macht, der auf diesem Gebiet selbst ein Profi ist. Sind seine Wahrnehmungen infolge seiner fachkundigen Sicht nicht umso wertvoller? Und wird ihre Bedeutung nicht geschmälert, wenn sie als die Einsichten eines anonymen Analysanden getarnt werden?

Darüber muss er sich noch eingehendere Gedanken machen. Vielleicht gibt es eine Möglichkeit, es auf einer geeigneten Internetseite so zu posten, wie es geschrieben ist. Natürlich kann er das nicht mit diesem Computer oder über einen existierenden Account tun. Aber was hindert ihn zum Beispiel daran, in ein Internetcafé zu gehen und sich mit einem gestohlenen Passwort (das weiß Gott nicht so schwer zu beschaffen ist) bei AOL einzuloggen und es auf diesem Weg zu posten? Sie können den Post natürlich zurückverfolgen, heutzutage haben sie die technischen Möglichkeiten, alles zurückzuverfolgen, aber sie hätten nichts, womit sie ihn damit in Verbindung bringen könnten.

Aber bis dahin wird er noch daran feilen, vielleicht ein paar Details mehr einarbeiten, ihr Sterben etwas anschaulicher darstellen. Zuerst allerdings ein paar zusammenfassende Worte:

Zwischen Eros und Thanatos ist allem Anschein nach eine Grenze zu ziehen. Unter einem Joch zusammengespannt, können die beiden Seite an Seite gehen und eine doppelte Furche pflügen. Es gibt bestimmt Überschneidungen. Zum Teil ist die Lust am Töten sexueller Natur, genauso wie die Lust am Sexualakt zum Teil darin liegt, einem anderen seinen Willen aufzuzwingen. Aber schließlich und endlich …

Seine Uhr piepst.

Und das ist eine gute Stelle, die Sache ruhen zu lassen, mitten im Satz, damit er den Gedankengang wieder aufgreifen kann, wenn er an die Arbeit zurückkehrt. Doch jetzt rufen andere Pflichten. Er hat seinen Nachmittagstermin abgesagt, was aber nicht heißt, dass er nichts zu tun hat.

Er bewegt den Cursor, klickt mit der Maus. Auf seinem Bildschirmschoner wird es Nacht. Lichter gehen an, Lichter gehen aus.

Er steht auf. Reicht die Zeit noch, um zu duschen und sich umzuziehen? Natürlich. Und wenn er schon dabei ist, sollte er bei dieser Gelegenheit nicht auch seinen Anzug in die Reinigung bringen?

Er trägt einen Kamelhaarblazer mit Lederknöpfen, eine dunkelbraune Bundfaltenhose, ein weißes Hemd, eine Krawatte mit einen Zentimeter breiten braunen und königsblauen Streifen. Auf dem Weg zu ihrem Haus bleibt er vor einem Blumenladen stehen und überlegt, was am passendsten wäre. Rosen bestimmt nicht, aber was?

Er geht mit leeren Händen weiter und gelangt zu der Überzeugung, dass der Anlass ganz und gar nicht nach Blumen verlangt. Aber irgendetwas will man doch mitbringen. Süßigkeiten? Bringt man zu einem Besuch eine Schachtel Pralinen mit?

Das bringt ihn auf eine Idee. Er geht in Richtung Seventy-second Street weiter, wo es eine hervorragende Konditorei gibt. Ich bin daran vorbeigekommen, hört er sich selbst sagen, und konnte einfach nicht widerstehen. Er entscheidet sich für ein Eclair, einen Millefeuille und zwei Törtchen, die ihn ansprechen. Macht sie sich überhaupt etwas aus Gebäck, seine künftige Braut und Herrin seiner Burg?

Es gibt noch so viel über sie zu erfahren …

Mit der kleinen weißen Schachtel unter dem Arm geht er zwei Straßen weiter zur Seventy-fourth Street. Er ist, munter ausschreitend, zwei Häuser von ihrem entfernt, als ihre Eingangstür aufgeht und ein Mann nach draußen kommt, sich auf ein letztes Wort umdreht, sich dann wieder umdreht und die Tür hinter sich zuzieht.

Und es ist wieder dieser Mann, der Mann, dessen Visitenkarte er aus Lia Parkmans Zimmer mitgenommen hat. Scudder, Matthew Scudder! Es ist er, der da die Treppe herunterkommt, und was soll er jetzt tun? Abrupt stehen bleiben und dadurch seine Aufmerksamkeit auf sich lenken? Im gleichen Tempo weitergehen, damit er dem Mann direkt über den Weg läuft?

Er bleibt stehen, dreht den Kopf und tut so, als schaute er auf die Uhr. Scudder erreicht den Gehsteig, und er versucht den Mann kraft seines Willens dazu

zu bringen, sich nach rechts, von ihm fort, zu wenden. Aber nein, der blöde
Idiot dreht sich nach links und kommt direkt auf ihn zu. Auf seinen Zügen liegt
ein Ausdruck finsterer Entschlossenheit.

Er behält jetzt sein eigenes Tempo bei und wendet den Blick ab, aber irgendwie kann er es sich nicht verkneifen, einen kurzen Blick auf Scudder zu werfen,
als sie nur noch wenige Meter voneinander entfernt sind. Und Scudder sieht
ihn ganz direkt an!

Und schaut an ihm vorbei. Scudder kennt ihn nicht. Und sie gehen aneinander vorüber. Scudder geht weiter in Richtung Westen, und er selbst geht
am Hollander-Haus vorbei und wagt es erst auf halber Strecke zur nächsten
Straßenecke, sich umzudrehen.

Scudder ist nirgendwo zu sehen.

Und es besteht auch kein Grund, merkt er, sich vor ihm zu fürchten. Ver-
wickelt ist er natürlich schon in diese Geschichte, dieser Dreckskerl. Und jetzt
weiß er, warum er ihm bekannt vorkommt und wo er ihn schon einmal gesehen
hat. In Brooklyn, in der Coney Island Avenue, als er an dem Haus vorbeigefahren ist, in dem alles begonnen hat. Er ist daran vorbeigefahren und hat zwei
Männer aus dem Haus kommen sehen, zwei Männer, die nicht in diese Gegend
gepasst haben. Der jüngere von beiden hat ein Hawaiihemd getragen und wie
ein Cop ausgesehen, und der ältere, Scudder, hat wie der Hausbesitzer oder wie
ein städtischer Angestellter ausgesehen.

Inzwischen weiß er, wie er heißt und wo er wohnt, aber das ist alles, was er
über den Mann weiß. Aber egal, wo er gewesen ist, er läuft ihm ständig über
den Weg. Soll er seinetwegen etwas unternehmen?

Hätte er gerade eine Schusswaffe dabeigehabt, hätte er ihn erschießen und
einfach weitergehen können. Oder ein Messer, ein scharfes Jagdmesser in einer
Lederscheide an seinem Gürtel. Er hätte es in einer einzigen flüssigen Bewegung ziehen und ihm in den Bauch stoßen können, lautlos und blitzschnell.

Wo konnte man ein Jagdmesser kaufen? Im Rest des Landes wäre das bestimmt kein Problem, aber in New York?

Na ja, das hat ja noch Zeit. Er muss die Mauern einer Burg überwinden
und eine holde Maid retten.

*   *   *

Er steigt die Stufen hinauf und klingelt. Wenn sie in der augenblicklichen Situation nicht an die Tür kommt, na ja, dann wird er sich an das halten, was er Peter geraten hat. Er wird immer weiter klingeln und durch die Tür mit ihr reden, als wäre die Tür nicht da.

Und ungeachtet ihrer Vorsätze wird sie ihm öffnen.

Sein Finger bewegt sich auf den Klingelknopf zu, und er will gerade ein zweites Mal darauf drücken, als die Tür aufgeht. Und in der Öffnung steht ein Hüne von einem Mann. Er füllt die ganze Tür aus und starrt ihn finster an. Meine Güte, schau dir diesen Kerl nur an – erbarmungslose grüne Augen in einem Gesicht wie aus Granit. Er sieht aus, als würde eine Kugel einfach von ihm abprallen.

»Was wollen Sie?«

Eine raue Stimme – wie sollte es anders sein – mit einem leichten irischen Einschlag.

Ihm fällt nichts ein, was er sagen könnte.

»Sind Sie etwa so ein Scheißreporter?«

Er zögert, nickt.

»Dann haben Sie hier nichts zu suchen. Hauen Sie ab.«

Die Tür wird ihm vor der Nase zugeschlagen. Er hastet die Treppe hinunter, wendet sich nach rechts, geht in Richtung Park los. An der Ecke wirft er die weiße Schachtel mit dem Gebäck in einen Abfallkorb.

Kapitel 36

»Na, siehst du, Adam Breit«, sagte ich und buchstabierte den Namen. Ich hatte nach Bright gesucht, wie englisch *bright*, hell, denn niemand hatte mir gesagt, wie der Name buchstabiert wurde, und wie auch? Weder Kristin noch Helen Watling hatten den Namen in schriftlicher Form gesehen.

Ich war in TJs Hotelzimmer, wo wir die Telefonbücher durchgingen, ich die White, er die Yellow Pages. Unter den Privatanschlüssen hatte ich kein Glück, aber im Branchenteil fand ich einen Eintrag für einen Breit, Adam, mit einer 255er Nummer und ohne Angabe einer Adresse.

Ich wählte die Nummer, und eine Stimme vom Band sagte: kein Anschluss unter dieser Nummer.

Ich rief die Auskunft an und tat, was man tun musste, um statt einer Bandansage ein lebendes menschliches Wesen dranzubekommen. Bei einer Stimme vom Band hätte ich es genauso gemacht. Ich gab mich als Polizist aus, nannte einen Fantasienamen und eine genauso erfundene Dienstnummer, und sagte der Telefonistin, dass ich eine Adresse brauchte, die nicht im Telefonbuch stand. Ich nannte ihr den Namen und die Telefonnummer, worauf sie mich kurz auf die Warteschleife legte und mir wenig später mitteilte, der Anschluss sei abgemeldet worden.

Ich legte auf, und TJ sagte: »Ist das nicht verboten? Sich als Cop ausgeben, wenn man keiner ist?«

»Ja, ist es«, sagte ich. »Und mit solchen kriminellen Methoden erweise ich mich als keinen Deut besser als Adam Breit.«

»Adam Breit, Arden Brill«, sagte er. »Sollte sich da etwa ein verborgenes Muster abzeichnen?«

»Vielleicht. Wenn wir ihn finden, können wir ihn ja fragen.«

»Wenn du noch weiter telefonieren willst«, sagte er, »nimm das hier.« Er reichte mir sein Handy und machte etwas mit dem Computer, worauf er dieses komische Geräusch von sich gab, das entsteht, wenn irgendwo im All eine Verbindung zu allen anderen Computern der Welt hergestellt wird. Als ihm kurz darauf eine freundliche Stimme mitteilte, dass er Post hatte, sagte er: »Okay, aber das hat erst mal Zeit«, und machte sich mit gerunzelter

Stirn daran, zu tippen und dabei mit der Zunge nerdige Schnalzgeräusche zu machen.

Ich griff nach einer Classic-Comics-Fassung von *Eine Geschichte aus zwei Städten* – die er wahrscheinlich für sein Seminar über die Französische Revolution lesen musste – und machte gerade Bekanntschaft mit Madame Defarge und ihren Stricknadeln, als TJ sagte: »Broadway sieben-zwo-vier.«

»Was ist damit?«

»Das ist die Adresse, die zu der Telefonnummer gehört.«

»Hast du da ein inverses Telefonbuch?«

»Eher ein Buch für alles«, sagte er. »Und ich musste dafür kein Mädchen von der Auskunft belügen.«

»Soweit sie sich erinnern konnte, war seine Praxis im Broadway«, sagte ich. »Irgendwo unterhalb der Fourteenth Street. Das könnte hinkommen.«

»Augenblick«, murmelte TJ darauf und wartete wenig später mit der Info auf, dass das Haus mit der Nummer Broadway 724 in der Nähe des Waverly Place war. Ich fragte ihn, ob er sonst noch wen finden könnte, der dort wohnte, und als er wissen wollte, nach wem genau wir suchten, sagte ich, einfach nach jemand, der Adam Breits neue Adresse wissen könnte.

Am Ende hatte ich etwa ein Dutzend Telefonnummern. Unter fünf von ihnen ging niemand dran, als ich sie wählte, und die anderen erwiesen sich als etwa genauso nützlich; vier der Leute, die ich dran bekam, hatten nie etwas von Adam Breit gehört, zwei konnten sich vage an den Namen erinnern, und einer wusste zwar, dass Breit umgezogen war, aber nicht, wann oder wohin.

»Sie sind doch nicht weit vom Waverly Place, oder?«, fragte ich.

»Ja, zwischen Waverly und Washington«, sagte der Mann. »Aber ich wollte gerade los, deshalb hätte es keinen Sinn vorbeizukommen.«

»Kein Problem«, sagte ich. »Ich brauche Sie sowieso nicht mehr.«

»Umso besser. Sie mich auch.« Sagte es und legte auf.

TJ hatte noch ein paar andere Ideen, wie wir Breit finden könnten. Deshalb blieb er an seinem Computer, während ich mit der U-Bahn nach Downtown fuhr. Ich kam an der Ecke Broadway und Astor Place wieder an die Oberfläche und ging eineinhalb Straßen weiter zu einem schmalen Haus mit einer Gusseisenfassade. Die meisten seiner acht Etagen mit gewerblich genutzten Lofts waren in Wohnungen umgewandelt worden. An jedem Briefkasten stand ein Name, aber der von Breit war nicht darunter, was mich jedoch nicht überraschte.

Ein Schild lotste mich zwei Türen weiter südlich zum Hausmeister, den ich schließlich im Keller fand. Er war ein hellhäutiger Schwarzer mit einem länglichen ovalen Gesicht, einem Bleistiftschnurrbart und einem Hauch von West Indies in seinem Englisch. Ich sagte ihm, ich würde nach einem Adam Breit suchen, und er lachte, als hätte er seit Tagen nichts Witzigeres gehört.

»Es würde mir enorm helfen, wenn er seine neue Adresse hinterlassen hätte«, sagte ich.

»Oh«, sagte er, »das würde bestimmt einigen enorm helfen. Als Mr. Breit hier ausgezogen ist, ist sein Vertrag noch fast zwei Jahre gelaufen, und er war drei Monate mit der Miete in Rückstand. Der Hausbesitzer wüsste nur zu gern, wo er ist, und nicht weniger gilt das auch für Mr. Edison und Mrs. Bell.«

»Mr. Edison und …«

»Mr. Conrad Edison«, sagte der Mann sichtlich amüsiert, »und Mrs. Alexander Graham Bell, besser bekannt als Ma Bell. Er hat entweder die Strom- oder die Telefonrechnung nicht bezahlt.«

»Wann ist er ausgezogen?«

»Das ist die große Frage. Dass er aus der Wohnung ausgezogen ist, wurde irgendwann nach dem Ersten dieses Jahres klar, aber was den genauen Zeitpunkt angeht, zu dem er sich verdünnisiert hat, bin ich leider überfragt. Der Hausbesitzer war ihm wegen der Miete hinterher, und als er schließlich von einem Schlüsseldienst die Tür aufsperren ließ, war die Wohnung bis auf die Möbel komplett leergeräumt.«

»Waren die Möbel was wert?«

»Er hat sie auf Pump gekauft, und weil sie die Firma, von der er sie hatte, wieder hat abholen lassen, müssen sie schon was wert gewesen sein. Was haben Sie mit dem Mann zu schaffen, wenn die Frage gestattet ist?«

»Gute Frage«, sagte ich. »Aber erst mal, hatte er hier eine Firma?«

»Ehrlich gesagt, kümmere ich mich nicht groß um anderer Leute Kram, weshalb ich Ihnen dazu nicht wirklich etwas sagen kann. Er hat hier gewohnt, und Leute sind zu den üblichen Geschäftszeiten, aber auch außerhalb zu ihm gekommen. Andererseits, woher soll ich wissen, was jemandes Geschäftszeiten sind?«

»Ja, woher?«

»Jedenfalls glaube ich nicht, dass er mit illegalen Substanzen Handel getrieben hat, falls das Ihre nächste Frage werden sollte.«

»Sollte es nicht.«

»Und Sie haben mir, wenn ich mir's genau überlege, *meine* Frage immer noch nicht beantwortet, außer dass Sie sie als eine gute bezeichnet haben. Schuldet unser Mr. Breit auch Ihnen Geld?«

»Nein«, sagte ich und hätte es dabei belassen können, aber irgendetwas hatte dieser Herr an sich, was mich mehr sagen ließ. »Hundertprozentig sicher bin ich zwar nicht, aber wie es aussieht, hat er fünf Menschen getötet.«

»Jetzt aber«, sagte der Mann. »Fünf?«

»Ganz so sieht es aus.«

»Also wirklich«, sagte er. »Wie kommt jemand dazu, so etwas zu tun?«

Ich fuhr mit der U-Bahn wieder zurück, und als ich ins Northwestern Hotel kam, war TJ schon unten, im so genannten Foyer. »Um dir den Weg nach oben zu ersparen«, sagte er. »Ich habe im Internet nach ihm gesucht, aber der Typ existiert nicht.«

»Adam Breit.«

Er nickte. »Weder mit E-I-T geschrieben noch mit I-G-H-T. Der Typ ist Psychiater oder Psychoanalytiker oder Psychologe, jedenfalls irgend so eine Art Seelenklempner, da muss er doch irgendwo registriert sein.«

»Und du hast absolut nichts gefunden?«

»Also, gefunden habe ich alles Mögliche«, sagte er. »Je breiter du deine Suche anlegst, umso mehr nutzloser Scheiß taucht auf. Gib ›Adam Bright‹ ein, und du kriegst eine Nachrichtenmeldung über einen Politiker, der ›den Farmern von Schuyler County eine strahlende Zukunft‹ prophezeit. Wenn du es aber so weit einengst, dass was Brauchbares herauskommt, gibt es keinen Adam Breit.«

»Im Broadway, Ecke Waverly ist er jedenfalls nicht«, sagte ich und erzählte ihm, dass Breit seine Zelte abgebrochen hatte und spurlos verschwunden war.

»Vielleicht ist er untergetaucht«, sagte TJ, »oder er war der Erste, der umgebracht worden ist.«

»Du meinst, der Mann, nach dem wir suchen, hat Adam Breit umgebracht und gibt sich jetzt als er aus?«

»Leuchtet dir wohl nicht so ganz ein, hm?«

»Nein, ganz und gar nicht«, sagte ich, »weil du doch gerade festgestellt hast, dass er keine Identität hatte, die jemand anders hätte annehmen können.«

»Stimmt. Hab ich ganz vergessen.«

»Aber er muss immer noch in New York sein, weil Peter Meredith und seine Freunde ihn nach wie vor aufsuchen. Wahrscheinlich ist er so eine Art Guru, der spirituelle Führer ihrer kleinen Kommune.«

»Der Buddha von Bushwick«, sagte TJ. »Wenn du ihn finden willst, fängst du am besten dort zu suchen an.«

»In der Meserole Street? Ich weiß nicht. Wenn sie glauben, er ist nach Gott so ziemlich der Größte überhaupt, wie viel werden sie uns dann über ihn erzählen? Wir würden nur gegen eine Wand laufen.«

»Eine freigelegte Ziegelwand.«

Wir brauchten einen Ausgangspunkt, aber ich glaubte nicht, dass der in der Meserole Street zu finden war. Ich überlegte eine Weile, und schließlich sagte ich: »Seymour Nadler.«

»Meinst du, er und Breit sind dieselbe Person? Er legt sich eine andere Identität zu, lebt unten im Broadway, Ecke Waverly und trifft sich dort mit Peter Meredith und dem Rest der Truppe und dann …« Er verstummte und schüttelte den Kopf. »Das ergibt keinen Sinn.«

»Das habe ich ja auch nicht gedacht.«

»Na, Gott sei Dank.«

»Der Einbruch«, sagte ich. »Als wir dachten, Nadler wäre unser Mann, gab es zwei Möglichkeiten. Entweder hat er den ganzen Einbruch nur vorgetäuscht, oder er ist tatsächlich passiert, und er hat ein, zwei Tage später fälschlicherweise den Diebstahl seiner Pistole angezeigt.«

»Das eine oder das andere.«

»Wenn Nadler keinen Dreck am Stecken hat …«

»Ist es tatsächlich zu dem Einbruch gekommen, und der Einbrecher hat die Knarre eingesteckt.«

»Richtig. Und wie ist Adam Breit in ihren Besitz gekommen?«

»Er war der Einbrecher.«

»Wieder richtig«, sagte ich. »Das würde auch das ähnliche Vorgehen bei beiden Einbrüchen erklären. Sie waren deshalb ähnlich, weil beide ein und derselbe Mann begangen hat.«

»Und was hilft es uns, dass wir das wissen?«, fragte er. »Na schön, er war der Einbrecher, aber bringt uns das auf der Suche nach ihm auch nur einen Schritt weiter?«

»Denk doch mal nach.«

Das tat er. »Das Ganze hat nur dem Zweck gedient, an die Knarre zu kommen.«

»Genau das vermute ich.«

»Woher hat er überhaupt gewusst, dass sie da war?«

»Das ist die große Frage.«

Vor einigen Jahren, als ich noch in dem Hotelzimmer wohnte, das jetzt TJ gehört, verbrachten zwei Hacker, David King und Jimmy Hong, in meinem Auftrag einen Abend im tiefsten Innern des Computersystems der Telefongesellschaft, um mir Informationen zu beschaffen, die angeblich unzugänglich waren. Inzwischen gehen sie einträglicheren und besseren – und wesentlich legaleren – Geschäften nach, aber eine Hinterlassenschaft, die mir von ihnen geblieben ist, besteht darin, dass ich mein Leben lang Ferngespräche führen kann, ohne dafür zu bezahlen. Ich weiß nicht genau, wie sie es angestellt haben, aber auf diesem Apparat geführte Ferngespräche tauchten nie auf einer Telefonrechnung auf.

Wahrscheinlich ist und bleibt Diebstahl Diebstahl, ob man nun die Telefongesellschaft oder einen blinden Zeitungsjungen bestiehlt, und ich bin sicher, moralischer Relativismus ist philosophisch nicht zulässig, aber was soll's, niemand ist perfekt. Wenn ich auf der Suche nach Seymour Nadler mit Martha's Vineyard telefonieren musste, tat ich das ohne Bedenken von TJs Zimmer aus, wohl wissend, dass niemals jemand dafür bezahlen müsste.

Als ich ihn schließlich dran bekam, sagte ich: »Dr. Nadler, es tut mir furchtbar leid, Sie stören zu müssen. Gehe ich recht in der Annahme, dass Sie gestern mit Detective Ira Wentworth gesprochen haben?«

»Ja?«

»Ich hätte noch ein paar weitere Fragen zu diesem Gespräch, Herr Doktor. Ich wüsste gern, was Sie mir über Ihre Beziehung zu einem Adam Breit erzählen können, soweit eine solche überhaupt besteht.«

»Ich darf über meine Patienten mit niemandem sprechen«, sagte er. »Sie wissen doch bestimmt, dass Ärzte durch die ärztliche Schweigepflicht gebunden sind, und ...«

»Wenn ich das richtig verstanden habe«, sagte ich, »trifft das nur zu, wenn Adam Breit ein Patient von Ihnen ist.«

»Wenn er kein Patient ist«, sagte Nadler, »warum rufen Sie mich dann an?«

»Wir dachten, er könnte ein Kollege sein.«

»Ein Kollege?«

»Ein Psychiater, irgendeine Art von Therapeut, und ...«

»Breit!«

»Sie kennen ihn also?«

»Adam Breit«, sagte er. »Er ist kein enger Freund, wir haben nie zusammengearbeitet, auch nicht miteinander studiert. Aber doch, ich kenne ihn. Nicht gut, aber ich kenne ihn.«

»Woher ...«

»Zwar nur sehr oberflächlich, aber doch, ich kenne ihn. Adam Breit. Ein sympathischer junger Mann. Was ist mit ihm?«

»Woher kennen Sie ihn?«

»Habe ich Ihnen nicht gerade gesagt, dass ich ihn nur flüchtig kenne, sehr flüchtig. Ich lächle, er lächelt. Ich sage hallo, er sagt hallo. Eines Tages sind wir ins Gespräch gekommen, und ich sage zu ihm: ›Breit, Sie gefallen mir. Kommen Sie doch mal auf einen Drink bei uns vorbei. Und bringen Sie Ihre Frau mit.‹ Und darauf er: ›Ich habe keine Frau.‹ Und ich: ›Dann bringen Sie eben die Frau von jemand anders mit.‹ Das sollte natürlich ein Witz sein, und er hat auch gelacht, ein Zeichen, dass der Mann Humor hat.«

»Und ist er auf einen Drink vorbeigekommen?«

»Ja. Und allein, erübrigt sich wohl zu sagen. Wirklich ein sehr sympathischer Bursche, hat ein paar außerordentlich amüsante Geschichten erzählt. Ich weiß nicht, worauf er genau spezialisiert ist, aber ich würde sagen, es geht in Richtung Realitätsorientierungstraining. Er hat mir von einer Patientin erzählt – wirklich eine köstliche Geschichte –, sie war gegen Hundehaare allergisch, deshalb musste er sie auf Kuscheltiere umpolen, übrigens mit rundum zufriedenstellendem Ergebnis. « Er lachte glucksend. »Ein Traditionalist wie ich würde vermutlich erst wissen wollen, *warum* sie allergisch war, aber Breit hat eine ebenso wirksame wie menschliche Lösung gefunden. «

»Das ist alles sehr interessant«, sagte ich. »Aber mir ist immer noch nicht klar, wie Sie beide sich kennengelernt haben. «

»Wir sind uns über den Weg gelaufen. «

»Bei einem Kongress oder … «

»Nein, im Foyer. Im Foyer unseres Hauses. «

»Sie wohnen im selben Haus? «

»Natürlich. Wo haben Sie denn gedacht, dass wir gewohnt haben? Breit ist, lassen Sie mich mal überlegen, irgendwann um Weihnachten eingezogen. Kennen Sie Harold Fischer? Den Paläontologen? «

»Ich glaube nicht. «

»Faszinierender Mann. Er macht gerade ein Sabbatical, ein ganzes Jahr in Frankreich, um in irgendwelchen Höhlen rumzukriechen. Er hat seine Wohnung an Breit untervermietet. «

»Er wohnt im selben Haus? «

»Habe ich das nicht gerade gesagt? «

»Doch, natürlich. War er nur dieses eine Mal in Ihrer Wohnung? «

»Vielleicht auch zweimal. Öfter auf keinen Fall. Er war wirklich amüsant, aber wir hatten nicht so viel gemein. «

»Wusste er von der Pistole? «

»Von welcher Pistole? «

»Von der Pistole, die bei dem Einbruch gestohlen wurde. «

»Das war vor dem Einbruch«, sagte Nadler. »Wie hätte er also etwas davon wissen sollen? «

»Wusste er, dass Sie eine Pistole hatten, Dr. Nadler? «

»Ach so«, sagte er. »Jetzt verstehe ich, was Sie meinen. « Er lachte. »Da sind Sie leider auf der falschen Fährte, Detective. «

»Wie bitte? «

»Er wollte sie nicht mal anfassen, solche Angst hatte er davor. «

»Sie haben ihm die Pistole gezeigt? «

»Ich habe *versucht*, sie ihm zu zeigen. Ich habe sie aus der

Schreibtischschublade genommen und ihm hingehalten, aber man hätte denken können, ich würde ihm eine Viper in die Hand drücken. Sie war nicht geladen, er wusste, dass sie nicht geladen war, und trotzdem wollte er sie nicht anfassen.«

»Wieso haben Sie ihm die Pistole überhaupt gezeigt?«

»Keine Ahnung. Irgendwie kamen wir auf dieses Thema zu sprechen. Haben Sie sonst noch Fragen? Wir haben nämlich Besuch, und ich würde gern zurück zu unseren Gästen.«

Kapitel 37

Harold Fischer stand im Telefonbuch, seine Adresse in der Central Park West war dieselbe wie die von Nadler. Ich wählte die Nummer, und nach viermaligem Läuten schaltete sich der Anrufbeantworter ein. Eine monotone Männerstimme wiederholte die letzten vier Zahlen der Telefonnummer und forderte mich auf, nach dem Pfeifton eine Nachricht zu hinterlassen.

»Wenn du ein Jahr ins Ausland gehen und deine Wohnung untervermieten würdest«, fragte ich TJ, »würdest du dann nicht das Telefon abmelden?«

»Wenn nicht, kann dir leicht passieren, dass dich eine gesalzene Telefonrechnung erwartet, wenn du nach Hause zurückkommst.«

»Vielleicht hat Fischer den Anschluss abgemeldet«, sagte ich, »und Breit hat ihn wieder angemeldet.«

»Meinst du, er hat sich als Fischer ausgegeben?«

»Wäre zumindest eine Möglichkeit. Vielleicht hat Fischer ja nicht mal gewusst, dass er seine Wohnung untervermietet hat. Vielleicht hat er sie nur dichtgemacht, und Breit ist einfach eingezogen.«

»Dann sollte Breit aber lieber ausziehen, bevor Fischer aus Frankreich zurückkommt.«

»Das wäre auch für Fischer das Beste.« Ich wählte die Nummer noch einmal, bekam wieder den Anrufbeantworter dran. »Er ist nicht zu Hause.«

»Worauf warten wir also?«

Der Türsteher bedurfte meiner ganzen Überredungskünste. Ich zeigte ihm einen Brief Harold Fischers, in dem er jeden, den es interessierte, darauf hinwies, dass ein gewisser Matthew Scudder ermächtigt war, seine Wohnung in der Central Park West 242 zu betreten. Der Briefkopf enthielt zwei Adressen, links die permanente in New York, rechts die vorübergehende in der Rue de la Paix in Paris. TJ hatte alles, Briefkopf inklusive, auf seinem Computer fabriziert, und ich hatte in einer Schrift, auf die jeder Paläontologe stolz gewesen wäre, mit *Harold P. Fischer* unterschrieben.

Wenn früher jemand einen falschen Briefkopf brauchte, musste er in eine Druckerei gehen. Heutzutage kann sich jeder so ein Ding in fünf Minuten zu Hause ausdrucken. Schreibtischfälschungen, nennt TJ das.

Nachdem sich der Türsteher den Brief sehr genau angesehen hatte, musste ich ihm drei weitere Dokumente zeigen. Ich begann mit meiner Karte von der Detectives' Endowment Association und legte mit einer Fotokopie meiner vom Staat New York ausgestellten Privatdetektivlizenz nach. Weil sie längst abgelaufen war, hielt ich den Daumen auf das Datum. Für den Fall, dass diese Dokumente nicht den gewünschten Effekt erzielten, legte ich noch zwei Fünfzigdollarscheine drauf. »Für Ihre Bemühungen«, murmelte ich. »Mr. Fischer wollte sich unbedingt erkenntlich zeigen.«

»Ich könnte Ärger kriegen«, sagte der Mann.

»Zuallererst sind Sie dazu ermächtigt«, erklärte ich ihm, »und zweitens wird niemand etwas davon erfahren.«

»Angenommen, er kommt nach Hause, während Sie da oben sind?«

»Er ist in Paris«, sagte ich, »und ich handle in seinem Auftrag und ...«

»Nicht Mr. Fischer. Der Untermieter, Dr. Breit.«

»Dann schicken Sie ihn einfach hoch«, sagte ich. »Ich würde ihn gern kennenlernen.«

Schließlich begann er in einer Schublade zu kramen und reichte mir die Schlüssel für Fischers Wohnung. »Wenn jemand fragt«, sagte er, »haben Sie sich die Schlüssel selber aus dem Schreibtisch genommen. Von mir haben Sie sie jedenfalls nicht bekommen.«

»Wir sind uns nie begegnet«, versicherte ich ihm.

TJ und ich fuhren mit dem Lift in den dreizehnten Stock hinauf und fanden Fischers Wohnung. Es gab einen Klingelknopf, auf den ich drückte. Außerdem klopfte ich an die Tür. Nichts rührte sich. Ich steckte den Schlüssel ins Schloss, öffnete die Tür und betrat mit TJ im Schlepptau die Wohnung. Ich rief: »Harold? Harold Fischer?«, und ging durch den großen, hohen Raum, dessen Fenster sich auf den Park öffneten. Es gab eine Couch und zwei Sessel und einen Schreibtisch mit einem Computer darauf. TJ steuerte sofort darauf zu, ich sah mich in der Wohnung um. Im Schlafzimmer war das Bett gemacht, die Vorhänge waren zugezogen. Eins der Handtücher im Bad war noch feucht.

Als TJ nach mir rief, ging ich ins Wohnzimmer zurück, wo er am Computer saß. »Das solltest du dir unbedingt ansehen«, sagte er.

Ira Wentworth las den zweiseitigen Ausdruck ein paarmal durch und hielt nur hin und wieder inne, um den Kopf zu schütteln. Als er fertig war, blickte er auf und sagte: »Können Sie mir noch mal sagen, woher Sie das haben?«

»Aus dem Internet.«

»Sie wissen doch, was das ist, oder? Das ist ein Mord, der erst vor wenigen Stunden passiert ist. Haben sie in den Nachrichten überhaupt schon darüber berichtet?«

»Wir haben zum ersten Mal was davon gehört«, sagte TJ, »als wir das hier im Internet gelesen haben. Ich bin auf die Seite mit diesem ganzen Scheiß über die Hollander-Morde gegangen, auf der die User die wildesten Theorien über den Fall aufstellen.«

»Spinner«, sagte Wentworth im Ton von jemand, der sich in einer Küche umschaut und *Kakerlaken* sagt. Er blickte auf die Ausdrucke in seiner Hand, schüttelte erneut den Kopf und sagte: »Das ist der Mann, der vor wenigen Stunden in der Amsterdam, Ecke Eighty-eighth, dieses koreanische Mädchen ermordet hat, und er ist dabei genauso vorgegangen, wie er es hier schildert. Es ist zwar in einem anderen Revier passiert, aber alle reden darüber, weil es bei dieser Sorte Mord nicht bei einem bleibt. Da treibt ein Verrückter sein Unwesen, und er wird wieder zuschlagen.«

»Der hier hat auch vorher schon zugeschlagen.«

»Ja, keine Frage. Aber hier steht weder etwas über die Hollanders noch über Parkman. Und auch nichts, woraus hervorgeht, wer er ist.«

»Er deutet an, dass er sich mit Psychologie beschäftigt.«

»Der Typ ist ein Psycho, und noch dazu einer von der übelsten Sorte. Und Sie sagen, er heißt Breit?«

»Adam Breit.«

»Und wie wollen Sie ihn mit der ganzen Sache in Verbindung bringen? Sie haben es mir zwar schon erklärt, aber erklären Sie es mir noch mal.«

»Er hat Kristin Hollander kennengelernt«, begann ich, »als sie und ihr Exfreund eine Paartherapie bei ihm gemacht haben. Mit dem Freund und dessen Clique arbeitet er immer noch als Therapeut. Und er war Jason

Biermans Therapeut, ob allerdings in gerichtlichem Auftrag oder auf frei-williger Basis, weiß ich nicht.«

»Das ist dieser Penner, der die Wohnung in Coney Island hatte.«

In Midwood, dachte ich, verzichtete aber darauf, ihn zu korrigieren. »Er mietet sich im selben Haus ein, in dem auch Nadler wohnt«, fuhr ich statt-dessen fort, »und Nadler lädt ihn auf einen Drink zu sich ein und zeigt ihm seine Pistole.«

»Die später gestohlen wird und bei den Morden an den Hollanders und den Typen in Brooklyn zum Einsatz kommt.«

»Richtig.«

»Sieht alles schwer danach aus, dass er es war«, sagte Wentworth. »Aber wissen Sie, was wir haben? Wir haben alles, bloß keine Beweise.«

»Er hat das hier gepostet«, sagte TJ. »Höchstwahrscheinlich hat er dazu seinen eigenen PC verwendet, und wenn er es nicht gelöscht hat …«

»Selbst wenn«, sagte Wentworth. »Es gibt Spezialisten, die so was wie-der herstellen können, auch wenn man es gelöscht hat. Aber ohne Durch-suchungsbeschluss kommen wir nicht an seinen Computer ran. Ohne Durch-suchungsbeschluss dürfen wir nicht mal in seine Wohnung.«

»Es ist nicht seine Wohnung.«

»Er wohnt dort in Untermiete, oder?«

»Inwieweit er dazu überhaupt berechtigt ist, ist nicht ganz klar. Mög-licherweise ist er dort sogar eingezogen, ohne den Wohnungsbesitzer infor-miert zu haben.«

»Und der Wohnungsbesitzer?«

»Ist in Frankreich und nicht zu erreichen.« Ich deutete auf die Ausdru-cke in seiner Hand. »Genügt das denn nicht, um einen Durchsuchungsbe-schluss zu bekommen.«

»Das hier? Wie wollen Sie nachweisen, woher das überhaupt stammt?«

TJ deutete auf die linke obere Ecke der ersten Seite, wo in einer anderen Schrift eine Internetadresse stand. »Der Betreiber der Seite könnte feststel-len, über welchen Account das gepostet wurde.«

»Würde aber ewig dauern, oder?«

»Eine Weile schon.«

»Und sie müssten mit uns kooperieren. Nur haben es diese Internetty-pen nicht immer wahnsinnig eilig, einem zu helfen.«

»Das können Sie laut sagen.«

»Trotzdem, genau das haben wir getan«, sagte Wentworth. »Und wir haben den Zuständigen erreicht, worauf er uns telefonisch alles bestätigt hat. Natürlich gibt es Richter, die erst Beweise dafür sehen wollen, bevor sie einen Durchsuchungsbeschluss ausstellen.« Er grinste. »Aber nicht alle.«

Bis wir schließlich, bewaffnet mit einem Durchsuchungsbeschluss für Apartment 14-G in der Central Park West 242, City of New York, County of New York, State of New York, an besagter Adresse anrückten, war unsere Truppe um Dan Schering vom Twentieth Precinct erweitert sowie um zwei Detectives namens Hannon und Fisk vom 26. Revier und zwei weitere von der Mordkommission Manhattan North, deren Namen ich nie erfuhr. Auch ein Techniker der Spurensicherung mit einer Kamera und einem Rucksack voller Equipment war dabei. Im Foyer hatte noch derselbe Türsteher Dienst, aber wir gaben uns redlich Mühe, einander nicht wiederzuerkennen. Wentworth zeigte ihm den Durchsuchungsbeschluss, worauf er uns ohne Umschweife nach oben brachte.

»Statt des Briefkopfs von Arnold Fischer«, murmelte TJ, »hätte ich lieber einen Durchsuchungsbeschluss ausdrucken sollen. Hätte dir jedenfalls hundert Dollar erspart.«

»Nächstes Mal«, vertröstete ich ihn.

Der Türsteher schloss uns die Tür auf und trat zur Seite. Wentworth ging voran. Noch bevor ich auf den Computer zeigen konnte, hatte er ihn bereits entdeckt und steuerte darauf zu. Um keine Fingerabdrücke darauf zu hinterlassen, streifte er sich noch im Gehen einen Gummihandschuh über. »Die New Yorker Skyline«, bemerkte er, als er den Bildschirmschoner sah. »So, dann hoffen wir mal, er hat sein Geschreibsel so toll gefunden, dass er es nicht über sich gebracht hat, es zu löschen.«

Er streckte seinen gummibehandschuhten Zeigefinger aus und drückte auf eine Taste. Der Bildschirmschoner verschwand, und vor uns war Adam Breits letzte Nachricht. Wir hatten sie da gelassen, wo wir sie gefunden hatten.

»O Mann«, hauchte Wentworth. Er rief den Mann von der Spurensicherung zu sich und fragte ihn, ob er ein Foto des Bildschirms machen könnte. Der Techniker meinte, wegen des Blendeffekts sei das wahrscheinlich nicht ganz einfach, aber mit dem entsprechenden Filter müsste es gehen und er würde sehen, was sich machen ließ.

Der Mann machte sich an die Arbeit und Wentworth kam zu uns. Zuerst stand er nur da und schüttelte den Kopf. »Das ist fast zu schön, um wahr zu sein«, sagte er schließlich.

Wahrscheinlich hatte er recht. Es war ein bisschen zu schön, um wahr zu sein. Aber nur ein ganz kleines bisschen.

Die IP-Adresse auf dem Ausdruck, den wir für Wentworth gemacht hatten, gehörte zu einer tatsächlich existierenden Seite, die TJ schon die ganze vergangene Woche beobachtet hatte. Und Breit könnte seine Beobachtungen dort oder anderswo gepostet haben, nachdem er eine sichere Möglichkeit gefunden hatte, das zu tun, was er aber nicht hatte, und wir hatten sie auch nicht für ihn gepostet. Mit diesem Gedanken hatten wir zwar gespielt, denn TJ meinte, es gäbe eine Möglichkeit, das zu tun, aber es wäre ziemlich zeitaufwändig.

In der Hoffnung, dass Wentworth für bare Münze nähme, was wir ihm zeigten, hatte TJ deshalb die Adresse an der entsprechenden Stelle von Breits geöffneter Datei eingefügt und dann auf Breits Drucker ausgedruckt. Und hinterher hatte er diese Hinzufügung wieder gelöscht, sodass alles wieder so war, wie er es vorgefunden hatte.

Desktopfälschung Nummer zwei.

Die Polizisten im Raum streiften sich Gummihandschuhe über und benutzten das Telefon, was zur Folge hatte, dass weitere Cops und Techniker in die Wohnung kamen. Ein Mann suchte nach Fingerabdrücken, ein anderer tütete die Kleider im Wäschekorb ein, ein dritter durchsuchte den Kleiderschrank. Im Bad schraubte ein Mann, den ich kein bisschen um seinen Job beneidete, den Abfluss der Dusche auf und fischte ein Knäuel Haare und irgendwelchen unidentifizierbaren Schmodder heraus, was alles in eine Plastiktüte wanderte – keine Sekunde zu früh.

»Hier steht klipp und klar«, sagte Wentworth, »dass er das Kleenex in den Abfalleimer geworfen hat. Vielleicht hat er Fingerabdrücke wegge-wischt, vielleicht hat er seine hundert Dollar wieder an sich genommen, aber glauben Sie, er hat ihren Abfalleimer nach dem Kleenex durchsucht, in das er kurz zuvor abgespritzt hat?«

»Irgendwie kann ich mir das nicht vorstellen«, sagte ich.

»Seinen eigenen Aussagen zufolge«, sagte Wentworth, »hat er eine or-dentliche Ladung abgespritzt. Das müsste an sich genügend DNA sein, um ihn sechsmal zu verknacken.«

»Er hat geschrieben, es war befriedigend«, sagte ich, »aber irgendetwas anderes in ihm, ist vollkommen unbeteiligt geblieben.«

»Wenn die Justiz mit ihm fertig ist«, sagte er, »wird er das, glaube ich, nicht mehr behaupten können. Ich würde gern einen Fahndungsaufruf raus-lassen, aber wissen Sie, was wir nicht haben? Ein Foto von diesem Drecks-kerl. Wie kommt es, dass es hier nirgendwo ein Foto von diesem Typ gibt, obwohl er sich nur zu offensichtlich für den Allergrößten überhaupt hält?«

»Vielleicht denkt er, alle wissen, wie er aussieht.«

»Glauben Sie? Wissen Sie, wie er aussieht?«

»Nein, aber der Türsteher müsste es wissen.«

»Auf jeden Fall. Er soll ihn uns beschreiben, und dann setzen wir ihn mit einem Polizeizeichner zusammen. Dann können die Zeitungen was drucken, was kein bisschen aussieht wie er, aber was soll's? Haben Sie eine Ahnung, wo wir diesen Kerl finden könnten?«

»Bis vor kurzem wusste ich nicht mal, wie er heißt. Ich hätte nicht mal beweisen können, dass er überhaupt existiert.«

»Das soll wohl ein Nein sein?«

»Ich würde das Haus der Hollanders observieren lassen«, sagte ich.

»Dort habe ich bereits jemand postiert.«

»Ach? Haben Sie es doch genehmigt bekommen?«

Er verzog das Gesicht. »Ich habe angerufen und ihnen gesagt, zwei Strei-fenpolizisten in einem Auto hinzuschicken, um das Haus zu beobachten. Wenn sich ihm jemand nähert, sollen sie ihn anhalten und ausquetschen. Sobald ich eine Beschreibung von dem Kerl habe, gebe ich sie ihnen durch, um den fraglichen Personenkreis ein bisschen einzuengen.«

»Gut«, sagte ich. »Aber sagen Sie ihnen, auf keinen Fall ins Haus zu gehen. Dort ist nämlich jemand, der sie auf der Stelle einen Kopf kürzer macht, wenn sie es versuchen.«

»Also gut, vor dem Haus der Hollanders«, sagte Wentworth. »Wo sonst noch?«

»Er hatte ein Büro im Village«, sagte ich. »Im Broadway. Aber dort ist er ausgezogen, als er hier eingezogen ist. Er war beim Auszug noch mehrere Monatsmieten schuldig. Demnach wird er wohl kaum so verrückt sein und sich dort noch mal blicken lassen.«

»Hat er eine Freundin?«

»In dem Massagesalon hatte er eine«, flocht jemand ein. »Und was aus ihr geworden ist, sieht man ja.«

»Wie sieht es mit dieser Wohnung in Brooklyn aus?«, fragte Wentworth. »Dort vielleicht?«

»Coney Island«, verbesserte ihn jemand, und Dan Schering sagte: »Nein, in der Coney Island *Avenue*. Das ist irgendwo in Flatbush.«

»Eher in Midwood«, sagte ich.

»Ich will die Wohnung ja nicht gleich kaufen«, sagte Wentworth. »Ich frage mich nur, ob er sie möglicherweise als Versteck benutzt.«

»Sie ist schon wieder vermietet«, sagte ich, »ab dem Ersten nächsten Monats.«

»Aber jetzt steht sie noch leer?«

»Ich glaube schon.«

»Wäre doch ein super Unterschlupf«, sagte Wentworth.

»Ich habe mit einem Cop von dort draußen gesprochen«, sagte ich. »Ein Iverson, vom siebzigsten Revier.«

»Vielleicht sollte ihn mal jemand anrufen.«

»Mache ich«, sagte jemand. »Von welchem Revier noch mal?«

»Vom Siebzigsten«, sagte Wentworth. »Stimmt doch, oder, Matt? Es war das Siebzigste?«

»Ja«, sagte ich.

»Die Wache kenne ich«, sagte einer der Detectives von der Mordkommission. »Sie ist in der Lawrence Avenue, oder?«

»Keine Ahnung«, sagte ich. »Ich habe mich vor dem Haus mit ihm getroffen.«

»Klar, das Siebzigste«, sagte der Mann. »Richtig hässliche Wache.«

»Was du nicht sagst?«, frotzelte Schering. »Dann ist sie wohl die einzige ihrer Art in ganz New York.«

»Was ist mit dem Freund, den Sie vorhin erwähnt haben?«, sagte Wentworth.

»Dieses Arschloch hat einen Freund?«, flocht einer der anderen ein. »Was macht er dann in einem Massagesalon?«

»Doch nicht Breit«, sagte Wentworth. »Der Täter hatte natürlich keinen Freund. Willst du mich hier etwa verarschen?«

»Wo denkst du hin, Ira? Würde ich doch nie tun.«

»Machst du aber ständig«, sagte Wentworth, und an mich gewandt, fuhr er fort: »Kristin Hollander hatte doch einen Freund, oder nicht?«

»Sie haben sich vor über einem Jahr getrennt.«

»Aber haben Sie nicht erzählt, dass sie eine Paartherapie gemacht haben und so Breit kennengelernt haben?«

»Ja.«

»Und der Freund ist immer noch bei ihm in Behandlung?«

Ich nickte. »Vielleicht fährt er ja zu ihm raus und sucht bei ihm Unterschlupf. Das ist draußen beim Bushwick Terminal.«

Jemand wollte wissen, wie jemand, der noch halbwegs bei Verstand war, freiwillig dort raus fahren könnte, worauf jemand anders meinte, Breit sei ja auch nicht wirklich bei Verstand.

Darauf schlug ich vor: »Postieren Sie doch unten beim Türsteher jemand, wenn Sie das nicht sowieso schon getan haben.«

Wentworth nickte. »Genau. Am ehesten wird Breit hier auftauchen, und falls er das tut, kann es vielleicht nicht schaden, wenn ihn uns jemand zeigt.«

Kapitel 38

In New York City ein Jagdmesser zu kaufen ist nicht schwer.

Eine Schusswaffe zu kaufen ist dagegen, aus rechtlichen Gründen, sehr schwer. Man braucht dazu einen Waffenschein, und ein solcher ist nicht gerade leicht zu bekommen, und man muss neben dem Waffenschein auch noch zwei Lichtbildausweise vorlegen. Sich ein Messer zuzulegen ist wesentlich einfacher, weil die Bestrebungen, den Verkauf von Messern zu reglementieren, nicht wirklich vorankommen. Bestimmte Messertypen, hat er erfahren, sind grundsätzlich verboten und deshalb nicht käuflich erhältlich. Springmesser zum Beispiel oder Fallmesser. Man kann jedoch problemlos ein Messer kaufen, das sich in ein Springmesser umbauen lässt, und derselbe Händler, der es einem verkauft, hat auch einen simplen Bausatz im Angebot, mit dem man den Umbau selbst vornehmen kann. Das ist anscheinend erlaubt. Baut man allerdings ein Messer mit einem solchen Bausatz um, macht man sich wegen illegalen Waffenbesitzes strafbar.

Springmesser sind verboten, weil man sie mittels eines simplen Knopfdrucks in eine Waffe verwandeln kann. Dagegen sind normale Jagdmesser, die sich erst gar nicht einklappen lassen, von Anfang an eine Waffe. Man muss nicht mal auf einen Knopf drücken. Aber sie sind legal.

Wenn die Klinge allerdings eine gewisse Länge überschreitet, darf man auch ein Jagdmesser nicht mit sich führen. Dann ist es eine tödliche Waffe. Man darf es kaufen und in seinen eigenen vier Wänden Fingerroulette damit spielen oder es in den Wald mitnehmen, um Wild auszuweiden. Aber wenn man es innerhalb der Stadtgrenzen mit sich führt, verstößt man gegen das Gesetz.

Er verstößt gerade gegen das Gesetz.

Er hat ein Bowie-Messer einstecken. Es ist insgesamt 25 Zentimeter lang und hat eine 15 Zentimeter lange Klinge. Der Griff ist mit dunkelbraunem Leder umwickelt, und die Scheide ist aus stahlverstärktem schwarzem Leder, in das zwei gekreuzte Fahnen geprägt sind, eine davon das Sternenbanner, die andere die Konföderiertenflagge.

Die Scheide ist an seinem Gürtel befestigt, und er kann, wenn er beim Gehen die Arme an den Seiten hält, ihre beruhigende Anwesenheit spüren. Sein Sakko ist zwar lang genug, um sie zu verbergen, aber es hindert ihn nicht daran, an den Griff des Messers zu fassen und es zu ziehen. Die Scheide verfügt über einen kleinen Riemen mit einem Schnappverschluss, der das Messer sichert, aber wenn er möchte, kann er ihn auch offen lassen, um es schneller ziehen zu können.

Es ist sehr schön gearbeitet. Der Hersteller befindet sich in Birmingham, Alabama, und darum wird auf der Verpackung viel Gewese gemacht. Der Verkäufer im Sportgeschäft hat ihn ausdrücklich darauf hingewiesen, dass das Messer in Amerika hergestellt worden ist. Sind in Amerika produzierte Messer die besten? Oder unterstützen Käufer von Jagdmessern nur gern die amerikanische Wirtschaft?

Er weiß es nicht, und es interessiert ihn auch nicht. Er findet es schön, das Messer zu haben, genauso, wie er es schön gefunden hat, die Pistole zu haben. Schon lange, bevor er so weit war, Gebrauch davon zu machen, fast von dem Tag an, an dem er sie aus dem Schreibtisch dieses dämlichen Freudianers entwendet hat, hat er es genossen, sie versteckt an seinem Körper zu tragen, entweder in einer Tasche oder im Gürtel steckend, wo er sie berühren konnte, wenn ihm danach war.

Es erfüllt ihn mit Genugtuung, in der Öffentlichkeit bewaffnet zu sein, eine verdeckte Waffe zu tragen. Man weiß etwas, was sonst niemand weiß. Es verschafft einem eine gewisse Überlegenheit, eine geheime Überlegenheit. Man sitzt zum Beispiel in der U-Bahn und schaut sein Gegenüber an, und man weiß, man braucht nur seine Pistole zu ziehen und abzudrücken, und es gibt nichts, absolut nichts, was er dagegen tun kann.

Einmal, in einem dunklen Kinosaal, hat er die Pistole herausgenommen und auf den Nacken der Person direkt vor ihm gerichtet. Peng, hat er gedacht und die Pistole wieder in seine Tasche zurückgesteckt.

Als es dann endlich so weit war, als er bei diesem Penner Bierman zum ersten Mal von der Pistole Gebrauch gemacht hat, hat er sich diesen Moment vorher schon unzählige Male ausgemalt.

Und wohin soll er jetzt gehen, mit seinem schönen neuen Messer? Er kann frei über den Tag verfügen, tun und lassen, was er will. Soll er seinen Wagen aus der Garage holen und aufs Land fahren? Nach Hause gehen, es sich mit einem guten Buch gemütlich machen?

Er könnte in das Haus zurückkehren. Sein Haus, sein künftiges Zuhause. Der Hüne, der irische Gangster, muss inzwischen gegangen sein. Wenn nicht,

kann er ausprobieren, was der Mann gegen fünfzehn Zentimeter Stahl aus-
richtet, rasiermesserscharf geschliffen, mit einem Härtegrad von 400 auf der
Rockwell-Skala, was immer das bedeuten mag. Es ist auf jeden Fall ein Ver-
kaufsargument, wie der Hersteller auf der Verpackung hinausposaunt und der
Verkäufer ihm ausdrücklich erklärt hat.

Es bedeutet zweifellos, dass es hart ist, wie man das von Stahl erwartet. Er
stellt sich vor, wie ihn der Hüne wegschickt, wie er ihm sagt, er soll sich ver-
pissen, und wie dann seine grünen Augen beim Anblick des Messers in seiner
Hand größer werden.

Oder auch nicht, denkt er dann. Eine Messerklinge, so hoch ihre numerische
Härte auch sein mag, könnte am dicken Fell dieses Kerls auch brechen. Oder
genauer, er kann sich vorstellen, wie die Hand des Mannes, blitzschnell wie
eine Katze, vorschießt und ihm das Messer entwendet ...

Er will es ausprobieren.

In einem Restaurant, in dem er ein Sandwich isst und eine Tasse Kaffee
trinkt, schließt er sich in der Herrentoilette ein und übt, das Messer zu ziehen
und damit nach einem imaginären Gegner zu stoßen. Es gibt einen Spiegel,
und darin kann er die Bewegungen sehen, die er dabei macht. Es kommt ihm
so vor, als wäre es das Selbstverständlichste von der Welt, mit dem Messer zu
hantieren. Auch mit der Pistole hat er schnell umzugehen gelernt (und es hat
ihm in der Seele wehgetan, sich von ihr zu trennen, als sie ihren Zweck erfüllt
hat), aber beim Messer hat er den Eindruck, dass es da nichts zu lernen gibt,
oder genauer, dass seine Vertrautheit damit intuitiv und angeboren ist, dass
sie, ohne dass er sich ihrer bewusst war, so lange im Verborgenen geschlummert
hat, bis sie in dem Moment, in dem er es in die Hand genommen hat, zum Vor-
schein gekommen ist.

Vielleicht war er in einem früheren Leben ein Messerkämpfer. Vielleicht
war er sogar Jim Bowie persönlich, der Mann, der das verdammte Ding erfunden hat. Ist er nicht in Alamo den Heldentod gestorben? Im Kampf gefallen?

Mit seinem Lieblingsmesser in der Hand? Könnte doch sein.

Jemand versucht, die Tür zu öffnen. Sie ist abgeschlossen. Und wenn sie offen wäre? Ein Mann kommt herein, setzt zu einer Entschuldigung an, sieht das
Messer, versucht zurückzuweichen ...

Und er sieht sich die Klinge am Hemd des Mannes abwischen, das Messer in die Scheide zurückschieben und langsam aus dem Bad gehen, die Tür hinter sich zuziehen. An dem glatzköpfigen koreanischen Angestellten vorbeigehen, die Treppe hinuntersteigen ...

Nein, das war früher, das war im Massagesalon. Jetzt ist er in einem Restaurant, er hat gerade gegessen und ist nur auf die Toilette gegangen, und jetzt ist es Zeit zu zahlen und zu gehen.

Draußen auf der Straße sagt er sich, er hat sich alles nur eingebildet, mehr nicht. Eine Fantasie, die in eine Erinnerung abgeglitten ist. Nichts Bedenkliches, nichts, weswegen man sich Gedanken machen sollte.

Und was jetzt? Ein anderer Massagesalon?

Der Gedanke ist von schockierender Anziehungskraft. Das Einzige, was ihn daran nicht reizt, merkt er, ist die Sache mit der Massage. Er will nicht berührt, nicht sexuell erregt werden. Er will nur den Ausdruck in ihren Augen sehen, wenn das Messer in sie eindringt.

Er denkt nicht klar.

Zumindest so viel ist ihm bewusst. Er geht ziellos durch die Gegend, biegt bald links, bald rechts ab, betritt Geschäfte, schaut sich dort um, geht wieder nach draußen. Er sucht etwas und weiß nicht, was er sucht, und er kann nicht klar denken, das ist der entscheidende Punkt, und damit bringt er sich in Gefahr.

Er fasst unter sein Hemd, berührt sein Amulett.

Und dann weiß er, was er zu tun hat. Er muss nach Hause gehen und sich hinlegen, er muss ein Valium nehmen, er muss sich ausruhen. Er hat einen anstrengenden Tag hinter sich, seine Energievorräte sind erschöpft, und er muss ihnen ermöglichen, sich wieder aufzufüllen. Ein heißes Bad, ein Glas von Harold Fischers hervorragendem Single Malt, ein Valium und acht Stunden ungestörten Schlafs. Das ist, was er jetzt braucht und was er auch bekommen wird.

Er stellt sich an den Straßenrand, hebt die Hand, und zwei Taxis kommen über mehrere Fahrspuren hinweg auf ihn zugeschossen, um ihn dorthin zu bringen, wohin er will.

Er belohnt dasjenige, das ihn als Erstes erreicht, nennt dem Fahrer seine

Adresse, lässt sich in den Sitz sinken. Er berührt den Griff seines Messers, berührt die Rhodochrositscheibe.

Kraft und Klarheit. Er fühlt sich bereits besser.

In der Central Park West, eineinhalb Straßen vor seinem Ziel, hält das Taxi an einer roten Ampel. Ohne es geplant zu haben und ohne groß darüber nachzudenken, nimmt er Geld aus seiner Brieftasche und sagt: »Ich steige hier aus.« Sie stehen nicht am Straßenrand, rechts vom Taxi befindet sich noch eine Spur, aber egal. Er schiebt Geld durch die Durchreiche in der Trennwand, ignoriert die Proteste des Fahrers und steigt aus. Die Ampel ist rot, alle haben angehalten, und es ist ganz einfach, zwischen zwei Autos hindurch den Gehsteig zu erreichen.

Aber warum?

Es gibt einen Grund dafür, da ist er ganz sicher, und deshalb behält er die Augen offen und achtet genau auf seine Umgebung, als er auf der an den Park grenzenden Seite der Straße in Richtung Norden weitergeht. Und als er die Hälfte der Strecke zurückgelegt hat, weiß er, warum er sich nicht vor dem Haus hat absetzen lassen. Er weiß nicht, was ihn gewarnt hat, welche subtile Beobachtung ihn dazu veranlasst hat, aber es war richtig, sich davon leiten zu lassen.

Denn vor seinem Haus wimmelt es von Polizei.

Überall stehen Polizeiautos – an einem Hydranten, an einer Bushaltestelle, im Parkverbot um die Ecke. Ist irgendwo ein Feuerwehrauto zu sehen? Ein Krankenwagen? Nein, nur Polizeiautos. Und im Eingang steht ein Polizist in Uniform und unterhält sich mit dem Türsteher. Und dann ist da noch ein Mann, der keine Uniform trägt, aber durchaus eine tragen könnte.

Ist irgendwo ein Lkw einer Filmgesellschaft zu sehen? Sind Absperrungen errichtet worden, um die Schaulustigen fernzuhalten? Ständig wird in der Stadt gedreht, Filme und Fernsehserien oder auch nur Außenaufnahmen der Stadt, die für Produktionen verwendet werden, die zwar in New York spielen, aber in Los Angeles gedreht werden. Und viel von dem, was gefilmt wird, dreht sich um Kriminalität und Polizei. Man platzt in eine scheinbare Geiselnahme und begegnet höchstwahrscheinlich Jerry Orbach, der mehr wie ein Cop aussieht als jeder richtige Cop.

Aber Jerry Orbach ist nicht da. Niemand filmt.

Es ist aus, merkt er. Er hat nicht den geringsten Zweifel, dass er der Grund für die Anwesenheit dieser Polizisten ist. Und es ist nicht bloß ein einzelner Cop, der gekommen ist, um ihm ein paar Fragen zu stellen. Es ist ein ganzes Aufgebot, mit mehreren Fahrzeugen, und das heißt, sie waren in der Wohnung, und sie haben – wie sollte es auch anders sein? – bestimmt gelesen, was in seinem Computer steht, und höchstwahrscheinlich haben sie auch längst die kleine Masseuse in ihrem Schrank entdeckt, und – was soll es jetzt noch viel zu sagen geben? – es ist vorbei.

Und sie warten auf ihn. Sie stehen herum und warten auf ihn, und wenn er nicht, aus welchem Grund auch immer, etwas geahnt hätte und schon früher aus dem Taxi gestiegen wäre, wäre er ihnen direkt in die Arme gelaufen.

Aber er hat eine zweite Chance bekommen.

Er steuert auf die Tiefgarage zu, um sein Auto zu holen.

Man bekommt, was man bekommt, denkt er.

Und es liegt an einem selbst, was man daraus macht.

Er denkt an alt.crime.serialkillers. Dort wird er jetzt bestimmt einen eigenen Thread bekommen. Ganze Internetseiten werden sich nur um ihn und seine Taten drehen.

Und wie viele Cops werden wie viele Stunden damit verbringen, ihn zu suchen? Es gibt keine Fotos von ihm, dafür hat er gesorgt. Familienfotos und Highschooljahrbuchfotos natürlich schon, aber damals hieß er noch anders, und niemand, der nach Adam Breit sucht, kennt seinen damaligen Namen oder hat Zugang zu diesen Fotos. Sie können so viele Phantombilder in America's Most Wanted *zeigen, wie sie wollen. Es wird ihnen nichts nützen. Er wird die Sendung mit neuen Freunden in Spokane oder St. Paul schauen und mit ihnen den Kopf schütteln und seufzen. »Was für ein kranker Typ«, wird er sagen. »Ich hätte nichts dagegen, diesen Kerl hängen zu sehen. Ich würde sogar selbst am Seil ziehen.«*

Während er wartet, dass die Ampel umschaltet, lässt er die Hand an seine Seite sinken und befühlt das Messer, dann tastet er nach dem Amulett.

Und denkt an die Menschen, die ihn lieben.

Mein Gott, sie werden am Boden zerstört sein, wenn sie es hören. Peter und

Ruth Ann und Lucian und Marsha und Kieran, seine ganze kleine Familie, und was werden sie denken? Wie werden sie sich fühlen?

Er kann sie nicht einfach so zurücklassen.

Er wechselt die Spur, reißt das Steuer herum, hört hinter sich Bremsen quietschen, als er vor dem entgegenkommenden Verkehr wendet. Ein wütendes Hupkonzert ertönt, aber er hört es kaum. Er fährt in Richtung Delancey Street und Williamsburg Bridge los.

Wird er es rechtzeitig schaffen? Werden sie ihn mit der Liebe empfangen, die ihr größtes Geschenk an ihn ist? Oder wird er nur Angst und Entsetzen auf ihren Gesichtern sehen, wenn er zur Tür hereinkommt?

Er bremst am Straßenrand, springt aus dem Auto, rennt zur Haustür. Die Tür ist nicht abgeschlossen, und er reißt sie auf, und da sind Kieran und Ruth Ann, die von ihrer Tätigkeit aufblicken, und dort drüben ist der dicke Peter, der Putz abschlägt. Und was zeichnet sich in ihren Mienen ab? Entsetzen?

Nein, nein, es ist Überraschung, und es ist ganz normal, dass sie überrascht sind, denn sie haben nicht mit seinem Besuch gerechnet. Aber es ist freudige Überraschung, sieht er. Sie sind entzückt, ihre Augen leuchten vor Liebe. »Doc!«, rufen sie. »Doc, was machen Sie denn hier? Wie schön, Sie zu sehen, Doc!«

Er macht die Runde, umarmt sie der Reihe nach, und als er und Peter sich aus ihrer Umarmung lösen, hört er Schritte auf der Treppe, und als er sich umdreht, sieht er, wie sich Marsha und Lucian mit leuchtenden Augen zu ihnen gesellen. Alle sind da, seine ganze Familie, wie hätte er da einfach wegfahren und sie zurücklassen können, diese fünf wundervollen Menschen, die ihn so sehr lieben? Wie hat er das auch nur in Erwägung ziehen können?

Was hat er sich dabei gedacht?

Kapitel 39

Ich sah mir im Fernsehen gerade ein Baseballspiel an, als Wentworth anrief. Elaine machte Abendessen, und TJ war an ihrem Computer und installierte etwas darauf, was ihr ermöglichen würde, etwas, was sie ohnehin ihr ganzes Leben lang nie hatte tun wollen, mit weniger Aufwand zu erledigen.

Ich hatte vor einer Weile im Hollander-Haus angerufen und Kristins Anrufbeantworter gesagt, dass ich mit Ballou sprechen wollte. Als er abnahm, sagte ich ihm, dass das Haus jetzt von der Polizei bewacht wurde und seine Anwesenheit wahrscheinlich nicht mehr nötig war. Er sagte, dass er sie schon längst durchs Fenster entdeckt hatte und dass wahrscheinlich eine ganze Armee an ihnen vorbeimarschieren könnte, ohne dass sie es mitbekamen. Deshalb wollte er lieber noch bleiben, wenn ich nichts dagegen hätte. Die Lütte wäre eine gute Köchin und hätte ein Cribbage-Brett aufgetrieben, und er hätte ihr beigebracht, wie man es spielte.

»Cribbage?«, sagte ich. »Hab gar nicht gewusst, dass du das spielst.«

»Es gibt einiges, was du nicht weißt«, sagte er.

Dem konnte ich schwerlich widersprechen. Ich kehrte zu meinem Baseballspiel zurück, wo sich gerade ein Met-Pitcher mächtig abmühte. Er verdiente dieses Jahr fünf Millionen, und bisher hatte er zwei Spiele mehr gewonnen, als er verloren hatte. Ich ertappte mich bei dem Gedanken, wie viel Bob Gibson heutzutage verdienen würde oder Carl Hubbell oder …

Das Telefon läutete, und es war Ira Wentworth, der wissen wollte, ob ich gerade Zeit hätte. Ich sagte ihm, dass meine Frau Essen machte und ich mir ein Baseballspiel anschaute. Warum?

»Sie waren von Anfang an dabei«, sagte er, »und ich finde, es steht Ihnen zu, den Rest zu erfahren. Allerdings muss ich Ihnen gleich sagen, Sie wären besser beraten, wenn Sie blieben, wo Sie gerade sind.«

»Ich kann Ihnen nicht recht folgen.«

»Ich kann mir auch selbst nicht recht folgen«, sagte er. »Wenn Sie mitkommen wollen, warten Sie in fünf Minuten vor Ihrer Haustür. Dann komme ich vorbei und hole Sie ab.«

Elaine wollte Nudeln machen, und ich sagte ihr noch rechtzeitig, bevor das Wasser kochte, dass sie allein essen müsste. »Dann mache ich mir nur einen Salat«, sagte sie. »Und die Nudeln können wir immer noch essen, wenn du nach Hause kommst – und noch Hunger hast. Wo willst du hin?«

Ich sagte ihr, dass ich das nicht wusste. Ich holte TJ vom Computer weg, und wir gingen nach unten. Ein, zwei Minuten nachdem wir das Haus verlassen hatten, wendete ein etwa drei Jahre alter Ford mitten auf der Straße und hielt neben uns an. Ich öffnete die Tür und wollte Wentworth schon wegen seiner Fahrkünste ein Kompliment machen. Aber dann sah ich sein Gesicht und ließ es bleiben. Ich stieg neben ihm ein, TJ setzte sich auf den Rücksitz, und Wentworth fuhr los, bevor wir die Türen geschlossen hatten.

Er sagte: »Ich weiß selbst nicht, warum ich es so eilig habe. Keiner der Beteiligten wird weit kommen.«

»Was ist? Hat er sich irgendwo verschanzt?«

»In gewisser Weise.«

»Hat er Geiseln genommen?«

Er lachte, aber ohne jede Spur von Humor. »Dieselbe Antwort.«

Ich sagte nichts, und am Broadway bog er ab. Die Ampel war rot, aber er fuhr nur kurz langsamer, um sich zu vergewissern, dass kein anderes Auto kam, dann rauschte er über die Kreuzung. Er fuhr wie ein Cop und achtete darauf, niemand zu rammen, aber ansonsten hielt er sich nicht an die Verkehrsregeln.

Am Times Square nahm er den Broadway. Als wir uns der Thirty-fourth Street näherten, sagte Wentworth: »Wollen Sie nicht wissen, wohin wir fahren?«

»Ich dachte, das werden Sie mir schon irgendwann verraten.«

»Nach Brooklyn«, sagte er.

»In die Coney Island Avenue? Hat er sich doch dort verschanzt?«

Wentworth sagte nichts. An der Thirty-third Street standen an der roten Ampel zwei Autos nebeneinander und warteten geduldig, dass es grün wurde. Wentworth fuhr an ihnen vorbei, schoss über die Kreuzung, ordnete sich wieder ein. Jemand hupte.

»Keine Ahnung, warum jemand das macht«, sagte er. »Hupen, meine ich. Wenn er das tut, bin ich längst wieder aus seinem Leben verschwunden.«

»Wenn so jemand eine Knarre hätte«, sagte ich, »bräuchte er nicht zu hupen.«

»Ein bewaffneter Fahrer ist ein besonnener Fahrer«, sagte Wentworth. »Ich werde jetzt Folgendes machen, über die Houston zur Forsyth oder Eldridge rüber fahren – auf welcher man eben nach Süden runter kommt. Und dann weiter zur Delancey und über die Brücke.«

»Das ist aber die falsche Brücke«, sagte ich. »Wenn Sie die Manhattan Bridge nehmen, kommen Sie direkt zur Flatbush Avenue.«

»Danke für die Geographielektion«, sagte er. »Aber da fahren wir nicht hin.«

Ich weiß nicht, wie viel ich damals über die Sache wusste. Jedenfalls genug, um den Mund zu halten.

Als wir auf der Houston Street nach Westen fuhren, sagte er: »Irgendjemand hat den Freund erwähnt. Seinen Namen weiß ich nicht mehr – falls ich ihn überhaupt mal gewusst habe.«

»Peter Meredith.«

»Jedenfalls ist in Breits Wohnung irgendwann sein Name gefallen, und ich wollte schon jemand in Brooklyn anrufen, ob sie vielleicht einen Wagen und zwei Streifenpolizisten zu seiner Adresse schicken können. Aber dann dachte ich, dass sich sicher jemand anders darum kümmern würde, und außerdem hielt ich es nicht für so wichtig. Sie waren Patienten von ihm, und er ist Arzt, Psychotherapeut oder so was, da möchte man doch meinen, so jemand hat einen ganzen Aktenschrank voll Patienten. Soll man da also auf die geringe Wahrscheinlichkeit hin, dass er bei einem von ihnen auftaucht, alle observieren lassen?«

»Was ist passiert?«

»Ein Feuer«, sagte er. »Die Bude ist in Flammen aufgegangen wie so ein Lagerhaus im Kino. In der Meserole Street, nicht weit vom Bushwick Terminal. Ist das nicht, wo Sie gesagt haben, dass es war?«

»Ja.«

»Aber die Hausnummer wissen Sie nicht mehr, oder?«

Ich griff nach meinem Notizbuch, doch TJ sagte: »Einhundertachtundsechzig.«

»Das nenne ich ein Gedächtnis, Tom Jones.«

»Er war ja auch schon mal dort«, sagte ich.

»Wann?«

»Vor ein paar Tagen«, sagte TJ. »Hab alle bis auf einen kennengelernt. Sie haben mir gezeigt, was sie dort machen, was sie alles renovieren und so.«

»Sie haben dich einfach überall rumgeführt?«

»Sie haben gedacht, ich bin vom Bauamt«, sagte TJ. »Sie haben einiges gemacht an dem Haus.«

»Hat aber nichts genützt«, sagte Wentworth. »Das Haus ist nicht mehr wiederzuerkennen.«

Es hatte eine Weile gedauert, das Feuer zu löschen, aber als wir hinkamen, war es aus, und der letzte Löschwagen fuhr gerade weg, als Wentworth neben dem roten Wagen eines NYFD-Inspektors parkte.

Ich sah zwar die Schaulustigen, die in ihren schweren Stiefeln herumstapfenden Feuermänner und das Haus mit seinen fehlenden Fenstern und den großen ins Dach geschlagenen Löchern, aber ich nahm kaum Notiz davon. Begleitet von einem Brandinspektor und einem Cop vom zuständigen Revier, gingen wir rein. Drinnen waren mehrere Techniker von der Spurensicherung und ein Rechtsmediziner zugange.

Wir stiegen erst die Treppe in den zweiten Stock hoch und arbeiteten uns von dort nach unten vor. Die meisten Innenwände waren im Zug der Renovierungsarbeiten entfernt worden, sodass wir nicht von Zimmer zu Zimmer gehen mussten. Jedes Stockwerk bestand aus einem einzigen Raum, und in jedem waren Tote.

Im obersten Stock lag ein großer, korpulenter Mann auf der Seite; ein Arm war unter seinem Körper eingeklemmt, der andere stand seitlich davon ab. Das Feuer hatte ihm schwer zugesetzt, und von seinem Gesicht war nicht mehr genug übrig, um sich vorstellen zu können, wie er einmal ausgesehen hatte.

»Es wurde zweimal auf ihn eingestochen, vielleicht auch öfter«, sagte jemand. »Sie wurden alle erstochen, obwohl das bei einigen besser zu erkennen ist als bei anderen. Überall stehen leere Salzsäurekanister rum. Man verwendet sie dazu, um Putzreste von den Wänden zu lösen, und es sieht so aus, als hätten sie sich die Säure ins Gesicht geschüttet. Es wird allerdings eine Weile dauern, bis wir sagen können, wie viel Schaden die Säure und wie viel das Feuer angerichtet hat, weil alle auch noch mit Brandbeschleuniger übergossen worden sind, bevor das Haus abgefackelt worden ist.«

TJ sagte, wegen seiner enormen Leibesfülle müsse der Tote Peter Meredith sein. Einen Stock tiefer fanden wir zwei weitere Leichen, die auf dieselbe Weise getötet und auf dieselbe Weise entstellt und verbrannt worden waren. Hier war sich TJ nicht so sicher, äußerte aber die Vermutung, dass wir die sterblichen Überreste von Marsha Kittredge und Lucian Bemis vor uns hatten. Sie lagen Seite an Seite, und die kleinere Gestalt kuschelte sich in die Armbeuge der größeren.

Im Erdgeschoss, zumindest im vorderen Bereich des Hauses, wo die zwei Leichen lagen, war das Feuer nicht ganz so intensiv gewesen. Hände und Gesicht des Mannes waren mit Salzsäure übergossen worden, und sein Haar und der größte Teil seiner Kleider waren vollständig verbrannt, aber die Stichwunden in seiner Brust waren gut zu erkennen.

»Kieran Eklund«, sagte TJ. »Hab ihn zwar nie kennengelernt, aber das hier ist Ruth Ann Lipinsky. Es ist grade noch genug von ihr übrig, um sie erkennen zu können.«

Sie lag einen Meter von ihm entfernt, ihr Gesicht von der Säure zerfressen, ihr Haar vom Feuer weggebrannt, ihre Kehle aufgeschlitzt. Das aus der Wunde ausgetretene Blut hatte eine Pfütze gebildet, und große blutige Fußabdrücke führten, auch nach dem Brand noch deutlich erkennbar, quer durch den Raum zu einer Treppe auf der Rückseite.

»Er ist durch den Hinterausgang raus«, sagte ich, doch der Brandinspektor schüttelte den Kopf.

»Der ist nirgendwohin.«

Die Kellertreppe war fast vollständig verbrannt. Über ihre Überreste war eine Metallleiter mit der Aufschrift FDNY gelehnt, und wir kletterten sie einer nach dem anderen hinunter. Der Kellerboden stand etwa zehn Zentimeter hoch unter Wasser.

Am Fuß der Treppe lag ein Haufen Lumpen. Nur waren es keine Lumpen.

»Der ist am knusprigsten von allen geröstet«, sagte der Brandinspektor und stieß mit der Stiefelspitze gegen die Leiche. »Was da neben ihm liegt, ist ein Jagdmesser, und wie hoch, glauben Sie, ist die Wahrscheinlichkeit, dass es das ist, mit dem die Leute da oben erstochen worden sind? Ziemlich hoch, würde ich sagen. Wollen Sie wissen, was passiert ist?«

»Nichts lieber als das«, sagte Wentworth.

»Ich kann Ihnen vorerst nur sagen, wie wir den Hergang anhand unserer vorläufigen Beobachtungen rekonstruiert haben. Daran kann sich natürlich noch verschiedenes ändern, wenn wir so weit sind, dass wir einen endgültigen Bericht vorlegen können.«

»Klar.«

»Er hat sich von Stockwerk zu Stockwerk vorgearbeitet. Angefangen hat er im obersten, wo er als Erstes den einzelnen Mann umgebracht hat. Dann ist er eine Etage tiefer gekommen und hat den Mann und die Frau dort erledigt, und zum Schluss musste das Paar im Erdgeschoss dran glauben. Wie er das allerdings geschafft hat, ohne dass ihm jemand Widerstand geleistet hat, ist eine Frage, die zu beantworten zum Glück nicht meine Aufgabe ist.«

»Sie waren Patienten von ihm«, sagte ich. »Er war so was wie eine Vaterfigur oder ein Guru für sie.«

»Vielleicht haben sie auch vorher alle Kool-Aid getrunken«, sagte Wentworth.

»Jedenfalls, nachdem er den Letzten umgebracht hat«, sagte der Brandinspektor, »ist er wieder nach oben gegangen und hat die Leichen mit Salzsäure übergossen, und zum Schluss hat er noch überall Brandbeschleuniger verteilt. Wie es aussieht, hatte er jede Menge davon zur Verfügung, und offensichtlich hat er auch alles verwendet. Universalverdünnung, Terpentin, Fugenmaterial, verschiedene Lösungsmittel. Das waren alles Künstler, und mit ihrem Künstlerbedarf und den Materialien für die Renovierung hatten sie hier genügend Brandbeschleuniger rumstehen, um den Mount Everest damit einzuäschern. Zuerst hat er sich von oben nach unten vorgearbeitet, um sie der Reihe nach umzubringen, und dann hat er die ganze Tour noch mal mit der Säure und den Brandbeschleunigern gemacht.

»Als er das zweite Mal unten angekommen ist, ist ihm wohl der Brandbeschleuniger ausgegangen, oder vielleicht hat ihm auch gedämmert, dass er lieber abhauen sollte, bevor der ganze Laden in Flammen aufgeht. Deshalb ist er mit dem Brandbeschleuniger etwas sparsamer umgegangen, und er ist auch in das Blut getreten und hat es über den Boden verteilt.«

»Da hätte er lieber besser aufpassen sollen«, sagte jemand.

»Hier unten«, fuhr der Inspektor fort, »ist das, wofür er sich den Rest des Brandbeschleunigers aufgespart hat, und das war auch vollkommen richtig so, weil sich Feuer nach oben ausbreitet, nicht nach unten. Er hat das Zeug überall verteilt, und dann hat er was getan, was man lieber nicht tun sollte, wenn man ein Haus abfackeln will.«

»Eine Zigarette angezündet?«

»Das könnte er getan haben, wenn er wirklich blöd war. Wenn er nicht ganz so blöd war, würde ich sagen, hat er gedacht, ein bisschen mehr Licht könnte nicht schaden, und mit dem Schalter dort drüben das Licht eingeschaltet. Wenn man einen Lichtschalter betätigt, kann ein kleiner Funke entstehen. Man sieht ihn nicht, und er ist eigentlich harmlos – außer man ist in einem Raum voller flüchtiger Gase, was er eindeutig war. Wumm – es kommt auf der Stelle zu einer Explosion, alles geht sofort in Flammen auf, und es bleibt nur zu hoffen, dass er nächstes Mal klüger ist.«

»Immer diese Scheißelektrizität«, sagte jemand. »Hätte er lieber eine Kerze genommen.«

»Von wegen«, sagte der Inspektor. »Noch eine letzte Möglichkeit, bevor Sie hier alle Schluss machen und nach Hause fahren können, wo ein Abendessen auf Sie wartet, auf das Ihnen wahrscheinlich inzwischen der Appetit vergangen ist. Es ist durchaus möglich, dass er wusste, was er tat. Wenn er zu der Überzeugung gelangt ist, dass das Spiel aus ist, und wenn er seinen Anhängern im Jenseits Gesellschaft leisten wollte, dann war das eine Möglichkeit, es schnell hinter sich zu bringen. War vielleicht nicht sonderlich angenehm, solange es gedauert hat, aber lang hat es ja auch bestimmt nicht gedauert. Noch Fragen, meine Herren?«

»Hat jemand eine Taschenlampe?«, fragte Wentworth, und als ihm eine gereicht wurde, fügte er hinzu: »Ist es okay, sie anzumachen? Ist das unbedenklich?«

»Ich glaube nicht, dass beim Einschalten einer Taschenlampe ein Funke entsteht«, sagte der Inspektor. »Und falls Sie's noch nicht gemerkt haben, hier hat es bereits gebrannt.«

»Ich habe da was an der Wand gesehen«, sagte Wentworth und knipste die Taschenlampe an.

»Das ist mir auch schon aufgefallen«, sagte der Inspektor. »Erst habe ich es für Blut gehalten, aber es sieht eher wie rote Farbe aus.«

»›Ich kam wie Wasser und gehe wie Wind. Aubrey Beardsley.‹ Wer ist Aubrey Beardsley?«

»Ein Illustrator«, sagte ich. »Er hat um die vorige Jahrhundertwende gelebt. Aber dieser Spruch stammt nicht von ihm. Er ist aus dem *Rubaijat des Omar Chayyam.*«

»Vielleicht war Beardsley leichter zu buchstabieren«, schlug jemand als Erklärung vor.

Wentworth sagte: »Arden Brill, Adam Breit, Aubrey Beardsley. Schätze mal, er wollte sich nicht von seinen mit Monogramm versehenen Koffern trennen.« Er richtete die Taschenlampe auf die Überreste unseres geheimnisvollen Unbekannten. »Und? Kommt er jemand bekannt vor?«

Er sah nicht einmal wie ein Mensch aus. Doch dann stach mir etwas ins Auge, und ich griff nach der Taschenlampe. Ich bückte mich und richtete sie auf eine Stelle, wo ich etwas hatte aufblitzen sehen. Ich streckte die Hand danach aus und nahm es an mich.

Eine Goldkette. Ihre Glieder waren geschmolzen. Und an ihr hing eine o-förmige Scheibe aus einem rosafarbenen gefleckten Stein.

Kapitel 40

Am Samstag war das letzte Konzert der diesjährigen Mostly-Mozart-Fest-spiele. Ich begleitete Elaine, und hinterher gingen wir noch essen. Die Fest-spiele hatten nur vier Wochen gedauert, aber sie hatten die musikalische Un-termalung für mehr Blutvergießen geliefert, als eine Oper durchschnittlich zu bieten hat. Der Blutzoll war ziemlich hoch – Byrne und Susan Hollander, Jason Bierman, Carl Ivanko, Lia Parkman, Deena Sur aus dem Massagesalon, Peter Meredith und seine vier Mitbewohner und zu guter Letzt Adam Breit oder Arden Brill oder Aubrey Beardsley, Sie können es sich selbst aussuchen.

Das war ein volles Dutzend, und Mitte nächster Woche erhöhte sich die-se Zahl sogar auf dreizehn, als Ira Wentworth aus einem Gefühl heraus ein paar nicht identifizierte Leichen, die sich im Lauf der letzten acht, zehn Mo-nate angesammelt hatten, in der Rechtsmedizin noch einmal untersuchen ließ. Eine Wasserleiche, die im Frühling, nachdem sie vorher schon ein paar Monate im Wasser gelegen hatte, aus dem Hudson geborgen worden war, ließ sich mithilfe zahnärztlicher Unterlagen als Harold Fischers sterbliche Überreste identifizieren. Der renommierte Paläontologe hielt sich keines-wegs in Frankreich auf, und jetzt war auch klar, wie sich Adam Breit, der im Broadway, Ecke Waverly die Miete nicht hatte zahlen können, plötzlich eine luxuriöse Wohnung in einem schönen Haus in der Central Park West hatte leisten können.

Ich ging mit Wentworth in die Küche und machte eine Kanne Kaffee, über die er sich wieder einmal in den höchsten Tönen äußerte. Als ich ihn fragte, ob sich anhand irgendwelcher zahnärztlichen Unterlagen oder sons-tiger Dokumente definitiv sagen ließ, dass die Leiche im Keller definitiv un-ser Adam Breit alias Arden Brill war, sagte er: »Eigentlich muss er es doch sein.«

»Wäre trotzdem nicht schlecht, Gewissheit zu haben. Wie sieht es mit DNA aus? Lässt sich von einer verkohlten Leiche keine brauchbare Probe entnehmen?«

»Das geht sogar mit Dinosaurierknochen«, sagte Wentworth. »Du hast doch sicher *Jurassic Park* gesehen. DNA haben sie mehr als genug, das ist nicht das Problem.«

»Sondern?«

»Sie haben nichts, womit sie sich vergleichen ließe.«

»Was ist mit dem Kleenex aus dem Massagesalon?«

»Jemand hat den Abfalleimer mit den ganzen Papiertüchern durchsucht«, sagte er. »Wenn ich übrigens mal rumzujammern anfangen sollte, dass ich den schrecklichsten Job in ganz Amerika habe, erinnere mich bitte an diesen armen Teufel, ja? Jedenfalls haben sie alles durchsucht und nichts darunter gefunden, was gepasst hat. Das könnte heißen, der Kerl war ein kriminelles Genie und hat tatsächlich sein vollgewichstes Kleenex aus dem Abfalleimer gefischt, oder dieser kleine wissenschaftliche Eintrag, den wir in seinem Computer gefunden haben, basiert auf einer Lüge.«

»Meinst du, er war gar nicht in dem Massagesalon?«

»Nein, das schon. Aber abgespritzt hat er nicht. Er ist nicht gekommen, und deshalb bestand für das Mädchen kein Grund, ein Kleenex zu verwenden, und deshalb gab es auch keine DNA, die sie hätte wegwerfen können. Und das war vermutlich der Grund, weshalb er sie umgebracht hat. Allerdings wollte er sich nicht eingestehen, dass er es sexuell nicht gebracht hat, und deshalb hat er sich eingeredet, dass das gar nicht stimmt, und dass es in Wirklichkeit so gewesen ist, wie er es dann aufgeschrieben hat.«

»Nach dem Motto: ›Ich mag zwar ein Mörder sein, aber ein Schlappschwanz bin ich nicht.‹«

»Etwas in der Art, ja.«

»Das wäre eine Möglichkeit«, sagte ich. »Aber es gäbe auch noch eine andere Erklärung.«

»An die will ich erst gar nicht denken.«

»Er hat seinen Tod bereits einmal vorgetäuscht«, sagte ich, »und an seiner Stelle einen Strohmann dagelassen.«

»Jason Bierman.«

»Mhm. Der Brandinspektor hatte zwei mögliche Erklärungen. Entweder hat er die Explosion und das Feuer versehentlich ausgelöst, bevor er das Haus verlassen hat, oder er wollte mit dem sinkenden Schiff untergehen. Mir ist allerdings sofort eine dritte eingefallen.«

»Mir auch. Willst du wissen, was mich am meisten gestört hat?«

»Die blutigen Fußabdrücke.«

»Ganz genau. Die blutigen Fußabdrücke. Sie führen direkt zur

Kellertreppe, damit wir sofort merken, wo wir nachsehen sollen. Weißt du, welches Wort mir in diesem Zusammenhang als Erstes eingefallen ist? Raffiniert.«

»Auch das ist etwas, was er schon mal getan hat.«

»Jedes Mal, wenn er die Gelegenheit dazu hatte.«

»Wie sieht es mit zahnärztlichen Unterlagen aus, Ira? Feuer hin oder her, er hat immer noch Zähne in seinem Mund.«

»Natürlich. Aber womit willst du sie vergleichen? Auch die Wasserleiche im Hudson hatte Zähne. Weitergebracht haben sie uns allerdings erst, als uns klar wurde, dass wir uns mal Harold Fischers zahnärztliche Unterlagen ansehen sollten. Das Problem mit Adam Breit ist, dass wir nicht die leiseste Ahnung haben, wer er war, bevor er Adam Breit geworden ist. Bis auf die eineinhalb Jahre in dem Haus im Broadway, Ecke Waverly und die acht Monate in der Central Park West hat er in New York nie unter diesem Namen gelebt, und nicht einmal dafür gibt es irgendwelche amtlichen Unterlagen. Er hat unter diesem Namen nie an einer amerikanischen Universität Medizin studiert und ist auch keiner Ärztegesellschaft beigetreten. Hat er seine Zulassung als Psychotherapeut vielleicht nur gefälscht? Allzu schwer dürfte das jedenfalls nicht sein. Man muss nie einen Blinddarm herausnehmen oder ein Röntgenbild lesen. Als Therapeut muss man nur hin und wieder nicken und irgendwas Einfühlsames sagen wie: ›Und was hatten Sie dabei für ein Gefühl?‹ Es gibt Hochstapler, die sich absolut überzeugend als Ärzte, Anwälte und Sidney Poitiers Sohn ausgegeben haben.«

»Und als Tochter des russischen Zaren«, sagte ich.

»Sich als Psychotherapeut auszugeben, dürfte im Vergleich dazu ein Kinderspiel sein«, sagte Wentworth. »Vor allem, wenn man bedenkt, dass die Hälfte von denen sowieso komplett unfähig sind.«

Ich holte die Kaffeekanne und schenkte uns nach. »Fingerabdrücke haben wir wahrscheinlich auch keine, oder?«

»Soll das ein Witz sein? Es sind kaum Finger übrig. Wir haben zwar ein paar, wenn auch weiß Gott nicht viele Fingerabdrücke in der Wohnung in der Central Park West gefunden, aber es lässt sich unmöglich feststellen, welche seine sind.«

»Wie das?«

»Wir konnten nicht feststellen, welche die prädominanten waren. Ich glaube, er hat viele weggewischt, und es würde mich nicht wundern, wenn er, was Fingerabdrücke angeht, generell sehr vorsichtig war. Von den Fingerabdrücken, die wir gefunden haben, ist anzunehmen, dass sie zum Teil von den Leuten aus der Meserole Street stammen. Sie waren ständig zu Einzel- und Gruppensitzungen bei ihrem furchtlosen Führer. Und für einen Vergleich fehlen uns ihre Abdrücke, weil die Salzsäure, die nicht ihre Gesichter zerfressen hat, auf ihre Hände gekommen ist, und zudem sind sie durch das Feuer zerstört worden.«

»Eine Fehlanzeige nach der anderen«, sagte ich.

»Allerdings.«

Ich nahm einen Schluck Kaffee. »Wie ist er eigentlich hingekommen?«

»Wohin? Nach Brooklyn?«

»Zu Fuß gegangen ist er jedenfalls nicht.«

»Mit der U-Bahn, schätze ich. Außer er hat einen Taxifahrer gefunden, der ihn nach Brooklyn gefahren hat. Übrigens hat niemand die Fahrt verbucht, was aber nicht heißt, dass sie nicht jemand gemacht hat.«

»Hatte er ein Auto?«

»Soviel wir wissen, nicht. Bei der DMV ist jedenfalls kein Fahrzeug auf diesen Namen zugelassen.«

»Also, ich glaube, er hatte ein Auto.«

»Unter einem anderen Namen? Ja, das könnte sein.«

»Ich glaube, er hatte eins, als er und Ivanko die Hollanders umgebracht haben. Das habe ich von Anfang an vermutet.«

»Durchaus möglich. Es heißt aber nicht, dass er damit in die Meserole Street gefahren ist.«

»Nein.«

»Diesmal hatte er nicht zwei Kopfkissenbezüge voller Diebesgut dabei, Matt. Er hätte mit der U-Bahn fahren können, ohne dass jemand auf ihn aufmerksam geworden wäre.«

»Allerdings.«

»Oder er hätte auch mit einem der Leute aus der Meserole Street zu ihnen rausfahren können. Er könnte sie angerufen haben, damit ihn jemand abholen kommt. Sie haben ja auch keinerlei Gegenwehr geleistet, als er durchs Haus gegangen ist und einen nach dem anderen abgemurkst hat.

Insofern ist durchaus denkbar, dass er nur mit den Fingern schnippen musste, damit ihn einer von ihnen abholen gekommen ist.«

»Keine Frage. Das hätten sie bestimmt gemacht.«

»Selbst wenn er ein Auto hatte«, sagte Wentworth, »ist er an diesem Tag wahrscheinlich anders in die Meserole Street gekommen. Er hat das Auto in der Garage gelassen oder irgendwo am Straßenrand geparkt. Und früher oder später wird es abgeschleppt, und wenn niemand Anspruch darauf erhebt, wird es irgendwann versteigert. Aber weil es auf einen anderen Namen zugelassen ist, werden wir nichts davon mitbekommen.«

»Mhm.«

Darauf schwiegen wir eine Weile, bis Wentworth sagte: »Und wenn er doch mit dem Auto hingefahren ist, müsste es vor dem Haus gestanden haben.«

»Möchte man eigentlich meinen.«

»Hat es aber nicht. Natürlich könnte er den Schlüssel stecken gelassen haben, sodass es jetzt weiß Gott wo sein könnte.«

»Mhm.«

»Oder er hat den Schlüssel nicht stecken gelassen, aber mit dem gleichen Ergebnis. In einer Gegend wie dieser lernen die Kids schon, ein Auto zu knacken, bevor sie damit fahren können.«

»Klar, auch das wäre eine Möglichkeit.«

»Aber dann wäre immer noch die Frage, woher er auf die Schnelle einen Strohmann herbekommen hat? Meinst du, er ist einfach vor die Tür gegangen und hat sich jemand ausgesucht?«

»Leichter gesagt als getan.«

»Genau. Und wurde jemand vermisst gemeldet?«

»Nicht, dass ich wüsste.«

»Ganz richtig«, sagte er. »Keine Vermisstenmeldungen. Aber wie viele Leute werden andererseits vermisst, ohne dass es angezeigt wird? Also, ich glaube, er ist es, Matt.«

»Das glaube ich auch.«

»Er hatte die Brieftasche einstecken. Nach dem Feuer und dem Löschwasser war zwar nicht mehr viel davon übrig, aber es war ein Ausweis drin. Ein Bibliotheksausweis, einer dieser Studentenausweise, wie man sie am

Times Square bekommt. Eins dieser Dinger, die man sich mit einem falschen Namen zulegt.«

»Kein Führerschein?«

»Kein Führerschein, keine Zulassungspapiere. Was ebenfalls darauf hindeutet, dass er kein Auto hatte.«

»Oder dass Führerschein und Zulassung auf einen anderen Namen laufen, und er sie gesondert aufbewahrt hat – und absichtlich nicht der Leiche untergeschoben hat, weil er sie später noch mal verwenden wollte.«

»Du meinst, wenn er auf Nimmerwiedersehen verschwunden wäre? Aber kann dich vielleicht das überzeugen? Er hat Geld in der Brieftasche gelassen. Ich meine, wer wirft schon Geld weg?«

»Wie viel Geld?«

»Hundertsiebzig Dollar«, sagte er. »Und das ist, um deinem Gedächtnis ein wenig nachzuhelfen, genau der Betrag, mit dem er den Massagesalon verlassen hat, wie er in seinem Post großspurig getönt hat. Sein Hunderter plus drei Zwanziger und ein Zehner.«

»Der exakte Betrag.«

»Ja.«

»Er ist den ganzen Tag lang in der Stadt unterwegs und hat am Ende genau diesen Betrag einstecken?«

Wir sahen einander an, und Wentworth bekam große Augen und sagte: »Weißt du, welches Wort mir da in den Sinn kommt?«

»Ich glaube schon.«

»Raffiniert.«

»Genau.«

»Also wirklich«, sagte er. »Ich lasse mich jetzt nicht noch verrückter machen, als ich sowieso schon bin. Solange kein triftiger Grund besteht, etwas anderes anzunehmen, ist er es, der da unten liegt.«

»Das glaube ich auch.«

»Er ist tot«, sagte Wentworth. »Und wenn er tatsächlich aus irgendeinem Grund nicht tot sein sollte, ist er zumindest nicht mehr hier. Und wenn er nicht mehr hier ist, kann sich jemand anders mit ihm herumärgern. Was stand gleich wieder auf dieser Kellerwand?«

»›Ich kam wie Wasser und gehe wie Wind.‹«

»Da kann ich nur sagen, wie ein richtig mieser Wind.«

Es war etwa eine Woche später, als Elaine ans Telefon ging und sich ein paar Minuten angeregt mit jemand unterhielt, bevor sie den Hörer zuhielt und zu mir sagte: »Für dich. Es ist Andy.«

Und er war es tatsächlich. Er riefe nur an, erklärte er, um mir zu sagen, dass er wieder umgezogen sei. Er hatte in Tucson seine Zelte abgebrochen, erzählte er, und war ein bisschen rumgereist und hatte dabei etwas vom Land gesehen, und jetzt war er in Coeur d'Alene, Idaho, das von Spokane ein Stück den Fluss rauf lag.

»In ein paar Monaten«, sagte er, »werde ich mich wahrscheinlich wieder nach Tucson zurücksehnen, weil alle sagen, dass die Winter hier richtig hart sind. Aber ich muss sagen, bisher finde ich es richtig klasse.« Er arbeitete als Barkeeper, erzählte er, und hatte ein schönes Zimmer, das zu Fuß nur fünf Minuten von der Bar entfernt war, in der er arbeitete.

»Selbst wenn ich ein bisschen zu viel getankt habe«, sagte er, »komme ich problemlos nach Hause. Ich muss nicht mal irgendwelche breiten Straßen überqueren.«

»Das ist immer gut«, sagte ich.

»Apropos zu viel getankt«, sagte er. »Das war wirklich daneben, was ich nach der Beerdigung im Hershey's gesagt habe. Wahrscheinlich war ich einfach, wie soll ich sagen, ein bisschen aufgewühlt und durcheinander.«

»Alles längst vergessen.«

»Was ich damit wahrscheinlich sagen will, ist, dass ich mich entschuldigen möchte.«

Ich versicherte ihm, es wäre alles längst vergessen und vergeben, und dann notierte ich mir seine neue Adresse und Telefonnummer, und wir versprachen einander, in Verbindung zu bleiben. Zu Elaine sagte ich hinterher: »Ich fand das richtig nett, aber wie das bei solchen Gesprächen eben ist, war es wie ein Eisberg.«

»Meinst du, kalt? Den Eindruck hatte ich aber nicht.«

»Nein, unsichtbar«, sagte ich. »Hauptsächlich unter Wasser. Er weiß, woher das Geld gekommen ist.«

»Hat Michael es ihm erzählt?«

»Nicht so direkt. Ich schätze, Michael hat es ihm gesagt, ohne es ihm zu sagen. Genauso, wie Andy mir gerade gesagt hat, dass er es weiß, und sich dafür bedankt hat.«

»Er ist jetzt in Idaho, hat er mir erzählt.«

»Ja, er arbeitet in einer Bar, nicht weit von Spokane, Washington, nur ein Stück weiter den Fluss rauf. Und er wohnt so nahe an seinem Arbeitsplatz, dass er es problemlos zu Fuß nach Hause schafft, egal, wie betrunken er ist.«

»Machst du dir seinetwegen Sorgen?«

»Wieso soll ich mir seinetwegen Sorgen machen?«

»Das ist nicht, was ich dich gefragt habe.«

»Nein, schon klar. Aber ich weiß nicht, ob *Sorgen machen* das richtige Wort ist. Ich kann mir nur nicht vorstellen, dass sich irgendetwas ändern wird. Menschen können sich natürlich ändern, aber nur, wenn sie müssen. Tucson ist nur wieder so eine Geschichte, wo er gerade noch mal davongekommen ist. Das Ganze hätte wirklich dumm ausgehen können, aber er hat gerade noch mal seinen Kopf aus der Schlinge gezogen.«

»Und nächstes Mal?«

»Ein nächstes Mal wird es bestimmt geben«, sagte ich, »und vielleicht auch noch das eine oder andere Mal danach, und alles, was ich tun kann, ist hoffen, dass er danach noch am Leben ist und nicht im Gefängnis landet. Er ist mir nicht gleichgültig, weil er mein Sohn ist, aber es betrifft mich mich auch nicht wirklich. Ich bin nicht seine Höhere Macht. Ich bin nicht mal sein Tutor.«

»Nur sein Vater.«

»Und selbst das kaum«, sagte ich.

Später musste ich an ein Gespräch denken, das ich mit Jason Biermans Mutter Helen Watling geführt hatte. Sie war sehr froh gewesen, dass ihr Sohn rehabilitiert war und nicht mehr als mehrfacher Mörder galt, sondern als erstes in einer langen Reihe unschuldiger Opfer. Aber es war eine bittersüße Genugtuung. Ihr Sohn war trotzdem tot, und sein Tod war vollkommen sinnlos gewesen. Und der Mann, von dem sie angenommen hatte, er hätte ihm geholfen, auf den rechten Weg zurückzufinden, hatte ihn in Wirklichkeit hintergangen und ihm das Leben genommen.

»Aber wissen Sie«, hatte sie mir anvertraut, »ich sage das zwar nur sehr ungern, aber manchmal frage ich mich, ob es so nicht besser für ihn ist. Ich glaube nämlich nicht, dass Jason wirklich die Kurve gekriegt hätte. Aber vielleicht sollte ich so etwas nicht sagen, weil das letztlich niemand wissen kann.«

»Nein«, sagte ich, »das kann niemand wissen.«

Ich hatte mich in der Zwischenzeit ein paarmal mit Kristin Hollander unterhalten, und dann rief sie eines Nachmittags an, um mir zu sagen, dass ich ihr keine Endabrechnung geschickt hätte. Ich erklärte ihr noch einmal, dass ich keine Rechnungen schrieb und dass ich auch nicht das Gefühl hatte, dass sie mir etwas schuldete.

»Irgendwie finde ich das aber nicht richtig«, sagte sie, »nachdem Sie und TJ so viele Stunden an der Sache gearbeitet haben. Und Auslagen hatten Sie sicher auch.«

»Nichts, was der Rede wert wäre«, versicherte ich ihr. »Und viel erreicht habe ich ja auch nicht.«

»Finden Sie? Immerhin bin ich noch am Leben.«

»Aber Ihre Cousine nicht mehr«, sagte ich, »und auch keiner von diesen Leuten in Williamsburg. Sie haben mir bereits tausend Dollar gegeben, und das ist mehr als genug.«

Sie versuchte, mich umzustimmen, gab aber nach einer Weile auf, und ich nahm an, damit hätte sich die Sache. Doch zwei Tage später rief der Türsteher von unten an und sagte, da wäre eine Lieferung von Bergdorf's für mich, deren Erhalt ich bestätigen müsste. Er schickte den Ausfahrer hoch, und als ich den Beleg unterschrieb, sagte ich ihm, der Türsteher sei bevollmächtigt, an uns gerichtete Lieferungen entgegenzunehmen und zu unterschreiben.

»In diesem Fall musste es aber der Empfänger selbst tun«, sagte er.

Das erzählte ich Elaine, als sie nach Hause kam, und sie wollte sich gerade daranmachen, das Päckchen auszupacken, als sie plötzlich sagte, es sei für mich.

»Von Bergdorf's?«, sagte ich.

Dort hätten sie auch eine Herrenabteilung, sagte sie, und es sei als Geschenk verpackt und auf der Karte stünde mein Name. Ich nahm das Päckchen verständnislos von ihr entgegen.

Es enthielt eine Krokobrieftasche, eine richtig schöne. Weil keine Karte beilag, nahm ich sie aus der Schachtel und suchte nach einer Nachricht, und erst jetzt merkte ich, dass das Ding mit Geld vollgestopft war, mit lauter nagelneuen Hundertdollarscheinen. Es waren fünfzig, und auf der beiliegenden Karte stand »Ein Geschenk für Sie«, mit den Initialen K.H. darunter.

Als ich sie anrief, sagte sie: »Sie haben mir einen Gefallen getan, und ich habe Ihnen ein Geschenk gemacht. So läuft das doch, oder?«

Wenn einem jemand Geld gibt, bedankt man sich und steckt es ein. Das hatte mir ein Cop namens Vince Mahaffey vor vielen Jahren beigebracht, und ich hatte mein Lektion gelernt.

Ich gab die Hälfte des Gelds TJ, denn ich fand, dass die Hälfte der Arbeit, wenn nicht sogar mehr, er getan hatte. Kurz bekam er sehr große Augen, und dann nahm er das Geld und bedankte sich, faltete die Scheine und steckte sie ein. Auch er hatte etwas gelernt.

Einige Zeit später gingen Elaine und ich mit Ira Wentworth und seiner Frau abendessen, und eines Nachmittags kam er vorbei und sagte, er habe gerade in der Gegend zu tun gehabt und ihm sei nichts eingefallen, wo er eine gute Tasse Kaffee bekommen könnte. Wir saßen in der Küche und unterhielten uns hauptsächlich über Baseball und die Aussichten auf ein U-Bahnfinale. »Der Rest des Landes wird sicher stinksauer sein«, sagte er. »Aber weißt du was? Der Rest des Landes kann mich mal.«

Und etwas später sagte er: »Wenn du übrigens deine Privatermittlerlizenz wieder haben möchtest, gibt es bei uns einige, die dir ein entsprechendes Schreiben ausstellen würden.«

»Danke«, sagte ich, »das ist wirklich nett, aber ich glaube, ich halte es lieber weiter wie bisher.«

»Das Angebot steht jedenfalls, falls du es dir anders überlegen solltest.«

Diese Unterhaltung ging mir durch den Kopf, nachdem ich das Geschenk von Kristin Hollander bekommen hatte, und es dauerte nicht lang, bis ich die die Eingangstreppe von St. Paul's hinaufstieg und die Kirche betrat. Das große, hohe Kirchenschiff war leer, und ich setzte mich in eine der hinteren Bänke und blieb eine Weile dort sitzen. Dann ging ich zu einem Seitenaltar und zündete eine Menge Kerzen an, und dann setzte ich mich wieder und dachte darüber nach, wie sich alles geändert hatte und zugleich auch nicht.

Auf dem Weg nach draußen steckte ich 250 Dollar in den Opferstock. Fragen Sie mich nicht, warum.

Kapitel 41

Es gibt so viel zu lernen!

Nehmen Sie zum Beispiel Messer. Sehr lange Zeit war das Einzige, was er über Messer gewusst hat, wie man sein Fleisch damit schneidet. Dann hat er sich ein Messer gekauft, ein schönes in einer schönen Scheide. Er hat fünfzig Dollar plus Mehrwertsteuer dafür bezahlt und hat es – wie lang? – zwei, drei Stunden besessen.

Nicht dass er die Ausgabe bereut. Es ist weg, das schöne Messer, aber er denkt gern daran zurück, und es ist ihm nichts schuldig geblieben. Weiß Gott nicht. Dieses Stück geschliffener Stahl war sein Geld wert, jeden Cent davon.

Sein neues Messer sieht fast genauso aus wie das letzte. Es ist ebenfalls ein Bowie-Messer, der gleiche Typ. Es ist vielleicht zwei, drei Zentimeter kürzer, und die Blutrinne ist eine Spur tiefer, aber ansonsten sieht es für ein ungeübtes Auge nicht anders aus.

Es hat viermal so viel gekostet wie das erste. Zweihundert Dollar – Steuer musste er allerdings keine zahlen, weil auf der Waffenmesse, auf der er es gekauft hat, niemand die Mehrwertsteuer draufgeschlagen hat. Er hat ein Messer fast wie sein altes für etwas weniger gesehen, als er bezahlt hat, und daneben dieses, für 225 Dollar, und er hat darauf gedeutet und den Bären von einem Verkäufer gefragt, warum es so viel kostete.

»Das ist von Randall«, sagte der Verkäufer und reichte es ihm. »Reine Handarbeit, keine Fabrikware. Haben Sie mal ein handgefertigtes Messer gehabt?«

Er hatte nie etwas von handgefertigten Messern gehört. Der Verkäufer erzählte ihm von Herstellern, die Messer nach individuellen Wünschen fertigten und immer nur an einem einzigen Messer arbeiteten; die besten von ihnen machten Messer nur auf Bestellung und waren nicht selten ein, zwei Jahre im Voraus ausgebucht. Er sog die Informationen auf, und der Mann reagierte auf seine Empfänglichkeit, indem er ein Messer nach dem anderen aus seinem Koffer holte, ihm die Besonderheiten erklärte und ihn dazu ermunterte, die einzelnen Messer in die Hand zu nehmen und zu spüren, wie gut sie ausbalanciert waren.

»*Sie haben ein Gefühl für diese Dinger*«, *sagte der Händler.* »*Wenn Sie jetzt eins kaufen, haben Sie in einem Jahr einen ganzen Wandschrank davon. Garantiere ich Ihnen.*«

Er hat sich ein Dutzend Messer angesehen und das erste, auf das sein Blick gefallen ist, gekauft, das Randall. Und jetzt, Wochen später und tausend Meilen weiter westlich, sitzt er auf der Kante seines Motelbetts und hält das Messer in der Hand, bewundert seine Linien, spürt seine perfekte Balance.

Er hat auch zwei Schusswaffen, beide auf derselben äußerst praktischen Waffenmesse erstanden. Eine ist eine Pistole vom Kaliber .22, sehr ähnlich der, die er in New York verwendet hat; aber diese hat ein zehnschüssiges Magazin, und er hat drei Ersatzladestreifen dafür. Die andere ist ein fünfschüssiger Revolver, für den er eine Schachtel mit 38er Patronen hat.

Er findet die zwei Schusswaffen gut, aber das Messer findet er besser.

Aber so sehr er sie auch mag, die Schusswaffen und das wundervolle von Randall gefertigte Messer, letztlich sind es doch nur Dinge. Sie existieren, um besessen, um eingesetzt, um wertgeschätzt zu werden, aber sie sind Dinge, und sie kommen und gehen.

Man bekommt, was man bekommt.

Man macht daraus, was man kann.

Und dann zieht man weiter.

Es war schade, so viele Dinge zurückzulassen. Es war schade, die Wohnung mit dem fantastischen Blick auf den Park aufzugeben. Es war schade, seine Kleider zurückzulassen, darunter einige exquisite Hemden und Krawatten. Was Hemden und Krawatten angeht, hatte Harold Fischer einen hervorragenden Geschmack.

Es war schade, sein Haus zurückzulassen, es zurückzulassen, bevor er es überhaupt in seinen Besitz gebracht hatte. Er hatte so hart gearbeitet für dieses Haus, er hatte alles zu gründlich geplant ...

Es war weg. Aber was soll's?

Ach, und ganz besonders schade war, dass er seine Freunde hat zurücklassen müssen, die Leute, die ihn so sehr geliebt haben. Er erinnert sich an die Freude, mit der sie ihn begrüßt haben. »*Doc! Hallo, Doc! Wie schön, Sie zu sehen, Doc! Wir lieben Sie, Doc!*«

Lucian und Marsha, wie sie auf der Treppe auftauchen. Und hinter ihnen, schüchtern und mit großen Augen, ein Kommilitone Marshas, der an diesem

Nachmittag zufällig vorbeigekommen ist, unangekündigt und unerwartet, aber herzlich aufgenommen. Und sein Name?

Isaac.

Geradezu perfekt, wie ein Zeichen einer höheren Macht. Wo ist aber das Schaf zum Brandopfer, mein Vater? Gott wird sich ersehen ein Schaf zum Brandopfer, mein Sohn, mein geliebter Isaak.

Sie sind nicht mehr unter uns, keiner von ihnen. Unvergesslich, jeder einzelne, aber auch austauschbar, jeder von ihnen. Nehmen Sie nur das Messer. Er hat dieses Messer geliebt, seine tröstliche Anwesenheit an seiner Hüfte und das Gefühl, wie es in seiner Hand gelegen hat. Es ist weg – aber jetzt hat er ein besseres!

Er fasst unter seinen offenen Hemdkragen, erinnert sich daran, wie sich die Rhodochrositscheibe angefühlt hat, erinnert sich an die gedankliche Klarheit, zu der sie ihm verholfen hat. Aber man kann ein Amulett in sich aufnehmen und verinnerlichen, ist ihm bewusst geworden. Der Rhodochrosit ist weg, zurückgelassen in einer Stadt, die er nie mehr aufsuchen wird, doch die Klarheit, zu der sie ihm verholfen hat, wird für immer ein Teil von ihm bleiben. Er könnte sich ein anderes Amulett aus dem gleichen Material besorgen, es ist weder selten noch teuer, aber das hat er gar nicht nötig.

Er zieht den Stein heraus, den er jetzt trägt, einen Kristall, fast farblos an seiner Spitze, von einem tiefen Purpur an seinem abgebrochenen Ende. Er hält ihn mit den Fingerspitzen und spürt seine Kraft.

Er sitzt am Schreibtisch, fährt seinen Computer hoch, geht online. Er mochte den anderen Computer lieber, die größere Tastatur, seinen New-York-Night-Bildschirmschoner. Sein neuer ist ein Laptop, der keinen Bildschirmschoner braucht. Er macht ihn komplett aus, wenn er ihn nicht verwendet. Er mag ihn in vieler Hinsicht weniger als seinen PC, aber er muss zugeben, dass er zu seinem Lebensstil passt. Wenn es an der Zeit ist, Wurzeln zu schlagen, wird er sich bestimmt wieder einen PC zulegen.

Und er wird sehr genau darauf achten, was er darauf hinterlässt.

Die muntere Stimme begrüßt ihn, teilt ihm aber nicht mit, dass er Mails erhalten hat. Er hat seinen Account eben erst eröffnet, und es gibt niemand, der davon weiß, niemand, der ihm eine Mail schicken könnte.

Er geht sofort auf alt.crime.serialkillers.

Und sieht nach den neusten Posts in den aktuellen Threads, die den verstorbenen und auf unterschiedlichste Art beklagten Adam Breit zum Gegenstand haben. Hier, denkt er, kann man wieder einmal sehen, ob das Glas halb leer oder halb voll ist. Einerseits ist Adam Breit tot; andererseits lebt Adam Breit!

Breit ist sogar lebendiger als je zuvor. Adam Breit hat sich einen Namen gemacht, einen Namen, unter dem viele Kerben eingeritzt sind. Über manche Kommentare kann er nur den Kopf schütteln, als er die neuen Posts liest. Es gibt Leute, die am liebsten jede tote Massagesalonnutte von Maine bis Kalifornien auf Adam Breits Konto gehen ließen, andere, die sicher sind, dass er John Wayne Gacy persönlich kannte. Und sowohl auf dieser als auch auf verschiedenen anderen Internetseiten, die Breit gewidmet sind, werden Überlegungen laut, dass Breit irgendwie überlebt hat, dass die zur Unkenntlichkeit verbrannte Leiche nicht die seine ist und dass er entkommen ist, um weiter zu morden.

Idioten.

Adam Breit ist tot. Adam Breit wird im Gedächtnis der Menschen weiterleben, in den Legenden, die sich um ihn ranken, aber in natura hat er sich in Glanz und Gloria aus dieser Welt verabschiedet, nicht unähnlich Jim Bowie in Alamo. Ein anderer großer Messerkämpfer, der zu Gott heimgekehrt ist.

Er wird nicht zurückkommen.

Alvin Benjamin dagegen ist sehr lebendig. Natürlich hat noch nie jemand von ihm gehört.

Aber das wird sich ändern ...

Seine Finger tasten nach seinem neuen Amulett, und zärtlich berührt er den Stein. Es ist ein Quarz, seiner Farbe zufolge ein Amethyst.

Er steht für Unsterblichkeit.

An meine deutschen Leser: Ich hoffe, dass Sie Gefallen an diesem Matthew-Scudder-Roman gefunden haben. Wenn Sie über zukünftige Veröffentlichungen meiner Bücher auf Deutsch informiert werden möchten, schicken Sie einfach eine E-Mail mit dem Betreff "German mailing list" an lawbloc@gmail.com. (Ich versende auch einen Newsletter auf Englisch und würde Sie mit Freude auch auf diese Liste setzen; falls gewünscht, fügen Sie einfach "English also" hinzu.)

Über den Autor

Lawrence Block schreibt seit einem halben Jahrhundert preisgekrönte Kriminalromane und Spannungsliteratur. In seinem neuesten Buch, einer Fortsetzung seiner erfolgreichen Hopper-Anthologie *In Sunlight or in Shadow*, finden sich unter dem Titel *Alive in Shape and Color* 17 von einem bekannten Gemälde inspirierte Kurzgeschichten von Autoren wie Lee Child, Joyce Carol Oates, Michael Connelly, Joe Lansdale, Jeffery Deaver und David Morrell.

Blocks zuletzt erschienener Roman ist *The Girl with the Deep Blue Eyes*, von seinem Hollywood-Agenten als »James M. Cain auf Viagra« gerühmt. Zu seinen neueren Romanen zählen außerdem *The Burglar Who Counted the Spoons*, in dem Bernie Rhodenbarr im Mittelpunkt steht, *Hit Me* mit dem Briefmarkensammler und Auftragsmörder Keller sowie *A Drop of the Hard Stuff* mit Matthew Scudder. 2014 wurde Scudder von Liam Neeson in der Verfilmung von *Ruhet in Frieden – A Walk Among the Tombstones* brillant auf der Leinwand verkörpert. Auch andere Romane Blocks wurden verfilmt, allerdings mit geringerem Erfolg.

Block erhielt auch für seine Bücher für Autoren große Anerkennung, darunter Klassiker wie *Telling Lies for Fun & Profit* und *Write for Your Life*. Zuletzt hat er mit *The Crime of Our Lives* eine Sammlung von Aufsätzen über das Genre des Kriminalromans und dessen Vertreter veröffentlicht.

Neben seinen Prosawerken hat Block auch Drehbücher für die Fernsehserie *Tilt* und den Film *My Blueberry Nights* von Wong Kar-wai geschrieben. Block soll ein zurückhaltender und bescheidener Mann sein, auch wenn man das aufgrund dieser autobiographischen Skizze keinesfalls erwarten würde.

Email: lawbloc@gmail.com

Twitter: @LawrenceBlock

Facebook: lawrence.block

Homepage: lawrenceblock.com

Über den Übersetzer:

Sepp Leeb hat Amerikanistik und Germanistik studiert und lebt als Übersetzer in München. Neben Lawrence Block hat er auch Thomas Harris und Michael Connelly ins Deutsche übersetzt.

Die Matthew-Scudder-Romane:

#1 *Die Sünden der Väter* (*The Sins of the Fathers*)

#2 *Drei am Haken* (*Time to Murder and Create*)

#3 *Mitten im Tod* (*In the Midst of Death*)

#4 *Tief bei den ersten Toten* (*A Stab in the Dark*)

#5 *Acht Millionen Wege zu sterben* (*Eight Million Ways to Die*)

#6 *Nach der Sperrstunde* (*When the Sacred Ginmill Closes*)

#7 *Am Rand des Abgrunds* (*Out on the Cutting Edge*)

#8 *Ein Ticket für den Friedhof* (*A Ticket to the Boneyard*)

#9 *Tanz im Schlachthof* (*A Dance at the Slaughterhouse*)

#10 *Ruhet in Frieden* (*A Walk Among the Tombstones*)

#11 *In Teufels Küche* (*The Devil Knows You're Dead*)

#12 *Der Club der Toten* (*A Long Line of Dead Men*)

#13 *Im Namen des Volkes* (*Even the Wicked*)

#14 *Everybody Dies*

#15 *Der zweite Tod* (*Hope to Die*)

#16 *All the Flowers are Dying*

#17 *A Drop of the Hard Stuff*

#18 *The Night and the Music* (the complete short stories)

Auf Deutsch erschienene Matthew-Scudder-Kurzgeschichten:

#1 Aus dem Fenster (Out the Window)

#2 Eine Kerze für die Stadtstreicherin (A Candle for the Bag Lady)

#3 Im frühen Licht des Tages (By the Dawn's Early Light)

#4 Batmans Gehilfen (Batman's Helpers)

Weitere Bücher von Lawrence Block:

Mit leichtem Gepäck (*Resume Speed*)

www.ingramcontent.com/pod-product-compliance
Lightning Source LLC
Chambersburg PA
CBHWC71516260626
47170CB00002B/389